剑宗作品集

陆

断音破邪

剑宗著

21 二十一世纪出版社集团
21st Century Publishing Group
全国百佳出版社

图书在版编目（CIP）数据

剑宗作品集 / 剑宗著 . -- 南昌 : 二十一世纪出版

社集团 , 2017.12

ISBN 978-7-5568-3252-1

Ⅰ . ①剑… Ⅱ . ①剑… Ⅲ . ①侠义小说—作品集—中

国—当代 Ⅳ . ① I247.5

中国版本图书馆 CIP 数据核字 (2017) 第 294460 号

剑宗作品集

剑 宗著

责任编辑	敖登格日乐
出版发行	二十一世纪出版社集团
	（江西省南昌市子安路75号　330025）
	www.21cccc.com　cc21@163.net
出 版 人	张秋林
经　销	新华书店
印　刷	北京柯蓝博泰印务有限公司
版　次	2018年8月第1版　2018年8月第1次印刷
开　本	710mm × 1000mm　1/16
印　张	200
字　数	3000千
书　号	ISBN 978-7-5568-3252-1
定　价	800.00元

赣版权登字—04—2017—905

如发现印装质量问题, 请寄本社图书发行公司调换 0791-86524997

目　录

第一章

在我国西藏的边陲，冰水指天而起，在烈日的强光下非常耀眼，千年不化的皑皑白雪在寒风的呼啸中，搅起满空的雪花。

茫茫的雪海冰山使你不得不惊叹天地的造化，人的渺小。

沿着南面的冰山雪线，有一处低谷，你会赫然发现这低谷中有一座惊世绝俗，美伦美奂的城池。

不，它不是城池，而是一座富丽壮观的古堡！

在冰山上俯瞰这座古堡，你会惊叹不已，古堡巍峨雄奇，它是由整块整块四四方方的巨石垒成，一块巨石至少重逾万斤。

如果你再仔细看，那并不是巨石，而是一块块千年不化的坚冰，在阳光下发出夺目刺眼的白光。

在这银装素裹的白色世界里，这白光特别显眼，古堡的顶端嵌着两颗硕大的宝珠，宝珠呈红、橙、黄、绿、青、蓝、紫七彩之色，每当夜色弥漫大地的时候，这七彩宝珠会幻出万丈豪光，真是谓为奇观！

古堡之中楼台水榭，一应俱全，在正中的位置有一座偌大的水池，水池的水呈蓝天一色，奇怪的是，在这严寒雪地，这池中还冒着滚滚热气，水池的周围种着苍松翠柏，仿佛是一圈绿色的围城，其间还有许多不知名的瑶草奇花，洋溢着江南春的秀色。

古堡顶端直刺青天，正门敞开，在七彩宝珠下，铁划银钩写着四个大字——幽冥洞府。

人们惊奇，谁会在这冰川雪地中建这么一处规模宏大的古堡？更奇的是，这古堡绝没有一丝人的气息，仿佛这千年沉睡的冰山，别说是人，就连一只蚂蚁或一只飞鸟都没有。

是一座死堡，真的像一座人间地狱，与它的气势恢宏、壮观富丽的外形形成鲜明的对比，给人灰暗而阴森的感觉。

不，有人来了，这个人现在正站在古堡的大门外。

这是一个满脸虬须，五六十岁的老人，他身材魁梧，身穿锦衣，满面风尘之色，仿佛经历了许多磨难，从很遥远的地方到这里的！

不错，他是不辞千里，涉山过水，赶到这里来的，并且这次已是第九次了。

他为什么要来这里？！

他是非来不可！

这冰雪封裹的古堡对他有极强的诱惑力，这简直是毁灭性的诱惑，他没勇气，也没能力抗拒这种诱惑。

他现在在古堡外徘徊，从早晨到黄昏，整整一天，他就在古堡前走来走去，犹豫不决，脸上露出非常痛苦的神色。

那古堡上四个龙飞凤舞的大字似乎在嘲笑他，从里面传来许多声音，在呼唤他："进来吧，快进来吧……"

锦衣老人双眼血红，他用手扯着自己的头发，用牙齿咬自己的手腕，像一只发了疯的野兽，大声叫道："游明宇，你这个畜牲，畜牲……"

锦衣老人咬牙切齿，在骂谁？

他在骂他自己，他就叫游明宇！

如果在平时，你听到游明宇这个名字，一定会如雷贯耳，因为他是江湖上大名鼎鼎的"九天琴圣"。

"九天琴圣"游明宇和他的两个师兄，"苍头筝圣"东方绝、"一指箫圣"牛斗天合称中原三圣。

东方绝和牛斗天一直深居天山，很少在江湖上走动，唯有"九天琴圣"游明宇在九龙山上建了九龙堡，在江湖上呼风唤雨，万儿叫得最响。

他一生豪气冲天，武功登峰造极，三十年来，江湖正道对他推崇备至，而魔道对他闻风丧胆，称为武林中的绝世宗师，盖世大侠。

有他这样的豪名，为何要深恶痛绝地骂自己为畜牲？

骂自己为畜牲的人，要么不正常，是个疯子，要么对自己痛恨到了极点！

不错，游明宇恨自己，他恨自己是个畜牲！

此时，他一身锦衣已被雪水和虚汗浸透，紧紧贴裹在背脊上，凉意透骨，直逼心腑，喷嚏一个接一个，泪水、鼻涕……顺着腮边唇角而下，这个时候，他连恨自己的勇气都没有。

泪光朦胧中，面前矗立的古堡大门，仿佛正咧着大嘴对他无尽地嘲笑，"游明宇，别硬撑了，你千辛万苦赶到这里来，就不要再装什么硬汉了，来吧，快进来吧！"

游明宇冷汗直流，浑身骨节就销像有千百只蚂蚁在咬，酸痛无比，这种无名的痛苦像海潮一样弥漫全身，他长叹一声，道："进去吧，这是最后一次，真的是最后一次，从今以后，就是死了，我游明宇这畜牲再也不来了，决不会来的！"

刚一举步，他全身一个颤抖，痛苦地摇了摇头，他又狠狠地咬了自己一口，在他的手臂上、身上，到处都是触目惊心的伤口，到处伤痕累累，这是一种自残！

游明宇真的像一只野兽，狠狠地对自己说道："畜牲游明宇，你已来了九次，十八年来，你生不如死，苟延残喘，猪狗不如，你活在这个世上还有什么意思？难道真的要把三圣的一世英名就这样葬送？"

可那古堡的大门似乎嘲笑更浓，呼啸而过的西北风使他通体冰凉，就像赤裸裸挺立在冰雪地里，心底里又有一个声音在对他说道："畜牲游明宇，这是最后一次，真的是最后一次了……"

寒风像刀子一样刮在脸上，游明宇打了一个寒颤，他仰天又打了一个喷嚏，脸上掺和着眼泪和鼻涕。

如在平时，谁也不相信一世英豪"九天琴圣"，威震江湖的游明宇竟是这一副惨相！

游明宇一点力气也没有，他知道毒瘾已发作，再过一会儿，连进去的力量也没有了。

此时，他再也不犹豫了，抖了抖身上的雪花，扯起衣领掩住了半个面庞，低头蹒跚进了古堡。

古堡中一片死寂，一个人影都看不见，宽敞的坚冰路上，积雪有一尺来厚，北风锐啸刮过，横抽着他的脸、他的心，古堡显得阴森死寂，仿佛一座无人居住的死堡，他的心也死了。

游明宇一步一跌，穿过冰道，走进一间大厅，迟疑一下，终于狼狈不堪地举起左手，颤抖着叩了叩门环。

厚重的铁门上有一个小窗孔，"啪"的一声，打开了，从里面传来一个阴森的声音喝道："谁?"

游明宇喘息片刻，无力地依偎在门上，声音微弱地道："游明宇!"

铁门轰然打开，游明宇不防，身子一下失去了依靠，滚进了古堡。

大厅里一片漆黑，伸手不见五指，原来大厅里面还有一层隔层，突然，一道红色的强光从屋顶上投射过来，照在游明宇的脸上，有人重重地在他的身上踢了一脚，冷笑道："哈哈哈，原来是'九天琴圣'!"

游明宇双眼被强光所迷，只觉得满眼金星乱舞，一阵头晕目眩，此时他再也顾不了什么，伸着一双颤抖的手，乞讨道："药，药，我要药……"

"呸"，一口浓痰疾射在他的脸上，打得他脸上一阵隐痛，"哼，要药，为什么不早一点来!"一个冷冰冰的声音从黑暗中传来。

游明宇已经完全木然，他一点也不觉得羞辱，只顾挥动着无力的手，哀求道："给我药，求求你们……快给我……快给我……"

一个冰冷的声音刺耳地笑道："'九天琴圣'，你可是三圣之一，九龙堡的堡主，一生义薄云天，侠名盖世，今天作出这等可怜相出来，不怕传扬江湖，惹人笑话吗?"

另一个声音道："呸，这些自诩为什么名门正派所谓的大侠，逞什么能，谁到这里还不是一样，像条狗，你叫他吃屎，他都吃。"

冰冷的声音道："我最看不惯这些自命不凡的名门正派，不合流俗的人，走，将这条狗拖进去。"

说着，强光突灭，两个人各拖住游明宇的一只脚，真的像拖着一条死狗，向一条潮湿的甬道走去。

游明宇耳听两人的谈话，可是，这个时候他已没有一丝的羞耻和痛楚，他唯一挂念的，唯一想得到的就是药丸，辱骂对他来说算得了什么，他只要药丸，这个时候，你叫他吃屎，他会的，只要给他药丸。

甬道漆黑潮湿，曲曲折折，不知拖了多久，他被两人重重地摔在冰冷的冰块上。

这也是一个大厅，大厅的四角安着七彩宝珠，光线柔和，大厅里空荡荡的，四周的坚冰上映着三条鬼一样的人影，重重叠叠，拖着游明宇的两个人瘦长瘦长，蒙着面，而游明宇则蓬头散发，像个厉鬼，在他的前方，是一副低垂的幕幔。

左边一个人抱手向幕幔躬身说道："九天琴圣游明宇到，请教主圣裁!"

片刻过后，幕幔之后响起轻微的金环相碰之声，一个非常好听，仿佛莺歌的声音透过帷幔，传送出来道："游明宇，你还有脸来吗？"

游明宇倦卧在坚硬冰冷的冰块上，全身发抖，冷汗如雨，吃力地道："我……我没有下手的机会，药……"

一串银铃般的笑声后，一个轻脆妖媚的声音道："游明宇，你不要骗本教主了，你每隔两年来一次，到今年才十八年，十八年，凭你的功力和计谋，天大的事你也办成了，你一拖再拖，是何用心？"

游明宇呻吟道："我两位师兄，他们……"

轻脆的声音道："怎么，你不忍心……"声音动听至极。

游明宇虚弱地道："我两位师兄，久居天山，没在江湖上走动，与教主从未有什么瓜葛，教主难道非要置他们于死地不成？"

动听的声音笑道："游明宇，你这不是废话吗？你这是向本教主求情来的吗？你问问你自己，你有什么资格与我说这样的话？我想叫谁死，谁就得死，这没有什么理由，任务只是执行，而不要问为什么！你的身份只是本教主的一个杀人工具而已。"

游明宇猛然一震，扬起头。那好听的声音一阵脆笑，又道："怎么，不服气吗？九天琴圣游大侠，哈哈哈……"

游明宇满脸显出无比震怒之色，听了那话，又无力地低下了头，嗫嚅道："属下不敢！"

好听的声音又道："游明宇，你已欺瞒了本座九次了，十八年来，你一次又一次地推委，论罪已死有余辜，但本座念在你十八年来还没有什么特别对不起本座的恶迹和言语，因此，本座决定再给你一个机会。"

话音一落，一缕劲风由帷幕后疾射而出，一只透明的药瓶带着劲风，先疾后缓，飘落在游明宇的身边。

这份功力端的是空前绝后，游明宇此时倒没注意到这么多，仿佛溺水的人抓住一颗稻草，忙伸手抓向药瓶，瓶中装着十几颗黄豆大小的药丸。

就在游明宇十指刚要触到药瓶时，突然，一只穿着厚革皮鞋的脚，踩在他的手腕上。

游明宇哼都没哼一声，此时他身上一点感觉都没有，完全失去了知觉，他眼中只有那药瓶，他如饥似渴，一面挣扎，一面一把鼻涕一把眼泪地哀求道："给我，给我，求求你，快给我……"

好听的声音缓缓说道："这次赐给你的圣药十五颗。"

好听的声音永远那么轻柔舒缓，动听无比，不急不慢，就像是天上的圣母对天下受苦受难的人们所说的一般。

游明宇一惊，道："教主，怎……怎么这么少，只……"

好听的声音笑道："游明宇，嫌少呀，十五粒圣药，两天一粒，能维持一个月，你由此前往天山，一去一返，约需二十天，另外十天供你下手，这该够吧！"

游明宇凄厉地叫道："不，不，求你再给我两年时间，两年，只要这最后的两年就够了，求求你……"大厅里回荡着他凄厉无比的哀求声，叫人听得毛骨悚然。

好听的声音笑道："你不能对我讨价还价，反正我也没逼你。"

话声一荡，帷幔无风自动，大厅里又归于死寂，那踏住他手腕的厚革皮鞋也不见了。

游明宇就像一只饿极了的野兽，双手颤抖，连抓带抢，拿起药瓶，拔开瓶塞，倒出了一粒药丸塞进嘴里，略作咀嚼就吞了下去，然后满足地长呈一声，将药瓶揣进怀中，躺在地上，气喘如牛。

大厅上一点声音都没有，只听见他的心跳由弱到强，咚咚作响，大约过了半盏茶工夫，奇迹出现了。

刚才还虚汗如浆，苍老无力如一堆乱泥，此时的游明宇扬起了头，双目中竟透射出灼灼神光，仿佛魂已归窍，神彩奕奕。

游明宇双目中射出骇人的仇恨的目光，单掌在冰面上一撑，身形暴长，发出一声怪啸，这是一个人在心里积压已久的啸声。

啸声一落，他从冰面上直跃而起，人在空中，横掌反扫，排空巨浪般的掌力从他手上席卷而出，将红色的帷幕高高卷起。

大厅上真气排涌激荡，撞在左右壁上，轰然之声不绝于耳，劲气回旋，帷幔卷起，飘落，又再次卷起。

帷幔里空空如也，一个人影也没有，游明宇怒哼一声，身随掌走，身子横空飘移数丈，像发了疯一般，双掌连挥，一顿猛劈狂扫，直打得偌大的厅内冰屑四飞。

忽然，那女人的声音不知从什么地方传了过来，道："游明宇，不要再徒耗精力了，留一份力气，赶快去完成任务吧！"

游明宇双眼布满血丝，钢须倒竖，厉声喝道："魔鬼，你将我弄得人不像人，鬼不象鬼，你有种就出来呀，你出来呀，我要看看你到底是什么怪呀！"

好听的声音笑道："游明宇，不要激动，人生苦短，你又何必跟自己较劲呢？只要你完成本教主的任务，事成归来，本教主会让你永脱苦海，享受人间奇福。"

游明宇一面运目搜索声音来自何处，一面怒声道："呸，我游明宇岂能受制于你！"

一阵咯咯的娇笑后，好听的声音道："可笑，实在可笑，刚才摇头摆尾，现在又神气了是吗？一个月后，我看你还是不是这般说话，游大侠，人生在世，不能天不怕，地不怕，有时候，受制于人又何尝不是一件好事？乖，听话，不要在这里使小性子。"

盛怒无比的游明宇听了柔软无比的话，似乎安静不少，绝望地低下了头，好听的声音柔声道："游大侠，我明白交给你的任务有些困难，但你九天琴圣武功盖世，况且天下事事在人为，只要你用心去做，我想你不会令我失望的，并且，我会派人帮助你的。"

游明宇垂着头，沉声不语，好听的声音又道："游大侠，不要难过，也不要有其它的想法，现在在你的面前只有两条路，一条路是死，一条路就是俯首贴耳，听命于我，你别无选择，总之，你的一言一行，我都了如指掌，只要你不存二心，我不会亏待你的。"

突然，游明宇身形暴起，向大厅一角扑去，原来他已听出那好听的声音是从厅角传出来的，他足尖微点，人如大鹰，斜掠而上，左手指尖一搭屋顶，将身子贴在冰面上，运力一掌向厅角拍去。

冰屑乱飞，厅角只有一个小孔，并没有人，那好听的声音正是从厅角的小孔传出来的。

游明宇静了静，侧耳细听，那动听的声音没有一丝气恼，笑道："游大侠，你果真神功盖世，但就算你掀翻了圣堡，也是徒劳无功的，在你临走之前，还有人要跟你说话，你听听是谁的声音。"

游明宇心中一动，突然听到一阵低低的哭泣之声，接着一个凄惋的女人声音哽咽道："明宇，明宇，我对不起你……你……"

游明宇浑身如被电击，神色大变，十指一松，掉在地上，惊呼道："芬吉，芬吉，你在哪里？我不怪你，我一点也不怪你，跟我回去吧！"

动听的声音道："游大侠，你放心去办你的事吧，芬吉在我这里挺好的，只要你事成归来，我会让你夫妻团聚的。"

游明宇大喝道："魔鬼，你不要伤害她。"

可大厅里又是一片寂然，只有他凄厉的怒吼声在大厅里回荡，任他如何吼叫，再没有回应，仿佛一切一下子全都消失了，只剩下他一人孤独地站在世上。

游明宇又是一阵烦燥地猛扫，掌风呼呼，霎时间掌影四处冲撞，终于，他无力地坐下，脸上竟是热泪横流，四周仿佛沉入无边的黑暗之中。

良久良久，游明宇拖着沉重的步子，缓缓从大厅移向甬道，又从甬道走向堡外……

"幽冥地府"依然巍然耸立，外面风雪渐紧，夜色笼罩下，七彩宝珠发出夺目眩迷的神光。

游明宇仰望漆黑的夜空，看着自己的身影被七彩神光拉得长长的，像一个灰影，他恨恨地用脚踩自己的身影，怒叫道："畜牲，我踩死你，我踩，我踩死你……"

可那黑影也抬起脚来踢他，游明宇发出一声浩叹，心中万分沉痛，像无边的夜色。

夜色沉沉，北风怒号。

游明宇身影飞掠，翻过冰山，几个起落就消失在茫茫夜色之中。

第二天天色昏黄，游明宇就回到了九龙山，一座颇大的城堡，城堡上有三个大字——九龙堡。

游明宇就是这座城堡的主人，至高无上的主人。

此时他正坐在重帘低垂的房中，房间内透出一抹昏黄的灯光，房中的锦床绣被、文房四宝也在灯光的映照下显得十分华丽，无一不显出主人身份的尊贵。

游明宇呆呆地坐在一张檀木桌前，桌上排着七八只空酒坛，他双眼布满血丝，含着泪水，凝望着他前方的墙壁，一动也不动，仿佛木雕泥塑一般。

他前方的墙壁上挂着一个金边相框，框中是一幅淡墨肖像——一个年约二十七八岁的少妇，怀里抱着一个虎头虎脑的婴儿，幸福地微笑着。

游明宇凄然地凝注着画中人，老泪夺眶而出，口中喃喃低语道："芬吉，原来你并没死，我不怪你，你也知道我不会怪你的，可你为什么要离开我？为什么？"

肖象中人浅笑如故，娇靥上一派安祥和幸福。

游明宇仰头又干了一杯，酒水沿着他的两颊流下，他却浑然不觉，泪眼迷蒙，他又低声呢喃道："芬吉，十八年我忍辱偷生，你知道我为什么？妖魔不除，我心难安呀，还有，我俩那可怜的孩子……"

突然，游明宇沉声喝道："外面什么人？"

房门"咿呀"一声推开，进来一个风霜满脸的驼背老人，老人一眼触及到游明宇痛苦万状的神情和桌上的空坛子，脸上不禁流露出无比关切的神情，躬身道："堡主，夜已深了，你……歇息吧！"

游明宇神色一缓，抹去泪水，摇摇头道："我知道了，王林，你先回去吧，别管我。"

王林怜惜地看了主人一眼，说道："唉，已经十八年了，堡主还忘不了夫人，夜深天寒，堡主，你多注意身体。"

游明宇不耐烦地挥了挥手，道："好了，我知道，你快回去，别在这里啰嗦！"

游明宇性情大变，老管家并不在意，叹息一声，无可奈何地摇了摇头，正要退去，游明宇突然又将他叫住，问道："今天十几了？"

王林苦笑着答道："堡主，今天二十四了。"

游明宇脸色突然一片苍白，一仰头，将最后半杯酒也喝了下去，从腰间取出一串铜钥掷在桌上，沉声道："王林，你去库中将所有的财物取出来，天明之后，分派给全庄老小，每人一份，将他们遣散，哦，对了，给我送一份贵重的。"

王林垂手而立，大吃一惊，骇然道："堡主，你这是……"

游明宇摇摇头，说道："不必多问，快些按照我的吩咐去作。"

顿了一顿，他仿佛发现自己有些失态，神色一缓，又道："王林，你在九龙堡已有三十多年了，对我游家的关怀无微不至，我游明宇无以为报，从明天起，这九龙堡就是你的了。"

老管家王林听了打了一个寒颤，九龙堡在江湖上可谓名重八方，无人不知，无人不晓，可以说九龙堡一动，江湖上要抖三抖，可现在，九龙堡至高无上的主人竟然要放弃它！

王林"扑通"一声，跪倒在地，惶然道："主人，你这不是折煞王林吗！我犯了什么错，堡主只管责罚我！"

游明宇扶起王林，凝神道："王管家，你不要自责，九龙堡的今天全是由我引起的，从明天起，九龙堡再也不是三十年前武林上叱咤风云的城堡，而只是一个普通的庄院，明天一大早，我必须离开这里，不知何时……不，永远也不会回来……"

王林急道："堡主有事，你只管去好了，全堡上下，我王林会悉心照管，就算是死，我也不会让九龙堡出现一点闪失！"

游明宇心中大恸，泪水禁不住又夺眶而出，苦笑道："王林，我也是迫不得已，以后你总有一天会明白，你跟我三十多年了，应该知道我不会轻易做决定的，你若敬重我，就按我说的去做，现也不许惊动众人，去，快去快回！"

王林迟疑道："主人，你……"

游明宇脸色一沉，道："王林，三十年来，我待你不薄，今天叫你做一点小事，你为何磨磨蹭蹭！"

王林一怔，含泪起身，取了钥匙，走了出去。

游明宇缓步走到窗前，侧耳倾听了一阵，然后从墙上取下那副仕女图，揣在怀里，心中感慨万千，长长地叹了一口气，道："游明宇啊游明宇，十八年前，你一念之差，如今妻离子散，家破人亡，唉，这报应也太惨了些……"

不一会儿，房门外响起急促的脚步声，忠心不二的老管家王林手提着一只锦布包裹，急匆匆地走了进来。

他一见主人默然立在窗前，双手将包裹放在桌上，他实在不明白主人心中在想些什么，垂手道："主人，东西我已拿来了。"

游明宇打开包裹，见里面包着几颗名贵的珠宝和一些金条，另外还有一些散的金叶子，说道："谢谢你想得这般周到，王林，现在请你替我再准备一匹快马，一个时辰之内，悄悄牵往堡外竹林右侧，千万记住，不能让任何人看见，马匹备妥，只须系在林边，你就离开。"

王林躬身道："是，主人！"说完转身走了出去。

王林刚一离开，游明宇左掌一扫，桌上烛光熄灭，推开窗户，身子冲天而起，穿窗而出，他一提真气，足尖刚落在窗外雪松枝头，立即施展"凤舞九天"的绝世轻功，一连九转，凌空折身斜飞，悄没声息地出了九龙堡。

这时，寒风刺骨，正当深夜，九龙堡外的竹林中一片萧萧风声，游明宇敛神凝目，向黑夜中炯炯注目搜视，确信没人，这才身子一弹，如一溜青烟，向九龙山驰去。

游明宇仿佛如临大敌，就像进皇宫在偷皇帝老儿的玉玺一般，身子一冲即停，然后游目四顾，凝神倾听，只要稍有一丁点异响，就静气伏身不动，等分辨清楚，才弹身再行。

他走走停停，从堡外到九龙山短短之距，以他的绝世轻功，却足足行了半个时辰。

夜深人静，"九天琴圣"如此警觉地来到这里是干什么？

九龙山在黑夜中如一口倒插在大地上的宝剑，万丈陡崖如刀砍斧削，游宇明来到陡崖之下，站立在一条清澈见底的浅溪边，溪边一块巨石耸立，宛如屏障，石后杂草丛生，看起来十分荒芜。

游明宇迟疑四望，然后才涉水上行，突然一鹤冲天，疾射而起，刷地越过大石，等身形在空中一顿，再次拔起，一转身，上了陡崖，九个回环，他已稳狠地落在陡崖的一个石洞口。

这石洞口以厚厚的石门封堵，洞外被乱草遮掩，如果不拨开草丛，谁也不会发现这万丈悬崖上竟然有一个石洞。

游宇明站在洞口，神情诡异而又机警，双目炯炯，如寒夜朗星，俯看九龙山下，确定无人跟踪，这才转身用双掌按在石门上，内力一吐，石门上弹出一个红色的石钮，转动石钮，左五下，右三下，"轰"的一声，石门豁然洞开，他侧身跨了进去，石门又自动关上，与峭壁浑然一体。

石洞里一片漆黑，没有一丝光亮，山壁阴冷，寒意彻骨，一条曲曲折折的石道蜿蜒而入，行约数十丈，石道渐宽，里面赫然是一间长宽数十丈宽大的石室。

石室内黑如泼墨，伸手不见五指，游明宇立在门边，隐约可见上千条黑线飞舞，每个黑线的下端系着一个明晃晃的东西，黑线飞晃舞荡，明晃晃的东西划破空际，发出尖税的嘶嘶啸声。

黑暗中一个声音喜叫道："爹爹！"

游明宇一抹眼泪，道："龙儿，你继续练，爹看着你呢！"

"好！"一个黑色的身影，在千万条黑线中穿梭进退，纵跃如飞。

游明宇的嘴角露出一丝欣慰的苦笑，缓步走到石室一角，伸手一摸，"哗啦"一声，似乎打开一道门，突然，石室的上空传来数十只鸟鸣声，游明宇道："龙儿，我放了几只鸟出来？"

黑影立停，飘然斜飞，落在游明宇的面前，脆声答道："八十三只。"

游明宇从怀中掏出火折，打亮，点燃壁上的油灯，霎时间石室里一片明亮。

这是一间奇大的天然石室，石室中间是一个偌大的水池，池中盛满了清水，石室顶端垂悬着上千条长绳，每根绳端，都倒系着一支锋刃毕露的流星锤，不知是被什么操纵着，凌空飞舞。

原来少年就是在这千条绳索中躲避流星锤，这还不算，他在躲避流星锤时，必须脚不落地，否则就会掉入水池之中，这不啻于在千个武林高手中穿插躲避。

游明宇低头数了数石室一角笼中小鸟的数目，不多不少，刚好十七只。

这只鸟笼关有一百只麻雀，而少年在黑夜中能分清小鸟的数目！

站在游明宇面前的少年，年约十七八岁，虎背熊腰，英俊非凡，比游明宇要矮一头，游明宇爱怜地看了看少年，抚摸着他的头，说道："龙儿，将鸟儿抓进笼里！"

少年没注意到游明宇的神色，欢快地道："遵命，爹！"

少年身形疾起，在千条绳索间飞掠，如一条矮健的游鱼，身法美妙而熟练，竟没有一柄流星锤沾到他的衣服，几个回旋，身子一折，飘落在游明宇面前，白皙的脸上微微泛起一点潮红，打开衣袖，里面圈着八十三只麻雀，游明宇点点头道："它们也该自由了，待会儿，我们将它们放了。"

少年这才感觉到父亲神色不一样，说道："爹爹，你怎么啦？"

游明宇回过神来，强笑道："龙儿，没什么，爹是看到你武功已成，决定让你离开这里。"

少年雀跃欢呼，跳了起来，双手抱住游明宇的脖子，高兴地叫道："我要出去了，我要出去了。"

游明宇禁不住又是热泪横流，少年怔怔地望着父亲，不解道："爹爹，你怎么哭了？"

游明宇赶快收泪道："龙儿，爹爹高兴。"

少年明亮的眼睛发出希望憧憬的光芒，高兴道："爹，龙儿已在这石室住了十五年，终于可以走出去了，我出去的第一件事就是到你所说的万花楼饱吃一顿，然后……"

游明宇淡然一笑，道："龙儿，这十五年来不见天日，觉得苦不苦？"

少年摇摇头道："不苦，爹，龙儿知道你这是为龙儿好，习得神功。"

游明宇轻拂了一下少年的肩头道："龙儿去把'九龙琴'拿来，让爹爹看看你琴技上的造化。"

少年大喜，从壁上摘下一支长形革囊，拉开囊口，取出一只通体油黑，闪闪发着乌光的六弦琴来。

这六弦琴是用乌铁混合白金打造，两端一边四个龙头，一边五个龙头，栩栩如生，龙身就是琴身，精钢为体，铜丝作弦。

少年盘膝坐下，调动琴弦，笑问道："爹，你要听哪首曲子？"

游明宇面色凝重，依壁而坐，与少年的欣喜组成一个不和谐的画面，他想了想道："你为爹弹一曲'长亭风'吧！"

少年神情一动，微惊道："爹，'长亭风'是伤别之曲，我不喜欢。"

游明宇嘴角牵动，似笑非笑地道："'长亭风'虽是伤感之曲，但气势恢宏雄壮，'长亭漫漫，南天一色，纵是储钱十万，倾城倾国，人谓之糊涂难得，不失周郎本色，才高人必狂，心高人自忧，翻转纤纤素手，困死江公才八斗，横刀跃马，一腔热血付南柯，失意钱财化，追风逐浪阔'，却是豪气冲天，龙儿，你就弹这一曲，爹爹还有要紧的话对你说。"

少年不再争辩，他今天格外高兴，敛神屏气，开始弹奏，可吟完曲子的游明宇却双目一闭，偷偷地落下两滴老泪。

石室之中，荡漾着悦耳的琴声，少年运指如风，叮咚盈耳，宛若大珠小珠落玉盘，潺潺如流泉，使人瞑目凝思，又如置身漠北草原，夜寒如水，一轮冰魂从朦胧的天山峰顶缓缓涌出，塞上枯草，大漠孤烟，万里戈壁……都沐浴在银色的月光下，云海苍茫，旷野长风。

突然，少年五指一收，掌心一拍，"铮"的一声震耳大鸣，垂悬在石室中的流星锤被劲力激荡，高高抛起，那方池中的水被激得冲天而起，溅起无数的水柱。

游明宇眼中闪过一抹喜悦慰藉之色，但转瞬即逝，微微颔首道："论曲音意境，总算差强人意，但在音韵变换之际，指法终歉不能承前启后，须知天下韵律变化，都在心念微动意驰神游之际，指间捻拨挑捺，随意而动，不能有丝毫迟滞，这就像任何武功招式，不管多么完美，只要是招式，就一定有破绽，所以十八年来，为父没教你一招半式，只教你耳、眼功夫，只要练成，胜过世间一切武功。"

少年满脸兴奋，说道："爹，孩儿是不是技艺已成？"

游明宇正色道："龙儿，江湖中，奇人异士多得数不胜数，以前，爹与你讲的，无一不是江湖上技压一方之士，学海无涯，切不可自满，可……"

说到这里，游明宇忽然叹息一声，神色一正，说道："龙儿，自你三岁之时，你娘暴病身亡，爹就将你深藏在这万丈石室之中，十八年来，从不许你踏出石洞一步，让你与世隔绝，受尽磨难，你知道这是为了什么？"

少年讶然道："爹爹不是说，这一切是为了使龙儿不见世俗喧哗，清心寡欲，习练绝世武功的嘛！"

游明宇点点头道："这只是其中一个原因，最重要的是让我儿免遭杀身之祸。"

少年猛地一震，脱口惊道："什么？杀身之祸，爹爹是不是有什么事瞒着龙儿?!"

游明宇神色凝重，说道："不错，十五年前，你刚满三岁，爹就把你送到这石洞之中，并对外宣称你已经意外死亡，同时偷偷买来一具死尸，假装埋葬，孩子，你应该猜想得到，咱们游家九龙堡虽不算富可敌国，却也是大户，为什么十五年来，送衣送饭，都是爹趁夜深人静的时候，亲自偷偷摸摸地为你送来？"

少年一扫兴奋的神态，满脸惶然道："爹，这是为什么？"

游明宇仰天长叹道："说来话长，孩子，这一切都是爹爹害了你，不过爹是有苦衷的，以后你会明白的，将来的命运，就靠你自己的造化。"

少年如坠迷雾，似懂非懂地看着游明宇，仿佛一下子变得生疏了，不解道："爹……"

游明宇挥挥手，打断了他的话，说道："现在你不要问，你听我说，如今你已经十八岁了，已练成了绝世神功，江湖上武功一路你应该能应付，天亮之前，你收拾一下，脱离石洞生涯。"

少年惊道："你呢？爹爹！"

游明宇道："爹爹不和你在一起，但你得替爹爹办一件非常重要的事情，按照爹交给你的秘图，务必在十天之内，赶到天山，途中不能有丝毫耽搁，并要改名改姓，不得以真实姓名示外人。"

少年愕然道："爹，这是为什么？"

游明宇再也止不住感情的泪水夺眶而出，他轻拍爱子的肩膀，说道："孩子，为了你的安全，你只能这样做，如果你能在十日之内赶到天山，见到你两位师伯，以后的一切，爹爹就放心了。"

说完，游明宇探手入怀，取出一个早就准备好的包裹，将画像、一封密信和地图一齐给了少年，颤声道："龙儿，你从未入世，红尘俗世，人心险恶，道上处处都是陷阱，一切你都要小心应付，但男子汉大丈夫应四海为家，这一天终须来临，只是一个迟早的问题，包中的金银足够你半生所用，图上的肖像是你母亲的，带在身上作个纪念，不过，这两件东西，千万不要给他人看到。"

少年惶惑惊讶，显然这一切来得太突然了，他完全没这个心理准备，说道："爹，我们是不是碰上了大麻烦？龙儿会护在爹的身边，与爹一起共渡难关。"

游明宇摇摇头，说道："与龙儿无关，一切皆由爹去亲自了断，你只要照爹所说的去做就行了!"

说着他亲手将九龙琴替少年背上,封好囊口,少年问道:"龙儿见到两位师伯,呈交了书信,就立刻赶回来见你。"

游明宇忙道:"不,你要听两位师伯的吩咐,未得他们的允许,你不必回来,爹自会到天山来看你。"

少年又问道:"假如龙儿到了天山,可两位师伯却不在,龙儿该怎么办?"

游明宇闻言一惊,心里陡然掠过一丝不祥,沉吟片刻,又道:"不会的,你两位师伯跟爹有约,不见到爹的信,他们决不会离开天山的。"

微微一顿,他紧紧执着少年的手,又凄声道:"龙儿,还有一件事,爹一直没有对你提起来,这世上,你还有一个哥哥!"

少年骇然一惊,脱口道:"怎么我从来都不知道? 他在哪里?"

游明宇长叹一声道:"他在九岁的时候,和爹爹争吵,负气出走,从此杳无音信,迄今算来,也将有三十岁了,如果有缘,你们会碰面的,他前胸有一块红痣,与你是同父异母的兄弟!"

少年打开肖像,见肖像上的母亲安详微笑,美丽无比,感到从未有过的亲切,在他的记忆中,他似乎记不起来生母的面容,但画中的人给他以美好的印象,凝目良久,泪水禁不住夺眶而出,父亲说什么,他一点也没听见。

游明宇站起身,拉起少年说道:"走,时候到了!"

少年从沉思中惊醒,满腹忧疑,随父亲走出石洞。

洞外夜色沉沉,林木萧萧,那淙淙的溪流,呜咽而过,其声如泣如诉。

少年第一次离开石洞,贪婪地看着外面的世界,只可惜他第一眼看到的世界是如此的黑暗,可黑暗的世界也是美好的,少年深深地吸了一口气。

游明宇牵着儿子的手,两人施展绝世轻功,从万丈悬崖飘然而下,游明宇目光闪动,仍然十分谨慎,领着少年一起一伏来到九龙堡外。

九龙堡外的竹林已备好了一匹赤红的健马,少年仰望着巍峨的九龙堡,惊讶不已,小声道:"爹,这就是我们的家……"

游明宇一惊,嘘了一声,将少年扶上了马鞍,少年看到他如此诡秘,作声不得,一阵酸痛涌上心头。

游明宇游目一匝,突然颤声道:"孩子,爹如果是个万恶不赦的畜牲,你会怎样待爹?"

少年一怔道："爹，你怎么这样说?!"

游明宇惨然一笑道："不管你怎样待爹，爹都不会怪你的! 你多保重!"双完，双手疾落，拍在马屁股上。

赤马一声长嘶，撒开四蹄，飞驰而去，融入苍茫夜色之中……

游明宇目送爱子远去的背影，脸上挂着欣慰而又凄凉的笑容，两行老泪已是放纵横流。

天寒地冻，北风呼号，皑皑白雪，游云龙骑着赤红马沿着川边一阵狂奔，一日一夜，他拼命的纵马狂奔，他不想让自己停下来，他要累自己，累得自己不去想别的。

渐渐地，他才放慢了马步，这时他已到了桐乡镇。

游云龙在九龙山的石洞中度过整整十五个年头，初次踏入尘世，外界的一切，对他来说，都是陌生而新奇的，他遛着马，这才注意到身边的万彩纷呈的世界，所看到的都让他觉得目不暇接，亢奋不已，忘掉了一切的烦恼。

桐乡镇是一个小镇，但地处川边咽喉要道，所以极为繁华，过往客商，来来往往，尤其镇中的天师庙，香火鼎盛，相传是张天师显灵之地，每年初春之时，会有许多香客不远千里来到这里膜拜进香，镇上因而出奇地热闹。

红男绿女，酒楼茶肆都引起游云龙的巨大兴趣，此刻正是中午，街上人声喧哗，迎风招展的酒帘，宝马香车，热闹非凡，游云龙随着人流向前缓缓移动，不住地左顾右盼，心想：爹爹以前说过的万花楼，是否也这般人多，爹爹还说城镇中的酒楼，供人吃喝住宿，只要结账时候，给银子就行了，所谓的酒楼客店究竟是什么模样? 今天我倒要见识见识。

正想着，一个戴着高高白帽子的小二走到他面前，满脸堆笑道："公子爷，你想吃，饭到我家酒楼吧!"

原来游云龙骑在马上左顾右盼，早就引起拉生意小二的注意。

游云龙当然不懂，心想：这人对自己怎这般热乎，心里一阵暖和，笑道："嗯，对，我要吃饭。"

小二堆笑牵着马，带着游云龙走进了酒楼，小二高声叫道："二楼雅座，一位——"

店中马上又跑出一名小二，引游云龙登上了二楼，见二楼黑压压已坐满了一百多人，连一张空桌子都找不出来。

游云龙衣着华丽，在洞中黑暗中住了十五年，没经过一丁点风吹日晒，皮肤白皙娇嫩，站在楼口，引得许多目光投注在他脸上，人们啧啧道："哪来这么一个水灵灵的小伙子……""我看八成是个小白脸，女扮男装的，哪有一个男的有这般白嫩的皮肤。"

游云龙白净的脸上一红，觉得浑身不自在，转身便想走开。

小二忙赔笑道："公子爷，你先别急，请你稍等，我给你腾一张空位子来。"

说着，拉着游云龙的手，来到临窗一张小桌前，这张桌上只有一个身穿青袍的中年人在喝闷酒，游云龙和小二到了他的桌前，他连头都没抬一下，自顾自地喝着酒。

小二见怪不怪，满脸堆笑，欠身道："大爷，您老好，请行个方便……"

青袍中年人仿佛没听见，仍低头喝他的酒。

小二耐着性子，伸手牵了牵青袍中年人的衣袖，小声道："大爷，您就赏个脸吧，您已在这里喝了一个上午，您看……"

青袍中年人这才缓缓抬起头，目光一扫游云龙和小二，说道："怎么，你是在跟我说话？"

小二忙点头哈腰道："对，大爷，我正烦您呢！"

青袍中年人冷声道："你知道在烦我，还站在这里啰哩啰嗦干什么?! 怎么，我喝一上午，你有意见是吗？嫌我的钱小，这位小白脸的钱大呀！"

小二堆笑道："大爷，您别生气，小的不是这个意思，只是想让您卖个人情。"

游云龙满腔怒火，心想：这世上哪有这等鸟人，纯粹横蛮不讲理，本公子爷偏偏不兴这一套，喜欢摸老虎屁股，不由怒声道："你怎这般不讲理，人家好心劝你，他说一句，你却说十句，出门在外与人方便，就是与己方便，哼，今天这位子我坐定了！"

游云龙这一说话，谁知那青袍中年人却猛然抬起头望了游云龙一眼。

四目相对，游云龙一惊，这青袍中年人双目精光四射，一看就知是个内外兼修的高手，不由得暗暗提了一口真气。

谁知青袍中年人仰天哈哈大笑，说道："有种，我喜欢！"接着侧头对愣在一旁的小二喝道："呆头呆脑，愣在这里干什么，还不快去拿双筷子和一个酒杯，添些酒菜来！"

小二一愕，旋即满脸堆笑，躬身道："是，是，是，我这就去！"

青袍中年人又哈哈一笑道："小兄弟，坐，请坐。"

游云龙没想到这人会这般变化，不由歉然一笑，坐了下来，说道："我初次出门，不懂礼数，冒犯了。"

青袍中年人脸色一冷，说道："哪来这多臭礼数，小兄弟，你这么说就不妥了，我不喜欢你这般模样。"

游云龙心想：这人好怪，吃硬不吃软，你把他当人，他却不作人，于是也淡然说道："那我就不客气了。"

青袍中年人一笑道："客气个屁，来，喝酒！"

游云龙端起酒杯一饮而尽，青袍中年人也不说话，为他再倒了一杯酒，于是，两人谁也不说话，只顾闷头喝酒。

其实，游云龙还喜欢这样，免得别扭不自然，这样人还轻松多了。

小二送上酒菜，两人默默地喝上一阵酒，一句话也没说，青袍中年人也没正眼瞧游云龙一眼，一直注视着窗外，游云龙到底还是好奇，顺着他的目光俯看窗外。

窗外的街心行人如潮，很多善男售女排成一条长龙，口诵佛号，念念有词，虔诚无比地向城南缓缓移动，并没什么值得一看的，游云龙忍不住回头看了一眼青袍中年人。

突然，他看到刚才还精神奕奕，哈哈大笑的青袍中年人，此时竟是呵欠连连，鼻水横流，显得极度疲惫颓丧，跟刚才如换了一个人。

游云龙骇然，再也忍不住，道："大爷，你怎么啦？"

青袍中年人不答，但衰疲之容，越来越甚，满脸眼泪鼻涕，浑身颤栗，酒桌也跟着一颤一颤，他低声呻吟，人如筛糠一般。

游云龙闪电般探出三指，一搭他的脉息，只觉得他真气虚浮，不禁大惊，却不料，青袍中年人突然奋力挣脱他的手，沉声道："不要声张……"

说着，他艰难探手入怀，颤颤掏出一个小瓶，从瓶中倒出一粒乌黑的药丸，和一口酒，一仰脖子，吞了。

说来奇怪，青袍中年人一吞药丸，不一会儿，额头上的虚汗立收，泪水尽止，长吁一声，睁开眼，眸中竟又恢复炯炯迫人的神光。

游云龙惊诧不已，同时也松了一口气，问道："大爷得的什么病？"

青袍中年人横了他一眼，道："关你什么鸟事，别叫我大爷大爷的，我叫丁元海，有名有姓的！"

游云龙不禁怒道："人家好心才问你，哼!"

青袍中年人恼道："谁要你好心，真是多事!"

这时一阵喧天的锣鼓声传来，突然，青袍人一闭口，目光横飞，凝目向对街一座小楼望去。

游云龙何等目力，眼波略扫，就看到对街那座小楼上，也有一个临街的窗，窗口边也坐着一个中年人，手里拿着一面亮晶晶的东西，借着阳光的反射，遥向这边闪动不定。

光影闪动，一长三短，反复三次，丁元海看到光影，呼吸急促，神色显得十分紧张，右手搭在腰间的长剑柄上，目不转睛地盯着街心，脸上隐隐透出一股杀气。

游云龙再看街上，见刚才还热闹非凡的街道，此时已一片空旷，行人退立街边，引颈而望，片刻后，锣鼓号声渐近，街道尽头陡然蹄声大震，四匹白马疾驰而来。

这四匹白马浑身无一根杂毛，马上端坐着四个穿着黑色对襟大褂的彪形大汉，每人背后一柄银光闪耀的鬼头刀，十分威猛。

丁元海脸色由红转白，目中喷火，炯炯逼视街心。

又过了片刻，四匹白马过后，一阵细碎的马蹄声跟踪而来，街道上出现了十六匹白色鞍马，四骑并排，马上却坐着十六名黄衫少女。

这十六名黄衫少女年纪都在十六七岁，个个粉面青丝，红唇白齿，十分美丽，宛若皇城宫女。

十六名黄衫少女之后，又有八名紫衣少女合撑一面帷伞，八名紫衫少女后是两名红衫少女擎着一面大旗，旗上写着"慕容府朝山进香"七个大字。

后面鼓号喧天，簇拥着一乘满铺锦褥的宽大敞轿顶，轿顶黄绢作盖，四周由四名妙龄绿衣少女扶轿而行，轿后又是二十名黄衫少女纵骑环护。

敞轿上端坐着一个一袭白衣的女子，大约十七八岁，瑶鼻通梁，凤目低垂，头上乌发高高挽起，插一朵粉红色的珠花，她纤掌当胸合十，皓腕上挂着一串琥珀念珠，越发衬托得玉肌寒雪欺霜，艳光逼人。

白衣少女素服淡装，玉质天成，透着一股圣洁之气，令人不敢仰视，如玉女临凡，她一出场，街道变得一片死寂，千百双眼睛，都被她吸引，一个个目瞪口呆凝望着她。

大轿从酒楼下缓缓而行，轿两旁的四名绿衣少女从提篮中抓起一把碎银，当街散洒，作为施舍，可碎银滚得满街都是，竟没一个人去拾。

游云龙哪里见过这般排场，自是惊得张口结舌，心想：这难道如爹所说的公主郡主出行不成，更令他惊叹的还是那轿中圣洁美丽的白衣少女，真是人间尤物。

突然，坐在他对面的丁元海"锵"的一声拔出长剑，左掌在窗楼上一按，身子已凌空射向街心轿中的白衣少女。

几乎同时，对街小楼上也电闪出一条人影，两人成左右夹击之势，如大鹰般飞扑而下。

这一下太突然，街道上酒楼上的人大哗起来，游云龙一声惊呼，大叫道："小心！"

这一呼叫，轿后的二十名黄衫少女一拥而上，各自拔出宝剑，身法动作已快到大出游云龙的意外，霎时之间将软轿严密护住。

丁元海的对街那人左右双双扑到，竟然迟了半步，对街那人怒眉虎目，身材魁梧，两人身子凌空，手中长剑挟着破空声响，向轿猛刺过去。

两名黄衫少女举剑上挡，叮叮两响，两人身子竟倒卷而回。

第二章

丁元海一声大喝，长剑卷起漫天的银光，顺势向站在二楼的窗户处的游云龙急刺。

游云龙从未学过什么武功招式，但他已练成了破天心法无上内功，丁元海的出手迅捷异常，剑尖颤动，可在他看来，这一剑竟似缓缓刺出一般，头一侧，轻而易举地避过了这一剑，大声道："丁前辈，你干吗刺我？"

丁元海骇然一怔，手臂猛地回拉，但哪里动得了一分一毫，人竟僵在窗台上，上不得上，下不得下，尴尬万分，涨红着脸绝望地喝道："我丁元海瞎了眼，慕容家的人果真了得。"

游云龙连忙松开手指道："丁前辈，我不是慕容家的人，你误会，且听我说。"

丁元海怒道："狗贼，住口！"

话还没说完，街道传来一声惨叫，对街的那人又落向街心，被四名黄衫少女围住，浑身剑伤，鲜血斑斑，身体已是摇摇欲倒。

丁元海一声惊呼道："师兄，你怎样了？！"

魁梧老者猛攻两剑，急道："师弟，事已失败，终将一死，我先去了！"话一说完，突然长剑倒转，一抹脖子，竟将人头削了下来。

丁元海一声惨叫道："师兄！"也将长剑向自己脖子上抹去。

游云龙大惊，右手暴长，一把夺下他的长剑，丁元海左手扬臂一掌当胸劈来，游云龙没想到此时他还暗下杀手，连忙将头一低，谁知丁元海右手逆转，两指一并，反戳在自己的心窝之上。

游云龙被他左掌所惑，此时救人已来不及，丁元海张口喷出一口鲜血，人已颓然倒下，下面就是街心。

游云龙身子一欹，探臂一抄，将他拦腰抱住，掌心连拍，封住了他胸前几处要穴。

丁元海面如白纸，气若游丝，一颗头垂下，游云龙抱着他飘落街心，向前行去。

四名黑衣大汉纵马将他围住，街上行人吓得纷纷退到屋里，大街上一片寂静，其中一个黑衣大汉一勒马，沉声道："少侠把人留下！"

游云龙正色道："他心脉已断，必须立刻救治，众位难道没看见！"

黑衣大汉冷声道："丁元海拦轿杀主，死有余辜，我要问他谁是主谋！"

游云龙脸色一沉，说道："他虽有暗袭之心，但并未如愿，人之将死，你们也不放过，这就太霸道了。"

黑衣大汉怒道："你是谁?！竟敢这般对我说话?！"

游云龙傲然道："我只是和丁前辈同桌饮酒的陌生人，我不管你是谁，反正我看不顺眼，这丁前辈我带走是定了！"

黄衣大汉将脸一阴，"铰"的一声拔出鬼头刀，说道："那我倒要看看你有几把刷子！"其他三位也各自抽刀，将游云龙围住。

游云龙初出江湖，加上个性倔强，一见火起，怒道："原来你们是一伙强盗！"

黄衣大汉一齐旋舞刀身，四柄鬼头刀带起一片刺耳低啸，其中一人应声道："你小子还是个雏儿，桐乡慕容世家都不知道，不知是怎样混的！"

游云龙也道："就是一个小小的慕容世家，本大爷平生最大的嗜好就是和什么世家的过不去，注意，本大爷要走了。"

黄衣大汉同时发出一声暴喝道："小白脸，大胆！"刀光绕体而生，破空之声刺耳，刀势如狂飙怒涛，分由上下左右一齐劈出，寒光漫涌，在游云龙四周遍布严密的刀墙。

可这漫天的刀影与九龙洞的那千条绳索乱飞相比简直是不可同日而语，在游云龙的眼中，与四个大汉各自拿着刀向他缓缓递出来一般，在刀影相接的地方有许多空当，他瞅准时机，从容不迫，抱着丁元海，身形一闪，竟在刀光错落之中，举步走了出去。

四个黄衣大汉个个自是武功不弱，惊骇不已，不由全都怔住了，心里暗忖道：这小子真有点邪，像个鬼影，眼睛一花，人就不见了。

正在这时，突然一个清脆的声音传来，道："不得无礼，全都退开！"

四名黄衣大汉瞪了游云龙一眼，诧异地退到一边，游云龙也停下身子，一个绿衣侍女娉婷含笑走上前来，福了一福道："少侠提醒之恩，留待后报，如果少侠有空，请到慕容府上做客，再另行致谢。"

游云龙俊面徘红，他是第一次和少女面对面说话，不由得手足无措，右手抱着丁元海，左手不知道放在哪里，抓耳挠腮，窘态十足。

突然，传来一声轻笑，游云龙一抬头，见敞轿上的白衣少女秋波盈盈地望着他掩嘴而笑，眼角一扫，秋波一荡，见游云龙看她，又是一笑，粉面微红，螓首低垂，但还是嫣然一笑，说不出的娇羞。

游云龙更是大窘，白脸红得如同泼血，手足无措道："多谢盛情，多谢!"

绿衣少女微微一笑道："少侠是小姐的恩人，应该是我们多谢少侠才是!"

游云龙忙道："这……那……是我应该做的。"

众少女听了他的话，看到他的窘态，全都掩口娇笑不止，把游云龙弄得像个做了错事的孩子，深深地低下了头。

轿中的白衣少女扬起头，一敛笑容，说道："小红，既谢了人家，就回来!"

绿衣少女应了一声，一声浅笑，柳腰轻折，掠回轿侧，低头与白衣少女笑说了几句，白衣少女粉面忽地红了，玉手一挥，嗔怒道："贫嘴丫头!"但言语中颇有少女的娇羞和喜悦。

白衣少女低头，脆声道："起轿!"锣鼓号声大作，大队人马复又上路，经过游云龙身边，白衣少女低头侧瞄了游云龙一眼，红着脸，淡淡一笑。

游云龙不由痴了，这一笑恍如玉莲含苞，百合乍放，三分妩媚，七分娇羞，明艳之中，又有一种说不出的端庄之感，真是好看，动人心魄。

人马渐行渐远，转过街角，消失了踪影，人们重又走出门，街上重又喧闹起来。

人们都远远地看着，对游云龙指指点点，小声议论着，游云龙怅然若失，低头看看怀中的丁元海，这才突然一惊，不睬众人的议论，抱着丁元海上了酒楼。

说实在的，游云龙初出江湖，虽游明宇对他说得甚多，但江湖上的行为方式却不懂，他做事完全是凭自己的良心和正义，丁元海虽和他素昧平生，但他隐约觉得丁元海是条汉子，所以就决定一救到底。

酒楼里的酒客和伙计纷纷围上来，游云龙从怀里掏出一锭银子，递给小二，说道："麻烦将街上的一具尸体收殓。"

小二接着银锭掂了掂，大喜，点头哈腰道："公子爷，你放心，小的会办得你满意。"吆五喝六地下楼去了。

游云龙将丁元海放在桌上，扶着坐起，双掌抵在丁元海的背心，潜运真气，酒客纷纷退到楼口，远远观望。

约过了一顿饭工夫，游云龙额头见汗，可丁元海却依旧昏迷不醒，毫无反应。

游云龙大为不解，增强内力再行运功，可丁元海仍没反应。

游云龙大惑，忙伸手一探他的鼻息，见他呼吸微弱，并没死去，心想凭自己的功力，他应该有所反应，突然，他想起刚在喝酒的时候，见他犯病的情景，连忙探手入怀，在他内衣里掏出一个透明的药瓶，如法炮制，塞进他嘴一粒，正要用酒送服，突然背后传来一个冷冰冰的脆声，道："害死了人，又猫哭老鼠假慈悲!"

游云龙一惊，回头见一个十六七岁的少女，怒容满面地站在楼梯口。

少女一身蓝衣翠布劲装，头发用蓝巾束起，明眸皓齿，十分秀丽，只是面若寒霜，冷冷逼视着游云龙。

游云龙诧道："姑娘为什么斥喝我？我出言提醒，本是无心，你怎说我害死丁前辈？"

少女明眸一转，冷笑一声道："难道我说错了？不分是非，何叫出言提醒，分明是居心不良，我看你也不是什么好东西，哼!"

说完少女走上前，抱起丁元海，转身欲走，游云龙不由一怒，上前拦住，喝道："放下，你没见我正在救他，你凭什么带人!"

少女秀眉一挑，泪光一闪，说道："他内腑已被毒瘾长期煎熬，心脉已断，岂是你能救活的，我叫小玲子，刚才自刎而死的是我爹，这是我的丁师叔，我不能带走?!"

游云龙一声惊呼，木讷道："原来姑娘……姑娘……是……"

说了半天，没说出一句完整的话来，小玲子怒瞥了游云龙一眼，说道："我会找你的，哼!"话音一落，身子一掠，就在二楼消失，游云龙茫然而立。

游云龙手里拿着半瓶药，心里不知是什么滋味，不由觉得兴味索然，没想到自己初出江湖就碰上这么一堆乱七八糟的事，可仔细思前想后，似乎自己并没有错，但小玲子怨狠的目光又让他觉得还是错了，到底错在哪里呢？

正思索之际，小二捂着脸冲了进来，哭丧着脸说道："公子爷，小的正准备将那尸体入土，谁知一个……一个疯女子将小人们痛打一顿，还将尸体抢走。"

游云龙一瞧，果见每人的脸上有五个清晰的掌印，又从怀里掏出一些碎银子，说道："是我多管闲事，向你们赔礼了。"

小二接过碎银，个个眉开眼笑，从没见到过如此大方的酒客，其中一人堆笑道："公子爷还有什么吩咐?"

游云龙道："将我马牵出来，我要上路。"

小二殷勤牵出赤马，游云龙翻身上马，纵马狂奔，川边千里，游云龙一人孤骑冷落。

出了桐乡镇，游云龙这才放慢马步，任马儿慢慢前行，一边好奇观看路上的景致，一边将自己的思绪整理整理。

想那丁元海和小玲子的父亲，为什么要对那慕容世家的白衣少女施行暗袭。

说他们之间存在什么深仇大恨吧，可丁元海和那老者都是一大把年纪，应不会跟一个十六七岁的少女结下深仇的。

丁元海虽然有点怪异，但神色之间不应是奸邪小人，可那白衣少女，清丽脱俗，一颦一笑，天真自然，更不像什么心毒手辣的人，可是什么原因，使他们成了生死仇敌，一定要杀之后快呢?

游云龙百思不得其解，心想要不是身有要事，一定要查个水落石出，免得心里有个疙瘩，可爹爹的交代限定十日赶到天山，这可不能误了。

心中有了目标，游云龙不由精神一振，策马狂奔，过江翻山，刚好在第十天赶到了天山南面。

天山横亘中原西北边陲，山势连绵，山顶终年积雪不化，而南面春雪初溶，丰河河水奔流澎湃，带着碎冰。

到了天山脚下，赤红马呼呼喘着白气，十来天的奔波，已使它累得疲惫不堪，游云龙跃下马，轻轻拍了拍马头，说道："马儿，马儿，辛苦你了，我要上山，你自己去找些食吃，自个玩吧!"

赤红马似乎听懂了小主人的话，一声欢嘶，撒开四蹄，欢快地向远处一片松林奔去。

动物和人一样，同样渴望自由。

游云龙笑了笑，提着干粮，席地而坐，一顿猛吃，又捧了雪水喝，雪水冰冷，但清甜无比，吃饱喝足，游云龙摊开父亲给他的地图，找两位师伯隐居的独角峰。

突然，游云龙搜寻的目光怔住了，他看到在他两丈之外的雪地上有个浅浅的脚印。

脚印极浅，如果不细心，还很难发现，游云龙心里一动，因为他明白，正常不会轻功的人一定会留下深深的脚印，只有轻功绝顶的人才会踏雪无痕。

留下若有若无脚印的人是个轻功绝顶的人！

游云龙翻身而起，循着脚印，拔步向峰顶奔去。

脚印在常人眼里很难发现，但在游云龙明察秋毫的眼里，任何蛛丝马迹，他都看得清晰。

游云龙追着脚印，他惊奇地发现，这脚印一起一落之间竟相隔四五丈，而且故意避开宽敞大道不走，专在隐蔽难行的岩石峭壁间穿过。

令人奇怪的是与图上所指的路径有异曲同工之妙。

转过了一座山峰，游云龙突然听到一阵悠悠的箫声。

那箫声音调低回，如泣如诉，冉冉从空际穿破云层，声音聚成一缕，钻入耳中，清晰非凡，像有人在耳内吹响，听起来像鹤唳风声，松涛轻拂，启人遐思。

箫声低绕三回，忽然又有一阵铿锵筝声相和。

箫声原本悠悠如山泉流水，自从筝声起后，渐渐由平静变为激动，曲调一变，就像一个柔不经风的少女持红牙小板翻唱新曲，突变成一个武夫击鼓大唱大江东去，由婉转到雄壮，如扬刀抢剑，气贯长虹。

筝音并不示弱，铿锵之声先如游龙，逐渐变得金铁交鸣，声若长戈耀日，旌帜招展，从筝声中，仿佛使人感到大军临阵，万马奔腾的肃杀之意。

箫声和筝音，此起彼伏，相互纠缠，游云龙一下子举步不前，被两种音韵所迷，怔在半山腰。

再过一会儿，那箫音和筝声互不相让，愈斗愈烈，充满杀机，猛然间，叮当几声，双方都满带火气，曲调逐渐高昂，直如银瓶乍破，铁骑突出，朦胧之中，似闻战鼓频催刀枪染血，千军万马往返冲杀，尸骸遍野，血流成河，惨不忍睹，使人欲罢不能，听之伤心切肤……

游云龙只听得体内热血狂涌，心跳如鼓，双目欲裂，恨不得找一个人放手一搏，拼个生死存亡。

他已明白，这不是普通的弹奏比赛，而是两大绝世高手在生死相拼，比拼内力，并且他们吹弹的正是父亲教他的"长亭风"。

是谁具有这样的盖世神功？

游云龙心中一动，暗叫一声不好，一声长啸，身形冲天而起，如飞般向峰顶疾驰而上。

顷刻间，已越过几座山峦，天山的独角峰已在眼前。

突然，从一块巨石后面窜出一条庞大的人影。

庞大的身影疾如箭矢，径向峰下泻落，两人身法都快，一下收势不住，差点撞个满怀，游云龙一怔，喝道："什么人？"

迎面而来的人穿着一袭白衣，且蒙着面，看见游云龙也是身子一颤，身形再起，准备逃走。

游云龙眼明手快，身法更快，欺身而上，一掌迎面劈出。

白衣蒙面人一惊，衣袖一挥，左掌一封，身形借力腾起，凌空翻转，竟从游云龙头顶翻了过去。

游云龙只觉得气血上涌，噔噔噔倒退数步，眼前金星乱舞，差一点跌坐在地，心里震骇不已，暗惊道：自己的功力虽说不上登峰造极，但自信没有几人能在一招之内就将自己震伤，并且那人的身法怎这般快，真是人外有人，天外有天，一个武功奇高的人，到这人迹罕至的天山独角峰来是干什么，难道是父亲的两位师兄？可两位师伯是三圣中人，何等身份，用得着蒙面吗？

想到这里，游云龙心中蓦地涌起一种不祥的念头，转身掠上峰顶，峰顶箫声和筝声戛然而止。

刚一上峰顶，游云龙一下子惊呆了，呈现在他眼前的是一副惨景。

峰顶不大，但甚为平整，白茫茫的积雪，不见一草一木，正中间有一块光滑的大青石，唯独青石上不见一片雪花，光滑如镜，石上，盘膝坐着一个灰袍老人，须发银白，身前摆着一具铁筝。

那灰袍老者右手五指俱断，只剩下血肉模糊的肉桩，筝上的主弦也折断了三根，筝上鲜血模糊。

游云龙抢步上前，一探老者鼻息，竟已气绝，不由大叫一声："东方师伯！"

无可置疑，这灰袍白发老者就是"苍头筝圣"东方绝。

再看东方绝的胸前，赫然插着一柄短剑，游云龙只觉得一股寒意，直透心底，一个惊心的念头涌上脑海：东方师伯已遭毒手，那牛师伯呢？

一摸东方绝的胸前，血还是热的，显然刚遭难不久，游云龙放下老人的尸体，飞身而起。

在峭壁后，有一片突出的山崖，崖腹中十分宽敞，仿佛一个天然的洞府，崖腹下，却有一个清澈无比的水潭，非但未曾积雪，而且还没冰冻，水波清澈，可以看见里面游着几条乌黑的游鱼。

水潭上的洞边，倒卧着一个灰袍老者，一只手插进石壁足有三四寸，另一只手上擎着半截断箫。

游云龙近前一看，见"一指箫圣"牛斗天神色之间似是非常痛苦，也已气绝。

游云龙放下牛斗天的尸体，愕然怔立，心头涌起很多想法，东方师伯和牛师伯两人名列三圣之列，是父亲的同门师兄，三圣中武功最高的还是父亲，父亲在江湖上闯下了九龙堡主至高无上的称号，而两位师伯则深居天山，不愿在江湖上走动，据说是由于发生了一件事。

游云龙自小从父亲口中得知两位师伯的事甚多，两位师伯不仅武功盖世，而且性格古怪，"苍头筝圣"所使的兵器就是铁筝，从小就是一头白发，嗜棋如命，不爱说话，而"一指箫圣"牛斗天，则是用一根指头吹箫，好与人争辩，成天与人说话，找不到人交谈，就独个人与自己争辩，记得当时，游云龙还问父亲，一个沉默是金，一个喜欢争辩，两个人怎么在一个地方相处，真是奇怪，父亲笑着说，这就是相生相克的道理，他俩不但能相处，而且还相处得很好。

两位师伯是从父亲口中听说最多的人，游云龙从小就神往到天山去看看两位师伯，没想到第一次见面，却是两具尸体。

两位师伯武功盖世，这个世上还有谁能害得了他们？游云龙一下子想不出个头绪，心中茫茫无主。

怔立了好一会儿，才想起让两位师伯入土为安，他奋力刨坑，将两位师伯安葬，忙了一阵，游云龙取出短剑，这柄短剑是插在东方师伯胸前的短剑，也是凶手留下的唯一罪证。

短剑乌黑发亮，十分沉重，剑柄上雕着九条栩栩如生的小龙，这是一件非常珍稀之物，会是谁的呢？

　　游云龙拭去剑上的血迹，小心翼翼地放入怀中，心想等回去一问父亲就知道，这是谁的兵器，然后再讨公道，可父亲在来时告诫自己，"未得两位师伯的许可，不得返回！"

　　还有父亲的信，现在给谁呢？是去是留？该怎么办？

　　这时天色已暮，寒风怒号，空山回应，游云龙只觉得泛起一阵寒意，他面壁而坐，望着两堆新坟陷入了沉思。

　　许多疑问和不解在脑中盘旋，直到天色已明，他才有些困意，突然，一阵清脆的"叮咚"之声传入耳鼓。

　　声音非常悦耳动听，仿佛十分遥远，又像近在咫尺，像是谁在弹奏一曲非常优美的旋律，如月光掺和流水，充盈心田，无声无息，游云龙的心情为之舒展。

　　是谁在这渺无人烟的空山幽谷中弹奏这种空灵飘逸，恍若仙乐的曲子！游云龙大为好奇，一下子睡意全无，循声找去，却不见有人，独角峰上除了呼啸而过的寒风，沉寂的山峦，没见到一个人影，可那动听的仙乐却在耳边响起，游云龙仔细查找，惊奇地发现，原来这动听的乐音不是人弹奏的，而是从两丈外一处山崖的裂缝中传出来的！

　　曲音忽远忽近，飘忽不定，时而铿锵震耳，时而冉冉飘行，宛如空谷足音，飘渺虚无，他小心地走到崖缝附近，好像是一种无形的魔力吸引他痴痴地走过去，曲声戛然而止，连余音也全都没有，就像一个正在滔滔不绝说话的人，突然被人掐住了脖子，一下子中断了谈话，变得寂静，天地一片空白。

　　这时，东方的天际已泛鱼肚白，山峦隐约，好一个黎明，游云龙惊叹自然的造化，心胸开阔至极，说不出的舒泰，不一会儿，悠悠曲声再次飘起。

　　游云龙生怕它再次消失，忙挤身钻进崖缝，崖缝很窄，仅容一个人侧身勉强通过，但行了数十步，前路陡宽，竟然有一人工凿的石级，循阶而下，向右一转，里面是一间宽敞的地穴，石穴下层，积水成潭，潭水冒着丝丝白雾，原来是一处温泉，白雾凝水成珠，水珠再落入潭中，四周山壁回应，传来叮咚之声，叮咚之声连续不断，形成优美动听的乐曲。

　　游云龙侧耳聆听，惊讶无比，没想到这乐曲浑然天成，相信世间没有谁能弹奏这样的天籁之音。

游云龙站在水潭边，目睹水珠不疾不徐，先后有序，滴落潭中，耳听曲音，完美的乐章一下子让他惊呆了。

游云龙完全陶醉了，心神动荡，情不自禁，解下身后的琴囊，在潭边席地而坐，习练那优美的旋律。

一曲刚完，曲声又戛然而止，游云龙一呆，凝目潭中，才发现水雾已散，约过了一盏茶工夫，水雾又起，再结水珠，珠落成曲，竟和刚才的曲调一模一样，分毫不差，就这样循环往复，永不停止，真是人间奇观。

游云龙如痴如醉，连弹了几曲，在水雾散的时候，他也停了下来，只觉得浑身热血奔涌，倦意全消，精力充沛，就这样，他一直坐在潭边忘我地弹奏同一首曲调，也不知过了几天，直到他完全将这一曲调完全学会，才走出石洞，屈指一算，不知不觉间，他已在石洞住了七天七夜，干粮被他吃完了。

游云龙不由一阵傻笑，走出石洞，阳光刺目，人觉得神清气爽，突然，他发现他前面七天前亲手埋的新坟被人挖开，两位师伯的尸体被扔在崖谷上，一片狼籍。

游云龙骇然一惊，是谁来这荒山野岭，冰天雪地来盗尸，不，尸体还在，可坟是挖了，两位师伯衣服显然被翻，似乎是从两人身上找什么。

两位师伯惨遭毒手，同门师兄弟，不知是什么原因，竟撇拼死用内力相斗，结果两败俱伤，被人趁虚杀了，死了后，还不得安宁，被人挖尸抛于荒地，这真是人神共愤，游云龙思绪起伏，怒从心起，但又不知是谁，失去发泄的对象，只好忍气吞声，重新将两位师伯安葬，独坐在坟前，思绪万千，心情又变得沉重。

东方师伯和牛师伯名列三圣之中，武功自是登峰造极，足可傲视天下武林，天下有几个人能杀死他们，只有乘他们不备，才下手的。

可东方师伯和牛师伯两人同门师兄弟，是什么原因让他们比拼内力？为什么会这样？现在两位师伯不在，我能回去吗？不回去，难道我就在这雪山上空守下去？

伸手入怀，摸到父亲交给他的东西，打开绢图，母亲浅笑盈然，这个他记不起来的母亲像一盏明灯，照亮了他的心房，他突然感到自己是那么孤独。

绢图下面是父亲写给两位师伯的一封信，信是用火漆封口，显见父亲对这封信极为重视，忽然他心中一动，半是好奇，半是认为两位师伯已死，我何不拆开看看。

拆开信封，里面是一张便笺，奇怪的是纸上四个字"祸至速离"。

祸至？什么祸？两位师伯已死，算不算祸？速离？叫谁速离，这封信是父亲亲手慎重地交到自己手上，并一再嘱托一定要面呈给两位师伯，这话肯定是对两位师伯说的，叫师伯离开天山。

这是一封告警信，可父亲又是怎么知道的？就像看到一般，他怎么会知道两位师伯会有大祸临头？游云龙一头雾水。

不知不觉中，夜幕低垂，彤云密布，天际黯无星光。

游云龙只觉得自己突然有些累，这累不是体力上的，而是一种心神疲惫的感觉，就斜靠在洞壁上，不再去胡思乱想，朦胧中，突然听到一种轻微的响动，极轻的脚步声从峰下缓缓向上移动。

静夜深山，谁来这里？游云龙忙坐了起来，仔细分辨，是两个人的脚步声。

这脚步声还在很远，常人是无法听出来的，但游云龙在黑暗的石洞住了十五年，一切都靠听觉和视觉，方圆几里的虫爬蚁走的声音都休想瞒过他的耳朵，他连忙屏息藏身到大石后面，看看是什么人。

不一会儿，果见一高一矮两条人影飞掠而上，停在谷中。

游云龙凝目而视，黑咕隆咚的夜色在他的眼中如同白昼，可以清晰地看到三丈外的两人，一个身材魁梧，左额有一道极深的刀疤，穿着一件皂色长袍，另一个五短身材，贼眉鼠眼，小眼睛像两粒黄豆，穿着青布短袄，两个人都蒙着脸，看不到真实的面目。

两人行动极为谨慎，探头探脑，四下看了一遍，才走到两位师伯的坟前。

身材魁梧的蒙面人嘿嘿一笑道："一线天，这地方连个鬼影都没有，怎会有人？"

五短身材黄豆眼的蒙面汉目注新坟，不以为然道："葛阎王，这地方鬼是没有，人是绝对有的，没人？！这坟是谁堆的？！"

显然刀疤脸的人叫葛阎王，矮个子叫一线天，这也许是他们的江湖绰号。

葛阎王道："你太谨慎了，这坟又说明什么？"

一线天小眼睛中精光四射，阴阴答道："三天前，老大曾经亲手搜过，坟是他亲自掘开的，假如没人，谁埋的？"

葛阎王嘿嘿一笑，不解道："如果有人，老大来的时候，怎的没发现？"

游云龙心想：三天前有人来挖坟，自己在石穴里，谁能发现！

一线天道："我们还是小心为妙！"

葛阎王从腰中取下双钩，大声道："管他有人没人，咱们干咱们的，早些搜到东西，早点回去交差，这冰天雪地冻死人，就算有人，凭咱们俩，也能摆平。"

说着低头用手中的双钩刨土，一线天站着没动，一双贼眼四处乱瞄。

葛阎王大声道："你还愣在那里干什么？我们一起动手呀。"

一线天这才上前用长剑挖土，两人动作飞快，三下五除二，就将坟堆挖开。

游云龙从地上捧起一团雪花，手腕轻抖，一捧散雪，直向葛阎王脑后打去。

葛阎王突然抬起头，反手一抄，抓了一掌雪花，大声道："一线天，你不服气呀，不能轻点，将雪弄到我颈上。"

一线天小声道："你声音小点不行，谁不服气了！"

葛阎王大声道："我就这嗓门，有意见到屎坑里提！"

一线天摇摇头，不再说话，两人接着再挖。

游云龙第二次扬手，葛阎王一怔，气呼呼地瞪了一线天一眼，赌气，一转身子，换了个方向。

就在他一转身子之时，赫然听到身后传来风声，他以为又是雪花，头也不回，生气地反手一抄，突然发出一声惨叫，低头一看，不由浑身汗毛倒竖，原来他手掌被一柄短剑穿透，鲜血下滴。

游云龙飞身而出，大叫道："恶贼！"一线天非常机警，听得葛阎王一声惨叫，就知道情况大变，连头也没抬，身子拔起，手中的长剑飞射，迎向游云龙。

可游云龙身子一翻，避开长剑，双掌已拍到一线天的头上。

一线天无疑是江湖上一等一的高手，剑尖疾沉，头跟着一低，不料游云龙掌势跟着往下一沉，"嘭"的一声，一掌重重击在一线天的左肩上，一线天噔噔噔连退三步，险些摔倒。

游云龙一招得手，身子一错，闪电般又欺身而上，大喝道："恶贼，让我看看你是谁！"话还未说完，右手暴张，径扯一线天的面罩。

一线天见来人身法奇快，锐不可挡，忙侧身横闪，手中的长剑同时迎胸疾划，身子飘开两丈远。

身子一飘开，他猛然伸手从怀里掏出一个东西高举头顶，"啪"的一声轻响，骤然发出一道强光，一闪而灭，在漆黑的夜空中，像一团烈焰强电。

强光一生，游云龙满目尽是一层层闪动的光圈，突然什么也看不见，一时间，像突然瞎了一般。

游云龙大骇，连忙闭上双眼，侧耳细听身边的动静，耳边响起破空之声，连忙判断方位，双肩倾斜，身如游鱼，竟从剑芒下钻过，同时大喝一声，一把抓住了一线天的腰肋，奋力一掷。

"啊！"的一声，一线天发出凄厉的长啸，腾身空中，向峰下飞落而去，葛阎王目瞪口呆，飞身而起，也向峰下逃去。

崖上又归于寂静，游云龙缓缓睁开眼睛，已不见葛阎王和一线天的踪影，雪地上除了两个大坑，一切都像是刚做了一场梦。

游云龙茫然站着，眼下发生的事情，真让他费解，在独角峰上他已遇到五个人，两位师伯已死了，其余的三个人没看到相貌，刚上峰时的白衣蒙面人只打一个照面，武功高出自己，这两个得知了江湖绰号，使他想不通的是，为什么两位师伯死后，还会有人接二连三开坟搜索，他们是不是一伙的？三番五次，找什么？还有父亲为什么早就知道这一切?!

他越想越乱，思路飞驰，最后，不得不把心头的意念重新抹去，转瞬间，一夜又尽，天色渐明。

游云龙已有两天两夜没吃东西，饥肠辘辘，十分难耐，吞了几口雪水，不但不能充饥，反觉饥火更甚，心烦意乱，突地站起，自言自语道："不行，我得回去，问问父亲这一切是怎么回事！"

冬去春初，整个天山积雪盈天，人迹罕至，就更别说是有房子，游云龙奔了一天，未见到一处瓦舍，直到暮色四合，才望见前面有炊烟袅袅，心头不由一喜，加快步伐，转了一个山坳，见有一片茅屋。

他手扶篱门，喘息片刻，举起乏力的手，轻轻敲了两下，叫道："有人吗？"

篱后是片空场，打扫得甚为干净，一个穿着蓝布短袄，扎着两个羊角小辫的少女，显得天真浪漫，在茅屋前喂鸡，听到叫声，秀眸一抬，望了游云龙一眼，满脸惊诧，飞身奔回屋内，显然这地方很少有生人来。

茅屋的正房里，坐着一个六七十岁的老者，一头乱发，正悠闲吸着旱烟，额上的皱纹像犁耕出来的一般，一张脸饱经风霜，见少女奔进来，忙一欠身，诧问道："钗儿，什么事这么慌里慌张的？"

少女道："爷爷，外面有一个人。"

老人哈哈一笑，说道："一个人有什么大惊小怪的。"

少女明眸连转，一脸肃容道："爷爷，那是一个陌生的男人，看他有气无力的样子，身上还有血迹，八成是受了伤！"

老人沉吟道："有这事？让他进来，看看是哪路货色！"

少女这才转身而去，篱门一开，少女一怔，原来游云龙已倚坐在篱笆外，满脸倦容，额上冷汗滚滚直落，少女双手将腰一叉道："喂，你从哪里来，到哪里去？叫什么名字？怎会在这里？"

游云龙抬起头，见一个十六七岁的少女，天真无邪地望着他，笑了笑，说道："你一下子问我这么多，我怎么答呀！"

少女也扑哧一笑，转而又严肃道："不准笑，你一个一个地回答！"

游云龙无奈道："姑娘，我已饿得不行了，求你施舍一顿饭，吃完后我再回答你的问题，保证知无不言，言无不尽。"

少女满脸惊诧道："原来你是饿得这般惨呀，不行，你不能坏了规矩，先回答我的问题，再谈其它！"

游云龙暗道：这是什么规矩？但还是答道："我从天山来，要去蜀中，名叫二呆子，因为饿了才来这里。"

少女一怔，道："二呆子？怎么这个名字？嗯，好，回答了问题，进来吧！"说着上前搀扶起游云龙向里屋走去。

游云龙大为好奇，这少女倒挺大方，不由侧头看了她一眼，少女忽然面上一红，秀眉一挑，缩回双手，娇叱道："有什么好看的。"游云龙大窘，木然呆立。

少女不再管他，径直走向里屋，走到门口，见他还没跟来，又没好气地说道："要吃饭，你自己不会走呀。"

游云龙只得自己往里走，突然，一阵劲风当胸撞来，游云龙大惊，连忙向旁掠开，可哪里避得开，只觉得劲风如影随形，跟踪扑到，"嘭"的一声，游云龙像一只断线的风筝，身子倒飞出去五丈开外，重重地摔在篱门外，心道不好，胸口犹如千斤重锤当胸击下，"哇"的一声，吐出一口鲜血，竟昏死过去。

屋门口昂首站立一个老者，他负手而立，似乎根本没有出手。

少女大惊，叫道："爷爷，你又打死人了。"

老人哼了一声，道："哪有叫二呆子的，我看他定不是什么好东西，想糊弄我

'北网天罗'！"

少女嘴一撇道："但我看他长得不大像坏人，并且饿得……"

老人似乎突然想起什么，突然问道："钗儿，他是个年轻人？"

少女脸一红，说道："大约十七八岁。"

老人没在意少女神色的变化，其实他也不能看到，因为他是个瞎子，老人又问道："他刚才避我一掌的步法，可是左三右一！"

少女一惊，心想：你怎么知道，但想到爷爷无所不能，也不足为怪，说道："对，他似乎会武功。"

老人脸上赫然变色，说道："钗儿，快，他在哪里？死了没有？哎哟，我真该死！"

少女大惊，说道："爷爷，你知道他是谁？"

老人不理少女的问话，急忙道："快，将他带过来。"

少女飞掠而上，将游云龙抱回，老人一探鼻息，面色一喜，说道："幸好没死，快，进屋去。"

少女将游云龙抱进去，放在炕上，老人关上门，随后跟进，说道："钗儿，你看他带了什么！"

少女从未看到过爷爷如此神色紧张而诡秘，说道："只有一个包裹和一个行囊。"

老人道："打开看看。"

少女迟疑道："别人的东西怎么能偷看？"

老人急道："我只是看看，又不是拿他的东西。"

无奈，少女打开了皮囊，一只通体乌黑的铁琴出现在眼前，说道："爷爷，皮囊里是一只铁琴。"

老人全身一颤，道："钗儿，你看看，那铁琴是不是一头有四条龙，另一头雕着五条龙？"

少女一惊，不解道："爷爷，你是怎么知道的？！"

老人不理少女，紧张道："打开包裹看看。"

空气变得凝重起来，少女打开包袱，老人急问道："钗儿，里面是什么？"

少女道："一封书信、绢图和一柄短剑，啊，还有许多金子，金叶和银锭，他带这么多珍宝干什么？"

老人自顾问道："信上写着什么？"

少女也变得紧张起来，她搞不懂爷爷为何这般关心年轻人的携带之物，这与爷爷往日的作风可不一样，爷爷是何等人物，从不在意这些的，虽然不解，但她还是照爷爷的话去做，打开信看了看，说道："上面只写着'祸至速离'四个字，啊，还有，信的背面还画有一棵古松，古松上有一轮红日。"

瞎眼老人刚听到这里，脸色大变，喃喃道："古松红日，原来真是他，钗儿，你再看看，那柄短剑上是不是也有九条龙？"

钗儿点点头道："嗯，爷爷，这又说明什么？"

瞎眼老人神情异常激动，说道："钗儿，去将我的'还魂丹'取来！"

钗儿张口结舌，惊道："爷爷，你要用'还魂丹'？"

瞎眼老人道："就是耗尽天下一切珍药，我也得救活他。"

钗儿奇道："爷爷，他是谁呀？"

老人道："他就是我常提到的'九天琴圣'游爷爷。"

钗儿惊道："九龙堡堡主游明宇爷爷！"转而又不解道："爷爷，可他只是十七八岁的少年！"

老人霍地站起身来，说道："嗯，我差点忘了，如果真是游兄弟，我一掌怎么伤得了他呢，游兄弟一向琴不离人，人不离琴，难道他……"

少女道："爷爷，这人既带有游爷爷的东西，定与游爷爷有极深的渊源，我们先将他救活再说。"

老人点点头，少女取来一个紫色的药瓶，倒出一颗通体绿色的药丸，塞入游云龙的嘴里，又给他喂了一口水，让他吞下。

夜已很深，万籁俱寂，茅屋中一老一少围坐在炕边，谁也没说话，钗儿紧皱秀眉，一副天真烂漫的脸上出现不相称的紧张神情，玉手托腮，关切地望着游云龙。

瞎眼老人吸着旱烟，面色凝重，神情冷肃，在思索着什么。

屋内静寂如水，除了游云龙浓重的呼吸声，只听得油灯毕剥声响。

钗儿忍不住问道："爷爷，他会不会醒？"

老人坚定地点点头，说道："只要他有一口气，吃了我的'还魂丹'，就一定会醒转的。"

话刚说完，游云龙的手指微动了一下，嘴唇牵动，低呼道："水……水……"

少女面色一喜，道："爷爷，他醒了！"

瞎眼老人低声道："去，将厨下的那碗参汤端来。"

喝完参汤，游云龙脸上渐现红晕，轻嗯一声，缓缓睁开双眼，竟发现自己说不出地舒服，微抬头一看，见自己躺在暖和的炕上，身上盖着棉被，身上已换了干净的长衫，面前坐着一个明丽可人的少女和一个面色沧桑的老人，不由得一跃而起，一掌拍向那老人。

老人一惊，他眼睛虽瞎，却像看到一般，左手一挥一反，竟将游云龙的手抓住。

游云龙清楚地记得是这老人给他一掌，然后他就眼前一黑，人事不知，所以他醒来就打，大喝道："恶贼，原来这是个黑窝。"

老人哈哈一笑，说道："你现在不是已没事了吗！"

游云龙没想到一出手就被老人逮个正着，忙缩回，可那老人的手爪像一把铁钳，他哪里动得了一分一毫，心中大骇。

老人又道："小娃子，不要激动，你伤刚刚恢复，等我说完话，你再动手不迟，我问你，游明宇是你什么人？"

游云龙身子一颤，更是大惊，不解地看着瞎眼老人，问道："你是谁?!"

老人松开手道："老夫肖世平。"

游云龙一震，脱口道："你是北网天罗肖……肖老前辈?"

"北网天罗"肖世平这个名字，游云龙经常听父亲提起，肖世平是北方黑道领袖，能呼风唤雨的江湖巨擘，在江湖上使人闻风丧胆，恶名昭著的人物，但不可思议的是，他竟然是义薄云天的父亲的好友，记得父亲在讲到这段往事的时候，游云龙也好奇地问到这个问题，父亲说他曾救过肖世平一命，后来发现肖世平虽然恶名昭著，但却性情刚烈，极讲义气，不失为一条汉子。

可名震江湖的黑道首领，怎会住在这个破茅屋中，真是不可思议。

瞎眼老人看不到游云龙脸上表情的疑惑，点点头道："嗯，刚才我见你自报名二呆子，以为你存戏弄之心，所以出手伤了你，我向你道歉。"

游云龙十八年来，除了与父亲面对面谈话，极少与陌生人对面谈话，并且谈话的人还是父亲的好友，游云龙虽未与肖世平见过面，但却感到分外亲切，因为既是父亲的好友，就是自己的亲人，于是歉然一笑，道："肖伯父，因为父亲告诫我出门不能用自己真实姓名，所以……"

老人微笑道："这么说，你就是游兄弟的儿子，你父亲叫游明宇？"

游云龙道："对，我叫游云龙，以前经常听家父提起前辈。"

肖世平一阵激动，伸手将游云龙揽在怀里，摸了摸游云龙的头，说道："游兄弟的孩子也这般大了，不容易啊，不容易……"

钗儿在旁边"扑哧"一笑道："刚才打人一掌，现在又给个甜枣，哼，看你高兴的那样子。"

老人和游云龙哈哈大笑，肖世平还喜出泪来道："钗儿，还不快过来见你的游大哥。"

钗儿用手指绞了绞衣角，偷偷看了一眼游云龙，迟疑不决，游云龙笑了，叫道："妹妹！"

钗儿终于上前道："肖雪钗见过游云龙哥哥！"

游云龙高兴极了，笑道："雪钗，你这名字真好听。"

肖雪钗脸一红，退到一边坐下，心里也非常高兴。

这个世界上最容易靠拢和最难靠拢的都是两颗心，有时只要有一点点关系，或者根本没有关系，两颗心都会走到一起的，因为人们都渴望接近，特别是年轻人。

肖世平突然问道："游兄弟望重武林，侠名遍天下，为何不让你以真实姓名示人？还有，你孤身一人上天山干什么？你父亲可好？"

游云龙心想，这爷孙俩怎么一个脾气，问起话来就像连珠炮，不过，这些问题却一直是他心头的疑团。

沉吟了一下，游云龙便将自己的身世，父亲将他藏在石洞十五年，如何令他十天之内赶到天山以及在天山所经过的事，竹筒倒豆子，一五一十地讲了出来，只略去了在桐乡镇的事。

肖世平和钗儿听了，两人不由目瞪口呆，显赫的九龙堡堡主，三圣之首的游明宇，竟将自己的爱子放在石洞中养大，还真是叫人不可思议。

突然，肖世平浓眉一扬，沉声问道："龙儿，你说你东方师伯死于一柄短剑，那短剑可是你包袱内的短剑？"

游云龙点了点头，肖世平又道："你上天山独角峰所遇到的白衣蒙面人，身材武功，可有几分熟悉?"

游云龙不想肖世平会问这些问题，见他脸色凝重，他肯定知道什么蹊跷，本来游云龙心中就存在极大的疑团，所以就极想听听别人的意见，现在父亲好友肖世平问他，他忙答道:"不熟识，我初次踏入江湖，在石洞住了十五年，除了父亲，一个人也不认得，再说那白衣人蒙着面，匆匆交过一掌，更是不认得。"

肖世平又问道:"你感觉那人的功力如何?"

游云龙想了想道:"晚辈远非那人的敌手。"

肖世平双眉紧锁，好一会儿，才一字一字缓缓道:"你知道吗? 你东方师伯胸前插的短剑是你父亲随身之宝——九龙剑，锋利无比，吹毛立断，是一件奇兵。"

听了这话，游云龙差点从炕上跳起来，失声道:"肖伯父，这……这不可能，我父亲的短剑怎会戳在东方师伯的尸体上。"

肖世平扶住他的肩头，示意他不要激动，正容道:"奇就奇在这里，你讲的内容真的使我想不通，其它的撇开不谈，我们先冷静地想想这件事，你父亲命你十天之内赶到天山，并带警言，他一定事先早就知道有什么事要发生，对不对?"

游云龙认真地点点头，道:"是的!"

肖世平神情肃穆，又道:"我们再想想，你父亲既事先知道，为什么不亲自到天山，却叫你一个从未在江湖行走的孩子，跋涉千里，赶去告警?"

游云龙愕然无语，愣了半晌，才道:"父亲说他有要紧的事去办，等事情办完，再到天山来看我。"

肖世平道:"不可能，也不合情理!"

游云龙初时见肖世平的模样，真不敢相信，一个黑道首领竟是一个头发蓬乱的瞎子老人，但慢慢地发现他说话条理明晰，神色大义，一举一动，颇有黑道枭雄的气概，不由凛然，讷讷地道:"那前辈的意思是……"

肖世平用粗大的手掌一拍椅子，说道:"我认为你在天山上所遇到的白衣蒙面人就是你的父亲。"

游云龙听了这话，怒道:"我不许你诽谤我爹，我爹爹一生义薄云天，照你这么说，害死我两位师伯的人就是我爹不成?!"

肖世平却毫不动容，冷冷地道:"按常理推断，似乎不可能，但世事难料，近来江湖风云突变，许多不正常的现象都在悄悄发生，不能说这不在情理之中。"

游云龙从炕上一跃而起，怒道："家父一生光明磊落，岂容你诬谤，告辞了。"

钗儿没想到刚才还好好谈话的两人，转眼就恶言相向，忙拉住游云龙道："龙哥哥，你还没吃饭呢！"

游云龙冷冷地道："我不饿！"转而一想，钗儿可没有错，于是又缓声道："钗儿，我走了。"说完背起包袱，夺门欲出。

肖世平却冷冷笑道："我肖世平一生虽恶贯满盈，杀人如麻，但任何事讲个快意恩仇，你父亲虽对我有恩，但我必须就事论事，而不是对人。"

游云龙冷哼一声，不再答话，低头疾走，却被钗儿横身拦住，说道："龙哥哥，爷爷就是这脾气，你内伤初愈，空腹未食，怎能上路？"

游云龙心中有气，举手一格，身子抢到门边，突然，肖世平身如鬼魅般疾闪而至，拦在游云龙前面，游云龙怒道："你想怎样？"

肖世平面泛冷笑，缓缓道："你要走，我决不拦你，不过，我有一物相送，也许将来会对你有些用处。"

说着，他探手入怀，取出一块通体乌黑的像老鹰一样的铁牌，递给游云龙，游云龙头一扭，道："用不着！"

肖世平一怔，未来得及说出下面的话，游云龙身子一晃，已出了茅屋。

钗儿大急，追了出去，肖世平喝道："回来，钗儿，让他去吧。"

钗儿停下脚步，目送游云龙的身影消失在黑夜中，喃喃道："爷爷，你……"

肖世平手中玩弄着那块铁牌，哈哈一笑道："你责怪爷爷？"

钗儿低下头，说道："谁责怪你，只是他……人家担心他……"

肖世平道："嘿，我这孙女什么时候也会担心起别人来了！"

钗儿俏脸绯红，飞快奔向屋里，肖世平哈哈大笑，凝目游云龙远去的方向，喃喃说道："嘿，好一个倔强的小子，比我肖世平还厉害，有种！"

说着又面色凝重地走进屋里，说道："钗儿，你不理爷爷了，爷爷天不怕，地不怕，就怕钗儿不理爷爷。"

钗儿背转身子，不理肖世平，肖世平大笑道："傻孩子，爷爷是故意气他走的，他这一走，对他会有好处的，明天我们爷俩要离开这里。"

钗儿一愕，转过身来，忍不住问道："爷爷，这是为什么？"

肖世平叹道："如果爷爷所料不差，武林将有一场浩劫，爷爷归隐江湖也是被迫而已，现在看来，一切都变了，游云龙那小子个性倔强，他一旦回到九龙堡，只怕九龙堡已发生了变故，我说话气他，无非是告诉他，遇事多冷静，一切皆要往坏的方面想。"

钗儿骇然道："你是说，九龙堡会发生意外……那龙哥哥……"

肖世平沉重地点点头，道："不错，一切的迹象表明，九龙堡将有大难，不过，你那龙哥哥不要紧，吉人自有天相……只是你那游伯伯，他……唉……"

钗儿接口道："爷爷，你为什么说龙哥哥所碰到的白衣蒙面人就是游伯伯？"

肖世平正色道："你游伯伯名列三圣之首，武功盖世，还在我之上，一生义薄云天，只是……他怕也遭了毒手！"

钗儿惊道："为什么？"

肖世平沉思道："他叫儿子送信，说明他早知大祸将至，却不亲自去天山，假如不是自身更在险境，暗示两位师兄携带爱子，远走避祸，岂非大大地不近情理？"

钗儿若有所思，说道："可那游伯伯有难，他为何不直接告诉自己的儿子？"

肖世平昂首道："那小子在石洞中长大，不知江湖凶险，初入尘世，豪壮有余，机智不足，变故如果已经发生，他回到九龙堡总会知道的，提前告诉他，除了使他陡增惶急，于事无补。"

顿了一顿，肖世平又道："当然，我还有安排，明天一早，你立刻上路，悄悄跟着他，不可使他发觉，当他遇到危难时，应立即照应他，以你的身手和鬼心计，足以应付江湖上的风云变幻。"

钗儿扭头道："我可没什么鬼心计！"

肖世平笑了笑，摸了摸钗儿的头，道："钗儿，你也该到江湖历练历练，爷爷这一辈都老了，日后的江湖是你们这一辈的，为保安全，你将这块玄铁鹰牌带上，天下黑道高手，见牌如见爷爷，会忠心为你效力的。"

钗儿听说自己要独自行走江湖，不禁又惊又喜，双手接过玄铁令牌，迟疑道："爷爷，你真要我去？爹和娘回来，不会责骂吗？"

肖世平淡淡一笑道："唉，你爹娘处自有爷爷担保，你就放心吧，独自行走江湖要切记恩怨分明，义字当先，当然，还要心黑手辣，为达目的不择手段。"

钗儿高兴道："记住了，爷爷，这是我们黑道的原则。"

肖世平抚弄孙女的秀发，亲切地道："一路小心，但你还要特别留意一件事。"

钗儿忙道："什么事？"

肖世平沉重地道："听说武林中新近崛起一个邪道魔教，叫'幽灵教'，它虽也是黑道，但创教目的不一样，我们是凭手段，还认理，它们凭邪门歪道，不讲原则，这'幽灵教'专在黑夜出现，手黑心毒，有一种独门兵器，发出强光，迷人双眼，使人短暂双目失明，趁机下手，你千万要注意。"

钗儿点头道："我注意就是了，还有什么要交代的吗？"

肖世平笑道："看你兴奋的样子，好啦，休息，天亮你就要启程啦。"

……

游云龙一怒之下离开了肖世平，展开身形，不辨方向，一阵疾奔，心里充满怒气，他记得爹爹给他讲过，当年"北网天罗"肖世平肆虐武林，心狠手辣，仇家遍天下，尤其激起中原名门正派的公愤，一向黑白两道势不两立，水火不容，于是九大门派高手，在贺兰山将肖世平截住，想聚众人力量诛了这个黑道霸主，但父亲说这有失公允，他要和肖世平两人单打独斗，作一个公平的了断。

第三章

就这样，黑白两道的最高人物相约在湘南的摩天岭，父亲和肖世平各展绝学，在摩天岭上激战三天三夜，结果父亲技高一筹，一剑将肖世平逼下了悬崖，但父亲却不顾自身性命，跃下悬崖，施展凤舞九天的轻功将他救起。

围观的群豪要将肖世平处死，父亲不肯，结果两人并肩杀出一条血路，冲了出去，就这样，黑白两个水火不相容的顶级人物竟结拜为兄弟，这件事在江湖上轰传一时，褒贬不一，但使人欣慰的是，肖世平自此绝迹江湖。

每谈到这段往事的时候，父亲总是难以掩饰内心的自豪之情，可偏偏就是恶人难渡，父亲冒着天下群雄的反对救他性命，可那肖世平非但没有图报之意，反而血口喷人，诬谤爹爹就是害死两位师伯的白衣蒙面人，这怎叫游云龙心中不气？

游云龙不懂得人生好恶，江湖凶险，但好坏还是分，恩怨还是认，心中最憎恨的是恩将仇报，行为畏缩，胆小怕死的小人。

且不谈爹爹与两位师伯之间的手足之情，父亲一生义薄云天，心底坦荡，就说父亲嘱托自己千里送讯这一点，他若有心要杀两位师伯，怎会帮出这等掩耳盗铃，画蛇添足的蠢事。

游云龙越想越气，信步疾奔，天亮之前，来到一处荒无人烟的旷野，委实精疲力竭，便倒在一堆衰草上闭目憩息。

内伤初愈，经过半夜疾奔，加上腹空饥饿，人一点力气都没有。

他真想放声大哭，十八年有十五年是在石洞里度过的，自以为没有什么使他痛苦和伤心的，一个黑暗中生活了十五年的人，有什么能摧垮他？可一入江湖，便连遭怪事，使他心乱如麻。

睡也睡不着，心里乱糟糟的，躺了一下，天已大亮，太阳光芒万丈，觉得心头一阵暖和。

世上只有太阳是最温暖的。

心情平静下来，再细嚼肖世平的话，事实上，他所说的话，虽然叫人难以接受，但并不是没有道理。

父亲命他务必在十日之内赶到天山，可自己风餐露宿，日夜兼程如期赶到天山，为什么祸事已发生了？如果自己径直上山，会不会改变一切？

可就算一点也不耽搁，径直上山，那又能怎么样？自己遇到的白衣蒙面人，内功和轻功远在自己之上，说不定自己也会身遭不幸。

奇怪的是，那白衣蒙面人的武功之高，令人匪夷所思，可他在一掌伤了自己之后，为何不乘机杀了自己？反而匆匆走了。

还有父亲的随身之物怎会插在东方师伯的胸前？这可是跳到黄河也洗不清的，就算有人栽赃，天底下应该不会有人能从父亲手上拿走九龙剑的，两次有人上山偷挖两位师伯的坟并搜尸，他们在找什么？是找短剑吗？还有父亲送走自己的那一晚，越想越不对头。

游云龙又仿佛回到九龙山黑暗的石洞里，四周一片漆黑，连心里也是毫无头绪，陷入深深的痛苦之中，一切都扑朔迷离，找不到确定的解释。

现在，唯一能澄清疑团的方法，只有立即赶回九龙堡，当面询问父亲。

正在他起身之际，突然听到寂静的旷野传来急骤的马蹄声，蹄声由远而近。

游云龙警觉地站起来，凝目一望，只见双骑疾驰而来，马上一男一女，都是中年人，令人发笑的是，两人一个黄袍，一个白袍，并且都是以金银丝点缀，在阳光的照耀下，使人看得耀眼生花，如戏台上唱戏的一般，那女的头上插满鲜花，分外娇艳惹眼，但两人却长得尖嘴猴腮，模样的确让人不敢恭维，两人并肩细语，时而纵声大笑，非常亲昵。

两骑转瞬已从游云龙身前疾驰而过，突然，那满头鲜花的中年人"咦"了一声，骤然拉住缰绳，那马冲得太快，被人一勒，一声长嘶，前脚立起。

游云龙不解，站立不动，禁不住打量了自己一下，可自己身上并没有什么异样，这几天，他一直对天山和父亲的事感到困惑，脑海中马上想到，会不会是与这件事有关？可两人却并未蒙面。

那女的用手遥指游云龙，对男的低声说了些什么，两人又相互望了一眼，脸上现出惊讶之色，一抖马缰，到了游云龙身边。

两人立在游云龙面前，两双精光在游云龙身上上下左右打量一遍，眉头皱起，神色更是不解。

游云龙被盯得浑身不自在，没好气地说道："看，有什么好看的？"

中年妇人收回目光，问道："你是什么人？刚才从哪里来？"

游云龙冷冷答道："天下人走天下路，我是什么人，从哪里来跟你有什么关系吗？"

黄袍男的怪眼一翻，喝道："小子，贫嘴找死！"

白袍妇人忙道："肖遥哥，不要鲁莽，问清楚再说。"

黄袍人一声冷哼，道："小子不知在和谁说话，我肖遥杀人如踩一只蚂蚁。"

游云龙斜眼一瞄，这人的确凶恶，横看竖看，怎么也不像一个好人。

白袍妇人跳下马，摇着满头的鲜花，笑吟吟地问道："小兄弟，我们是和你开玩笑的，只是想问你，你身上的外衣是从什么地方得来的？"

游云龙一低头，这才发觉身上穿的是一件用金线描了一只秃鹰的对襟大褂，原来是在茅屋里钗儿为自己换的，自己从天山穿的那件衣服也许太脏太破，抬起头来，冷冷答道："外衣怎么样？总之不是偷的！"

黄袍汉子大怒道："什么不是偷的，这件衣服，正是老子的东西，不是偷的，是怎样来的？"

游云龙一惊，心想：真是天下奇闻，这是钗儿为自己换的衣服，怎么是你的？更没好气地说道："不要脸，世上只你有这样的衣服？"

"那衣服上的秃鹰，天下有谁还能穿这样的衣服！"话一说完，人已疾扑而下，迅雷不及掩耳，一掌向游云龙劈来。

游云龙心道：撞鬼了，这人怪模怪样，脾气也躁得不得了，我倒要看你能把老子怎样，心念一闪，不躲不避，单掌迎了上去。

"嘭！"的一声，两股掌力遥遥一对，黄袍汉子落地一挫，游云龙却踉跄退了三步，一屁股坐在地上。

游云龙大骇，心想：这世上奇人异士怎这么多？自己初出江湖，没想到却碰到这么多高手，这尖嘴猴腮的汉子一掌就将自己打倒，看情形，他还未用全力，如果用了全力，自己非受内伤不可，不由惊得说不出话来。

黄袍汉子也是一惊，诧异道："小子，有两把刷子嘛！"

话还没说完，跌坐在地上的游云龙突然一声暴喝，从地上拔身而起，双掌疾翻，向黄袍汉子当胸拍来。

黄袍汉子一怔，怒道："小子找死！"脚步一错，单掌迎了上去，又是"嘭"的一声大震，黄袍汉子眉头一皱，退了一步，而游云龙却仰面翻在地上，哇的一声，喷出一股鲜血。

白衣妇人上前一步，摇头叹息道："功夫不错，可就是性格太倔，分明是早已受内伤，却不输一口气。"

黄袍汉子闻言怔了半刻，才沉声道："真是怪事，我的外衣怎么在他身上？"

白袍妇人一摆手，移步上前，蹲下身子，柔声道："小兄弟，看来我们之间有什么误会，你为什么不肯解释呢？你是不是从一个茅屋里来的？"

黄袍汉子不耐烦道："将衣服扒下来！"

白袍妇人嘘了一声，又道："小兄弟，既然你不肯说，我们也不逼你，你已受伤，好自为之，不要太倔强！"

说完，从怀里掏出一个药瓶，倒了一粒药丸放在游云龙手上，然后起身上马，对黄袍汉子说道："走，我们回去问钗儿就知道了。"那黄袍汉子对中年妇人的话却是极听，瞪了一眼游云龙，扬鞭绝尘而去。

游云龙只觉得内息混乱，身上酸痛无力，默默运功，压抑住伤势，一动也不想动，耳闻蹄声渐远，垂目调息了约半个时辰，人才好受多了，咬牙从地上站起来，脱下外衣，撕成碎片，将手中的药掷入乱草之中，"呸"了一声，一歪一倒地往前行去。

这时，他脑中混混沌沌，几乎忘了身在何处，喉干舌燥，腰酸腿痛，多想寻些食物，饱餐一顿，然后再觅个地方，倒头便睡，痛痛快快地睡他个三天三夜。

跌跌撞撞往前走了不远，但对他来说不啻万里，突然，他看到灯光，有灯光，必有人家，好不容易走近灯光。

灯光是从一间小屋中射出来的，小屋内一对中年夫妇正赶着驴子磨豆，屋角的火炉上，煮着满满一锅豆汁，热气蒸腾，香味扑鼻。

游云龙饥火如焚，毫不犹豫地跨了进去，径直走到墙角，从锅里舀了一瓢豆浆，咕噜噜地一口气喝得干净。

两中年夫妇突见一个陌生人闯了进来，问也不问就喝豆浆，都一下子惊住了。

喝完豆浆的游云龙这才转身道："打扰了两位，我……我太饿了，不好意思。"

说完，从包袱中掏出一片金叶子，递给中年汉子，道："今晚我想在你这里借宿一晚，这点东西，就作为费用，不知少不少？"

两夫妇哪里见过金子？喝一碗豆浆，歇一晚，竟用得上一片金叶子，真是天上掉馅饼了，那男的喜出望外，再也不责怪游云龙的冒失，只当是财神不期而至，接过金叶子，揣进怀里，连声道："够，够！公子，够得很，老婆子，还不快为公子铺床。"

中年妇人将游云龙领进内房，被子虽然破了一些，但游云龙从未感到这般温馨，倒在床上就呼呼大睡，沉沉进入梦乡。

妇人刚走出去，中年汉子守在门边，将妇人拉在一边，小声说道："喂，他睡着没有？"

妇人道："看那公子似乎累极了，一上床就睡着了，怎么？"

中年汉子瞄了瞄，压低声音道："这公子出手阔绰，你看他那包袱中鼓鼓的，一定有不少的钱财。"

妇人将金叶子放进嘴里一咬，喜道："老头子，十足赤金，你想怎样？"

中年汉子咽了一口唾沫，沉声道："贱人，天下掉下来的横财，我们……"说着手掌一落，作了一个杀人的动作。

妇人骇然失色道："杀人夺财，老头子，别不知足了，有这金叶子，也足够咱俩舒舒服服地过上几年，还要……"

中年汉子眼睛一瞪，说道："小声点，见财不取三分罪，妇人之见，财还怕多呀，走开。"

说着一推妇人，蹑手蹑脚进了内屋，不一会儿身子一闪，提了一个包袱出来，招招手，两人在油灯下打开包袱，包袱一打开，两人噔噔退了两步，倒吸一口凉气，天啊，那么多黄澄澄的金条，碧绿的翡翠，鲜红的玛瑙，晶莹的珍珠，白晃晃的银锭。

两人活了半辈子，做梦也没有见到这么多的奇珍异宝。

妇人道："我不管你的事，但不义之财，我怕，你想，人家若没有些本事，敢单身一人带这么多宝贝！"

汉子咽了一口口水，嘿嘿一笑道："嗯，这话有理，嘿，你看着他，我去将铁匠赵二找来。"

妇人一惊，道："你找那挨千刀的干啥？"

汉子道："铁匠是黑道人物，又是我表弟，不怕不到手。"说完匆匆从后门出去。

汉子走后，妇人提着包袱，禁不住浑身颤抖，不安地在屋里走来走去。

等了一会儿，见汉子还没回来，心里更急，手心出汗，两眼发虚，吹熄灯火，推开里屋的门一望，见游云龙鼻息均匀，沉睡正香，心里稍安。

又等了一会儿，中年汉子领着一个身如铁塔，脸如锅底的壮汉从后门进来，妇人忙将包袱藏了起来。

壮汉低声问道："点子在哪里?!"

中年汉子道："在里屋睡着。"

壮汉大步向里屋走去，推门而入，他见游云龙兀自未醒，嘿嘿冷笑，目光一扫床头的皮囊，取了过来，掂了掂，只觉分量甚重，打开一看，竟是一具黑黝黝的古琴。

中年汉子见是古琴，颇感失望，笑道："他妈的，原来是个卖唱的!"

可铁塔壮汉却转抚琴身，俯下身细看琴的两端，越看，脸色越是凝重。

中年汉子见他神色不对，忙伸手一摸琴身，触手却一片冰凉，惊问道："难道这古琴也是金子铸的不成？"

壮汉不答，转身就走，中年汉子急了，忙拉住壮汉问道："表弟，怎么样了？"

壮汉神色紧张地道："表兄，这小子来头不小，凭你我，休想动人家一根汗毛!"

中年汉子大惊，道："有这种事？他是什么来路？"

壮汉扫了扫妇人，招手说道："此处说话不便，我俩出去。"

两人从后门出去，壮汉望望四下无人，始沉声说道："那古琴的两端，一头有四条龙，一头有五条龙，这似是九龙堡堡主的东西，听说他有这样的兵器。"

中年汉子道："九龙堡堡主是什么东西？"

壮汉一摆手道："吓，那可是一个大人物，我只听说有这么一个人，像我这样的哪能见到。"

中年汉子平时对这位表弟佩服得五体投地，平时这表弟在这一带称王称霸，无人敢惹，没想到还有他见不着的人物，不由也紧张起来，刚才的高兴劲一下子全没了，颤声道："那怎么办?!"

壮汉压低声音，凑在他耳边，叽叽咕咕说了一阵，只听得中年汉子脸色大变，额上冷汗直冒。

壮汉说完，最后一拍中年汉子的肩头，说道："你盯着，我去去就来!"

中年汉子连连点头，说道："你可得快些!"

游云龙数日来心力交瘁，难得如此酣睡，睡得格外香甜，竟不知东方发白。

朦胧中，似有一只颤抖的手在摇他，一个细小的声音急促呼道："公子醒醒，快醒醒!"

游云龙似醒非醒，竭力想睁开眼睛，可两片薄薄的眼皮似有千斤重，怎么也睁不开，身边急切的呼喊更急。

这一次，游云龙清晰听见，惊坐而起，目光所及，窗外朝霞如烟，屋内阴暗如故，一切情景平静无奇，跟他入睡之前没什么两样，床侧站着一个乱发妇人。

那妇人见游云龙突然坐起，也吓了一跳，旋即摇手示意，压低嗓音道："公子，你醒了，你赶快走吧，再迟，就来不及了。"

游云龙凝目注视，这才记起是屋里的女主人，惊诧道："大娘，出什么事了?"

妇人满脸惊怖之色，不时回头向房外张望，颤声道："我那口子已和他表弟赵二约好要害你，公子快逃吧!"

游云龙奇道："大娘，不要慌，那赵二是谁? 他为什么要害我?"

妇人急道："公子，时间急迫，无法细说，你马上逃走就是了。"

才说到这里，后院已传来一声门响，妇人脸色大变，未及再说，身躯疾转，紧张地逃出屋子，游云龙一时如坠五里雾中。

实在不解，忽听院中有粗重的声音喝起，问道："贱人，叫你守在院子里，你慌里慌张地跑到里屋干什么?"

妇人害怕地答道："没……没有啥……我……一直在这儿……"

粗重声音道："胡说，我明明看到你从里屋出来。"

妇人双手连摇，道："啊，没有，我只是……只是去看看他醒了没有!"

粗重声音怒道："哼，你要是妇人之心，连你也杀了!"

游云龙听到这里，大吃一惊，心道：这世上凶恶的人太多了，我与他无怨无仇，他怎么要杀我?! 爹说江湖险恶，可这屋的主人老实巴交，应不是江湖中人。

他哪里知道，世上有见财起意，谋财害命这一说法。

此时他已来不及多想，从床上一跃而起，但马上又躺了下来。

刚一躺下，门开了，他闭上眼睛假装睡着，清晰听到四个人的脚步声，只听一个苍劲的声音道："果真是这小子！"

另一个尖声尖气的声音道："大哥，从未听说游明宇有什么传人和后人呀？"

苍劲声音道："说不定他这古琴是偷的。"

两人的谈话声极低，但游云龙字字听得清楚，忍不住瞟了一眼，心里顿时一阵狂跳，床前齐齐站着四个黑衣蒙面人和一个铁塔壮汉，说话的老大是个瘦长的老者，他冷声说道："管他是不是游明宇的传人，先别伤了他的性命，擒回去再说。"

从他说话的口气看，似乎识得父亲，但直呼其名，言语又大是不敬，游云龙搞不懂这伙人是什么身份，但可以判断，是敌非友。

瘦长老者说完左手一伸，并指如戟，向游云龙胸前点落。

谁知就要触及游云龙的胸部，游云龙突然一声呓语，恰到好处地翻了一个身，改为面向床里侧卧，老者点了个空。

老者吃了一惊，抽身后跃，似是对游云龙颇为忌惮，蓄势戒备。

过了片刻，床上的游云龙鼻息均匀，并没有什么异样。

老者和其后的胖子相互看了一眼，狐疑不定，游云龙背向床外，动也不动，但暗暗力贯右掌，两耳全神凝听身后的动静。

老者见游云龙没动静，长吁一口气，以为虚惊一场，再次走近床沿，提掌护在胸前，但却并不出手，只是静立在那儿，双目寒光暴闪。

一时间，小屋里寂然如死，落针可闻，笼罩着一片肃杀紧张的气氛。

突然，老者"嘿"的一声，左手迅疾而出，一掌拍向游云龙的后背。

游云龙听到风声迫体，蓦地一个翻滚，左肘疾撑，右掌反挥，避招出掌，双式同发。

谁知老者甚是狡猾，这一掌拍向游云龙的后背竟是虚招，待游云龙应招，发出阴恻恻的一声冷笑，护在胸前的右手，闪电一翻，倏忽拍出。

这一下游云龙倒是始料不及，危急之中只好身子斜倾，腾出左臂，硬接了这一掌。

"嘭"的一声，游云龙被震得金星乱舞，整个身子，滚跌床中，险些昏了过去。

老者得意地冷笑一声，倨傲地后退两步，挥手道："拿下！"

后面的三个黑衣蒙面人和铁塔壮汉一拥而上。

游云龙抓起床头的琴囊，来不及解开，双手一抢，一阵横扫竖劈，那冲上前的三名黑衣蒙面人被迫退了数步。

游云龙状如疯虎，起身一跃，一声大吼，向屋门冲去。

老者没想到游云龙如此神勇，微微一怔，扬掌暴喝，斜刺里推出一掌，抢先堵住了屋门。

游云龙举起琴囊一封，胸口顿时一甜，一张口，鲜血激射。

壮汉和三个黑衣蒙面人反扑而到，壮汉在前，被游云龙的鲜血喷个正着，不期然一缓身势，他身躯高大，倒反把后面的三人给挡住了。

这小屋本来就小，蓦然多了六七个人，自是拥挤不堪，游云龙一口鲜血吐出，人反而觉得舒服多了，游目一顾，见小屋里的门窗尽被人堵住，身子向墙壁撞去，"轰"的一声，泥土横飞，小屋的墙被撞塌了一个大洞，整个屋子也一齐震动，沙尘滚落，小屋顿时烟土弥漫。

老者大惊，没想到游云龙会破屋而出，大喝道："快追！"壮汉和三个黑衣蒙面人争先恐后地窜出屋子。

霎时小屋里走得一个人不剩，中年夫妇过了许久才敢从外面探出头来。

妇人怒骂道："你这个挨千刀的，安分守己的日子不要过，总想意外之财，哼，总有一天会遭到报应的！"中年男子不再答，没有了刚开始的兴奋。

突然，妇人一声惊叫，破墙边上，不知什么时候，已直直地站着一个浑身鲜血的人影，手提着琴囊，双目逼视着他两人。

汉子大惊，正想大叫，游云龙举手遥指，汉子顿觉胸前一麻，不但叫不出声来，连脚也挪不动了。

妇人两股颤颤，说道："公子，你没被他们抓去？谢天谢地。"

游云龙拂去身上的尘土，说道："大娘，不要害怕，你是个好人，我不会伤害你的。"

妇人忙从怀里掏出包袱，递给游云龙，颤声道："公子，我们财迷心窍，实在不该，害了公子。"

游云龙嘴角浮现一丝嘲笑，道："大娘，我不怪你！"说着从里面掏出一块金条，递给妇人道："大丈夫恩怨分明，虽然你有心，但良心不安，送信让我逃命，你心是好的，这点金子就算报答你，但你丈夫为恶不仁，为财连你也想杀，我留他不得。"

说着，取出九龙短剑，妇人一见，连忙扑倒在地，抱住游云龙的双脚，哭道："公子，挨千刀的财迷心窍，死有余辜，但常言道，一日夫妻百日恩，我与他在一起生活二十多年，他若死了，我也难独活，望公子高抬贵手，不要杀他。"

游云龙面色铁青，说道："不，从此，我游云龙对任何人，有恩报恩，有仇报仇，以牙还牙，以血还血，别人对我怎样，我就对别人怎样，决不更改。"

经历了一连串的事情，游云龙对世事有了自己的看法，他变了，变得冷酷，这是他的心里话，他知道没人会懂，但说出来，人要舒服些。

说完这些莫名其妙的话，游云龙手中的短剑一送，那中年汉子哼都没哼一声，就倒在血泊之中，双眼一翻，就气绝了。

妇人见丈夫已死，突然张口在游云龙的大腿上狠狠咬了一口，像发了疯一般，又撕又拉的。

游云龙痛得大叫一声，甩开妇人，妇人见自己不能伤游云龙，绝望道："你这小畜牲，就算我丈夫千错万错，你一定要杀了他吗？你好狠的心啊！"说完一头向墙上撞去，这一撞使尽了他全身之力，脑浆迸裂，倒在地上。

游云龙握着短剑，惊骇不已，心头一片茫然，心想：难道我错了？别人害我杀我，为什么我一定要饶别人？可别人为什么不放过我？连一个山林野夫也想杀死我？

她丈夫穷凶极恶，对她喝叱如牛马，可她竟为他死，他们是一对平凡的夫妻，尚能如此想，那爹爹与两位师伯，情同骨肉，义重如山，爹爹会对两位师伯下毒手吗？

一时之间，游云龙感慨万千，他用力摇了摇头，定一定神，怀着沉重的心情，走了出去，寒风吹来，人不禁打了个冷颤，突觉血气上涌，连忙将那毛驴牵出，趴上驴背，再也无法压抑，一张口，又吐出一口鲜血，整个人无力地搭在驴背上，任凭驴子扬开四蹄，一气乱跑。

不知走了多久多远，奔向哪里，游云龙趴在驴背上，气若游丝，人已失去知觉。

等他醒来的时候，赫然发觉自己躺在一张舒适柔软的床上，身上盖着锦被。

游云龙转动头，打量周身的环境，发现自己躺在一间小巧的卧房，卧房收拾得一尘不染，壁上糊满翠绿色的花纸，窗明几净，靠窗摆有一张书桌，桌前放着一张软椅，桌上点着檀香，香雾缭绕，映着窗外的残霞，情趣怡然不俗。

房间看似一个女子的卧房，但并不豪华，不知是什么所在。

游云龙惊疑不已，突然伸手一摸，见自己的包袱和琴囊还在，不由松了一口气，复又躺下，暗提一口真气，竟发现除了有些倦怠，一切都已恢复，并且体内真气充沛，如海如潮，这可是从没有过的感觉，心里暗暗奇怪，无形中，自己体内的真气似乎激增不少。

其实他不知道，他吞了肖世平的"还魂丹"起了作用，"还魂丹"可是武林至宝，当年"北网天罗"从少林寺的密室中夺得，不仅有起死还生的功效，而且还能增长功力。

游云龙又惊又喜，从床上站起来，发觉自己身上换了一身合体的长衫，心想：不知是谁救了我？

推开房门，人不由一怔，映入他眼帘的是一个破庙，残垣断瓦，到处结满蛛网，还有几尊东倒西歪的残破神像，游云龙奇道：原来这是一间荒芜已久的残落古庙！

可为何自己睡的这间小屋却完好，而且房内的陈设却是女子的房间，庙里有女人住吗？

游云龙心里惊奇，提着包袱，背着琴囊转过破庙的偏殿，发现自己所骑的那头驴子系在殿外的古松上，更为奇怪的是，庙前庙后，空荡荡的，不见半个人影。

游云龙满腹疑云，是谁救了自己？他很想见到救他的人，索性就在庙前的石阶上坐了下来。

这是一片荒山，长满了光秃秃的大树，残阳如血，斑驳的光影洒落在庙前的空地上，游云龙忽然闻到一股炖鸡的浓香。

香味奇浓，游云龙吐了一口口水，感到肚子里咕咕作响，跃起身来，向里屋走去，香味是从大殿里飘出来的。

果然，在大殿的偏角，有一堆炭火，炭火的支架上吊着一个泥罐，罐口香气袅袅。

揭开盖子,里面炖着一只肥鸡,肥鸡炖得烂熟,油脂四溢,香味扑鼻。

游云龙的喉里伸出小手来,馋得口水差点流出来,心想:这难道是小屋主人炖的鸡?唉,不管是谁的,先吃了再说。

念头一动,折了两根树枝作筷子,正要吃鸡,突感身后风声飒然,不由大惊,连忙身子一侧,反掌一扫,可身后的人如影随形,一把抱住自己的肩头,游云龙一甩,竟没甩脱,被人抱死。

身后传来怪笑,一看自己肩头的手指干枯如鸡爪,回头一看,一个头发枯白,鸠面独目,敞开一嘴黄板牙的丑老婆子挡在自己眼前,不由吓得一声惊叫。

丑婆子双臂紧紧抱着游云龙,一张丑脸几乎挨着游云龙的脸,口中发出怪笑,连声叫道:"乖孩子,你醒了,乖啊,乖……"

游云龙汗毛倒竖,全身泛起寒意,急叫道:"你是谁?!放开我!"

丑婆子龇牙笑道:"乖孩子,你内伤初愈,怎么就跑出来吹风,二十多年了,你还那么任性,不要动,娘不打你,你叫一声娘,答应娘不要再跑,娘就放了你。"

丑婆子喋喋不休,游云龙却一头雾水,心想:听爹说,我娘早死了,再说,绢图上,娘长得奇美,怎会是你这丑婆子,不由怒道:"谁是你儿子!"

丑婆子非但不怒,反而笑得更大声,说道:"乖孩子,瞧你,还是从前的脾气,一点也没改,二十年了,你还生娘的气吗!"

游云龙气苦,大声喝道:"放开我,我不认识你!"

丑婆子神情一呆,怔怔地松开手臂,丑脸上流露失望伤心的神色,喃喃道:"儿子,你不认娘了!"

游云龙揉揉肩,又好气又好笑地道:"婆婆,你认错人了,我不是你儿子,我今年才十八岁,而你却……"

丑婆子独眼里精光一闪,不高兴道:"怎么,你嫌娘老了?不错啊,你离家出走正是十八岁。"

游云龙忽然有点可怜她,口气一缓,说道:"你儿子离开你多长时间了?"

丑婆子满脸伤心相,竖起两根手指道:"二十年!"

游云龙道:"就是,算起来,你儿子应有三十多岁了。"

丑婆子搬动手指,念念有声,算了一会儿才点头道:"嗯,不错,正好三十八岁。"

游云龙道："可我只有十八岁。"

丑婆子脸色一沉，愤然道："你不认娘了十八岁和三十八岁不是一回事吗！你找这些歪理，存心不要娘了！"说着竟呜呜地哭了起来。

"这……"游云龙不禁一时语塞，暗想：原来是个疯子！

丑婆子哭得越发伤心，数落道："从小娘疼你，可你一气之下，离家出走，为了找你，娘不辞万里到北方，可你却不要娘。"

人间最伟大的爱是母爱。

游云龙不由怔住了，想自己从小就没有见到母亲，没享受到一点母爱，孤苦伶仃地在洞里长大，对母亲的渴望，和这老婆子思念自己的儿子又有什么两样，就算父亲对自己疼爱有加，可没母亲，这份爱总是残缺的。

丑婆子一把年纪，无依无靠，孤苦伶仃，难道不应该思念自己的儿子？

人人都有母亲，而自己却没有，游云龙不觉黯然神伤，突然地丑婆子哭着，身形一晃，双臂疾张，竟又来抱游云龙。

游云龙想是这样想，但却不能接受丑婆婆的爱子之情，霍的一矮身，低头从丑婆子的肋下溜过，回头一望丑婆子，一双手抱在石柱上，"轰"的一声闷响，大殿上腰粗的石柱，竟被她一抱而断。

游云龙大骇，心想：这丑婆子原来是个绝顶武功高手，这一抱，要将自己抱住，肋骨岂不根根断？不由出了一身冷汗，脚下一滑，闪电般向殿外扑去。

丑婆子身子如鬼影，后发先至，张开双臂堵在大门口，伤心地道："乖儿子，别跑，是娘不好，二十年不见，你的'无影步'比以前又进了一步，来来，让娘抱。"

游云龙大急之下，身子一旋，凌空一扭，从断墙的墙头反弹出去，向殿外大树边的驴背上飘落，此情此景，不可理喻，只有逃走。

谁知他身子刚落驴背，突然黑影疾闪，腰间一紧，竟被丑婆子凌空追上，探臂一把将他抓住。

丑婆子将他放落在地，轻声道："傻孩子，娘为你炖了一只鸡，只怕快炖烂了，来，进去吃了。"不容分说，拉着游云龙的手，又回到大殿。

游云龙惊叹丑婆子的武功了得，只怕和父亲不差上下，无可奈何，哭笑不得，只好硬着头皮，任其摆布。

丑婆子对他的关切之情溢于言表，桔皮的老脸充满笑意，望着游云龙，游云龙真是不好意思，但又没办法。

丑婆子取下泥罐，将枯枝似的爪子伸进罐中取出肥鸡，亲手撕开，一片一片喂给游云龙吃。

反正饿得慌，游云龙张嘴就吃，一顿大嚼，不到一盏茶工夫，一只肥鸡被他吃得干干净净，丑婆子自己却一点也没尝，瞧着游云龙吃得津津有味，脸上浮满满足的笑容。

吃完鸡，游云龙只觉精神一振，丑婆子为他抹抹嘴，拉着他的手回到偏殿的小房子里，硬拖着游云龙躺在床上，为他细心盖好被子，坐在床侧，笑容满面地盯着游云龙，说道："儿子，你好好休息，娘看着你呢！"

游云龙心中气苦，浑身不自在，干脆一侧，不去理她。

丑婆子自顾自道："儿子，这么多年，你一人在外，肯定吃了不少苦头，有人欺侮你，你跟娘讲，娘把他心给挖出来！"

"你怎么不与娘说话？你还在生娘的气？哦，对了，娘知道你有心事，这些年你在外流浪是不是又碰到什么知心人！"

游云龙心道：这丑婆子的儿子以前肯定花心得很，三十七八岁了，还在外面找什么知心人。

丑婆子又道："是娘不好，当初娘逼你娶许青，你不肯，为这事你负气出走，大丈夫三妻四妾算什么，只要你高兴，娘把皇帝老儿的妃子都抓来给你，不过，许青这丫头从小与你一块儿长大，人又长得漂亮，娘喜欢得很，你就娶了她吧！"

游云龙心里好笑，真是个疯婆子，为了讨儿子的高兴，皇帝老儿的妃子都敢抓来，又不是个东西什么的，这能随便给？！

丑婆子一口气说到这里，忽然顿住，惊道："奇怪，许青这丫头怎么还不回来，乖儿子，你好好歇着，娘去看看。"说完，风声一动，人已出去。

丑婆子言语怪异，武功却十分惊人，来去如风，游云龙一转身子，她又不见了。

心想此时不走，更待何时？免得等她回来又夹杂不清，刚一起身，又觉不妥，人家对自己并无恶意，这样不告而别，也太伤人心了，游云龙本是个性情中人，将心比心，不由叹了一声，复又躺下。

不一会儿，房外风声凛然，传来一阵低沉的笑语声，只听见丑婆的声音道："傻丫头，怕什么，一切有师父为你作主！"

一个羞涩的声音急道："师父……"显然丑婆子在推她。

游云龙心想：这女人肯定是叫许青的。

丑婆子的声音又道："还害羞，不要怕，进去，多年不见，他还难为你不成？"

房门被推开，一条纤小人影冲进房里，紧接着跟后的丑婆子将门关上。

游云龙只觉眼前一亮，进来的是一个体态玲珑的少妇，头发高高梳起，一身黑衣，双颊白里透红，几乎渗得出水来，一双水汪汪的大眼睛，瑶鼻端挺，樱唇似火，有一种成熟撩人的风韵和美艳。

游云龙曾在桐乡镇见到端庄的慕容小姐，在茅屋中见到天真无邪的钗儿，原以为两位姑娘已是美到极点，可一见到这黑衣少妇，却另有一种勾魂摄魄的魅力，艳光照人，使人不敢逼视。

少妇一瞅游云龙，秋波暴闪，突然大惊失色，嘴巴一张，差点叫出声来，但转而又恢复平静，低下头来。

游云龙心里一宽，心想，幸好这少妇还认得自己的丈夫，不似丑婆子那般糊涂疯癫，奇怪，这般美丽的女人，丑婆子的儿子为何不要，真是古怪。

正胡思乱想之际，只听丑婆子尖声笑道："青儿，你们夫妻见面，还怕什么羞，陪小宝谈谈，我去弄只鸡来，好好为你们祝贺祝贺。"说完，身影一晃，尖笑声已在百丈之外。

游云龙心道：丑婆的儿子叫小宝。丑婆一走，黑衣少妇才抬起头，美目盯着游云龙，突然压低嗓音，低叱道："你是谁？"

游云龙苦笑道："我不是你丈夫！"

少妇急道："我知道，你也太大胆了，我知道你是被抓的，可你为什么不逃走？居然还躺在床上，此时师父已离去，还不赶快走？等她回来，你就走不脱了。"

游云龙脸一红，心道：这少妇真好！从她话中听来，以前丑婆子还认了别人作他儿子，说道："我走了，你怎么办！"

黑衣少妇露齿一笑道："你自己都性命不保，管我作甚？我师父错认了好几个儿子，后来都穿帮了，都被师父用掌震死了。"

游云龙大惊，心想：丑婆子也太残忍了，忙起身下床，说道："我是被她逼着按在床上的，我走了，大姐，你多保重。"

黑衣少妇神色紧张，突然一伸手，拦住游云龙，道："慢，现在怕来不及了。"

黑衣少妇的玉手搭在游云龙的手腕上，游云龙只感到一股热流传到心上，令他心神一震，一种异样的感觉传遍全身，不由得俊脸臊红，黑衣少妇却神色自然，浅笑道："小兄弟，反正现在走也来不及，免得弄巧成拙，不如我俩坐下来谈谈。"

她本来美得逼人，这一笑，嫣然现出两个深深的酒窝，更显得美丽无双。

游云龙这才心神一定，感到这黑衣少妇像个大姐姐，无比亲切，依言真的坐在床沿，黑衣少妇坐在他的身边，笑道："如果现在贸然逃走，不出五里，定会被师父捉到！"

游云龙见识过丑婆子的轻功，黑衣少妇的话绝非虚言，忍不住问道："她……她是谁?！"

黑衣少妇奇道："我师父你都不知道，难怪你如此大胆，我师父就是南方黑道头领，人称'南网地煞'蓝姬！"

游云龙大惊，以前听父亲提过，中原武林分黑白两道，黑道又分南北，北以北网天罗肖世平为首，南以南网地煞蓝姬为首，一男一女分掌南北武林黑道，彼此都不服，南北黑道常为争地盘发生火拼，于是两大魔头枭雄相约在摩天岭一决胜负，恶斗了三天三夜，未分胜负，最后决定以长江为界，划道称雄，互不侵犯，可现在这荒山古庙，明显是北方地带，游云龙说道："原来是蓝前辈，她怎么到了这里?"

黑衣少妇叹了一口气道："还不是找她那宝贝儿子……"

游云龙道："你丈夫?"

黑衣少妇点点头，显得有点神伤地说道："我师父中年丧夫，仅有一个独子，名叫蓝小宝，师父疼得像她的命一般，对他百依百顺，溺爱太甚，养成了他目空一切，狂妄自大，寻花问柳的脾气，再不听师父的话，师父无奈，便想为他找个媳妇，拴住他的心，因为我从小跟师父长大，于是师父作主，将我许配了他，我相貌平平，难配他英俊潇洒，是为了报答师父的养育之恩，就答应了，可想不到成亲那一天……唉！"

黑衣少妇幽幽一叹，游云龙忍不住望了她一眼，见她珠泪盈然，如梨花带露，说道："那蓝小宝何等人物，大姐还配不上他?"

他心直口快，又无经验，想什么就说什么，言语之间大有抱不平之意。

黑衣少妇粉脸微微一红，似乎对游云龙溢于言表的间接赞美十分喜欢，说道："这也不怪他，怪我命不好，他这一走就是二十年，师父念子成疯，足迹踏遍中原，光儿子就错认了十来个。"

游云龙道："我现在该怎么做?"

黑衣少妇许青蝾首一低，想了一会，突然抓住游云龙的手道："小兄弟，大姐自会安排让你逃脱的，只是暂时你得委屈……"

话还未说完，屋顶上突然有人道："不要脸，哼!"

声音轻脆，是个女子的声音!

黑衣少妇脸色一变，扬声娇喝道："谁!"身随话出，人已掠出窗外。

游云龙一怔，也跟着上了屋顶，但见荒岭寂寂，远处山脚下江水蜿蜒，如一根白色的玉带，黑衣少妇站在前面，裙角飘扬，翩翩欲飞。

游云龙问道："大姐姐，你看到什么人了吗?"

许青摇摇头道："那人身法奇快，等我上来，已不见踪影。"微一顿，忽然回身问道："你没同伴吗?"

游云龙茫然道："没有!"

许青沉吟道："这就奇怪了……咱们回房再说。"

回到房里，许青神色凝重，游云龙好奇道："大姐发现了什么?"

许青摇头道："没什么，小意思，别理它，我们谈我们的吧，哦，刚才我们说到哪里?"

游云龙正要回答，许青像突然记起，有些心神不定地道："嗯，我是说师父性情古怪，加上心情不好，使许多无辜的人丧生，所以我想委屈小兄弟，暂时冒充一下我丈夫，哄我师父高兴，等她好了，我再找机会让你走。"

游云龙迟疑道："这……小弟有要事在身，只怕……"

许青嫣然一笑道："我想只要三天的时间就行，小兄弟，不能为大姐留三天吗?当然，也为师父，只要三天足，以慰藉她老人家的思子之情。"

游云龙大感为难，说道："可我不会假装!"

许青"扑哧"一笑道："看得出，小兄弟是个爽直人，不过，你不用担心，你只顺着她的意思做，使她高高兴兴就行了，三天后，姐姐包你平安离去。"

游云龙还要再说，忽听门外传来风动之声，连忙住口，许青也感觉到了，向他使了个眼色，门外传来蓝姬的尖笑声，像一块瓦片在铁锅里刮过，十分刺耳，高声道："小宝、青儿快来看，娘给你们带来了什么!"

许青以目示意，歉然一笑，自然牵起游云龙的手，并肩出了房子，只见蓝姬左手提着四五只肥鸡，右手高举着一只大酒坛，龇牙咧嘴地笑道："山下村子里的鸡鸭被我和青儿吃光了，这些是我从百里外的城里弄来的，你们久别重逢，人说久别胜新婚，今晚你们好好亲热亲热，来吃鸡喝酒补补身子。"

　　游云龙一惊，一来一去两百里路，这女魔头只用了一顿饭的工夫，这轻功真是来去如飞，了得了得，可她说话也太离谱了，一个做娘的，怎么在儿子和儿媳面前大叫今晚亲热亲热，还喝酒补身子，真是没遮拦，太随便了，不由脸一红。

　　许青也很羞怯，低着头轻轻捏了游云龙一下，这不经意的动作，使游云龙如遭电击，加上与许青并肩而站，一个成熟女人的体香味使他心猿意马。

　　蓝姬神情非常高兴，叫道："青儿，去将鸡炖了。"

　　许青朝游云龙妩媚一笑道："相公，你歇着，我去了。"

　　游云龙木然呆立，许青走过去接过蓝姬手里的鸡，蓝姬瞟了一眼游云龙，笑道："青儿，怎么样了？"

　　许青回眸一笑，羞怯地点了点头，蓝姬立即纵声大笑道："怎么样，师父说他会回心转意，现在你信了吧？"

　　游云龙看到蓝姬幸福快乐的模样，真想不通她就是江湖上叱咤风云的女魔头，心想：一个疼儿子如此的母亲，要坏，也坏不到哪儿去，一个身怀绝世武功的女魔头还为思子深情所折磨，一个可怜的母亲，耽误三天也值得。

　　见两人正忙着炖鸡，不由心中一阵暖和，开心一笑，独自回到房里。

　　好长时间没有这么好的心情，没有这样笑过，游云龙心情开朗起来，站在窗前，回想这事，感到好笑，无缘无故被人认作儿子，又糊里糊涂做了丈夫。

　　突然，窗外暗淡的日光下，有一条纤小的身影疾闪而过，游云龙一惊，身子一晃，就跃出窗户。

　　那人影走走停停，等游云龙追出殿外，才回头一扬手，掷出一件东西。

　　游云龙一愣，清楚地看到是一个少女的面庞，但蒙了面，不过，明亮的大眼睛和额上的刘海清淅可见，那双眼睛，似在哪里见过，游云龙来不及多想，翻手接住掷来的东西。

　　那东西来得不疾，不像是对敌使暗器的手法，平稳飞来，接住一看，竟是一片小小白纸，小纸上写着"危险，小心，不可轻信！"

游云龙一抬头，蒙面少女已去无踪影，心头蒙上一层阴影，什么意思？是敌是友？我在险境吗？

这是在提醒自己，显然蒙面人没什么坏心，的确，和盖世女魔头在一起，怎不危险？可许青大姐并没害自己之意，"不可轻信"，轻信谁？难道蓝姬和许青大姐有假不成？

正想着，许青站在石阶上喊道："相公，你出来站在那里发呆干什么？"

游云龙忙将纸片塞进怀里，笑道："没什么，出来走走。"

许青美丽的大眼睛凝注在他的脸上，不相信道："你刚才好像在看什么？"

游云龙一怔，忙道："我低头看地上的影子，李白曾写诗，对影成三人，我就想不通，对影应是两人，怎么成三人？"

许青妩媚一笑，说道："还有一人指月上的嫦娥，小兄弟真是个情性浪漫之人，我那位要有如此雅趣就好了，唉，小兄弟，你说姐姐长得美不美？"

许青由妩媚一笑到神色伤感，过渡非常自然，游云龙没想到自己胡诌诌一句，就瞒过了她，见她伤感，忙道："美，大姐的天生丽质，真如嫦娥下凡。"

许青大为感动，好像从未听过甜言蜜语的十七八岁少女一样，竟然香肩耸动，"嘤"的一声靠在游云龙的怀里，柔声道："好兄弟，你真会说话，姐姐听得好高兴。"

游云龙一下子手足无措，不知该如何是好，许青靠在他怀里，又幽幽道："相识满天下，知己能几人？姐姐只恨早生了十年，为什么不早认识兄弟你？唉，姐姐命苦……"

游云龙大窘，这许青虽然美得不可言传，但自己可没有什么非分之想，正要提醒她时，突然身后传来蓝姬的尖笑，说道："看，你们只顾亲热，把我这老婆子晾在一边。"

许青忙站直身子，整了整衣衫，满面娇羞道："师父，你又取笑青儿。"

蓝姬露出一口焦黄的板牙，独眼一眨一眨，笑道："好啦，好啦，我不说了，快进来，鸡都炖熟了。"

许青娇羞地瞟了一眼游云龙，牵着他的手走了进去。

大殿上鸡香四溢，蓝姬还将神案打破，做了个桌子，泥罐放在桌上，揭开盖子，她挽起袖口，在滚烫的罐中，用枯槁如骨的手指捞动，手指被烫得滋滋作响，而她却浑然不觉。

许青抱起酒坛，用指尖在坛顶戳了一个小洞，给三人各倒一碗酒，蓝姬尖声道："小宝，今天你们夫妻团聚，来，娘和你喝一杯！"

游云龙自小极爱酒，父亲常提着上等好酒送到石洞，两天一坛，而现在这酒酒色晶绿，酒香弥漫，说不上什么酒，许青向他瞟了一眼，游云龙端起酒碗，一饮而尽，酒入腹中，心中升起一股热力，心想：这酒好烈。

蓝姬很高兴，发筷子，在罐里捞鸡，吃得津津有味。

师徒两人虽是女的，但酒量大得惊人，三人你一碗，我一碗，将一大坛酒喝得滴酒不剩。

奇怪的是，这酒入口极甜，但喝完后却觉得体内燥热，看许青也是脸泛红，分外娇艳，烛光下笑靥如花。

游云龙心想：平常我一个人喝一坛酒也没事，可现在怎么有些醉意，蓝姬依然大吃大嚼，将鸡骨头咬得"咯嘣咯嘣"直响，心里暗暗惊叹，真是海量。

正诧异间，突然庙外传来轻微的脚步声，蓝姬神色一凛，低声道："又是哪个不知死活的东西来了！"

许青笑意盎然，轻哂道："师父，别理他，也许是村里的人上山。"

游云龙却不这样认为，因为他清楚听到是两个人施展轻功的脚步声，明显是个练家子。

正准备开口，突然"嘭"的一声巨响，庙门已经打开，殿上尘土飞扬，一股冷风扑入大殿，烛影摇曳中，两条人影当门而立。

左边的人身材高大，气度威猛，一丛乱发乱须根根直立，轻裘缓带，有几分破旧，手里拿着一柄大斧，右边的人腆着大肚子，罩着一件员外服，油光满面，像村野的一个土财主，手里拿着一柄长剑。

左边的大汉仰面发出震耳欲聋的大笑，说道："不好意思，不好意思，我们来得真不凑巧，人家在饮合欢酒招待女婿，哈哈！"

右边员外模样的人皮笑肉不笑地道："怎么，总得讲个先来后到的，我哥俩一向住在这里，也不和人家打个招呼。"

蓝姬霍地离席而起，怪笑道："我当是谁，原来是'入地神魔'和'笑面神魔'两人，两位深夜到此，是冲着我老婆子来的？"

左边的入地神魔大声道："南网地煞，你大老远从南到北，连个口信也不捎给我们，未免太瞧不起俺北方朋友了吧！"

右边"笑面神魔"的油脸总是挂着一副笑咪咪的模样，说道："'南网地煞'人越长越精神，眼光越来越老到。"

蓝姬的左眼被游明宇一剑刺瞎后，最忌讳别人提到她眼睛，没想到"笑面神魔"直揭她伤疤。

她压住怒火，怪眼一翻，阴恻恻地说道："几年不见，两位还成了气候，说话也大大咧咧起来，真是士别三日，当刮目相看。"

"笑面神魔"笑道："不必刮目，你本就独眼，再刮目，不就成了瞎子……"

话还未说完，蓝姬一声暴喝，人已凌空飞起，长剑直指"笑面神魔"的嘴巴。

"笑面神魔"侧身退了一步，手中的长剑反削蓝姬的眉心。

蓝姬不避不闪，剑光如波浪一般弯弯曲曲，罩住了"笑面神魔"的腰间。

笑面神魔忙回剑挡架，入地神魔抡起板斧，从左侧向蓝姬直削而下。

蓝姬不愧为南方黑道枭雄，人在空中闪电般刺出三剑，"哧哧哧"三响，分刺笑面神魔的面门、嘴巴、咽喉，她恼怒笑面神魔说她独目，所以专刺他的嘴。

笑面神魔大惊，身子一横，竟向后贴地而飞，就像被人用绳子绑住，飞快地贴地一拉，饶是如此，胸前还是划了一道口子。

入地神魔的板斧砍下，蓝姬左手手指一挡，"当"的一声，竟是金铁交鸣之声，游云龙大骇，这丑婆子的手指是铁打的不成？板斧被震，入地神魔退了一步。

第四章

　　笑面神魔贴地而飞，身子竟奇迹般地一翻，像箭一样射向蓝姬，身子平射，人剑合一，蓝姬也是大惊，一个懒驴打滚，避开这一剑。

　　游云龙正看得心惊肉跳之际，突然一只玉手塞进他的臂弯，许青附耳低声道："小兄弟走，我不喜欢。"说完拂灭烛火，将游云龙拉到神案后面。

　　大殿之上顿时一片漆黑，只见三条人影上下翻飞，此起彼落，其间杂夹着蓝姬的怪笑和笑面神魔的怪叫，剑与剑，剑与斧的相撞之声，不绝于耳。

　　游云龙侧耳倾听，只觉许青的头靠在自己胸前，玉手握着自己的手，掌心微潮，吹气如兰，游云龙心神一荡，再也听不见外面的叮当声响，只觉得浑身燥热。

　　许青低声道："那使板斧的叫沈人绝，人称入地神魔，使剑的叫范竹楼，人称笑面神魔，是北网天罗肖世平手下的十大神魔人物。"

　　游云龙道："他们既知蓝姬婆婆在这里，为何闯来？"

　　许青道："谁知道？也许他们认为我们不能越礼。"

　　游云龙道："以他们的功力，能敌得住蓝姬婆婆么？"

　　许青："放心吧，他们绝不是师父敌手，但他俩人号称十魔人物，自是不简单，一时半刻，也许不致落败。"

　　游云龙还待问，忽然许青一伸玉手，捂住了游云龙的嘴巴，柔声道："好兄弟，别管他们，我俩谈谈话好吗？"

　　游云龙只觉得体内燥热难挡，加上许青与他相依相偎，在他耳边窃窃私语，还有少妇特有的体香，渐渐使他有些神思恍惚。

　　这时候，殿上的三人已拼死相斗，剑声大作，沈人绝和范竹楼却并不近身，围着蓝姬游斗，似在故意拖延时间。

　　蓝姬不耐烦，一声怪啸，冲天而起，凌空倒翻，变成头下脚上，长剑舞起两团剑花，分向沈人绝和范竹楼罩去。

突然，庙外又响起一声长啸，那啸声快得令人无法形容，初闻其声，犹在数里之外，再听，已到庙前，一条人影伟然挺立在月光之下。

饶是蓝姬乃盖世魔头，范沈二位凶残暴戾，都是一惊，停了下来，三人一望，全都呆住了。

只见来人穿着一件黑色的对襟大褂，褂上绣着一只振翅欲飞的秃鹰，两只眼睛用一块黥布罩着，手里拿着一根旱烟袋。

游云龙和许青躲在案后，正当神驰意动之际，一见来人，顿时头脑一清，大惊道："北网天罗！"出了一身冷汗。

来人正是"北网天罗"肖世平！

游云龙没想到两大盖世魔头在这荒山古庙中会面，许青也是全身一颤，显然已认出北网天罗。

北网天罗一扫大殿，大踏步跨进殿，神情冷漠地道："蓝姬，别来无恙！"

"南网地煞"一愕，脱口道："你是谁?！……"

游云龙心道：这就奇了，蓝姬竟不认得北网天罗，还有，那肖世平的手拢在袖里干什么？

肖世平道："蓝姬，不会吧，几年不见，就把摩天岭上的旧友给忘了？"

蓝姬眨着独眼，似乎还没想起，这时，游云龙身边的许青突然叫道："师父，他就是北网天罗肖世平。"

蓝姬闻言脸色大变，施即一震，怪笑道："原来是肖老哥，多年不见，肖老哥怎么蒙起双眼？叫我差点认不出来了。"

肖世平木然道："听说南网地煞早不在江湖走动，专在家调教爱子，此番到我北地，也不复有当年雄风，岁月无情，咱们都老了，不是吗？"

他这番话，明是叙旧，却暗含讥讽。

这时，范竹楼忽然干笑两声道："长江后浪推前浪，江湖中谁能保得青山常在！"

游云龙一惊，这不对呀，听爹爹讲，北网天罗手下有十大神魔，个个忠心不二，对北网天罗敬若天神，可这范沈二人见了肖世平，连个招呼都不打，并出言顶撞，真是怪事。

肖世平听了这话，倏然脸色一沉，喝道："说话的可是沈人绝和范竹楼？你两个叛贼，原来在这里！"

游云龙心道：原来入地神魔和笑面神魔已背叛了北网天罗。

范竹楼道："正是我们，难道这里我们不能来吗？"

肖世平脸色铁青，冷哼一声，道："能来，你们想到哪儿就到哪儿。"一边说话，一边向范、沈二人走了过去，移步之间，洒脱从容，就像两眼未瞎一般。

范、沈二人似乎颇为忌惮，退后一步，道："你想怎样？"

肖世平脚下未停，淡淡答道："没什么，我肖世平只想看看长江后浪怎样推前浪。"话音一落，身形疾转，长长的旱烟枪一摆，疾如电光石火，向范、沈二人拦腰扫到。

范、沈竖起斧、剑一挡，突然，两人啊的一声，身子疾退三步，才拿桩站稳。

游云龙大惊，范、沈二人力战蓝姬百招不败，可肖世平却一招就将两人震退三步，这份骇人的功力，当真是空前绝后。

范、沈二人一招受挫，相互望了一眼，这对望一眼在别人眼里没什么，可在黑夜中能视物的游云龙眼里，却捕捉到一丝奇怪的光芒，似是在交谈，告诉对方什么！

两人一声大喝，双双纵起，四掌向肖世平推去。

肖世平冷哼一声，两掌一迎，"嘭"的一声，沈、范两人像断线的风筝，身子抛飞五丈，一下子落在神案上，将神案砸个粉碎，两人翻滚在地，再也没能起来，不知是死是活。

这只不过是电光石火间的事，蓝姬虽也是杀人不眨眼的魔头，但目睹肖世平举手投足之间，就将两大神魔打得死活不知，不禁骇然变色。

肖世平轻松摆平了两大神魔，仰天狂笑，转过身来，沉声道："蓝姬，现在我们来谈谈我们之间的事，不好意思，让两个跳梁小丑打扰了我们的谈话。"

蓝姬脸色不自然，阴恻恻地说道："肖老哥，这是向我这老婆子示威？"

肖世平淡然道："蓝姬说话怎这般见外？只是两人不识好歹，我嫌烦，现在我们不是可以打开窗户说亮话？当年我俩在摩天岭上，曾指天为誓，从此南北称尊，互不侵犯，谁要是踏出疆界，二次相见，便是生死存亡分判之时！"

蓝姬骇然一震，忙不迭回望了许青一眼，许青松开游云龙的手，迈身而出，接口道："我师兄离家出走，师父才越北寻子，我想这也情有可原！"

肖世平阴阴地道："说话的是什么人？我记得蓝姬手下没这号人，蓝姬是什么时候调教出如此能言善辩的好徒弟!"

蓝姬和许青两人面面相觑,做声不得。

游云龙一怔,心道:原来这南网地煞虽是名头极大,可也是欺软怕硬,一代魔头竟如此害怕强敌,与她名头可大大不符,听爹讲,南网地煞性情非常暴燥倔强,翻脸不认人,难道是浪得虚名?

肖世平见没有回音,杀机越盛,沉声又道:"肖某向来不轻易出手,一旦出手,就不会罢手,刚才两个叛贼太不中用了,难得有蓝姬这样的对手与我一拼。"

游云龙凝注蓝姬,赫然发现她脸上流露出怯意,真不敢相信,三十年前在摩天岭上血战三天三夜,与北网天罗一分天下的蓝姬竟是这般畏缩,看不过眼,豪气顿炽,大步从神案后走出来,朗声道:"肖前辈,我来陪……"

话还没说完,忽感腔中灼热,如被火烧,全身血气运行骤然加剧,一阵气闷,身子一晃,竟然栽倒在地。

肖世平闻声一怔,闪电般抢上前来,伸手一探游云龙的鼻息,勃然大怒道:"好啊,姓蓝的,竟敢在我的地盘上使这种下三烂的手段,今夜不杀了你,我姓肖的就白活了这么一把年纪。"

喝声中,旱烟枪绕身飞旋,层层枪影,径向蓝姬电涌而至。

蓝姬一带许青,反掌一挥,低喝道:"青儿,走!"

两条人影破空而起,足不沾地,掠出庙外,疾如飞矢,消失在沉沉夜色中。

游云龙只是昏迷,当肖世平伸手探他鼻息时,他突感肖世平的手柔软无骨,且带有一阵少女幽香,心中大奇,但又喊不出。

肖世平追出庙外,早不见蓝姬和许青的身影,破口大骂道:"蓝姬,百里之内,要让你逃出去,老朽就不姓……"余音未了,突然举手掩口,"哇"的一声,喷出一口鲜血。

"大小姐,你可不能说你不姓肖了。"突然,方才倒下的范、沈两大神魔从地上爬了起来。

入地神魔沈人绝突然上前扶住肖世平,惊道:"大小姐,你受伤了?"

肖世平一挥手,道:"不要紧,刚才和你两对掌,才……"话音竟是个少女的口音。

沈人绝和范竹楼一听,连忙跪倒在地,说道:"大小姐请原谅我俩出手过重,伤了大小姐,罪该万死。"

少女伸手一抹，游云龙差点叫出声来，竟是肖雪钗，钗儿从身上拿出一些充塞之物，并脱下高约二尺的厚鞋，说道："起来吧，这怪不得你们。"

两人大喜，爬起身来，连磕了三个响头，呼道："谢大小姐不杀之恩。"

顿了一顿，范竹楼又道："大小姐，你吩咐我的事已办完，我们走了。"

钗儿忽然道："今晚的事不许在江湖上提起。"

两人一怔，互望一眼，突然用力一咬，竟将各自的舌头咬下，呜呜作声，钗儿这才道："走吧！"两人如飞而去。

游云龙躺在地上目睹这一切，惊骇不已，心道：这真是魔头，两大魔神在江湖上可谓顶天立地的人物，为何这般害怕钗儿？真是让人费解，想不到天真无邪的钗儿如此残忍。

眨眼之间，大殿上只剩下游云龙和钗儿，钗儿快步走到游云龙身边，将游云龙抱在怀里，飞身而去。

游云龙被她揽在怀里，兀自昏迷不醒，一张俊脸，红得像两块火炭，呼吸粗重。

钗儿正当妙龄，像这般孤身抱着一个与自己年纪不相上下的少年，真是平生第一遭，不禁心中扑通狂跳，因此专挑无人的小路疾奔。

前面不远有一片树林，钗儿急钻进树林，这时乌云密布，天已下起雨来，钗儿将游云龙放在草地上，突然，游云龙一把抱紧钗儿，双目暴突，喉中低吼，连声叫道："大姐姐，大姐姐……"

钗儿见他双目遍布血丝，鼻孔翕动，神情狰狞，就像一头发狂的野兽，心疼不已，她明白这是中了两个魔女的淫毒。

游云龙饮了淫酒，此时已发作，通体如被火灼，血脉偾张，理智已失。

钗儿又羞又怒，奋力挣扎，娇喘不已，叱喝道："龙哥哥，放手！"

游云龙听而不闻，眼中所见，出现的全是幻影，体态丰满，妩媚横生的许青幻影。

钗儿大急，娇躯被游云龙纠缠着，摆脱不了，情急之下，只得银牙一咬，并指点了游云龙的"神府穴"，游云龙闷哼一声，终于松开了双臂。

钗儿挣脱身子，见自己头发已乱，罗衫破裂，回想起来，粉脸不禁通红，心头犹如小鹿乱撞。

林中没人，寂静无比，钗儿一撩乱发，再次抱起游云龙，将他放在林边的水坑旁。

游云龙被冷水足足浸了半盏茶之久，面上的红潮和眼中的血丝才渐渐退去，呼吸也均匀起来。

再过一会儿，游云龙悠悠醒转，发现自己全身尽湿，倒卧在一个水坑边，天上大雨如注，脑中却隐痛不已。

他摇摇头，茫然站起身来，诧道："奇怪，我怎么会在这里？"

躺在地上，闭上眼睛，这才回忆起刚才自己在庙内饮酒，后入地神魔和笑面神魔力斗蓝姬，钗儿扮肖世平出现，和两大魔头联手演戏，吓走了蓝姬和许青，后来自己突然昏倒，后面的事就不知道了……

突然，他听到细微的窸窣之响，猛吃一惊，身子掠起，人在空中，左手已挥出一缕劲风，拂在身后的那片枯草丛，谁知劲力甫落，却听到草丛里发出一声惊叫。

游云龙也跟着"啊"的一声大叫，俊脸绯红，慌忙一提真气，凌空一个倒翻，硬生生地飘落五丈之外，同时赶紧背转身子。

游云龙的心里怦怦直跳，因为他看到一个少女在草丛中换衣服，十七八岁的小伙子，看到少女的粉颈酥胸，如玉的肌肤，怎么不紧张。

钗儿见游云龙呼吸渐匀，心里大喜，心一松，这才发现自己全身都湿透了，雨过天晴，就转到草丛后换了一身干衣服，没想到让游云龙冒失地看到。

游云龙怔了半响，呆若木鸡，心道：是钗儿将自己带到这里的，她为何要易容成他爷爷，将蓝姬和许青吓跑？当时他在昏迷之中，但还是清楚看到入地神魔和笑面神魔是在演戏，她和两位神魔对一掌，两神魔凌空翻，装作受了重伤一般，这钗儿装得可真像，居然看不出什么破绽，后钗儿怕人知道，叫两大神魔不要说出去，两神魔竟然将自己舌头咬下，成了哑巴，现在自己冒失地看到她的胴体，那还得了？她不要剜自己的双眼才怪，不如趁机溜之大吉。

可转而又想，大丈夫做事岂可不明不白，该怎么样就怎么样，这样溜了，像什么样子！

正在举棋不定，身后传来一声轻咳，游云龙身子一颤，就像一个做错事的孩子，低着头，说道："对不起，我……我不是故意的……"

钗儿一声冷笑道："哼，不是故意的，就是有意的，是吗？你自己把自己的眼睛留下。"

游云龙一怔，忘了自己的错，心中不禁大怒，心道：一个十六七岁的女孩子，心这么狠，自己无心看到，她就要剜眼，怕别人说出去，就割舌什么的，这简直和天真无邪的形象判若两人，不由怒容满面地一回头。

刚转动脖子，就听见钗儿一声娇叱道："不准回头，怎么，火了是不是？我就这脾气，不喜欢拉倒。"

游云龙定身站住，怒道："姑娘不觉得自己的手段太残忍了，太飞扬跋扈了吗?!"

钗儿突然呜呜地哭了起来，道："你……你敢这样跟我说话!"

游云龙心道：这女孩子真是奇怪，说哭就哭，不由心里一软，道："我说的是忠言，给姑娘提个醒，我还有要事在身，告辞了。"

说完身形疾起，向前飞掠而去，钗儿大惊，没想到游云龙头也不回地走了，急叫道："你……敢……快回……"

想拔身去追，可刚一起，就停了下来，站在松林里，只觉得无限委屈，无比难堪，点点泪珠，沿颊簌簌而落，咬牙恨恨地道："好一个薄情冷漠的家伙！"

继而又"扑哧"一笑，黑白分明的大眼睛眨了两眨，面露喜色，娇躯一拧，向相反的方向穿林而出。

游云龙心中满腔怒火，施展盖世轻功，一路向前疾奔，幸好荒山野岭，罕有人迹，不会惊世骇俗，如果有人发现，真以为是大白天撞见鬼了。

此时正是春寒料峭，身边零落听到几声雄鸡鸣叫之声，眼里闪过几处零星的村落，在晨雾中沉睡。

经过一路的狂奔，他身上的湿衣服水汽蒸腾，等他停下来的时候，身上的湿衣服已干了，就像经过一阵大太阳烤干的一般。

游云龙停下脚步，发现自己已站在河滩边，河道弯弯，河水哗哗而流，游云龙坐在河边的大石上眼望着河水发呆。

突然身后传来一个瓮声瓮气的声音，说道："哈，这位小兄弟，大清早的，一个人坐在河边愁眉苦脸的，家里可死了什么人？"

游云龙大惊，一转头，见一个须发皆白的老者，拿着一个鸡腿，斜靠在一棵光秃秃的树下，一边啃着鸡腿，一边嘿嘿而笑。

那老者红光满面，看不出有多大年纪，身上穿着一件戏袍，破旧不堪，也看不出什么底色，足上蹬着一双方头木底官靴，颈上却围着一块脏兮兮的小儿用的围巾，叫谁看，都以为是一个神经失常的老疯子。

他似笑非笑地盯着游云龙，嘴里嚼着鸡骨头。

游云龙向四周望了望，不见有其他的人，奇道："刚才是你在说话吗？"

老人放下鸡骨头，口中含含糊糊地道："嘿嘿，不是我说话，是鬼啊！"

游云龙道："我与你素不相识，你干吗骂我?!"

老人胡子一翘，不解道："我骂了你吗？我是见你愁眉苦脸，像死了爹娘一样，好心问你，怎么是骂你？"

游云龙心里有气，说道："你才死了爹娘。"

老人不怒，反而雀跃而起，拍手道："嘿，你是怎么知道的？我爹娘已死了四五十年。"

游云龙一怔，摇了摇头，心想：怪事，我怎么碰上了这么多老疯子，昨天遇上了蓝姬，疯疯癫癫，把我当作他儿子，几个数字都分不清楚，居然说十八和三十八一样，今天又碰到一个老疯子，真是撞鬼了。于是掉过头，再也不理老疯子。

疯老头又道："小子，我问你，你是怎么知道的？你怎么不说话？哦，对了，我能看相，你这小子面相可大大不善，是个无情无义，恩将仇报的薄情冷心，自私自利，好坏不分，不辨是非……的人！"

游云龙一怔，忖道：这疯老头看似疯疯癫癫，可说的话似是有针对而言。忍不住说道：我是这样的人又怎么样？

老者脸上青气一闪，道："我要代人教训教训你——"

话声刚落，也没见他作势挥手，游云龙的两边脸上竟中了两掌，虽打得不重，但有些炎辣辣地吃痛。

游云龙大怒，一声大喝，一爪向疯老头抓出，疯老头身子一弯一扭，不知怎地，竟从他手中溜了出来，就像全身抹了油一般。

一爪抓空，游云龙一怔，这老头身法的确怪异至极。

疯老头双手箕张，竟从圈外反攻回来，迅如电闪雷鸣，游云龙只觉得眼前一花，忙用琴囊一格，"当"的一声，疯老儿的手掌击在琴身，这九龙琴的琴身是用精钢打造，竟发出铿锵之声，这老头的身子浑不似血肉之躯，游云龙只觉得一股大力从琴囊上传来，琴囊几乎拿捏不稳，一连退了好几步。

但游云龙生性倔强，打死也不认输，明知这疯老头的武功已超出他许多，一点也不气馁，反而激起了他的斗志，一声长啸，拔出长剑，纵身而起，长剑如流星赶月，刺向那老儿的前胸。

疯老头斜身相避，左掌已出，击向游云龙的右肋。

游云龙剑已撇向右边，只得用左拳相迎，"砰"的一声大响，双掌相撞，力道所在，地下沙尘飞扬，游云龙又退了几步，胸口真气一浊，回想起来那老头拳上力道若有若无，若实若虚，竟似随时可以收发变换，不由暗暗心惊。

疯老儿借双拳相撞之力向后凌空倒翻，落地时稳稳站住，轻似鸿毛，站在那里眉开眼笑，说道："嗯，还不错，还算上斤上两，来，再接我两招。"说完，猱身直上，左拳右掌，直攻上面。

游云龙牙关一咬，腾身而起，手中长剑左右分刺。

疯老头一声冷哼，不闪不避，中路直进，左手由掌变爪，一下子抓住游云龙手腕，一翻一扭，竟将长剑夺了下来，左手一拳击出，"咚"的一声，游云龙身子横飞出去，重重地掼出去五丈。

可奇怪的是，轻轻地落在沙地上，就像是被人轻轻地放下一般。

游云龙一提真气，发现自己身上却没像受一点伤，说道："前辈你……"

疯老头脸色一冷，接口道："什么前辈后辈的，要不是看在大小姐的面子上，我撕了你，不知大小姐为何喜欢上了你这个小白脸，哼，不知好歹的小子!"

"大小姐!"游云龙心中一动，他在昏迷之时听到入地神魔和笑面神魔称钗儿为大小姐，难道……

游云龙道："我什么不知好歹?"

疯老头道："怎么，我说错了? 邪教妖女害你，你却像灌了迷魂汤一样，拿屎当糖，要不是大小姐明察秋毫，你这小子怕早就尸骨无存了。"

游云龙出了一身冷汗，不解道："邪教妖女? 大小姐?!"

话刚说完，突然疯老头身子暴掠，一把抓住了躺在地上的游云龙，扬起手掌，喝道："你敢说大小姐是邪教妖女?"眼看两掌就要重重甩在游云龙的脸上，忽然间，他像记起什么，垂下手掌，重重地将游云龙掼在地上。

游云龙毫无反击之力，急道："我可不是这个意思!"

疯老头怒道："那你是什么意思?"

游云龙越来越感到事情蹊跷，说道："我是说你怎知邪教妖女害我! 大小姐可是钗儿?"

疯老头脸色微微一缓，说道："你以为是谁? 大小姐暗中保护你，你却好心当驴肝肺。"

游云龙心头一亮，这才想起古庙中那纤小的身影，给他提醒的少女就是钗儿，忙道："那蓝姬不是南网地煞吗?"

　　"呸!"疯老头道："蓝姬性格刚烈如火，她是什么鸟人!"

　　游云龙大奇，问道："可她武功也是……为何偏偏要假冒南网地煞的名声，又编出一套谎话，行如此卑劣之事?"

　　疯老头面容一肃，道："她们是邪教的两个妖女，如此煞费苦心，必有重大图谋。"

　　游云龙道："邪教?"

　　疯老头看了他一眼道："你这都不知道，亏你在江湖上混，江湖中近几年崛起了一个非常神秘的邪教组织，叫幽灵教，里面都是淫女，那两位就是邪教高手，她们专用淫酒，摄起三十六名童男的阳精，修炼一种'玄阴神功'!"

　　游云龙惊骇不已，可那假蓝姬和假许青，两人装得一点破绽也没有，她们竟利用了自己的同情心，真是人心险恶。游云龙满腹疑问，坐起身子，急问道："前辈，那钗儿是怎么发觉的?"

　　疯老头胡子一翘，像生气道："别叫我前辈前辈的，我名叫周颠。"

　　游云龙一惊，他以前听父亲提过，北网天罗手下有十大神魔，其中"痴癫神魔"周颠武功最高，但他疯疯癫癫，性情随和，所以在十大神魔中并不突出。

　　周颠见游云龙张大嘴巴望着他，没好气地道："怎么，没听过呀，大小姐冰雪聪明，哪像你这猪脑!"

　　游云龙心里一点气也没有，问道："钗儿是怎样发觉的?"

　　周颠认真道："南网地煞已七十岁了，嘴里没几根牙齿，可那妖女满嘴白牙，说话的口音也没那么苍老。"

　　游云龙心道：当时我怎么没想到。周颠歪着头又道："还有……我记不起来了，哦，大小姐还跟踪着她们，看到了她们是怎么易容的。"

　　听了周颠的话，看到他的表情，游云龙不由一笑，这痴癫神魔肯定和钗儿见过面，这些话都是钗儿说的，可钗儿在松树林里为什么不当面说清楚呢?

　　周颠突然道："你笑什么? 我说得不对吗?"

　　游云龙忙道："对，对! 可两妖女怎会将故事编得那么细密?"

　　周颠道："这是你这小子不长心眼，从未在江湖上走动的缘故，三下两下就糊弄了你，让人将你骗着卖了，你还帮别人数钱，幸亏大小姐冰雪聪明，先让沈人绝和范竹楼去试试两妖女的火候，才演了一出好戏，可你倒好，将大小姐气哭了。"

游云龙惭愧道："前……周……我该叫你什么？"

周颠道："这还用我教你，人家有名有姓，你就叫我周颠。"

游云龙一看他虽长了一张娃娃脸，但眉毛胡子全白，至少有八九十岁，说道："不妥，不妥，我就叫你周先生吧！"

周颠不高兴道："什么意思？我又不是私塾的老师。"

游云龙道："先生就是你比我先生的意思。"

周颠眨着眼睛想了一下，才说道："嗯，好，这还差不多。"

游云龙道："周先生，钗儿现在哪里？"

周颠一听这话，突然变得紧张起来，转动头，四处看了看，神色慌乱道："我该走了！"说完一拔身，人已在十丈开外。

游云龙一怔，摇摇头，突然眼前一亮，周颠又跑了回来，讨好道："小兄弟，以后你见到大小姐，可不要说看到了我啊，千万别说。"

游云龙笑了笑，没有回答，周颠大急道："我打了你，现在向你赔礼道歉还不行？"话一说完，"啪啪"两响，他竟以迅雷不及掩耳的动作飞快地打了自己两个巴掌，游云龙一惊，忙点头道："周先生，我答应你。"

周颠这才眉开眼笑，说道："你说话可要算数！"

游云龙重重一点头，说道："大丈夫一言九鼎，怎么个不算数？"

周颠这才放心，身子一起，疾飞而去，眨眼消失得无影无踪。

空旷的河滩只剩下游云龙，游云龙心里大是奇怪，像周颠这样疯疯癫癫，个性率真的老头子怎会是十大神魔中的人物？十大神魔应是杀人不眨眼的大魔头。

可他哪里知道，周颠性格虽然天真率直，但也是个嗜杀成性的人物，在江湖上可是人见人怕极为难缠的人物，说好了裤子都脱给你穿，说烦了就翻脸不认人，撕你，他与其他九大神魔杀人不一样，他杀人于谈笑之间。

而今天对游云龙这般好，全是由于钗儿的原因，十大神魔虽然个个魔性十足，桀骜难驯，天皇老子都不怕，但唯对北网天罗肖世平敬若神明，忠心不二，对肖世平的孙女儿肖雪钗更是奉为圣姑，由于他知道雪钗喜欢游云龙，所以爱屋及乌。

听周颠说，钗儿在暗中保护自己，一个一人之上，万人之下的大小姐风餐露宿保护自己，可自己还误解了她，真是罪该万死，唉，不知钗儿现在在哪里，游云龙游目一匝，静静的河滩，除了自己，一个人影也没有，不由长叹一声，往前行去。

经过两天的奔波，游云龙回到了四川的九龙山下。

九龙堡，庄院巍峨，九龙山环抱着它。望着这陌生的城堡，游云龙心里十万火急，他真想见到爹爹，解开他心中所有的疑团，他所遇到的，到底是怎么回事？

可是偌大的九龙堡，寂然如死，既无人声，也不见人影，到处静悄悄的，静得没有丝毫声息。

游云龙心头涌上一种不强的预感，深深地吸了一口气，推门走了进去。

一入眼帘，赫然是满堡的迎风飘荡的白布球、招魂幡，入目都是白的，白色，死人的象征。

游云龙心头轰然大震，一下子感觉到自己整个沉落在冰窖里。

他强力支撑着，一咬牙，怀着沉重的心情，就像走进立判生死的地狱，一步，两步……他听到自己的脚步声清晰如鼓，心跳声如锣，终于走进了大厅。

大厅里到处也都是白的，大厅中央摆着一具檀木棺材，棺材前的神案上，扎着素纸拱门，供满瓜果香烛，素烛高绕，香雾冉冉，正中一块木牌上，赫然写着"九龙堡堡主游明宇之灵位"。

游云龙脑中轰轰乱响，仿佛天都塌了，世上唯一的亲人已离他而去，喃喃道："不，这不是真的！"

这时一位身穿麻衣，头缠白布的老人从里屋走了出来，惊诧地望着游云龙，问道："你是……"

游云龙道："我叫游云龙！"

老人泪水夺眶而出，一把抱住游云龙，欣喜而泣道："少堡主，你终于回来了，你可回来了，堡主他……"

游云龙问道："老人家，你是……"

老人泣不成声道："我是管家王林。"

游云龙忍不住一把抓住王林的肩头，用力摇着，问道："王伯伯，告诉我，我爹他怎么啦？"

王林举手抹泪，说道："少堡主，堡主他十天之前就与世长辞了，临终之前，才对老汉提及少堡主，堡主竟瞒了咱们整整十八年，全堡的人，谁也不知道少堡主尚在人世。"

游云龙挥泪道："我不是问你这些，我是问，我爹是怎么死的！"

王林正容道："病，老堡主是病故的！"

游云龙叫道："不，不可能，我离开时候，爹爹还是好好的，怎么十几天时间，一切都变了。"

王林安慰道："少堡主，这是病灾，灾祸是躲不过的！"

游云龙没听到王林在说什么，一颗心向下直落，一下子仿佛孤独地站在黑色沉沉的天际，无依无靠，朦胧中，似乎看见那跳动的灯花影中，父亲正含泪伫立，恍惚说道："孩子，你回来得太晚了。"

游云龙不由大叫一声"爹爹"，向棺材扑去。

王林突然迅速无比地闪跃上前，举手将游云龙拦住，沉声道："少堡主！"

游云龙拼力挣扎，叫道："让开，我要看看爹爹，我要见他一面。"

王林脚下挺立，纹丝不动，淡淡说道："少堡主，人死不能复生，你应节哀顺便，如果忧伤过度，伤了身子，堡主在九泉之下，也不会安心的。"

游云龙双膝一软，跪伏在棺材边，放声痛哭。

虽然他一直被父亲关在暗无天日的石洞，但他一点也不恨父亲，父亲是这世上最亲近的人，无论刮风下雨，数九寒天，父亲总为自己送来可口的饭菜，陪着他，讲一些江湖秩事，可如今，人已去。

王林神色淡然，上前扶住游云龙的肩头，说道："少堡主，你将孝衣穿上，老堡主生前在江湖上侠名卓著，广交广结，这几天，闻讯赶来吊祭的武林中人甚多，少堡主不要再悲恸，快接待客人，主持善后。"

游云龙换上孝衣，王林搀扶他坐下，为游云龙放好包袱和背囊，见到包袱，他不由一怔，这正是十几天前，他亲手为堡主游明宇准备的，现在却在游云龙身上，但他很快镇定下来，不露声色，为游云龙打来温水，游云龙略作梳洗，人才心神初定，问道："王伯伯，你在堡中住了多久？"

王林一怔道："老汉侍候堡主，已有二十几年了。"

游云龙目视王林，又问道："那你知不知道'苍头筝圣'东方伯伯和'一指箫圣'牛伯伯？"

王林神色一凛道："堡主被江湖人称作'九天琴圣'，和'苍头琴圣''一指箫圣'并称为江湖三圣，他们三人是同门师兄弟，可谓情同手足，老奴怎不知道。"

游云龙突然一跃而起，上前制住王林的"天厥穴"，喝道："你骗我，我爹不是病故的，你快说，我爹到底是怎么死的？"

王林脸露痛苦之色，忙道："十天前，堡主从外面回来，一下马鞍就倒在地上，胸口沾满了鲜血，好似受了极重的内伤……"

游云龙低喝道："后来怎样？"

王林道："不一会儿，堡主就……临终之时，他要老奴打开柜子，取出寿衣，替他更换……原来堡主早在十天之前，便已为自己身后之事作好了安排，似乎已预知了这一天。"

游云龙道："临终前，爹爹没说什么？"

王林迟疑了一下，垂头道："堡主断气之前，含糊说了一句'姓韩的，你好狠毒……'话还没说完，他就……"

游云龙道："你知不知道爹爹所认识的人之中，有没有姓韩的？"

王林沉思了一下，说道："堡主认识的人太多，三山五岳，黑白两道，九大门派，几大世家和堡主都有过交往，可老奴想不起有个姓韩的。"

游云龙银牙一咬道："姓韩的，我非查个水落石出不可。"

忽然又喝问道："那你刚才为何骗我？"

王林突然惊慌地四望一眼，压低声音，急急道："那姓韩的恐怕是一个极为厉害的人，我怕少堡主一怒之下，作出……少堡主，报仇的事得从长计议，留得青山在，还怕没柴烧？"

话声未落，突然门口一暗，走进一个人来，游云龙忙松开手，整衣侍立灵位一侧。

门口昂然挺立一个身躯魁伟，长着一双牛眼，蓬头垢面，腰里插着一根青竹棒，破衣破鞋的叫化子，他牛眼中精光四射，神态之中有一种说不出的威严，腰间挂着一只酒葫芦。

王林一见老叫化，忙迎上去，屈膝一拜道："老奴王林，拜见帮主。"

老叫化子手臂微抬，一股柔和劲力，硬生生地托住了王林，王林脸一红，再也拜不下去，老叫化子朗声道："这么多年了，老管家还认识我这穷叫化子！"

王林垂手道："帮主说笑了。"

老叫化子哈哈大笑，说道："老了老了，上次来九龙堡，已是十五年前的事。"

从他语意中，似乎他还不知道九天琴圣游明宇的死亡。

果然，他突然笑容一敛，指着棺材，喝道："谁过世了？"

不待王林回答，老叫化子脸色大变，未见移步，身形已直欺而上，一把将面前的王林摔了两个跟头，人已到了棺材前，大叫道："游兄，老弟来迟了！"

虽然没放声大哭，但那无形的悲痛如无形的真气，从他魁伟的身体逼射而出，压得人喘不过气来。

老叫化子怔了许久，这才发现灵位一边跪着，身穿孝衣的游云龙，眼睛一亮，问道："你可是游云龙吗？"

游云龙一惊，他怎么知道我名字？！转向王林道："王伯伯，这位前辈是……"

王林还未回答，老叫化子接口道："孩子，你自是不认得我，伯伯见你的时候，你还刚满三岁。"

游云龙心中一动，暗忖道：我自三岁后便在后山的石洞中长大，爹曾说，这事从未告诉别人，他怎会知道？

老叫化子接着道："关于你的身世，只有伯伯一人知道。"

顿了一顿，老叫化子突然仰天长叹道："十五年了，没想到来得这么快，当年若你父亲肯将你交给我带走，恐怕不至落得如今这下场！"

游云龙一惊，这前辈对往事似乎比较了解，不知他还知道什么，正想问，老叫化子突然问道："你父亲是怎样死的？当时你可在堡里？"

游云龙道："我也是刚刚赶回来的，才知爹爹噩耗。"

于是就将奉父命前往天山的经过，大略说了一遍，不知为什么，游云龙见到这老叫化就像见到了亲人，感到亲切无比。

老叫化子听了，神色凝重，叹道："这都怪你父亲一念之差，当年若依我，三圣焉能被人一网打尽。"

游云龙忙问道："前辈知道陷害爹爹和两位师伯的人？"

老叫化子摇头道："这事的前因后果，说来话长，其中涉及一件非常重大的秘密，等一会儿我再告诉你，你先告诉我，你父亲临终前可有什么遗言？"

立在一边的王林突然插口道："帮主远来，少堡主也是日夜兼程赶回来，途中辛苦，这些事，留待明天再说吧。"

老叫化子牛眼一翻道："歇什么，游老哥死得不明不白，叫人怎能安心，龙儿，你说。"

游云龙道："爹爹在世的时候，我尚未赶回来，听王伯伯说……"

王林突又开口道："少堡主，当时堡主他吐字不清，难作准。"

老叫化子极不耐烦，脸色一沉，喝道："王林，你三番两次打岔，难道我叫化子是外人不成！"

王林望了一眼游云龙，默立一边，再不敢吱声。

游云龙颇感蹊跷，但还是说了出来，说完问道："前辈，你可知江湖上可有一个大有来头，姓韩的人？"

老叫化子神色突变，目光倏聚，突然仰天大笑，声震四壁，灵前的烛火，也被他如涛的声浪逼压得昏暗不明。

游云龙惊诧道："前辈笑什么？！"

老叫化子不理游云龙，双目精光暴闪，凝注着王林问道："王林，你亲耳听到游老哥说过这话？"

王林头一低道："当时我心中悲痛，没听清楚。"

老叫化子面色一沉，说道："好一个一石二鸟之计，连老叫化子你都不放过，厉害，厉害。"

游云龙惊道："你就是丐帮帮主'牛眼神丐'韩天乞？"

老叫化子面现正容，朗声道："不错！"

游云龙骇然一震，退后两步，厉声叱喝道："这么说，是你害死了我爹爹？"

游云龙以前听父亲谈过丐帮帮主韩天乞，并说韩天乞是他一生最为敬重的人，当时他一下子没想起来，父亲最敬重的人就是姓韩。

韩天乞冷笑道："我若要害他，十五年前早将他害死，何必等到现在！"

游云龙大怒，一声大喝，突然欺身而上，奋起右掌疾劈而出，喝道："姓韩的，我跟你拼了。"

韩天乞视若无睹，从腰间取下酒葫芦，"咕"的一声，喝了一口酒，毫无抵挡之意。

王林惊惶失色，急叫道："少堡主，千万鲁莽不得！"

游云龙盛怒之下，掌力已逼抵韩天乞的胸前，突地收住掌势，大喝道："姓韩的，你怎么不敢还手？"

韩天乞举手一抹腮边的酒珠，冷笑道："老叫化子生平不轻易出手，尤其对你这样可怜复可笑，不动脑子的后辈。"

游云龙闻言一怔，忽然，堡外传来人声喧哗声，接着一人高声喊道："南阳慕容府前来拜祭游堡主！"

王林急声道："少堡主快请归位答礼，南阳桐乡'金剑追魂'慕容辉老爷子来祭堡主了。"

游云龙双眼喷火，对韩天乞道："姓韩的，我们之间的事还没了断！"

韩天乞冷哂道："放心，混小子，我韩天乞一生顶天立地，从来未含糊过什么，我会奉陪到底，不过现在不是时候，这慕容辉我不想见。"

话一说完，一个苍劲的声音接口笑道："韩帮主如此鄙夷慕容辉！"

随着话声，一个锦衣大汉疾步跨了进来，锦衣大汉方头阔脸，举手投足雍容华贵，身上穿着绣着金线，镶着金边的锦袍，足穿一双方头金靴，腰间的宝剑，剑鞘上缀着七颗光彩夺目的宝珠，好大的气派，王林垂手跟在后面。

华服大汉一进大厅，首先向满脸不屑的韩天乞一拱手道："韩帮主，多年不见，没想到在九龙堡会面。"

韩天乞冷冷哼了一声，朗声道："九龙堡会面有什么不好，一样做客，两样心情。"

慕容辉似乎未听出韩天乞语含讥讽，一点也不在乎他的冷傲，点头，面容一肃，叹道："不错，一样做客，两样心情，人世苍凉，竟未料到九龙堡主身遭不幸，慕容辉闻讯，不啻于五雷轰顶，立即日夜兼程赶来。"

说完一转身，高声道："将东西抬进来，拜祭游堡主！"

话声一落，两名气宇轩昂的劲装大汉抬着一口箱子走进了大厅，两大汉抬着箱子，脚步声咚咚作响，箱子似乎很重。

两人将箱子抬到神案前，打开箱子，霎时珠光四射，里面赫然是一个黄金做的大金炉，两大汉将金炉取出，放在神案前，在金光炉上插了三根香，垂手退在一边。

慕容辉遥遥用手一指，一道极细的剑气从指上"嗤"的一声凌空射出，将三根香点燃了，不一会儿，香雾缭绕。

游云龙惊呆了，只听说内功修到一定境界，可以从腹中逼出三昧真火燃物，可这慕容辉竟发出剑气，点燃香火，可真是匪夷所思。

做完了这一切，慕容辉和两名劲装大汉躬身朝灵位拜了三拜。

游云龙蓦然想起，这慕容辉可是自己在桐乡镇见到的慕容小姐的父亲？

韩天乞在一旁昂头而立，看也不看慕容辉一眼，时不时喝一口酒。

慕容辉整了整自己的锦袍，这才站起身子，望了答礼的游云龙一眼，诧问身后的王林道："这位小哥是堡内何人？"

王林躬身道："是蔽堡的少堡主！"

慕容辉更是诧异道："我只听说游堡主有一爱子，已在二十年前就离家出走，可从没听说游堡主还有一个……"

韩天乞冷冷接口道："你没听说的事多着呢，这难道有假不成?!"

慕容辉不理韩天乞，上前亲切万分地拉着游云龙的手，看了又看，亲切地道："想不到故人之子已长得如此俊朗，有子如此，你父也当含笑九泉了。"

游云龙鼻子一酸，差点掉下眼泪。

慕容辉又道："少堡主名讳?"

游云龙躬身道："游云龙!"

慕容辉拍了拍游云龙肩头，道："龙少堡主，人死不能复生，望你节哀顺便，游堡主生前侠名扬天下，万人敬仰，誉满江湖，只可惜，去得太早了。"说这话时神色黯然。

游云龙触动隐痛，泣声道："云龙年幼愚钝，不经世事，往后望慕容前辈多多赐教。"

慕容辉头一偏，说道："唉，傻孩子，往后你的事就是我慕容世家的事，只要老夫在世一天，总不让你受到一点委屈就是……"

说着，突然压低声音道："你要答应我，务必在处理完丧事之后，到南阳去一趟。"说完重一拍游云龙的肩膀。

游云龙正要答话，慕容辉转过身子对韩天乞道："慕容辉俗务繁忙，先行告退，韩帮主如有空暇，不妨到南阳一行，也好让慕容辉尽尽地主之谊。"

韩天乞冷声道："老叫化子的脾气你知道，不去，就是八抬大轿，也不去，要去，就会不请自来的，到时慕容庄主可别意外。"

慕容辉道："韩帮主的到来定使敝庄蓬荜生辉，高兴都来不及，哪来意外。"说完和王林、游云龙道别，韩天乞冷哼一声，傲然倨坐，自不起身相送。

游云龙将慕容辉送走，见门外一溜排开十六人，男女各半，女的都是十七八岁的少女，个个长得娇艳无比，慕容辉刚一出来，就有两名绿衫少女迎上前来，扶他上马。

在桐乡镇游云龙见过慕容世家的排场，心想这慕容世家，一出门就前呼后拥，不知是何家世。

回到大厅，韩天乞仍坐在椅上，望着灵位呆呆出神，而王林却不知去向，游云龙惊问道："王伯伯呢?"

韩天乞这才回过神来，喝了一口酒，缓缓道："他走了！"

"什么?! 走了?!"游云龙霍地旋身错掌，怒目道："他到哪里去了?!"

韩天乞耸了耸肩，仍缓缓道："不知道。"

游云龙心头涌起不祥之感，眦目喝道："你趁我出门时，将他害了是不是？"

韩天乞不屑地看了看盛怒的游云龙，说道："他谎言说尽，假事做绝，已经穿帮了，还留在这里干什么，早溜了！"

游云龙骇然道："他说了什么谎话，做了什么假事?!"

韩天乞看着游云龙说道："看你小子长得眉清目透，做事怎这般糊涂？人的话不信，鬼的话当真，如果老叫化子猜得不错的话，你爹根本没死，这灵位、棺材全是王林搞的花样！"

游云龙用力摇摇头，简直不相信自己的耳朵，大惊道："你是说……"

韩天乞哼了一声，道："你又不是瞎子，自己看看不就知道。"

游云龙心头一阵狂跳，旋身跨到棺材边，十指紧扣棺盖，力贯双手，低嘿一声，向上猛提，棺盖应手而开，俯身向棺中一看，人不由一下子惊呆了。

棺中平放着一条长的青石，着些绫缎寿衣。

游云龙说不出是喜是愁，喃喃道："这……这到底是怎么回事?!"

韩天气道："刚才你送慕容辉出去，老叫化子就问王林，王林，你随游老哥三十多年，游老哥待你不薄，你再说一遍，游老哥临终前可说过姓韩的那句话？王林突然跪下来说，韩帮主，老奴有不得已的苦衷，但愿有一天能剖此腹心，以死谢罪，说完便叩了个头，匆匆离去。"

游云龙脱口道："以你的武功，还留他不住？"

韩天乞叹道："老叫化子自信能留得住他，但王林似是的确有苦衷，加上这件事诡秘异常，我想放长线钓大鱼，再说，说不定就是你父亲的安排。"

游云龙摇头道："我父亲一生光明磊落，怎会故作灵堂诈死？"

韩天乞脸色一沉，说道："孩子，天下有许多事并非你想象那样，你父亲在二十年前，的确算得上是江湖上顶天立地的英雄，但，自从二十年前娶了你母亲之后，雄心壮志早已泯灭，无日不在巨大的痛苦之中，简直是生不如死！"

游云龙骇然道："那是为什么？"

韩天乞正要说话，突然侧耳凝神倾听片刻，沉声道："等一等，又有人来了。"

游云龙急想知道一切，忙道："爹爹既未死，别理他们！"

韩天乞道："不行，这场戏还没完，必须接着唱下去。"说完手一挥，被游云龙搬动的棺盖无声无息地合上，就如同一只无形的手盖上一般。

韩天乞目光一扫游云龙，低声道："要像什么都没发生一样。"说着，一边扯下酒葫芦，一边披上王林留下来的那件麻衣，匆匆迎了出去。

不一会儿，韩天乞就引着两位青袍老人步入大厅。

这两人身材一般高大，年纪也都差不多，都在四五十岁之间，两人相貌堂堂，满脸正气，走在前面的紫色面孔，剑眉斜飞，周身罩着紫气，走在后面的一个面泛淡金，双眉如两把扫帚，显得极是威猛。

韩天乞抢前一步，燃香上供，再双拳一抱，行礼道："青城派郝、姚两位大侠亲祭堡主。"并用眼光示意游云龙上前答礼。

两人都不看游云龙一眼，抱拳遥对神位一拱，便转身退了出去。

两人自进来到退出去，脸上没一点表情，也没开口说一句话，就好像哑巴一般，面无表情地例行公事。

韩天乞也不以为意，垂着头恭送二人出去，回来时又引进了一老一少两个女子。

第五章

前面的老婆子鸡皮鹤发，手中拄了一支精光闪闪的龙头拐杖，拄在地上当当作响，两眼开合，熠熠有光，跟在后面的却是十六七岁的妙龄少女，穿一身青色的衣裙，脸庞用白纱罩住，体态婀娜，但看不出面相。

韩天乞燃香唱名道："镜湖'玄天金母'率高足亲祭堡主。"

游云龙上前答礼，一看那少女，这少女似在哪里见过，可又不像。

那老婆子正低头行礼，闻言霍地抬起头，眼中冷光暴射，嘿嘿冷笑道："老管家好尖的眼力，竟然认得老身。"

韩天乞低头道："玄天金母大名鼎鼎，虽未蒙面，却听老主人生前提过。"

玄天金母哼道："嘿，在他游明宇眼里，还有我姓黎的！"

如果是王林，他定然不认得，可韩天乞是天下最大的丐帮帮主，帮中弟子遍及中原各地，江湖上有什么事，什么人能瞒得过他的耳目？

玄天金母说话的口气大有不敬之意，游云龙不由冷哼一声，但还是忍住了。

玄天金母听到冷哼声，拐头叮叮，直朝游云龙走去，距离六尺远，举起拐头一指，冷冷说道："你就是游云龙？"

游云龙一惊，没好气地道："不错！"

抬起头，那白裙少女正向他看来，四目相对，那少女也吃了一惊，脸色大变。

玄天金母一双眼睛怒火隐射，看着游云龙，重重一顿手中钢拐，一块青砖裂成四块，说道："小子，念在你丧期，让你多活几天，小玲子，我们走！"

"小玲子"，游云龙顿时记起那少女是谁了，但再一抬头，两人已消失在大厅外。

游云龙迷茫若失，好一会儿，才幽幽叹了一口气，心想：这玄天金母可是父亲的故人？

韩天乞低声问道："你跟那女娃认识?"

游云龙道："十几天前在桐乡见过，我们之间还有过误会。"

韩天乞仅轻轻"哦"了一声，道："男儿大丈夫，行事处世，哪没误会的? 以后不难解释，倒是那青城派的阴阳双剑，名门正派，竟采取如此卑劣的手段，才真令人费解。"

游云龙惊问道："阴阳双剑怎么了?"

韩天乞手朝棺材一指道："你自己看看。"

游云龙掀开棺盖，见里面的长条青石，赫然已变成粉末，显是被人暗中用极深厚的内力震碎的。

游云龙怒道："他们跟我爹有仇?"

韩天乞道："青城派乃侠义门派，是中原武林九大门派之一，我想应该不会。"

游云龙道："那他为什么要如此心毒，震棺毁尸?"

韩天乞沉吟道："这就是叫人猜不透的地方了，这是那阴阳双剑中的郝友川下手的，郝友川一向心直口快，性如烈火，不应如此，可他俩来九龙堡，并非为拜祭，而是专为完成这事来的。"

游云龙道："当时你怎不制止?"

韩天乞脸上泛起无限忧虑之色，说道："如今武林诡异之事接二连三，或许他们也和王林一样，有不得已的苦衷，再说棺中只是石条，此事只宜隐忍，从长计议。"

游云龙沉痛道："韩伯伯，我现在心里好乱，感觉到处处都有无数只眼睛看着我，可又不知背后是谁。"

韩天乞摸着游云龙的头，颔首缓声道："孩子，别怕，还有你韩伯伯呢，你要坚强，正义终将是战胜邪恶的，黑暗只是暂时的，现在暗流涌动，只怕整个武林都已在野心者的摆布之下，不要紧，一切终将过去，不过希望就在你们这一代身上，唉，不谈这些，来，你坐下，安安静静地听韩伯伯给你讲个故事。"

游云龙道："是关于我爹爹的?"

韩天乞意味深长地点了点头，说道："以前只关系到你父亲，但现在看来，恐怕已关系到整个武林了。"

游云龙神情紧张，凝神而听，这时天已黄昏，大厅里纸幡飘动，显得格外凄凉恐怖，韩天乞喝了一大口酒，开始缓缓说下去："二十年前的江湖正道有两个擎天人物，一个就是你爹九天琴圣，另一个就是牛眼神丐我老叫化子，我老叫化子经常到九龙堡和你父亲切磋武功。"

"一个春雨绵绵的夜晚，我到了九龙堡，那一天，阴雪初停，天气也像今天这么沉闷迫人，我突然心血来潮，一时童心突发，便悄悄潜进堡中，想和你父亲开一个小小玩笑，谁知在你父亲的小楼外，却意外听见屋里传来哭闹之声。"

说到这里，韩天乞忽然问道："你知道你还有个哥哥吗？"

游云龙点头道："爹爹已经说过？"

韩天乞"唔"了一声，继续说道："你哥哥与你是同父异母，他叫游飞鸿，他那时只不过八九岁，但我听见他正跟你父亲在房中争得面红耳赤，简直不象八九岁的小孩子，好奇之下，我没出声，才知道他竟是不要你父亲娶你妈。"

游云龙道："娶我妈？！"

韩天乞道："你父亲号称武林三圣之首，一身武功不但已登化境，人也长得风流倜傥，是当时江湖上出了名的美男子。"

"你想想，像他这样文武全才的美男子，难免会有一些风流韵事，许多美女主动投怀送抱，但你父亲自娶了一枝花李素丽后，就不再拈花惹草，生下了你哥哥，两人行侠江湖，不知多少人称美。"

"可天有不测风云，好景不长，一枝花李素丽却红颜薄命，等飞鸿长到八岁时，就与世长辞了，后来，你爹便一蹶不振，可不久之后，你爹就遇到了你娘，千金一笑张芬吉。"

"你娘和李素丽简直是一个模子刻出来的，你娘琴棋书画样样精通，你父亲从他身上似乎找到了李素丽的影子，人也鲜活起来，可以说，是你娘给了你父亲第二次青春。"

"于是你父亲就有了继弦之意，可你哥哥不同意，只听他大声叫道：'我不要新妈！拼了命也不要，什么新妈，简直是妖怪，是不要脸的妖精，狐狸精！'"

"你父亲低声喝道：'飞鸿，不可胡说。'你哥哥哭闹道：'我就要说，狐狸精，狐狸精！'，你父亲'啪'的一声给了你哥哥一个耳光，怒极说道：'你小小年纪，哪来这等言语！'你哥十分倔强，兀自哭闹不休。"

"你父亲似乎有些心疼，良久，才长长出了一口气，说道：'飞鸿，她虽是你后娘，但做爹的知道为你考虑，她会待你如自己亲生儿子一般，如果对你有恶，那时你再责斥爹好不好？'"

"你哥哥坚决不答应，突然蛮横起来，恨恨说道：'好，娘尸骨未寒，你一定要娶那狐狸精，将来不要后悔，只要她一进门，哪天我乘她不备，我就给她一刀。'"

"这话一出，你父亲怒火又被激起，顺手又打了你哥哥一记耳光，喝道：'畜牲，是谁教你说出这种忤逆的话来?!'"

"你哥哥这次居然没哭，恨恨道：'你要那狐狸精，就不是我爹，从今天起，我游飞鸿也不是你儿子!'"

"你父亲见越说越僵，盛怒之下，喝道：'游家也没你这样的子孙，你给我滚，永远不要进九龙堡。'"

"当时我见事情闹僵了，连忙现身进堡，你父亲见我突然现身，吃了一惊，说道：'韩帮主来了，怎么不打个招呼?'"

"我笑了笑道：'夜深人静，还是不打扰的好。'你父亲歉然一笑，不自然地说道：'与小儿争吵，让韩老弟见笑了。'我道：'什么话，游老哥这般见外!'我说着上前去劝你哥哥，可你哥哥却道：'韩伯伯，你不用说了，我想你一定要说小孩子不懂事，要体谅父母，为爹爹想，可谁来体谅我？好啦，我没事，去睡觉了。'"

"我拍了拍他的头，说道：'这样就好，这样才是个好孩子。'你哥道：'我本来就不是个好孩子!'说完头一扭，就走出去了。"

"当时我和你父亲都没在意，以为你哥真的去睡觉了，不由相视一笑，我俩很久没见面，于是在书房里一面印证武功，一面彻夜长谈，好不尽兴。"

"直到第二天早上，我们才发现你哥哥已于当天夜里离开了九龙堡，你父亲非常着急，后来我传令丐帮子弟，还是将你哥哥找到，并带往九江分舵暂时安置。"

"我认为父子之情，出乎天性，过些时候，再让他和你父亲骨肉团聚，哪知却因此铸成大错。"

"我因帮中在关外出了一点事，就远赴关外了，等回到九江分舵，你哥哥却已逃离了九江分舵，不知去向了。"

"我再次传令丐帮弟子，务必要找到你哥哥，并亲自查访了大半年，你哥哥始终杳无音信，无可奈何，只好回到九龙堡告诉你父亲，这时，你父亲已娶了你娘。"

"我怕你父亲责怪我，单独和你父亲谈了这件事，你父亲也是大急，但并没有责怪我之意，说等以后再慢慢查找。"

"说实在的，你爹娶了你娘的消息传遍武林，武林同道，连老叫化子也在内，都反对。"

游云龙心里有些不高兴，道："那是为什么？"

韩天乞又喝了一大口酒，抹了抹嘴巴，这才道："因为你娘要小你父亲二十多岁，且又出身红楼，老夫少妻，对一般人来说是艳福，但你父亲名气太大，在武林中名望太重，就显得有些不合时宜，加上李素丽尸骨未寒，就续弦，终究不妥。"

"可大家都以为青楼出身的女子，名声不好，空有美丽容貌，他日终会毁了你父亲，但后来，你娘与你父亲共同操持九龙堡，大家才改变了这一看法。"

"你娘当时仅二十出头，正如一朵初绽乍放的青莲，端庄秀丽，可以说是人见人爱，集天下美艳于一身，对你父亲更是体贴温柔，百般爱护，更难得的是，为了找你哥哥，她竟和你父亲涉千山万水，风餐露宿，足迹几乎踏遍了中原各地，虽然未果，但你娘的风范，在江湖上是有口皆碑的。"

"第二年，你娘就生下了你，你父亲晚年得子，自然欣喜，对你百般疼爱，在你周岁的时候，江湖各方霸主都赶来祝贺，九龙堡里摆起了流水席，足足热闹了三天三夜，客人还是络绎不绝。"

游云龙脸上泛起一丝幸福的笑容，似乎看到了自己在襁褓中的荣华景象，那可是盛况空前的事。

韩天乞忽然叹了一口气，游云龙的思绪又回到现实中来，现实中爹娘已去，唉，但他还是想知道以后的事，问道："韩伯伯，后来又怎么样？"

韩天乞神色黯然，道："三年后，你三岁了，等我再到九龙堡的时候，九龙堡已一片萧条，门庭冷落，你娘出走，下落不明，你父亲形容枯槁，骨瘦如柴，我简直不敢相认，而你也被藏在后山石洞，这件事你父亲只告诉了我一个人。"

游云龙的心一下子提到嗓子眼，从椅子上跳了起来，急声道："这是怎么回事？"

韩天乞长叹一声道："这些都是你父亲一念之差，自种的苦果！"

他举目望着屋顶，双目中，隐隐透射出泪光，神情显得有些激动，胸部起伏不平，过了一会儿，才继续说道："看到你父亲短短三年时间变得面目全非，急忙问其原因，你父亲将老叫化子带进书屋，关上门，才告之了老叫化子一段离奇震惊的事。"

"你父亲唏嘘不已，关上门后，从怀里掏出一个透明的药瓶，倒出一粒乌黑色的药丸，吞下肚去，说来奇怪，不到半个时辰，你父亲竟然精神抖擞，容光焕发，双目精光暴闪，刚才的萎顿神情，一扫而空。"

"老叫化子虽说不上见闻广博，但天下奇事也见过不少，不禁暗暗称奇，你父亲举起药瓶问我：'韩老弟，你可知道这是什么药丸吗？'"

"我摇摇头，竟不认得那药丸，只听说少林寺有珍藏的'还魂丹'，有起死还生，增长功力之功效，但这还魂丹极为罕见，只有两颗，据传被北网天罗从少林寺取走，难道北网天罗送给了你父亲？北网天罗与你父亲有极深的交情！"

游云龙一怔，没想到在茅屋中肖世平给自己吞服的药丸竟是这般珍贵的药丸，肖世平为何给予自己这般恩惠？看来自己真是错怪了他。

韩天乞没注意游云龙表情的变化，又道："于是，我就猜道：'难道是还魂丹！'你父亲摇头道：'这是神阳灵丹！'"

"一听这话，我不禁骇出了一身冷汗，神阳灵丹，俗称罂粟，是一种极邪的毒物，毒入人骨，永难除去，凡是被它毒性感染的人，初时不觉其害，沾尝少许，反能提神振元，止痛疗疾，但时日一久，渐成瘾癖，非得日日服用不可，否则便生不如死，骨中如虫爬蚁走，其痛楚是没人能忍受的，轻则丧志，沦落，重则毒瘾难熬，药断即死。"

"老叫化子不是矫情做作之人，一怒之下，大喝道：'算我韩天乞瞎眼了，认识你这样的人！'"

"你父亲道：'事已至此，你就是打死老弟，也于事无补，就当你眼瞎了。'我一想也是，便迫问你父亲染毒的原因。"

"你父亲坚决不吐真情，任我再三逼问，他像哑了一般，一句话也不说，却将我引到后山石穴，说道：'我游明宇现在猪狗不如，之所以苟活到现在，是因为有一桩心愿未了，就是我儿子游云龙，他也是我游明宇唯一的希望。'"

"那时你刚满三岁，是多么天真，像你这般年纪，都在享受爹娘的福，而你却过早地背负了世界最大的艰辛，我见你用天真无邪的大眼睛，直对我怔怔打量，心里如刀割一般，于是我将心一横，突然点了你的穴道，阴着脸道：'游明宇，你今天要是不说出实情经过，我俩兄弟之情就此了断，并索性毁了你这命根子，然后我老叫化子再自行了断。'"

"你父亲知道我的脾气，说到做到，犹豫了一下，才说了出来。"

"原来，就是他娶你娘不久之后，便被人暗下了毒药，不知不觉染上了毒瘾。"

游云龙脱口道："是谁下的毒？"

韩天乞喟然一叹，一字一顿地说道："就是你母亲！"

"娘!"韩天乞的话犹如晴天霹雳,游云龙简直不相信自己的耳朵,说道:"不,不会的。"

韩天乞凄然道:"的确是使人难以置信,这是你父亲亲口所说的,也是千真万确的事实。"

他慈祥地拍了拍游云龙的肩膀,柔声道:"天下违情悖理的事,不知有多少,你父亲当时含泪说出实情,连老叫化子也不敢相信,但孩子,这却是事实,不由你不信。"

"你父亲爱你母亲之深,世上恐怕难找第二人,当他发觉自己所钟爱的妻子,竟是怀着阴谋来暗害自己的敌人,你知道这是多么令人心痛无比的事啊!"

游云龙抱着头,喊道:"这是为什么?为什么会这样?我娘为什么要害爹?!"

韩天乞道:"这是一桩阴谋,一桩为祸武林的阴谋,幕后的人处心积虑,将你父亲和老叫化子作为先下手的对象,只可惜我老叫化子不近女色,暂时还没受害。"

游云龙问道:"我爹后来怎样?"

韩天乞道:"他用人世间最大的容忍,默默地承受了这一切,尽管他最后知道是最亲的人,他用全心去疼爱的人害了他,他也没有半句怨言。"

"他知道你娘虽然是怀着目的和他在一起,但经过几年的生活,你娘是爱他的,他深深体谅你娘的所为,她本性不坏,只不过是受了威胁。"

"所以,你爹在得知事情的真相后,仍毫无保留地爱着你娘,一如既往,但他从此就毁了,必须按时到一个神秘的地方,求取药丸。"

"你娘看到你父亲的壮志消沉,身体一天不如一天,也是心如刀绞,她发觉自己残害的不仅是深爱自己的丈夫,也等于残害自己的儿子和自己的幸福,她深深地后悔,这后悔每时每刻都在煎熬吞噬着她的心。"

"她决定不惜一切,哪怕是自己的生命,她要为你父亲取得解药,于是,她离开了你父亲和幼小的你,可她这一走,却再也没有回到九龙堡,再也没回到你父亲的身边。"

"你父亲失去你娘,就如同失去了整个生命,你娘走了,就一下子将他推进了无底的深渊,这比食了毒药还可怕,双重的打击,一下子使他彻底崩溃了。"

"老叫化子听到了你父亲的叙说,不禁怒火中烧,老叫化子性子太躁,当下就逼你父亲说出那求药神秘地方的所在,准备穷我丐帮之力,挖地三尺,也要将那幕后的奸雄找出来一决死战。"

"可你父亲死也不说，只说，那神秘的地方叫'幽冥地府'，是一座古堡。"

"老叫化子当夜就离开了石洞，通令丐帮了弟，查访那叫'幽冥地府'的古堡，可半年下来，没有谁知道有这么一个神秘的地方。"

"老叫化子咽不下这口气，就安排了暗线日夜监视你的父亲，心想：只要你父亲去取药，我就可以找到那神秘的地方，现在只有你父亲一人知道那地方了。"

"果真，你父亲是在一个冬天出堡的，我易容，紧紧地跟在他后面。"

游云龙心里大为紧张，急问道："那古堡在什么地方?!"

韩天乞摇摇头，苦笑道："可惜我失算了，不仅没成功，险些连命都丢了。"

游云龙大惊道："出了什么事?"

韩天乞道："所谓'螳螂捕蝉，黄雀在后'，老叫化子跟踪你父亲，未出川境，就已落在人家的监视之中。"

游云龙脱口道："幽灵教的人?"

韩天乞点点头，接着道："盯着我的是四个人，全都黑衣蒙面，在一处山谷中截住了我，这四个黑衣人武功极高，招数驳杂，看不出是哪一门哪一派的，可以说是江湖上出类拔萃的顶尖高手，不到十招，我便连中了三掌，身负重伤。"

游云龙骇然道："他们怎这般厉害?!"

韩天乞嘿嘿一笑道："要是全凭武功，不是我老叫化子自夸，就算是你爹和北南天罗地煞，十大神魔，也不能在十招之内伤了我，四个黑衣人武功虽高虽杂，但和以上人相比，还是差得甚远，老叫化子倒并不把他们放在眼里!"

游云龙奇道："那他们是怎样伤你的?!"

韩天乞道："四个黑衣人黑夜出手，刚打了一个照面，不知使了什么玩意儿，将手中的东西一挥，那东西发出耀眼的强光，一下子使我双眼瞎了。"

游云龙道："对，我在天山上也见到这种强光。"

韩天乞出了一会神，深深叹了一声，说道："现在回想起来，你爹自小将你关在黑暗的石洞里，原来是良苦用心，你爹是专门锻炼你不用眼睛的功夫，而是用听力，就是为了对付那东西。"

游云龙骇然，心想：原来父亲在十五年前就安排了一切。

静了一会儿，游云龙心中一动，从怀中掏出半瓶从丁元海那里得来的药丸，说道："韩伯伯，我爹是不是吃了这种药丸?"

韩天乞接过瓶子看了看，打开瓶塞嗅了嗅，脸上骇然变色，沉声说道："这东西你是从哪里得来的?!"

游云龙道:"韩伯伯,你别误会!"于是就把在桐乡镇的经过说了一遍。

韩天乞心头一松,仰面沉思,喃喃道:"原来如此,难怪阴阳双剑会使出如此卑劣的手段,看来,江湖上已有许多名门正派的高手受了邪教的威胁,武林将要出现一场浩劫了。"

说完这话,韩天乞突然一把拉起游云龙,说道:"走,我们现在就离开这里!"

游云龙道:"哪里去?!"

韩天乞道:"不管哪里去,反正不在九龙堡,走之前,我们还得将九龙堡烧了。"

游云龙诧道:"烧了?"

韩天乞点点头,不容置疑道:"不错,从今天起,九龙堡应该在江湖上不存在了。"

游云龙还想说什么,但还是咽下去没说,他觉得韩天乞是他唯一可以信赖的人,既然是他做出的决定,自有他的道理,韩天乞绝对不会害他的。

韩天乞不由分说,端起素烛,点燃了灵堂上的帷幔,顷刻间烈焰腾空,火头已蹿上了屋顶,韩天乞仰天哈哈大笑,拉着游云龙的手,掠出了九龙堡。

两人身形同时纵起,突然"当"的一声,游云龙身上掉下一件东西,韩天乞捡了起来一看,脸色顿变,问道:"龙儿,这就是你在天山东方绝身上取得的凶器吗?"

游云龙点点头,说道:"我正要问韩伯伯,肖世平前辈说这短剑是我爹随身携带之物。"

韩天乞道:"不错,这正是你爹最喜欢用的兵器,当年你爹还经常用这柄短剑与我过招,真是世上锋利无比的宝物!"

游云龙失声道:"韩伯伯,这么说,连你也疑心爹爹害两位师伯?"

韩天乞怔了怔,将"九龙短剑"递还给游云龙,说道:"此事大有蹊跷,不过暂时没时间去考虑它。"

说着,一拉游云龙,两人的身影划过竹林,游云龙回头一顾,见偌大的九龙堡,已在熊熊的火海之中,这九龙堡,对他又亲切又陌生,从此,名震江湖的九龙堡就这样付之一炬,它会渐渐被人淡忘的,不由心头一阵怅然。

还有一片竹林,记得月前,父亲亲送自己踏入江湖,在这里依依惜别的,如今,竹影婆娑,一切依旧,可,那一次竟成了与爹爹的永别之时。

触景生情，游云龙感伤不已，眼睛里不知不觉漫上了泪水。

泪光中，游云龙突然见竹林中有一条人影一闪而逝，连忙身形一沉，喝道："谁?!"

韩天乞闻声也停下了脚步，游目一看，竟未发现有何异样，浓眉一锁，诧道："龙儿，你发现了什么?"

游云龙道："刚才侄儿看到一个奇怪的身影，她头上戴着七颗珠花，似是个女的。"

韩天乞道："有这事?"心里却大为诧异，暗想：我老叫化子修为数十年，没发现什么还不说，你这小娃子，还能发现一闪而逝的身影是男是女，头戴七颗珠花，是不是花了眼?

正要说话，竹林中突然略略一笑，从密密的竹影中，缓步走出两个女人，韩天乞一惊，两人正是来拜祭游明宇的镜湖玄天金母和她的徒弟小玲子，小玲子的头上果真扎着红色珠花，韩天乞一数，不多不少，正是七颗。

韩天乞惊异地看了游云龙一眼，这才拱手道："金母还留在这里?"

玄天金母冷哼一声，说道："老婆子倒走眼了，堂堂的丐帮帮主，什么时候当了九龙堡的看门……人!"

他本想大骂韩天乞，可韩天乞在江湖上名望太大，一生刚正不阿，就将"狗"改为了人。

韩天乞哈哈一笑道："金母哪来这么大火气，幸好我老叫化遭人白眼惯了，没什么。"

玄天金母冷声道："既然如此，老婆子与这姓游的的过节，只好冲你韩帮主来了!"

话一说完，将手里的龙头钢拐一摆，小玲子玉腕疾探，"锵啷"一响，也拔出了腰间的垂剑，一双锐利冰冷的眼光，盯着站在韩天乞身后的游云龙。

韩天乞从腰间摘下酒葫芦，喝了一大口酒，一抹酒水，朗声道："金母还是老脾气，难道不容别人解释误会，非逼人动手么?"

玄天金母怒容满面，喝道："韩天乞，你不要以为别人怕你，我玄天金母可不吃这一套，小玲子亲父邓柏生和师叔丁元海，惨死在桐乡镇，血仇已成，这又有什么好解释的。"

韩天乞笑道："可老叫化所知，邓柏生和丁元海并不是死在云龙手里。"

玄天金母怒道："他多管闲事，好坏不分，助纣为虐，要不是他出言提醒，怎会发生……"

游云龙朝小玲子看了一眼，见她玉面罩着严霜，心想：她已全告诉了她师父，这次两人到九龙堡，明为拜祭父亲，实则是找自己报仇的！于是上前挡在韩天乞身前，大声道："好汉做事好汉当，这事不关我韩伯伯的事，你就冲我来吧！"

玄天金母"呸"了一声，说道："谁说你是好汉，我打死你这多管闲事的东西。"

说着长拐一顿，搂头盖顶向游云龙当头砸下。

玄天金母面色阴沉，性情如火，加上十分疼爱小玲子，大怒之下，已使出全力，长拐挟雷裹电，带着一股锐利的破空声响，一下子就使上了全力。

游云龙看准拐势，身形侧转，左脚斜踏一步，只听"砰"的一声暴响，石土纷飞，游云龙刚才站立的地方，竟被她的钢拐击成一个尺深的土坑。

玄天金母一击不成，微微一怔，不等游云龙站稳，钢拐横飞，拦腰疾扫。

游云龙身形未稳，忙深吸一口气，收胸纳腹，堪堪避过，拐尖擦衣而过，"嘶"的一声，将游云龙腹上的衣服划了一道口子。

玄天金母根本不给游云龙缓气的机会，拐影一晃，跟踪出击，游云龙真是叫苦不迭，突然小玲子尖声叫道："师父，不要打了。"

玄天金母脾气暴躁，但极为疼爱她这个徒弟，简直到了护短的份上，谁跟小玲子过不去，就是跟她玄天金母过不去，一听小玲子的呼声，连忙收拐顿住，回头问道："小玲子，不要急，让师父将这小子大卸八块，为你报仇。"

小玲子望了一眼游云龙，上前低声道："师父，还是徒儿亲手向他讨还血债吧！"

玄天金母一向对这个徒弟的话言听计从，当下道："小玲子，你小心些，这小子鬼得很。"目光一扫韩天乞，退到一边。

游云龙回想起在桐乡的事，想自己失父悲痛，人家何尝不是，父母是世上最亲的亲人，何况一个女孩子，更是悲痛，尽管自己出于无心，但不管怎么说，还是造成了她父亲与师叔遇害了，于是说道："姑娘，桐乡镇的事，我游云龙决无恶意，只是江湖经验不足，一时多事，才致令尊和丁前辈惨死，你为父报仇，天经地义，你动手吧，我决不会出手的。"

说完，游云龙垂手闭目而立，玄天金母在一旁道："这还像句人话，小玲子，快，一剑杀了他!"

小玲子迟疑地站着，眼眶里珠泪盈然，突然还剑入鞘，说道："好!"喝声中，纤掌一错，向游云龙当胸劈出。

"砰!"的一声，游云龙闷哼一声，噔噔噔后退四五步。

韩天乞、玄天金母和小玲子三人大惊，没想到游云龙真的不躲不避，硬接了小玲子这一掌，小玲子怔怔地站在原地，脸上现出一片迷惘之色，不知所措。

玄天金母突然冷笑一声，说道："小玲子，这小子用苦肉计，下手重一些，别上了他的恶当。"

的确，小玲子刚才那一掌只用了三成功力，游云龙连提气护身都没有，饶是如此，还是感到血气上涌。

小玲子明眸一转，终于银牙一咬，霍地玉掌疾翻，使出了七成功力，一掌拍了出去。

可游云龙依然未动，垂手而立，眼看这一掌就要拍在游云龙胸前，游云龙不死也得重伤，小玲子不知为什么，忽然掌心一偏，一掌击在游云龙的左肩上。

游云龙身子飘飞，摔了三个跟头，跌坐在地，小玲子一跺足，头也不回，向竹林飞掠而去，带着哭。

玄天金母一惊，一拖钢拐，追了出去，大叫道："小玲子，你怎了，等等我……"声音同身影消失在暮霭之中。

韩天乞望着两人的背影，摇了摇头，说道："怪事年年有，今年特别多，这究竟是怎么回事，连老叫化子都弄糊涂了。"上前一探游云龙的鼻息，皱眉道："傻小子，你这是为什么，那丫头只要多用二成功力，你岂不死得不明不白。"

游云龙挣扎着站起身来，说道："死就死，反正是我多事，将心比心，我也该死!"

韩天乞脸色一沉，说道："胡说，你自己也有血海深仇未报，怎么可以说出这种自暴自弃的话，再说这也不全是你的错……"

说到这里，韩天乞突然话题一转，说道："说起来，我忘了问那丫头，她父亲和那丁元海也是江湖上叫得响响的角色，为何向慕容辉的女儿下手？这可不是正大光明的手段!"

游云龙道："我正因不明原因，才插手阻拦的。"

韩天乞道："你的出发点没错，可奇怪的是，他们两人纵与慕容世家有仇，也应当面锣对面鼓，到慕容府找慕容辉，以他俩的身份，怎么会向一个小女孩子暗下毒手呢？真是怪事，再说，你纵然插手破坏了他们的事，可邓柏生和丁元海并不是死在你手里，邓家丫头就算报父仇，应该和他师父先到慕容府，可她俩却先来找你。"

游云龙也是一筹莫展，惘然道："也许慕容府高手太多，所以两人先找我！"

韩天乞摇摇头，说道："不，以玄天金母的性情，她脾气来了，谁也不放在眼里，岂会畏怯慕容府？以她的性情，慕容府就是藏龙卧虎，刀山火海，她也会去的，这事必然另有原因。"

忽然，韩天乞牛眼凝视着游云龙，问道："龙儿，刚才那丫头隐身林中，老叫化子尚无所觉，你是怎么发现的？"

游云龙道："侄儿自幼在石洞里，以夜当日，别说是人，就算是黑夜中，天上飞鸟，我也能说出数目。"

韩天乞心中一动，从地上拾起一块石头，在掌心一握，振臂一扬，说道："你看好了。"

一蓬碎石向空中射去，待升至十丈多高，忽抖袖一招，碎石被一股无形的劲力所吸，全都落在他的手掌里。

韩天乞含笑道："你看清楚了？共有多少颗碎石？"

游云龙不假思索地答道："共有四十三颗，九粒大的，三十四粒小的。"

韩天乞摊开手掌，一数，脸色立变，不仅数字不差，连大小分别，也丝毫不差，不由激动地摇着游云龙的肩头，惊喜道："好小子，有此神技，游老哥真是有心了。"

游云龙肩上余痛还在，又被他一阵用力猛摇，直摇得泪水直流，痛得龇牙咧嘴，叫道："韩伯伯，轻点，轻点！"

韩天乞松开手，呵呵大笑道："龙儿，今晚你韩伯伯要传你一手绝技。"

游云龙又惊又喜，简直不相信自己的耳朵，听爹讲，丐帮的武功出神入化，且都是不传之秘，只有丐帮帮主才懂得丐帮的打狗棒法和内功心法，现在韩天乞要传他武功，怎叫他不意外，笑道："韩伯伯，你……你不是在开玩笑吧！"

韩天乞一拍游云龙的头道："你看韩伯伯像是在开玩笑吗？"说着一拉游云龙的手，说道："傻孩子，学无止境，我们丐帮的规矩，只传帮主，连帮中的弟子都不传上乘心法，今天我老叫化子就破例了，我们到那边去。"

这时候，阴云四合，夜色正浓，远眺九龙堡，仍余烟袅袅，火光将天际映得一片黄，竹林里幽暗静悄，微风拂过，四周全是一片沙沙声响。

韩天乞领着游云龙穿林而行，行到竹林深处，选了一块空地，拉着游云龙坐在自己的面前。

韩天乞正襟危坐，正色道："龙儿，你听好，韩伯伯要传你丐帮最高的内功心法，'龟息神功'，可以说，'龟息神功'是天下武学内功心法的总成，所谓一通百通，只要你悉心领悟，对其它的武功就会触类旁通的，好啦，你闭上眼睛，运功调息，照我说的去做。"

游云龙静下心来，慢慢就进入了天人合一的境地。

韩天乞细如蚊蚁的声音在耳边响起，但是却清晰无比，原来韩天乞用"传音入密"的功夫向游云龙传授上乘内功心法。

韩天乞的声音缓缓说道："换气深吸，日月精华，缓行五脏，然后徐徐由毛孔吐出，习之既久，气由鼻口五官吸入，由全身毛孔出，循行不绝，通天目，过百越，绕行大小周天，毛孔舒张伸缩，皆有节律，气之初入，深而不急，眼帘内视，停于云中，气分二途，一经心，二经肺，胸中凝浮掩，腹中雷鸣来，四野寂寂，已入空灵……"

游云龙在韩天乞的指导下，已进入忘我境界，日起日落，直到第七天，游云龙才感到鼻间气息微若游丝，一缕微息由双耳进入，由体肤吐出，循循不绝，持久不断。

突然，他空明的脑海中蓦地响起了天山上的天籁之音，天籁之音若涓流细泉，生生不息，难怪使人听来神情电奔，不能自已，游云龙返气"圣降三焦"之间，轻轻地在腹中鼓动了三次，腹膜震动，耳边也响起了"咕！咕！咕！"三声清晰的蛙鸣之声。

坐在对面的韩天乞浑身一震，牛眼一瞪，射出两道逼人的灼灼光芒，不相信地看着游云龙。

这是一个奇迹！

当年上届帮主传他神功的时候，他整整花了三年，才达到肤孔吐气的境界，而游云龙只花了七天时间。

韩天乞脸上露出惊疑交集的神色，双掌一撑地面，身子突然向后倒射十丈，用传音入密问道："龙儿，你还听得见我说话吗？"

游云龙端坐如故，一缕细若蚊子的声音，清晰犹在耳旁，说道："听得见。"

韩天乞大喜，像个孩子一样，双掌一撑，又回到游云龙面前，惊喜道："孩子，太好了，老叫化子苦练了三年，你竟在七天就练成，真是天纵奇才，旷世难逢的奇才！"

游云龙突然说道："韩伯伯，有人来了，是两个人。"

韩天乞忙道："快些收摄心神，神功初成，切不可功亏一篑，你必须照刚才的闭气呼吸方法，继续运气半个时辰，然后使体内残余浊气，分由毛孔逼出体外，丹田未感凉意之前，不可停止，否则岔气回攻心肺，就会走火入魔，就是天塌下来，还有老叫化子撑着，不要理会，一切由我担当。"

游云龙连忙收摄心神，屏息导气，进入浑然忘我的境界。

不一会儿，脚步声已到了竹林边，一个尖声的口音说道："这场火真奇怪，九龙堡被烧了，不知那小子死了没有！"

另一个清脆的声音道："人死了倒不要紧，我的东西被烧了，可就……就死路一条了。"

尖声口音埋怨道："都怪你太大意了，将宫中纱巾弄丢了，这次谁也救不了你。"

突然，清脆的声音嘘了一声，道："有人！"

这两人的说话声距游云龙有五十多丈远，但游云龙却句句听在耳内，骇然听出这正是在荒庙中碰到的假扮南网地煞的丑婆子和许青，听她们说话的口气，对自己大有不善，看来痴颠神魔所说的不错，不知他们追到这里，要找什么东西，可自己并没拿什么东西呀。

正想着，那丑婆子发出一串怪笑，阴冷地说道："好哇，是那装神弄鬼的小丫头，这次别让她跑了。"

说着，两条人影刷地破空飞起，凌空直扑出去。

不一会儿，一阵急骤的马蹄声骤然停下，接着林外传起一阵金铁交鸣声响。

"装神弄鬼的小丫头"，游云龙心中一动，她们所指的可是钗儿！不由大急，顾不得再导气归元，腰间一挺，从地上一跃而起。

韩天乞大惊，脱口道："傻小子，你不想活了。"凌空一指，点了游云龙的"天门"穴，游云龙又跌坐在地，韩天乞欺身而上，运指如飞，迅速闭住了他九处大穴，这才长长吁了一口气，说道："你行功未成，正值紧要关头，切不可妄动，不然真气一岔，你就完了。"

游云龙体内一股即将散失的真气及时被韩天乞阻于腹背之间，大骇之下，再也不敢动了，韩天乞这才解开他的穴道，同时也点了他身后的"率谷穴"，使他无法再倾听林外声音，才穿林而出。

游云龙心知韩天乞出于一片爱护之情，加上凭韩天乞的武功，钗儿定然无虑，于是，心神一定，重新导气运功。

等过了半个时辰，突然背后嘶的一声轻响，浑身汗出如浆，凝虚九转，通体舒畅，丹田之上，泛起一股清凉感觉。

缓缓睁开眼睛，长嘘一声，挺身站起，只觉目清似水，无论精神和体力，都精神多了，仿佛体内大换血一般，解开了自己的穴道。

穴道一解，夜风动摇，林中万杆修竹，沙沙作响，旷野如眠，一片宁静，可没有其它的异响。

游云龙心里一凉，连忙走出竹林，林外空荡荡，竟无半个人影，游云龙惊叫道："韩伯伯，韩伯伯……"

一连喊了几遍，四野余音回荡，游云龙暗想：他们都到哪里去了呢？难道韩伯伯和钗儿去追那两个妖女去了？

游云龙心念电转，一时难以确定，看看周遭地形，竹林的南边是余烟未尽的九龙堡，北面是九龙山，韩伯伯和钗儿离开这里，最有可能的方向就应该是往东北一条路。

于是，他不再迟疑，飞身向东北急急追了下去。

自习了"龟息神功"，游云龙感到体力内息源源不断，生生不息，他一边施展"凤舞九天"的绝世轻功，一面扬目四望，可一路丝毫无迹象可循，这时候，东方天际，已隐隐泛起一片鱼肚白。

游云龙不禁又是焦急，又是迷惘，孤零零地一路狂奔，天色大亮，已进入了横东县县城，这才放慢脚步，七天七夜未进食，空腹饥饿，只得找了一家酒楼，走了进去，坐下来，就吩咐道："有什么酒菜，替我随意送些来，越快越好。"

小二忙堆笑讨好道："客官，要不要来一盘辣子鸡？今天你可是最早光顾小店的客爷，本店是百年老字号，店里的辣子鸡，可是有名得很，客官，这么早，可是……"

游云龙脸色一沉，说道："哪来的这么多废话，什么快拿什么，啰嗦什么！"

小二没想到游云龙火气这么大，不敢再说，哈腰道："是！是！我这就去！"背转身去，伸伸舌头，小声嘟哝道："格老子的，起来早了遇到鬼了……刚才打发了一个撞尸鬼，又来了一个凶煞……"

游云龙听得清清楚楚，心中一动，喝道："回来！"

小二心头一跳，连忙赔笑道："客官，你还有什么吩咐？"

游云龙道："你刚才说什么来着？"

小二脸色一变，心想：出鬼了，我说的自己都听不清楚，他是怎么知道的，忙摆手道："客官，没……没有，小的什么都没说。"

游云龙一探手，抓住了小二的手腕，笑道："别怕，老老实实说出来，你刚才说送走了一个撞尸鬼，难道在我来之前，已有人来过？"

小二连忙摇头道："啊！没有，没有……"

游云龙察言观色，知小二说话不实，五指一紧，沉声道："你说话可不老实！"

小二骨痛欲裂，龇牙呼道："大爷，大爷请松手，我……我受不了，我说，我说……"

游云龙松开五指，喝道："快说，几个人什么衣着？有没有一个女孩？多大年纪？"

小二一抹额头上的汗水，诚惶诚恐地说道："客官，只一个人，小的说出来，客官可千万别告诉人是小的说的，那位老人家可不准小的多嘴。"

"一个人，一位老人家！"游云龙心头一喜，心想：一定是韩伯伯，不然，还有谁这么早落店呢？

小二低声道："说起来，这老人家可是方圆几百里都知道的，他就是九龙堡的老管家，天还没亮，他就来敲门，戴一顶竹笠，还用厚围巾围着半个脸，向小店买了许多食物，装进一个大竹蓝里走了，走时还凶狠狠地嘱咐小的不准对人提起，否则，下次就要小的命……"

"王林？"游云龙骇然大震，急声问道："他买许多吃的作何用途？"

小二没太在意游云龙的惊骇，摇头道："这个，小的也犯糊涂了，九龙堡的大管家，平时请也请不到我们这小店，可这次却一大早出来买吃的，真是让人好生奇怪，那么多东西，一人足够吃上十天半月的。"

游云龙心想：这九龙堡的惨事还没传出来，他原以为是韩天乞和钗儿，没想到问出失踪了的王林，其实这更令他吃惊。

那王林假设灵堂空棺，谎称爹爹去世，还嫁娲韩伯伯，言辞闪烁，后又突然离去，本就叫人费解，居然躲在这里，出来采购食物，显见就在附近，行动太诡秘了！

小二为了讨好游云龙，在一旁喋喋不休，说什么九龙堡名气之大，如何如何富贵，游云龙一句也没听见，突然抬起头，从怀中掏出一片金叶子，塞到小二手里，打断他的话，沉声道："这事的确不能声张，店里可有什么清静的客房，为我准备一间，等他再来的时候，务必偷偷来通知我一声。"

小二接过金叶子，喜得眉开眼笑，连连点头，道："小的理会，我这就去准备，客官，我办事，你放心。"

说完喜颠颠地去准备，不多时，酒菜就送来，游云龙喝了一顿闷酒，酒入愁肠，越觉烦闷，不由一推筷子，上房去。

游云龙住下来，有两个目的，一是探查王林的下落，只有王林知道父亲的生死之谜，另一个目的就是在这里等候韩伯伯和钗儿，他相信昨夜疾追未遇，一定是途中错开了，这里是蜀中的第一大镇，只要两人离开九龙堡，八成会经过这里的。

可等了好久，不想事实却令人失望，不但没等到韩伯伯和钗儿，就连王林也仿佛消失了一般，连影子都没看到。

但急也无用，游云龙就每天在房中练习"龟息神功"耐心等待，一转眼，十天日子过去了。

这一天，游云龙信步下楼，小二送上了一壶酒，小声道："客官，今天你怎么亲自下来了？"

这些日子，一直是小二送酒菜到游云龙房里，游云龙未下楼一步，他关在房里夜里练功，白天喝酒，漫漫长日，枯躁无聊，不喝酒，他还能做什么？

游云龙不理小二，小二也不敢多说，他知道这客官怪怪的，火气特大。

一壶酒下肚，游云龙微微有点醉意，小二忙又送上一壶。

就在第二壶酒送到桌上时候，游云龙眼光偶尔掠过街心，身子猛然一震，筷子差点掉在桌上，酒意顿时醒了一大半。

他看到一个头戴斗笠，笠檐压得低低的老者，提着一个大竹蓝，从街上急急走过，特别醒目。

不及多想，游云龙放下筷子，疾步出了小店。

这时正值晌午，街上人很多，游云龙紧跟着王林，左拐右弯，出了南门，城外是一片荒野，王林提着大竹蓝，沿着江边低头疾行，走得极快，游云龙怕被发现，保持一段距离跟着。

王林脚下虽快，但行踪却是十分谨慎，每行一程，必要驻足前后张望一番，然后再继续前行，换一只手提着竹篮，那竹蓝奇大，上面用布盖着。

两人一前一后，走走停停，那王林越走越荒凉，似乎他故意选荒地走一般，几乎看不到有其他人影。

走了很久，王林才在一片高逾人肩的芦苇塘边停了下来，将竹篮放在沙地上，举手遮日，四下里打量。

四望无人，王林突然一起身，提着大竹蓝，身子凌空，踏在芦苇之上，两个起落，就隐身芦苇丛中。

游云龙大惊，没想到王林有这么高的轻功，心里一急，连忙跟了上去。

这片水塘占地颇广，原是白龙河所冲刷的一片港湾，其间泥泞交错，尽被高高的芦苇掩遮，果真是个隐蔽难找的绝佳藏身之处。

游云龙小心翼翼地分开芦苇，向前淌行，走了百丈，水塘中一块空地，赫然出现一副竹排，排上有一栋矮小竹屋，造得十分精致。

竹屋半临泥水，半在竹排上，高约三尺，前面有一扇芦草编成的矮门，门扉虚掩，里面静悄悄的。

游云龙心头"咚咚"直跳，蹑足掩近屋前，有一种诡秘奇异的紧张窒息之感，心想：九龙堡的空棺，足见爹爹并未去世，会不会在这竹屋里?! 王林买了一大篮食物，鬼鬼祟祟送到这里，肯定是送给人吃的，这人是谁? 如果爹爹未死，为什么要诈死瞒人耳目?

立在竹屋前，游云龙的心如十五只吊桶打水，七上八下，久久不敢贸然闯进去。

侧耳倾听，屋内寂然无声，游云龙将心一横，沉声叫道："王林!"

芦苇草丛中一阵乱响，十几只野鸭展翅冲天飞起。

游云龙心头一紧，提左掌护胸，身子一矮，钻进了竹屋。

竹屋里别无门窗，里面一片漆黑，但对黑暗中生活了十五年的游云龙来说可是如同白昼，他目光一扫，已看清屋中别无人影，除了靠近里壁有一张小桌子外，整个竹屋，一无所有。

小桌上放着一只大竹篮，正是王林提着的那只大竹篮，游云龙暗道：奇了，明明看见王林进来，况且大竹篮也在，他人到哪里去了？

游云龙跨前一步，伸手揭开大竹篮上的蒙布一看，顿时傻了。

原来大竹篮中蜷卧着一个少女。

而且，少女不是别人，竟是北网天罗的孙女肖雪钗！

游云龙如坠五里雾中，忙从篮中将钗儿抱出，一探鼻息，是活的，只是被人点了穴道，不由松了一口气，正欲举掌拍开她的穴道，突见钗儿的胸前放着一封信和一根小小碧绿青竹杖，仅有数寸。

游云龙伸手一摸信封，并未发现有什么异样，拆开，信中写道：

"云龙贤侄：

林前御敌，因故未返，不要担心，我一切安好，救下北网天罗孙女，特送来与你相见，江湖凶险，而你赤子丹心，不识鬼蜮阴谋，女娃虽身为黑道中人，但情纯意坚，心地极洁极高，望你敬之爱之，并肩携手，共同勉力，对你助益必多，江湖安危，系汝一身，望你自保重，九节碧竹杖乃丐帮传帮之宝，实乃圣物，见杖如见帮主，今赐汝，丐帮皆归你节制，汝好自为之。

第六章

韩天乞"

看完信，游云龙百感交集，疑窦丛生，明明见王林提篮进来，里面怎放着韩伯伯的信和信物，说明王林已和韩伯伯在一起，信中言语，对游云龙的殷殷希望和关怀尽在不言中，可为什么信中对父亲的下落只字未提？他就在附近，为何不跟自己会面呢？行动又如此诡秘？

要揭开这些谜底，唯一的方法，就是问钗儿，游云龙将九节碧竹杖揣进怀里，拍开了钗儿的穴道。

钗儿轻嘤了一声，娇躯蠕动，缓缓睁开秀目，见自己正躺在一间黑黑的屋里，身边又立了一个人影，大吃一惊，一挺纤腰，跳坐起来，喝道："谁？"

游云龙忙道："钗儿，是我，游云龙！"

自上次不明真相，气了钗儿，后经痴颠神魔解释，游云龙心里大是后悔，极想见到钗儿当面向她道歉，没想到两人在这种场合下会面了。

钗儿侧过头，淡淡地道："哪个游云龙?!"

游云龙知道钗儿还在生自己的气，柔声道："钗儿，我全都知道了，我错怪了你。"

钗儿冷哼一声，但口气明显缓了下来，说道："这是什么地方？你怎么也在这里？"

游云龙道："钗儿，在十天之前，你去过九龙堡？"

钗儿一惊道："你怎么知道?!"坐正身子又道："快，看看屋里可有什么蜡烛或油灯。"

游云龙一拍脑袋，心想：真是糊涂，我在黑暗中生活惯了，可钗儿不一样，扫了一眼，果见壁坎里有半根蜡烛，取出火折，打亮了点燃，黑竹屋里顿时亮堂起来。

钗儿穿着一身绿衫，依旧扎着两只羊角辫，在烛光的映照下，更显得明艳可人。

钗儿一看游云龙，形容憔悴，白皙的脸变黑了，变得瘦削，不由心里一酸，差点掉下泪来。

游云龙又问道："你是不是和那两个妖女打了起来？还有，是不是碰上了一个腰间挂着酒葫芦的，大眼睛，身材挺高大的老叫化子？"游云龙一边说，一边用手比划着。

钗儿不禁"扑哧"一笑，说道："什么挂葫芦，大眼睛，身材挺高的老叫化子，不就是丐帮帮主韩天乞，谁不认识。"说完白了游云龙一眼。

游云龙一笑，说道："对，对，就是韩伯伯，钗儿，你快将经过说一下。"

钗儿不高兴，一嘟嘴，赌气道："说什么?!"

游云龙没注意到钗儿的表情变化，说道："就说后来的情况。"

钗儿一扭头道："我忘了!"

游云龙不解道："什么?! 忘了!"

钗儿小声道："哪有你这么问话的，我是你抓来的犯人呀!"

游云龙又一拍脑袋，忙柔声道："钗儿你别生气，只是我太情急了。"

钗儿一看游云龙的神情，又于心不忍，笑道："我可没生气，你又不问问人家受没受委屈，一开口就审问我，你还没回答我的问题呢!"说着一挪身子，拍了拍小桌子，说道："还站着干什么，站在我面前，盛气凌人，我感到有压力。"

游云龙一笑，就坐在小桌子上，屋里再没其它的什么东西可坐，小桌子很小，刚够坐两人，游云龙闻到钗儿身上发出少女的体香和急促的呼吸声，心里涌起无限的怜爱，柔声道："当时，我也在竹林里。"

钗儿猛地转过身，柳眉一竖，用玉手掐住游云龙的脖子，说道："好哇，游云龙，你见死不救，躲在竹林看着我被人家欺服，觉得好笑，是不是? 我掐死你。"

游云龙忙道："不是，不是，当时我正在练……"

钗儿笑了笑，松开手，游云龙心里泛起无限的温馨，这小竹屋里就像仙境瑶池一般，钗儿用手指刮了他鼻子一下，嗔道："我知道你不是那样的人，那你在干什么?"

游云龙将韩天乞教他"龟息神功"的事说了一遍。

钗儿又惊又喜，说道："那韩老叫化子可真是昏头了，龟息神功可是丐帮的传帮之功，怎会传给你？你可是碰上了奇迹了。"

游云龙暗叹钗儿见多识广，天也知，地也知，见她高兴得像捡了个宝贝似的，心里也一阵暖和，她是为自己感到高兴，禁不住握住了钗儿的玉手。

钗儿俏脸一红，但没抽出来，任由游云龙握着，低头道："说起来，还真是好险，那天我追……我随意逛逛，经过九龙堡，奇怪堡中失火，心中万分着急，就赶了过去，那两个妖女突然从林子里钻出来，见面就打，两妖女武功奇高，我打不过，危急之时，韩老叫化子从天而降，三下两下将妖女打跑了。"

游云龙道："他是韩伯伯。"

钗儿一撇嘴道："我叫他韩老叫化子，还是看在你面子上呢，哼！"

游云龙一想，钗儿的爷爷是北方首领，虽光明磊落，大气得不得了，不失为一条汉子，但毕竟是魔道大枭，而韩伯伯为丐帮帮主，为正道脊梁人物，两人之间肯定有一些疙疙瘩瘩，所以钗儿语言有所不敬，也不以为意，问道："可你俩怎么不见了？"

钗儿道："韩老叫化子刚打发了两妖女，突然从后山转出一条人影，那人头戴斗笠……"

游云龙道："王林！"

钗儿忙问道："你认识他?!"

游云龙道："他是堡中的老管家，我就是跟踪他才到这里来的，后来怎样？"

钗儿见是王林将游云龙引到这里来，才使两人相见，不由对王林大有好感，说道："后来那韩老叫化子就撇下我，去追那王伯伯，两人低声谈了半天，后来韩老叫化子回来，竟出其不意点了我的穴道，说道：'肖姑娘，暂时要委屈你几天，我老叫化虽和你爷爷一生磕磕碰碰，但老叫化子还是敬他是条汉子，你尽可放心。'说完就将我带到了横车县县城。"

游云龙急道："他们可欺负了你？"

钗儿心里一甜，笑道："没有，倒是我欺负了他们。"

游云龙见她皱皱小巧玲珑的鼻子，扮了一个鬼脸，伸伸舌头，惹人又爱又怜的模样，笑道："你这般古灵精怪，不说我也知道，可有他们苦头吃。"

钗儿道："我可没让他吃苦头！"忽然又道："你怎么不生我气了？上次一别，看你那气狠狠的样子，我还以为你再也不理我了！"

游云龙大为内疚，轻声道："后来我都知道了，是我错怪了你。"

钗儿眨着眼睛急声问道："你怎么知道的?!"

游云龙道："是我事后琢磨出来的。"

钗儿没有深究什么，说道："那韩老叫化子将我安置在横车县城的一间空屋里，像是在等什么人，样子非常焦急，两人也不说话，成天苦着个脸，不住地长吁短叹，那老叫化子倒是还和我玩玩，今天早上，那韩老叫化子又点了我的穴道，将我放在竹篮里，不知道搞什么鬼，将我提到这个鬼地方来了。"

游云龙道："他们是在等我。"

两人说着，突然竹屋微微摆动起来，游云龙举掌一拍，熄了烛火，身如箭矢，从矮门穿射而出。

刚一出屋，游云龙急急退了一大步，竹屋下的竹排，竟突然被人推入水中，正随波逐流，顺流而下。

白龙江滩险水急，竹排轻灵，一泻千里，游云龙回眸四望，见芦苇丛中有两个人并肩而立，遥遥向他挥手，其中一人头戴竹笠，另一人腰间挂着酒葫芦。

两人正是王林和韩天乞，一时之间，百绪纷呈，一齐涌上心头，游云龙怅然痴立，也挥了挥手，说不出什么滋味……

钗儿跟着也出来了，看到竹排如箭而行，不明所以，急道："这是怎么回事？"

游云龙道："从此以后，我俩要踏遍天涯海角，干一番轰轰烈烈的大事，钗儿，你怕不怕……"

钗儿星眸斜睨，娇羞笑道："你说呢?"

游云龙道："你不愿意?"

钗儿上前靠在游云龙的肩上，说道："龙哥哥，只要和你在一起，钗儿不怕，就怕你以后不要钗儿。"

游云龙情不自禁地握住钗儿的小手，说道："钗儿，我知道你待我好，我游云龙决不会负你的。"

钗儿眼里噙着泪水，小声道："希望你记得今天所说的话。"

两人相依相偎，觉得风光绮丽，钗儿突然神色一怔，说道："龙哥哥，我们上哪儿去？真去天涯海角呀?!"

游云龙凝视着滚滚的江水，惘然道："我也不知道。"

钗儿莞尔道："我俩总不能在竹排上住一辈子……"忽然想到"住一辈子"可不对，不由粉脸一红，连忙住口。

游云龙茫然未觉，沉吟道："现在我一点头绪也没有……"于是就把所有的事，前因后果说了一遍。

游云龙自出石洞以来，还是第一次说这么多话，只觉得人轻松了不少。

钗儿认真听着，望着江水出神，忽然心中一动，说道："龙哥哥，那慕容辉叫你务必到他那里去一趟，肯定有事，我们不如就近到慕容府看看。"

游云龙道："对，我怎么没想到，慕容前辈再三叮嘱了我。"

竹排激流而下，行程颇快，中午的时候，就到了桐乡镇，两人弃排上岸。

慕容府在桐乡镇，三岁小孩都知道，不费什么力，两人就找到了慕容府。

慕容府是个特大庄院，地处桐乡镇南，有一种鹤立鸡群的感觉，一名锦衣大汉听到了庄丁的通报，忙迎了出来，将游云龙和钗儿迎了进去。

庄内重楼叠阁，气派宛如皇城一角，游云龙心里暗暗惊叹，想不到在桐乡镇这样的小镇，却有如此豪华的庄园。

穿廊过道，锦衣大汉将游云龙和钗儿领到一大厅前，抢行几步，高声道："回少庄主，九龙堡游公子到。"

大厅前分开排立着两行锦衣大汉，异口同声传呼道："九龙堡游公子到。"声音轰然炸耳，钗儿嘴角一撇，冷哼一声，小声道："哟，耍什么威风。"

身边的锦衣大汉回头怒目而视，钗儿一笑，作了个鬼脸，突然上前拍了拍锦衣大汉的衣服，说道："大爷，看你身上脏的，是不是刚才摔跤了。"

锦衣大汉不明所以，瞪着钗儿，但人家好意，又不能说什么。

这时候，大厅内快步走出一位黄衣的英俊少年，黄衣少年约有二十左右，星目剑眉，头发一丝不苟，身上光辉闪闪，步子矫健，落地无声。

他一见游云龙，立即满脸含笑，拱手道："家父从府上回来，经常向我提及游公子，真是百闻不如一见，果真少年英侠，风流倜傥，游公子请!"

游云龙见他满面欣笑，似乎很喜自己，心中大有好感，初次见面，印象极好，又羡慕他年纪轻轻，说话如此利索，当下回礼道："突然造访府上，冒失了。"

黄衣少年哈哈大笑道："游公子说这话就见外了，我们一直盼公子来，还准备派人到堡上去请，哦，忘了介绍，在下慕容舒畅。"

钗儿在旁不由一笑，心想：什么鬼名字，一脸假相，还舒畅！

慕容舒畅打量钗儿，不由一怔，心想：自己妹妹虽然长得国色天姿，但和这位姑娘比，却是两种不同的美，一个是静若处子，一个是明艳脱俗，美得有点野性，但马上回过神，神色一缓，问道："这位姑娘是……"

游云龙正要回答，钗儿却接口道："我叫二楞妹，是游……公子的丫头！"

慕容舒畅一愣，旋即又笑道："姑娘真会说笑……"

突然站在一旁的锦衣大汉在身上一阵乱抓，将上衣脱了下来，又蹦又跳的，赫然从衣服里摸出一条金黄色的小蛇，吓得脸色惨白。

钗儿咯咯娇笑，锦衣大汉满面怒容，瞪着钗儿，道："你……"作势欲扑。

慕容舒畅喝道："这里没你的事，下去！"

锦衣大汉吞了一口气，气咻咻地退了下去。

慕容舒畅淡淡一笑，像什么事也没有发生一般，说道："请，二位请，我们府上还来了几位前辈，巧得很，我为游公子、二……姑娘引见引见。"

钗儿心里暗暗佩服，这人年纪不大，可老成得很，不急不躁，是个厉害的角色！

大厅上金碧辉煌，气象万千，迎面挂着珠帘，缀满了晶莹闪烁的宝石翡翠，地上铺着厚厚的红地毯，雕梁画栋，窗明几净，一尘不染，大厅两边坐着五位气宇不凡的人物，左边的两人，使游云龙骇然一震，这两人就是青城派的阴阳双剑。

一见两人，游云龙不禁怒火万丈，钗儿看见他的脸色，并肩捏了一下他的手，用传音入密对游云龙说道："龙哥哥，不可鲁莽！"

慕容舒畅含笑为二人引见，其余三人，尽是当今武林大豪，那双臂特长的老者是八卦门的"游龙金刀"白石山，另一个脸膛紫黑的是太湖三十六寨总舵主毕志华，还有一位白面长须老人是黄山派的"紫霞剑客"卓太盛！

游云龙虽忍住了，没有发怒，但还是没和阴阳双剑见礼，满目怒光，凝视二人的神情变化。

阴阳双剑毫无异状，郝友川默然叹息道："令尊望重江湖，身遭不幸，咱们适巧路过，就前往拜奠，唉，想不到一代大侠，天不幸，从此，中原武林失去了一根擎天巨柱，令人惋惜。"

游云龙见他悲戚之情，溢于言表，不像是故意装的，正感惊疑不定，太湖三十六寨的总舵主"浪里飞鱼"毕志华已经接口道："久闻游堡主晚年得子，想不到这么大了，游堡主一生义薄云天，近几年深居简出，已不在江湖上走动，怎么传来这等噩耗？"

游云龙道："先父是遭人毒手的。"

这话一出，举座皆惊，"游龙金刀"白石山骇然道："是谁？"

游云龙道："这人和暗害我两位师伯的是同一个人。"

大厅里的人一齐大惊失色，毕志华脱口道："什么？宇内三圣竟然全遭毒手了？"

游云龙点点头，毕志华猛然一掌拍在桌上，愤然道："这还了得，宇内三圣是中原武林的中流砥柱，一旦遭毒手，今后江湖魑魅横行，咱们坐在这里等死呀！"

他一掌击在桌上，面前的茶碗盘子纹丝未动，桌面上却留下一只深深的掌印，像是烙在桌面上一般，激愤之下，这份功力足令人瞠目结舌。

"紫霞剑客"卓太盛长叹一声，说道："话虽如此，但此事非但关系宇内三圣，实亦是武林中一件惊天动地的大事，等慕容庄主回府，咱们务要冷静筹商对策，再行事。"

毕志华乃血性中人，愤然叫道："商量个屁，我姓毕的粗鄙无能，但太湖三十六寨弟兄却忍不下这口气！"

卓太盛面色镇定，淡淡说道："有理，但请问毕寨主，我们去找谁出气？"

毕志华一时语塞，其实，这也是游云龙心中的烦闷所在，要报仇，却又没有对象！

卓太盛叹了一口气，缓缓又道："各位别以为老夫灭自己威风，长别人志气而危言耸听，当今江湖上诡秘异常，大家应冷静行事，事关武林命脉，要是人人像毕老弟这般急躁，正中奸人诡计，不出半年，武林终将难逃灭顶之灾。"

毕志华虽然心服，但口不服，大声道："我毕志华只知该出手时就出手，不像你这读书人，什么从长计议一大堆。"

卓太盛淡淡一笑，说道："时候未到，我们只能以静制动。"

游云龙心中一动，忙道："卓前辈，那时机何时才到？"

卓太盛举手指天，神情苍凉，缓缓道："武林已陷水火之中，人人皆遭切肤之痛。"

大家都听得寒意陡生，阴阳双剑郝友川和姚路漫，不自觉地一齐低下了头。

大厅里一片寂静，游云龙忍不住问道："怎么不见慕容前辈？"

慕容舒畅道："家父恰有事离庄，大约明天可以回来，游公子请稍坐，等一会儿我还要带你见一个人。"说着脸露神秘一笑。

钗儿用传音入密的功夫对游云龙说道："龙哥哥，慕容家的小子看样子要为你作媒了，恭喜你。"

游云龙脸一红，说道："钗儿，你又取笑我。"

在堂的几位都是老江湖，见钗儿虽然长得有异人之处，显得太过精明了，但毕竟是游云龙的一个丫头，所以都未对她理会，钗儿见不得那些繁文缛节，正合她意，但大家都看出这主人和丫头之间，眼神可不大对。

游云龙问道："慕容公子要为小弟引见谁？"

慕容舒畅笑道："家妹，说起来你们早就见过面，听说游兄弟在桐乡镇还救了家妹，家妹多次要到堡上致谢，但兄弟还在丧期，所以未去，今天，家妹可了却心中凤愿。"

正说着，一名绿衣少女穿堂而入，走到游云龙身边福了一福，说道："小姐请游公子书房相见。"

游云龙认得这绿衫少女就是那天和自己说话的小红。

游云龙回头看了钗儿一眼，钗儿用传音入密道："瞧你那傻样子，人家叫你去，你就去嘛！"

慕容舒畅笑道："你看，说曹操，曹操到，游兄弟，你去吧！"

游云龙起身欠了欠身，带着钗儿，随着慕容舒畅走出厅门。

厅外是一片精致的花园，园中长满了奇花异草，芬芳扑鼻，鱼池假山，鬼斧神工，美不胜收，右侧曲廊低回，伸向一座月牙门，两廊檐下，悬着一排精巧的鸟笼，笼里养着许多叫不出名的鸟，叽叽喳喳，十分悦耳。

四人经过花园甬道，突然前面传来一声喝骂，慕容舒畅霍地停步。

只见花园前面的甬道上一条人影跌跌撞撞地奔了过来，后面紧追着一个锦衣大汉。

跑在前面的人五短身材，一袭黑衣，奔到慕容舒畅面前，突然往前扑倒，浑身颤抖，满脸流着鼻涕泪水，举起颤抖的手，不住地在虚空乱抓，口里叫道："公子，公子，求求你，救……救我……"

慕容舒畅脸色极不正常，脸色一沉，喝道："这是谁?! 竟让他跑到花园里，你们都想死了吗?!"

两名锦衣大汉疾步上前，俯身架起那人，拖着就往外走，其中一人说道："这是一个疯子!"

游云龙一见那黑衣矮汉，身子不由一震，眼前一亮，突然低声叫道："一线天!"

黑衣矮汉身子一颤，忙回过头，瞪着一双黄豆大的鼠眼，看了一眼游云龙，突然神色惨变，挣扎着道："我……鬼啊! 我不认识你，不认识你，不要碰我!"

游云龙这次清楚看见那人的双眼，他忘不了，这人正是天山上挖两师伯墓的矮汉一线天，当时他清楚记得将一线天掷下山去，没想到没摔死，怎会出现在慕容府里? 脱口惊叫道："一线天，果然是你!"

慕容舒畅和钗儿几乎同时欺身而上，分别扣住那人的双手，慕容舒畅喝道："你是谁?!"

游云龙怒目切齿道："真是踏破铁鞋无觅处，得来全不费功夫，一线天，我还以为你摔死了，想不到在这儿遇见你!"

慕容舒畅脸色大变，说道："原以为你是个疯汉，没想到你还得罪了游兄弟，我慕容舒畅今天可饶你不得。"

说完一掌劈下，钗儿忙出手一拦，但没拦住，那人一声闷哼，鲜血狂吐，竟被慕容舒畅一掌打死。

游云龙没想到慕容舒畅这般情急，不由大为遗憾。

慕容舒畅歉然道："游兄弟，真不好意思，我天生急性子，听说这疯汉和你有过节，就想教训他一下，没想到他是豆腐做的。"

说完脸一沉，回头对两名锦衣大汉喝道："这人是谁? 从哪里来的? 怎会让他冲到花园里? 嗯，快说!"

一名锦衣大汉垂手而立，脸上显出惶恐神色，说道："公子，小的也不知道这人是什么来路，只当他是个疯汉，一时未防，让他趁机闯了进来，小的该死!"

慕容舒畅脸上泛着杀机，冷声道："你们连门都看不好，留你作甚！"说着举掌向两锦衣大汉胸前拍去。

游云龙忙拦住，说道："慕容兄，算了，这也不是他们的错！"

慕容舒畅还是气狠狠地说道："要不是看在游兄弟的面子上，我定不轻饶，还不快滚。"

锦衣大汉向游云龙连声致谢，慌不迭地拖着尸体就跑。

钗儿冷哼一声道："可惜人死了，死无对证。"

慕容舒畅一怔，又笑道："游兄弟，家妹在等我们，不要为这小事败了兴致，走，我们快进去。"

来到一处镂花长窗的厢房外，这房间长窗糊着洁白窗纸，显得一派素净高雅，窗下垂手分立着四名黄衣侍女，房中却静悄悄的。

走进房里，一阵淡淡的幽香，使人精神为之一爽，窗前的长桌前排着文房四宝，一个白衣少女坐在桌前，见游云龙三人进来，忙离椅起身，柳腰轻折，盈盈下拜，脆声道："慕容夜月见过游公子。"

游云龙一见手足无措，也一抱拳道："慕容姑娘不必多礼。"

慕容舒畅哈哈大笑道："游兄弟，我这位妹妹眼界素高，这一礼，十分难得，小妹对游兄弟英风豪气，一直念念不忘，今天，你们相见，好好谈谈，我到前面陪客去了。"

游云龙道："只不过偶然而已，不须姑娘牵挂。"暗道：为了救你，我还害死了小玲子的父亲和师叔，真是有苦说不出。

慕容舒畅不自然地看了一眼钗儿，就匆匆告退。

慕容舒畅一走，游云龙更感到不自在，慕容夜月肃容端庄，一言不发，小红在一边吩咐下人道："替游公子和肖姑娘设座。"

钗儿闻言心头一跳，惊忖道：咦，她哥哥不知我，怎么妹妹身边的侍女却知我姓肖！

游云龙突然问道："慕容姑娘与那邓、丁二位前辈可有什么极深的仇怨？"

慕容夜月俏目一转，说道："我自幼丧母，久居深阁，从未涉及江湖恩怨，上次是为了替亡母还愿，不想竟惹来一场横祸，思忖至今，不明是何以招人仇怨！"

游云龙道："或许是慕容前辈无意间树下仇敌！"

慕容夜月道："不，我也问过爹爹，爹爹在江湖上是得罪了不少人，但却没有和邓、丁有过瓜葛，他也不明所以。"

钗儿突然说道："所谓树大招风，慕容世家名望过大，也许暗地里做出仗势凌人的事也难说，应收敛豪门气焰。"

慕容夜月一望钗儿，不但不生气，反而笑道："肖姑娘好漂亮，更难得的是，说话有如此真知灼见，肖姑娘令尊和令祖，威名天下，他们好吗？"

钗儿道："咱们黑道魔头，可与慕容世家不好比，慕容姑娘见笑了，你怎知我姓肖？"

慕容夜月一怔，似不知从何说起，小红在一边却笑接道："肖姑娘何必奇怪，小姐不但早知肖姑娘家世，而且知道你跟游公子共……"

话还未说完，慕容夜月脸上泛起两朵红云，低声喝道："小红，不许胡闹……"喝声中，蛾首低垂。

游云龙大惑不解，钗儿却心里酸酸的，恰好这时慕容舒畅命人来叫游云龙和钗儿。

晚饭后，慕容舒畅特为游云龙和钗儿安排了两间毗邻的客房，一应用具，莫不华丽。

钗儿换了一身轻便罗衫，独自轻轻来到游云龙的房间，一进门，便将房门反扣，正色问道："龙哥哥，我们什么时候走？"

游云龙道："我们是来拜访慕容前辈，等明天他回来，我们再走，哦，对了，你是不是有什么不习惯？如果你不高兴，明天一早我们就走。"

钗儿道："那倒不必，可我总觉得这慕容府诡秘得很。"

游云龙忙拉钗儿坐下，问道："钗儿，你可看出有什么不对劲？"

钗儿道："说实在的，你是不是也有什么感觉？"

游云龙道："我听你的。"

钗儿道："你说叫一线天的那人，你不觉得慕容舒畅是杀人灭口吗？如果真是个疯汉，用得出手那么重吗？当时，我见他的神情，防他有此举，但还是没制住。"

游云龙道："还有那慕容舒畅早就认识一线天，一见他就呼他公子，可那一线天见到慕容舒畅为何口口声声哀求救救他？这是什么原因？"

钗儿微微一笑，说道："看你现在还算有脑筋，不过到现在才说出来，那一线天的神情，似乎有什么东西被慕容舒畅牵制住了。"

游云龙道："那我俩该怎么做？"

钗儿笑道："我刚才问你就是这个意思，看来我俩要在里多呆一段时间，暂时，我们应装作什么都不知道，静观其变，只不过……"

游云龙急道："只不过什么？"

钗儿脸一红，突然扭捏起来，说道："龙哥哥，你觉得那慕容夜月对你是不是有点那个？时间一长，你不会日久生情?!"

游云龙脸一红，大窘道："钗儿，你又取笑我！"

正在这时，门外突然响起"笃笃"的敲门声，钗儿忙摇手示意游云龙不可惊慌，并用手指指嘴巴。

游云龙定了定神，扬声道："谁呀！"

没人回答，但敲门声如故，两人对望一眼，游云龙蹑足走近门后，猛地抽开门栓，闪退一边。

房门一开，一条人影跨进房内，转身关上了门，游云龙脱口失声叫道："毕前辈！"

来人却是毕志华！

毕志华生性虽然急躁，但为人却甚为豪迈，粗犷中隐含一股令人折服的威严，在游云龙心中留下了极深的印象，颇有好感。

毕志华一转身，这才发现钗儿也在房中，不由面上一红，颇感尴尬，笑道："原来姑娘也在这里，毕某来得太鲁莽了。"

钗儿粉脸绯红，说道："我是有事求教公子，你们谈吧，时间不早了，我先回去休息了。"

毕志华伸手拦住，正色说道："姑娘也不是外人，毕某有件小事，正好与二位谈一下。"

钗儿一笑，问道："公子，你……"

游云龙一时未领会，半晌才道："毕前辈既这么说，你就留下来吗！"

钗儿这才坐下，毕志华坐下来缓了缓气，神色一肃，说道："毕某斗大的字不识一个，不惯俗礼客套，前辈二字可不敢当，二位如果看得起姓毕的，咱们平辈论交，就称我为毕大哥，要不然，各人回房睡大觉去。"

游云龙笑道："毕大哥快人快语，咱们就恭敬不如从命。"

毕志华道："这才对毕某的胃口，咱们痛快一些，说话不必绕圈子，游老弟，我问你，令尊等三老到底是什么原因相继遇害的？"

开门见山这一问，直问得游云龙不知从哪里说起，游云龙想了想才道："两位师伯是在天山上遭人毒手的，家父去世时，小弟未赶回去，听老仆王林说，他是遭人暗算，负伤返家，后才撒手归西的。"

毕志华长叹一声，说道："这就叫毕某猜不透了，以宇内三圣的武功修为，当今武林有谁能下得了毒手？这可是稀奇古怪。"

钗儿接口道："毕大哥深夜来此，可有什么相告的?!"

毕志华道："不瞒二位，毕某心中的确有一桩隐秘。"说着从怀里掏出一只药瓶，放在桌上，正色道："游老弟，令尊在世之前，你知不知道他曾否吞服这种药丸？"

游云龙一见那药瓶，竟跟丁元海留下的那只一般无二，禁不住骇然道："你……这是从哪里来的？"

毕志华突地神色凄然，缓缓道："这是毕某一位知己好友，临死之前，送给老哥的一件礼物，为了这东西，害死了他一条性命，为了这事我从太湖远道而来，就是为了查明这事。"

游云龙急道："究竟怎么回事？老哥快说来听听。"

毕志华沉默了一会儿，才缓缓说道："我那兄弟叫操一凡，人称'醉龙'，和我从穿开裆裤起一起长大，我俩一起出生入死，才在八百里太湖立足，可以说，我俩之间的感情是没人可比的。"

"但我俩同时喜欢上了一个女子，叫易雪，操兄弟得知我也喜欢易雪，就故意疏远易雪。"

"若论人品和武功，我那操兄弟，可以说是比我强一百倍，易雪心里是喜欢他，而不喜欢我。"

"但操兄弟一次又一次地伤她的心，她一赌气，就嫁给我了，我喜出望外，却一点也不知其中的细节。"

钗儿和游云龙见毕志华突在这个时候谈起他往日的恋情恩怨，觉得有点不合时宜，但年轻人都喜欢听这个，所以他们也不打岔，让毕志华说下去。

"易雪和我结婚后，操兄弟就性情大变，一年之中，倒有三百六十天是泡在酒楼里，每天喝得酩酊大醉，故人称'醉龙'！"

"我不明操兄弟为何这般放纵自己，还责备他好几次，每次他都说：'大哥，你就别管了，如果你还当我是兄弟，就不要说我，让我喝个痛快，人常说今朝有酒今朝醉！'"

"我见他依然放纵，也没办法，就干脆满足他，各地的名酒佳酿都被我千方百计弄来，但操兄弟仍不满足，还常到太湖外面去喝。"

钗儿忍不住道："他这是想避开嫂子，因为他一见嫂子就心伤。"

毕志华慨叹不已，说道："可我就不知道，去年冬天，太湖边的龙湾镇上，突然来了一对异乡夫妇，在镇上开了一间小酒馆，店虽不大，但所卖的全都是窖藏了二十年的'女儿红'，操兄弟每天早上去喝，直到太阳落山才歪歪倒倒回来。"

"头几次，寨中兄弟还悉心照顾，但次数多了，就由他去，三个月过去，操兄弟似乎对那小店情有独钟，天天必去。"

"有一天早晨，操兄弟又去，谁知那小店突然关门，异乡夫妇也不知去向，操兄弟回到寨中，终日闷闷不乐，好像失魂落魄一般。"

"初时，我只当他思酒不欢，便派人搜购各地名酒，供他解馋，岂料他略一沾唇，便推杯不饮，索然无味，不到三五日，竟然突然得病。"

"那场病十分古怪，发病时呵欠连天，泪水鼻涕交流，浑身内力全失，如同一个手无缚鸡之力的病人，甚至屎尿满身，日益见瘦，几天时间，便只剩下皮包骨头。"

"我看在眼里，痛在心里，急得不得了，遍求天下名医，可大家都看不出病症，束手无策。"

"有天夜里，我去探望只剩下一口气的操兄弟，突然听见他房内传来我妻子的哭声，我大惊之下，忙闪在窗下偷听，只听见易雪狠狠说道：'肯定是他害了你！'操兄弟虚弱地道：'阿雪，你怎么说出这等话来。'易雪哭道：'一凡，你这又是何苦？我知道你重兄弟之情，明知道我喜欢你。世间一切都可以让，你怎么将我对你的爱也让了？看着你每天的醉样子，你知道我的感觉吗？我多么痛苦'，操兄弟道：'阿雪，过去的事，不要再提了，现在你是我大嫂，你来看我，我就心满意足了，听话，回去，啊！'易雪哭着道：'我不走，看你这个样子，肯定是他害了你，好让我死心，我要陪你。'操兄弟怒声道：'阿雪，你要执意如此，我就自断筋脉而死！'"

"听了这话，我立在窗外，心里一片空白，原来操兄弟是借酒浇愁，才……"

"第二天易雪就离开了太湖，不知上哪里去了，再也没回来，我发誓，不管怎么样，也要治好操兄弟的病。"

"又过了几天，我盛怒之下杀了几个名医，但一切都于事无补，正在我心急如焚的时候，那酒店的主人突然独驾轻舟，来到寨上，自称能治好操兄弟的病，两人只带了一坛女儿红。"

"我闻言大喜，连忙将二人请进寨中，果然，操兄弟喝了一碗他们带的女儿红，奇迹出现了，突然变得红光满面，神采奕奕，仿佛回到了当年那神勇威猛的年月。"

"我又惊又喜，问那异乡夫妇，你们这酒还有多少？全卖给我吧，不管多贵。那女的说道：'这酒数量有限，是不能卖的，不过，这事我还得和操大侠商量一下。'我道：'好说，好说。'"

"那两个异乡夫妇和操兄弟关起门来密谈，足足谈了近半个时辰，还传来争吵之声，我独自在门外徘徊，不知里面发生了什么事。"

"突然，房门'砰'的一声被撞开，操兄弟双眼血红，双手提着两个血淋淋的人头，我见状大骇，询问操兄弟是怎么回事。"

"操兄弟不理会我，一把将我推开，长啸一声，向寨下飞掠而去，我忙跟在他身后，操兄弟到了异乡夫妇架的小船上，奔进船舱，从里面抱出一个少妇来。"

"我一见那少妇，忙奔上前去，那少妇就是离开太湖水寨近十来天的易雪，易雪竟死了，死在操兄弟的怀里，操兄弟神色平静，喃喃道：'阿雪，我对不起你。'"

"原来我妻子易雪去为操兄弟讨解药，却死在魔头手里，而那两个异乡夫妇也是魔头装扮的，他们为了达到控制太湖三十六寨的目的，就处心积虑，知道操兄弟嗜酒如命，就在太湖边设了一个酒店，使操兄弟中毒，他们威胁操兄弟，让他对我暗中下毒，还用易雪来要挟，操兄弟一听，就杀了两人。"

"当时，我也是六神无主，操兄弟却抱着易雪，举掌将自己拍死，我失去了最好的兄弟，也失去了妻子，心痛如绞，将易雪和操兄弟合葬在太湖的君山上，发誓就是踏遍中原，也要为两人报仇。"

游云龙和钗儿听得目瞪口呆，等毕志华说完，不禁唏嘘不已。

游云龙想自己的母亲为了救父亲，也离开了九龙堡，不知现在在什么地方，心中一片戚然，问道："毕大哥，你可有什么线索？"

毕志华沉重地点了点头，说道："操兄弟死后，我曾经搜查那两个魔头的尸体，得到了一块玄铁牌，咱们可由这块牌上查出一些蛛丝马迹。"

说着，毕志华探手入怀，正摸索那片银牌，突然楼上"嗤"的一声轻响，一缕冷风，透窗而入，桌上的蜡烛熄灭。

游云龙大惊，左手一带钗儿，右手闪电般拍开窗户，身形一侧，双双穿窗追出。

毕志华也跟踪赶到，三人掠登上屋顶，四下张望，但见夜色苍茫，哪见半个人影。

毕志华冷哼一声，道："游兄弟，我们分头搜一搜！"

钗儿面色不无担扰，说道："毕大哥，这也许是敌人的诡计，不理会他吧。"

毕志华道："怎么不理？说不定是个大线索。"

钗儿道："那你得小心。"

三人分作两个方向，沿屋搜寻，游云龙和钗儿向南，毕志华向北。

游云龙和钗儿才行了十余丈，忽听一声轻响，身后一道强光疾闪而灭，紧接着，传来毕志华一声惨叫。

两人忙停步回身，游云龙瞥见一条黑影冲天而起，疾若奔电，向庭院奔去。

游云龙大怒，身形暴起，准备追去，钗儿急道："龙哥哥，不要追，救毕大哥要紧！"

游云龙刹住身形，见那条黑影在参差交错的光花树中一闪，顿时消失，但游云龙已看清那黑衣人，面蒙黑纱，腰间系着一柄长剑，乍看起来，背影有些像阴阳双剑中的姚路漫。

再看毕志华浑身鲜血，倒在墙边，前胸赫然被长剑洞穿，竟已奄奄一息。

钗儿纤掌疾落，先替他闭住心胸穴道，急问道："毕大哥，怎样了？"

毕志华嘴角牵动，浮现一抹凄惨的笑容，举起左手，向游云龙招招手，说道："好……好收着，也许大有用处……"

游云龙接过他手中握的东西，低头一看，除了一块银牌外，另外竟然是一片黑色的衣角，这片衣角显然是他在临危之时，从凶手身上撕扯下来的！

游云龙心中一酸，用手替毕志华合上双眼，说道："毕大哥，你放心吧，小弟决不辜负你今夜一番苦心。"

不一会儿，庭中人影闪动，传来一阵嘈杂的脚步声，慕容舒畅带着阴阳双剑和白石山、卓太盛及一些家丁匆匆赶到，众人见毕志华竟然惨死，不禁全都愣住了。

慕容舒畅略问了经过，顿时勃然大怒，立命全府击锣，封锁了前后进出道路，亲自率领庄中高手，高举火把，逐屋搜索，几乎把整个庄园翻了个底朝天。

结果自然是一无所获，慕容舒畅冷汗满脸，自责道："毕前辈远从千里之外来到川中，不意竟遭惨变，要是查不出凶手，慕容世家还有什么脸面在江湖上立足！"

游云龙冷眼旁观，见那阴阳双剑并没什么异样，脸色一片冷漠，说道："慕容公子，惨祸已成，悔也无益，当今之计，还是先准备毕前辈的后事。"

慕容舒畅道："游兄弟说得不错，我明天派人将毕前辈送往太湖，并戒备全庄，决不能再发生其它事故，这事显然是外贼潜入。"

卓太盛道："这些狗贼，竟敢闯入慕容世家下手，足见目的不仅在于毕寨主本人，说不定下一个就轮到咱们几个老不死的了。"

慕容舒畅说道："大家都回去休息吧！"

钗儿眉头紧锁，这么多人都出来了，独不见慕容夜月和她的侍女，难道这么吵闹，没惊动她？

游云龙回到房中，钗儿急急关上门，游云龙从怀中取出那面银制小牌，见银牌的正面画着一座古堡，反面刻有一行小字"幽灵十三号"。

钗儿轻呼道："原来是幽灵教的妖魔。"

游云龙道："韩伯伯也跟我讲过，幽灵教的人经常在黑夜里活动，行动十分诡秘，并有一个能发出强光的秘密武器。"

钗儿道："昨夜害了毕大哥的不正是强光？难道是幽灵教的？"

游云龙摇手示意，急忙低声道："据我看，那凶手似乎是阴阳双剑中的姚路漫……"

钗儿却神色凝重地道："依我看，那位少庄主才是真正可疑的人。"

游云龙心中一动，问道："为什么？"

钗儿若有所思，说道："我也只是感觉，具体的我也说不上。"

两人述说着，不觉天已大亮，但两人一点睡意都没有，突然外面有人敲门，娇声道："游公子，肖姑娘，咱们小姐特嘱婢子来请二位共进早餐。"

钗儿忙小声道："龙哥哥，将银牌收起来，现在疑凶已呼之欲出，我们更要在慕容府里见机行事，奸徒虽然狡诈，咱们不信斗不过他！"两人相视一笑，欣然并肩踱出了房门。

慕容夜月早在后园的侧厅等候，她发挽云髻，洁白的衫裙外加了一袭碧绿色的披肩，绿白相映，越发衬得清雅脱俗，风韵万千，见游云龙和钗儿，连忙含笑起身，神态比昨天亲切自然几分。

慕容夜月明眸一转，问道："游公子你似乎昨夜一夜未睡？"

游云龙奇道："大小姐不知昨夜府内发生的大事？"

慕容夜月一片茫然，着急道："什么事？"

游云龙见她神情真切，并没有什么不对的地方，心中更是诧异，心想：昨晚毕大哥就死在后花园里，大哥折腾了大半夜，而慕容夜月的寝宫离此不远，怎会一无所知呢？但他还是将昨晚之事简略地说了一遍。

慕容夜月听了花容失色，说道："竟有这等事？那贼人的胆子也太大了，这分明是在向我慕容世家示威，晚上我得去问问哥哥。"

顿了一顿，慕容夜月又道："游公子，听小红说，家父早上已回到庄上，我们去看一看吧。"

游云龙惊道："慕容世伯回来了？！"

慕容夜月道："我也是才知道，走，爹在大厅等我们呢！"

一行人穿跨回廊，刚到大厅外，慕容舒畅就迎了出来，走近游云龙身边小声说道："游兄弟，家父得知昨夜变故，十分震怒，望你在家父面前为我美言几句。"

游云龙爽然道："这本不关慕容兄的事，只是事出突然而已。"

站在大厅外，远远听到慕容辉苍劲激动的声音大声道："……武林祸患不断，宇内三圣先遭毒手，现在毕寨主又丧生在府中，叫我慕容辉如何向江湖朋友交待？我慕容辉就是舍了这条老命，也要与这帮魔头较量较量，看看他们是不是长有三头六臂的怪物！"

游云龙听得大为感动，随慕容夜月走进大厅。

刚进门，慕容辉快步迎了上来，双手拉着游云龙，激动道："贤侄，果真将你盼来了!"

慕容辉依然一派雍容华贵,只是短短的一个月不见,人显得苍老了许多,但目光依然如鹰隼般锐利,他目光一转,这才发现了站在游云龙身后的钗儿,问道:"这位是……"

钗儿笑道:"老爷子好,我只是公子身边的一个丫头。"说完一看前面,见慕容夜月站在前面,低着头想着心思,脸上没什么表情。

一阵寒暄,大家分主宾就坐,不一会儿,就有侍女送上茶水,大家就昨夜的事展开了激烈的讨论,直到天黑。

回到住所,游云龙到了钗儿的房间,钗儿似乎早知道游云龙要来,虚掩着门,正坐在窗前发愣,她的窗户正对着后花园。

游云龙轻咳一声,钗儿才回过神,说道:"龙哥哥,我越来越觉得这慕容府古怪得紧。"

游云龙在她身边坐下,说道:"钗儿,说来听听!"

钗儿回过神来说道:"那慕容辉明明前天晚上回的,可为什么今天早上才现身呢?"

游云龙问道:"你是怎么看出来的?"

钗儿道:"听他儿子慕容舒畅说,他爹应早在几天前就出门了,足见是远行,可那慕容辉神色一片安祥,完全没有赶夜路的风尘之色。"

游云龙道:"他们这是在弄什么玄虚?"

钗儿道:"我们别说话,待会儿就知道了。"

游云龙道:"怎么知道?"

钗儿神秘一笑,说道:"我们等一个人!"

游云龙急道:"谁?!"

钗儿道:"慕容家的大小姐!"

游云龙道:"慕容夜月?她要来这里么?"

钗儿笑道:"来这里看你呀?你没听她说今晚她要去她哥哥慕容舒畅那里?待会儿你跟过去,听听他们在说什么!"

窗外月光疏暗,一片朦朦胧胧,已是深夜了,整个后花园一片寂静,只偶尔听到夜虫的鸣叫之声。

游云龙和钗儿两人握着手坐在窗前，眼睛一瞬不瞬地望着窗外。

不一会儿，一条白色纤小的人影自拱形的廊门闪出，一晃就没入花丛，游云龙轻嘘一声，人已穿窗而出。

白影轻功极高，落地无声，像一只狸猫，几个起落，就落在一座小楼前，马上有几个锦衣大汉上前喝道："谁?!"

其中有一人眼尖，认出了慕容夜月，忙垂手退在一边道："原来是大小姐，这么晚了，大小姐，你……"

慕容夜月冷冷道："我要见哥哥!"

锦衣大汉正要说话，只听见小楼内传来慕容舒畅的声音道："让大小姐进来。"

慕容夜月冷哼一声，走了进去。

自昨夜发生了惨祸，慕容府里加强了戒备，到处人影晃动。

游云龙远远地望见慕容夜月走了进去，正想飞身而起，便远远听见两人边说边走过，忙矮身躲在花丛中，花丛长得一人来高，将他掩了个严严实实，游云龙屏息敛气，别说是这两个庄丁，就算是江湖上的顶尖高手，也不会发现有人的声息，因为他练过了"龟息神功"，与冬眠的动物一般。

两个锦衣大汉越行越近，其中一人道："季大哥，你说那毕志华死得怪不怪，以他的身手，谁还能杀了他? 那天晚上死在后花园，最先发现的是那九龙堡的游公子和那丫头，似乎他们在一起。"这人声音尖锐，中气却甚是充沛，显是武功尚可，虽然压低了声音说话，游云龙还是听得清清楚楚。

另一人懒洋洋地道："你老弟在公子面前是个红人，连你也不知道，我这个做哥哥的有什么本事能知道。"这人声音稍微苍老些，从气息上听来，内功造诣倒是不如刚才问话的那人。

先前尖锐声音那人又道："听公子说，九龙堡的那游公子是个羊牯，而他的那丫头可大有来头，真是一个难以对付的人，人又长得美如天仙，且古灵精怪。"

游云龙一惊，慕容舒畅对付我和钗儿干什么?

另一人笑道："你说那丫头和大小姐相比，谁漂亮?"

尖锐声音道："各有千秋，可以说两人一个如娴静的荷莲，一个如带刺的玫瑰，怎么，季大哥，公子下令我们不得离开慕容府，你就忍不住了? 惦记起镇上的小王宝儿了吧!"

那人被他说中心事，笑骂道："你奶奶，偏你是我肚子里的蛔虫，我放个屁，你也知道是什么味道，不错，我是惦记着小王宝儿，那又怎么样？你几天不能回家，把一个如花似玉的老婆丢在家里，我看哪，你头上的帽子怕也要开始变绿了。"说着哈哈大笑起来。

"啪"的一声响，似是那姓季的被打了一下，只听尖锐的声音道："你奶奶的，一句好话也没有，我那夫人三贞九烈，你别拿小人之心度君子之腹好不好，你个老色龟！"

姓季的笑道："弟媳的为人我是知道的，不过，花儿不浇足了水不成，我瞧你正是如狼似虎的年纪，女人哪……嘿嘿嘿……"这一笑更是秽亵。

游云龙听他二人说得不着边际，越说越不堪入耳，不禁微觉不对，待二人行到自己身边，突然长身而起，双手齐出，点在两人的"哑穴"和"筋宿穴"上。

那两人纵使全神防备，尚且躲不过他这闪电一击，仓猝之下，连人影也没看清，只觉穴道上一麻，跟着身子已被人拖入花丛。

游云龙出手干脆利落，展开"凤舞九天"的盖世轻功，已到小楼前，小楼前两个挎着腰刀的锦衣大汉来回走动。

游云龙暗暗发愁，收拾两个锦衣大汉倒是手到擒来，可这会将事情弄大，但避过两人的耳目，那便万万不能，转念之间，他已有计较，俯身拾起一块小石子，指上运了一成力，向花丛中射出。

第七章

门口那两人听见花丛中"噗"的一响，对望一眼，右手按住刀柄，向响处走去，游云龙趁他们走过去这一瞬，着地一滚，当真是疾如狸猫，半点声息也无，已藏在小楼一侧的窗下。

那两人看了几眼，踢了踢花丛，没发现什么，也只认为是小兽出没，不虞有他，转身回来站在门口，一人低声嘀咕道："他妈的，要是只野兔子该有多好，把它捉了来，待会儿换班后烧了下酒。"

另一人低声道："别臭美啦，好好看着，别走神。"

游云龙伏在窗下，就着砖缝向里望去，他所处甚低，只能看到屋子中有四根紫色的桌腿，对面两条腿有两双脚，一双腿放得甚是着实，似是站着，衣服的下摆镶金带珠的，甚是华贵，对面的一双脚上却是一对纤美的赤足，踝骨浑圆，莹洁如雪，生得极是秀气，套在一对绣着百合花的拖鞋之中，轻轻摇摆。

游云龙奇道：这慕容夜月是穿着拖鞋来的，难道连换过鞋的时间也没有？

眼看这双雪白的赤足一摇一晃，竟是心中一荡。

慕容舒畅踱了几步，说道："妹妹，你怎么怀疑到我头上来了？"

慕容夜月似是十分气愤，说道："哥哥，不是妹妹多心，你最近和爹爹的行动的确叫人觉得诡异，要想人不知，除非己莫为！"

慕容舒畅不耐烦道："好啦，好啦，哥哥问你，你是不是对那游云龙有什么好感了？"

慕容夜月脆声道："这可是两码事，我的事不要你管。"

慕容舒畅笑道："我也只你这一个妹妹，你的事，我怎么不管呢！只是那游云龙和姓肖的丫头在一起，可是大为不妙。"

慕容夜月一惊，问道："原来你早就知道？"

窗外的游云龙也是一惊，原来这慕容舒畅早就知道了，可是他为何又故作不知？

慕容舒畅得意道："有什么事哥哥不知道的，那肖雪钗可是魔教中的圣姑，集肖世平的宠爱于一身，可谓是呼风唤雨的人物，不知为什么和游云龙走在一起。"

慕容夜月显然对这件事极为感兴趣，忍不住说道："肖姑娘似是对那游公子极好！"

慕容舒畅不以为然，哂了一声道："什么极好，魔教中人，哪有几个好的，我只怕她会害了游云龙的，游云龙初出江湖，不识江湖诡诈，更何况和一个狡诈百出的魔女在一起，所谓人心险恶呀！"

慕容夜月一惊，说道："你是说那肖姑娘对游公子有什么用心？可我看那肖姑娘虽机警，但并不像是个险恶之人。"

慕容舒畅道："凭你，也看得出来？那人家还叫什么魔教圣姑？你知不知道游云龙他爹'九天琴圣'可与'北网天罗'之间有极深的仇怨？"

慕容夜月没有说话，只是摇摇头，游云龙直听得手心出汗，紧张万分。

慕容舒畅又踱了几步，才说道："二十年前，北网天罗肖世平创立的'秃鹰教'如日中天，手下有十大魔神，十大魔神无论哪一个都是江湖上一等一的顶尖高手，'秃鹰教'里可谓是风云际会，藏龙卧虎。"

"有了这等实力，肖世平就想一统江湖，为此'秃鹰教'杀戮武林，一场巨大的江湖浩劫席卷而来，武林中的九大门派和各堡堡主集齐，一起攻打魔教总坛飞云峰。"

"那真是一场惨烈无比的凶杀，杀得昏天黑地，日月无光，正道武林几乎全军覆没，幸好九龙堡堡主一剑将肖世平双目刺瞎，擒住了肖世平。"

游云龙听得心惊肉跳，想不到肖世平的双眼是爹爹刺瞎的。

只听慕容舒畅又道："可那游堡主一念仁慈，竟和肖世平惺惺相惜，不顾群豪反对，放了肖世平，肖世平从此绝迹江湖，二十年来，再没在江湖上露面，可你想，肖世平作为魔主，北方黑道首领，岂会善罢干休？他对游堡主可谓是不共戴天，所以哥哥担心。"

慕容夜月一声低呼，非常急切地说道："那你怎么不提醒游公子？"

慕容舒畅叹了一口气，说道："人家柔情蜜意，爱情这玩意，最容易使人昏头的，他岂能听得进去？我如果说出来，说不定他会和哥哥翻脸，那可不好！"

慕容舒畅所说虽和爹爹所说有点出入，但大致相同，游云龙出了一身冷汗，回想到肖世平一口咬定那杀害两位师伯的白衣蒙面人就是爹爹，还有见面就置我于死地，后又故意为我疗伤，又令两人追上，将自己打伤……难怪钗儿早料到九龙堡有变故，千方百计和自己同行……原来这些都是有意安排的诡计。

他心里把前后事故反复对照，譬如钗儿跟到九龙堡，说自己是随便逛逛，哪有这么巧的逛？以及王林诡秘行动，竹篮藏人，竹排下水……这些巧合，几乎无一不是事先安排好的圈套，自己怎么就这般糊涂？身在虎口，还浑然不觉。

眼前钗儿那天真烂熳的笑脸，突然变成了一个面目狰狞的魔鬼。

他趴在窗下，思前想后，越想越觉得环境可怕，似乎每一个认识他的人，个个都可能变成他的杀父仇人，举目世上，滚滚红尘，连钗儿都要害自己，哪里有一个可以信赖的人？自己在石洞里独居十五年，对这个云谲波诡的世界，自己了解得太少了。

游云龙心中起伏难平，被这突然听来的事弄得颠倒痴迷，无所适从，心慌意乱之际，脑袋在墙上轻轻叩了一下，发生轻响。

这一响极轻微，但慕容夜月还是听出来，"噗"的一声吹灭蜡烛，低声道："哥，有人！"

慕容舒畅却拉住慕容夜月，说道："我前面都有人守着，不会有人，妹妹你就放心吧。"

游云龙知道行藏已露，更不怠慢，右手在地上一撑，身子横下里飞起，在空中九转九叠，向住处飞掠而去。

游云龙怒气冲冲地回到房里，钗儿忙迎出来，笑道："龙哥哥，你出去怎么这么久？人家担心死了。"

游云龙怒不可遏，低声喝道："你这魔女，到现在你还蛊惑我！"说着长剑疾刺而出。

钗儿大惊，柳腰一折，险而又险地避过这一剑，但肩上还是被划了一道小口，见游云龙双眼血红，像疯子一样，惊道："龙哥哥，你怎么啦？"

游云龙嘿嘿冷笑道："你问问你自己，你这个魔女，你为什么要骗我？！"

钗儿泪水一漫，道："游云龙，魔女是你叫的吗？你也叫我魔女，没想到你这么快就忘了你所说的话。"

游云龙怒道："算是我瞎了眼，昏了头。"

钗儿眼眸一转，硬生生地将两滴泪水忍了回去，愤然道："游云龙，你今天这样待我，你会后悔的！"说完一拧纤腰，飞身向外掠去。

花园的四名锦衣大汉听见这边的争吵声，赶快奔出来，突见人影一闪，忙喝道："什么人……"

钗儿反手一扬，四枚透骨钉疾射而出，四名锦衣大汉栽倒在地，游云龙走过去一看，四名锦衣大汉已是气绝，脸上罩着黑气，原来四枚透骨钉上都喂有剧毒，见血封喉，游云龙不由怔住了，心想：这真是魔教妖女，也忒心黑手辣！

不一会儿，慕容辉、慕容舒畅、慕容夜月和卓太盛、阴阳双剑、白石山等人都赶出来了，见四名锦衣大汉倒在地上，无不骇然色变，游云龙怔怔地站在一边。

慕容辉道："贤侄，这是怎么回事？"

游云龙道："都是我造成的。"于是就把魔女钗儿出走的事说了出来，众人大惊，想不到自称是游云龙丫头的少女，竟是魔头的孙女！

慕容辉惊道："你怎么认识魔教圣女？"

游云龙不知从何说起，懊悔道："只怪我不分好坏，才上当了。"

慕容辉严肃地摇摇头，说道："一开始，我就看出姓肖的女娃不简单，没想到这么快。"

游云龙脱口道："我不会放过她，永远也不要和她在一起。"

慕容辉正色道："贤侄，江湖上人好恶难辨，你也不要懊悔，以后多加小心就是了，走，回去休息吧！"

可游云龙如何睡得着，躺在床上，无限感伤，心中百感交集。

回想到竹排重逢，一路上风光绮丽，钗儿对自己是那么体贴温顺，柔情万种，这些是不能装出来的呀。

正在胡思乱想之际，突然房中飘然进来一个人，游云龙一跳而起，那人嘘了一声，低声道："游公子，是我！"

游云龙定睛一看，却是"飞霞剑客"卓太盛，不由意外道："卓前辈，你怎么……"

卓太盛道："我有事和游公子谈，游公子还没睡着，不是老夫多嘴，眼下游公子肩负血海深仇，不应为儿女私情分神。"

游云龙脸上一红，说道："卓前辈所说极是，可眼下我一点线索都没有，真是可谓云里雾里！"

卓太盛淡淡一笑道："邪教虽然狡诈，但并不是无破绽痕迹可循，譬如，公子手里不是有块银牌吗?"

"银牌?!"游云龙大吃一惊，不禁脱口问道："前辈，你……你是怎么知道的?"

卓太盛低声道："我就住在游公子对面，前天夜里，毕志华的话，老夫已经无意中听见了。"

游云龙心中一动，急问道："前辈还看到了什么?"

卓太盛道："那黑衣蒙面人!"

游云龙惊道："他是谁?!"

卓太盛一字一顿道："他就是慕容府的少庄主慕容舒畅!"

游云龙失声道："怎么会是他?! 钗儿也这么说过。"

卓太盛道："不怪你不信，当时连老夫也不敢相信，但这事是老夫亲眼所见。"

游云龙道："可那人已蒙面，卓前辈怎么看出来的?"

卓太盛道："毕志华在你房中谈话的时候，我已发现他潜在窗下偷听，亲眼看见他发出强光，拔剑杀人，分明是慕容世家不传秘学'随形剑气'!"

游云龙道："既是慕容家秘传剑法，卓前辈怎认得出来?"

卓太盛正色道："老夫浸淫剑道几十年，岂能辨认不出剑招门派的出处!"

游云龙道："那前辈为何不出声阻止?"

卓太盛摇摇头道："事出蹊跷，当时我也呆住了，等我回过神，一切已迟了，今天，我还要告诉你一件事，前天晚上慕容辉就已经回到庄中，只怕你更是不肯相信了!"

游云龙骇然一跳，心想：这事钗儿也提到，惊问道："前辈是亲眼所见，还是推测到的?"

卓太盛一捋长须，断然道："当然是亲眼所见，我见他是单人独骑从庄后一条隐密的小道悄然而入的，迎接他的只有他儿子一个人，两人在庄后密谈了许久。"

游云龙道："他们谈什么?"

卓太盛道："当时老夫隔得太远，没听见。游公子，这慕容府诡异得很，你要小心，我走了。"说完一掩身，就出去了。

一波未平，一波又起，游云龙这才知道事情的错综复杂，更没心思入睡，背起琴囊，掩门而出，外面天已蒙蒙亮。

游云龙掠身到了庄外，穿林而行，略一注目，果真看到一条蜿蜒曲折的隐蔽小路，直达庄中一扇门侧门。

小径上有两行清晰的蹄印，这样看来，钗儿的推断和卓太盛所说的全是真的。

游云龙心乱如麻，望着巍峨宏大的慕容府，不觉心头怅然，颓然坐在林边的一块大石头上，双手支下颏，默默地沉思。

正想着，忽然瞥见远处有白影一晃，游云龙一侧目，见那扇侧门已悄然开启，门中轻轻闪出两骑，马上一白一绿，却是慕容夜月和小红。

两人四处看了一下，然后双腿一夹，两骑奔腾如飞，游云龙忙闪在一边，游云龙见慕容夜月神色凝重，小红在后面频频回顾，眼神显得有些慌乱。

游云龙见两人如风驰电掣般消失在旷野中，不由大急，不知自己该不该告诉慕容辉一声，就这样不辞而别，似乎不太妥，但此时他已想不到那么多，当下一猫腰，展开"凤舞九天"的绝世轻功，遥遥跟踪前面快马。

远远望见慕容夜月和小红双双进入了桐乡镇，于是也放缓脚步，蹑踪而入，见慕容夜月和小红一红一黑的两匹骏马拴在一家客店门前。

游云龙料定两人不会在店中停留太久，便驻足，远远观望。

果然，不到一顿饭工夫之久，店外驰来一驾窗帘低垂的马车，马车才停，店里已缓步踱出两个儒衫少年。

两个人一白一青，红唇皓齿，特别引人注目，游云龙一眼就看出这两个少年正是慕容夜月和小红女扮男装的。

慕容夜月步出店门，秀目连转，左右瞧了瞧，黛眉微皱，低头钻进马车中，小红跟着也疾闪登车，两人刚一上车，驾车的老汉一扬鞭，蹄声嘚嘚，向东而去。

游云龙大感诧异，两人弃马坐车，显是掩人耳目，紧急步进店里，买了一匹马，刚要上马，突听见一个清脆的声音叫道："小兄弟，你怎么坐也不坐一下，就要走了？"

游云龙一回头，见店门口斜倚着一身轻绸劲装，体态婀娜的少妇，赫然正是妖女许青。

游云龙一声冷哼，也不答话，翻身上马，一抖缰绳，催马就向前面追去。

可马蹄未动，许青的纤纤玉手，已迅若闪电般拦住了马头，那马遇到了一股极大的阻力，竟前蹄扬起，举步不前。

许青妩媚浅笑道："小弟不理大姐姐了？"

游云龙怒道："谁是你小弟？今天我身有急事，不和你计较，妖女，快让开，否则，我不客气了。"

许青娇笑道："哟，两个月不见，小弟竟这般绝情，我今天可有一句紧要话要问你。"

游云龙一怔，心想：这妖女或许就是幽灵教的，我可以从她身上找出端睨来，于是说道："有什么话，你就快说。"

许青笑道："我在这镇上等你好久了，小弟，此处人多，说话不便，大姐姐在后院有个房间，我们到那里谈！"

游云龙道："有话就在这里说！"

许青笑道："光天化日，难道姐姐还会吃了你不成，小弟，你怕了是不是？"

游云龙怒道："在下俯仰天地，无愧于心，有什么可怕的。"说着翻身下马。

许青眨了眨好看的大眼睛，不再说什么，径自将游云龙领进客房后院的一间幽静的平房。

游云龙心道：看你这妖女再搞什么鬼。踏进房中，触鼻一阵淡淡的幽香，锦被华盖，满室温融，这气氛与在古庙中的情形有些相似。

游云龙暗生警惕，潜运内力罩住全身，冷声道："怎不见那老妖女？"

许青并不以为意，娇笑道："小兄弟，别说话说得那么难听，她有事出去了，你就随便坐。"

游云龙依旧站着，道："你不是有话要与我说么？"

许青见他不肯坐下，也不勉强，自己在床沿坐了下来，笑吟吟地道："小兄弟，一切你都知道了吗？"

游云龙望着笑得极尽妖媚的许青，真不敢相信，一个如此美丽的少妇竟是邪教中的妖女，妖女到底是妖女，如此不知羞耻，自己还真不知道怎么回答，冷冷地道："要想人不知，除非己莫为，你们为何要如此设计害我游云龙？"

许青忽然面色一黯，轻叹一声，低下头，黯道："小兄弟，这就叫人在江湖，身不由己，我的确骗了你，我真实的身份是莲花教的三莲之一！"

"莲花教？！"游云龙从未听人提起江湖上有什么"莲花教"，见她言语坦诚，神色黯然，似是有什么不得已的苦衷，但想到他在破庙中竟以母子的怜悯骗自己上当，心想这妖女什么戏演不出来，说不定，她当你面微微笑，背地里就捅你一刀，怒道："骗了就是骗了，妖女就是妖女，哪还有什么身不身己，你还有脸跟我说这话。"

许青仍低着头，轻声道："我许青虽是妖女，淫贱下流，但自从初识公子，便未存陷害之心，对公子无一丝一毫的恶意。"

游云龙冷哼道："你叫我来这里说这些不要油盐的话么?"说完一摆衣袖，疾拂过去，脚下轻迈，便欲夺门而出。

正在这时，前面店堂中突然传来叮叮长拐点地的声响，向后院过来。

许青霎时脸色苍白，颤声道："不好，飞天夜叉回来了。"

游云龙怒道："正好，我正要找那老妖婆算账!"

许青忙急声道："公子，飞天夜叉武功在你之上，而且生性残忍，你快到窗外躲一躲，所谓好汉不吃眼前亏，你就先避一避，我求求你啦……"

话声未落，又传来飞天夜叉沙哑的笑声，尖声叫道："青儿，你看这是谁来了?"

游云龙见飞天夜叉还带来一个人，猛地想到自己这次来的目的，忙一起身，像一片薄纸贴在窗外，刚掩好自己的身子，飞天夜叉领着一个红衣少女已当门而立。

红衣少女一张粉脸，白里透红，凤目上翘，眉中带俏，一双秋波轮转闪烁，就像会说话似的，体态艳盈，穿着红衣，像一团旺盛的烈火。

许青惊叫道："呀，柳雪妹妹。"

红衣少女咯咯一阵娇笑，抱住许青的香肩，小嘴在许青脸上重重亲了一口，高兴地道："青姐姐，知道你在这里，刚才似乎听见你屋里有人说话，是谁呀，让小妹见见。"

许青忙道："没有……没有!"

游云龙心想：那妖女耳朵可真灵，居然听到我的说话声。

红衣少女笑道："没有就没有，用得着那么紧张吗?是不是姓游的那小子?"

游云龙一惊，她怎么知道我?这邪教妖女为何三番五次选我下手?

飞天夜叉在一旁咳了一声，说道："你们不要说了，我们谈些正事，教主前日飞鸽传书，召集我们一个月后聚庐山，听说是武林发生巨变，你们可以好好准备!"

许青愕然道："婆婆，武林中有何巨变?!"

飞天夜叉低声道："幽灵教势力逐渐庞大，正道武林中人，十有八九，已被幽灵教控制，连少林、武当等许多名门大派也不例外，甚至宇内三圣都遭毒手，据说幽灵教要一统武林。"

红衣少女惊道："难道连我们莲花圣教也在内？"

飞天夜叉道："教主下令众姐妹分散江湖修习采阳大法，为什么?！武林至尊的宝座说什么也轮不到幽灵教。"

游云龙心里一颤，心神稍分，在窗楼上弄出一声轻响。

飞天夜叉独眼一亮，人已从竹椅上迅疾跳了起来。

游云龙见行踪已露，忙一挺腰，霍地凌空跃起，足尖轻点，纵身直向另一栋房屋上掠去。

他这一扑迅捷无比，但飞天夜叉也是不慢，足尖一点，发掌向他后心击来。

游云龙耳听背后风声飒然，也不回头，听风辨形，反手一掌，向飞天夜叉脉门上切去。

飞天夜叉见这人出手迅捷，落点奇准，心凉之余，喝了一声，点向游云龙的掌缘，眨眼间两人以快打快，掌拳指抓尽出，已交换了七八招。

游云龙始终没回过头，飞天夜叉暗暗吃惊，心道：此人年纪轻轻，身手如此了得。她和游云龙见过面，只拆了几招，但拳脚路数丝毫没有印象，故认不出来。

游云龙左手与他拆招，右手拔出长剑，反身刺去。

飞天夜叉措手不及，被他连刺三剑，逼得左躲右闪，退了两步，游云龙只在这瞬间，身形如一鹤冲天，飞纵出去。

游云龙迅如脱兔，一侧身，飘落在一条长廊上，恰好落足处有一排客房，他顾不得房内有人无人，匆匆拉开房门，闯了进去。

可刚一进门，突觉胸前"玉枕穴"一麻，人便倒在地上，跟着就被一双玉手拖到床下，游云龙惊骇不已，想不到这客房中还暗藏了一位高手。

不一会儿，长廊响起了一阵急促的脚步声，只听见飞天夜叉粗哑的声音说道："仔细搜搜这些房间，我亲眼见那家伙进来就不见了。"

接着就听见"砰砰砰"的开门声和房客的惊叫声。

游云龙被扔到床底，耳听隔壁一间房里传来一个年青男子的喝骂道："他妈的，瞎了眼，哪来你这个疯婆子……"

显然是飞天夜叉闯了进去，接着听到一个女子的惨叫声，飞天夜叉怪笑，跟着，喝骂的男子也是一声惨叫。

两个幽会的年轻男女没想到遇到凶煞，莫名其妙地被飞天放叉用钢拐砸成稀烂。

游云龙心里大为紧张，见点了自己穴道的人坐在床上，一动也不动，从身影看，似乎是个女的。

房门"砰"的一声被人震开，红衣少女探进头来，向房内望了一望，房中窗帘低垂，阴沉沉的，没有一丝光亮，红衣少女怔了一怔，一缩头，随手带上房门，说道："婆婆，这是一间空房，连个鬼影都没有。"

飞天夜叉奇道："这就怪了，那小子飞天了不成？走，我们到其它的地方找找。"

脚步声越过走廊，转瞬便去远了。

游云龙穴道被点，在床下动弹不得，而点了他穴道，坐在窗前的少女却不吱声。

游云龙大惑不解，不知是谁住在这暗暗的屋子里，贴地一瞄，看到一双剑靴和绿色的裙摆。

游云龙突然心胸一热，心中大喜，暗道：钗儿，你怎么在这里?! 脱口欣喜喊道："钗儿!"

游云龙已认出点他穴道，救了他的人正是钗儿，不会错的，钗儿是穿着这样的一双剑靴和绿衫的。

少女听到他的喊声，身子一颤，委屈的泪水夺眶而出。

在慕容府的时候，她第一次被人称为魔女，而且还是自己倾心相爱的人，如果将她和游云龙两人之间打十分，她对自己的关心和爱只有三分，而对游云龙的爱却占有七分，如果有人伤害游云龙，她自问会毫不犹豫地用自己的生命换取游云龙的生命，她也不明白这是怎么回事。

爱得越深，伤得也越深，钗儿一气之下，离开了游云龙，心中无比难受，为了他，自己什么苦都愿意吃，可没想到的是游云龙对自己的喝斥。

可冷静下来，她又坚信游云龙不是那么绝情寡义的人，那他为什么要这么做，钗儿觉得有必要弄清这件事的原委，于是就在东去的必经之路桐乡镇租了一间客房，等游云龙出来。

其实她早已知道刚才的一幕，见游云龙对妖艳如花的许青不为所动，心中更加坚定，于是就出手救下了这个冤家。

听见游云龙的呼喊，钗儿的心中隐隐作痛，一扬手，一锭碎银疾射而出，解开了游云龙的穴道。

游云龙爬了出来，钗儿别过脸去，游云龙手足无措，痴痴地站在钗儿的面前，像一个做错了事的孩子，柔声道："钗儿，你……你，我以为你不要我了。"

钗儿冷哼一声道："你是谁？你在跟谁说话？谁是你的钗儿？"

游云龙心头一酸，垂头叫道："钗儿！"

钗儿一扭头，怒声道："钗儿这个名字也是你叫的?! 我叫魔女，游云龙，你这个冷面寡情的东西，是个不知好歹的笨蛋，我算看透了你，我恨你，恨你，你知道吗？"

游云龙柔声道："钗儿，你听我解释好不好，我知自己太过分了，但如果你是我，你又能怎样？"

钗儿不听还好，越听越怒，"刷"的一声，拔出长剑，叫道："游云龙，这么说是我不对了！你不分青红皂白，要杀了我，你为什么要这样待我？"说着，身形一起，竟一剑刺了过来。

游云龙凄然一笑，站着不动，说道："钗儿，只要你愿意，你就刺我两剑吧！"

钗儿没想到游云龙不动，长剑已然猛刺过来，只得硬生生地收住剑势，改为斜削，长剑削在琴囊上，"锵"的一声响，满室嗡鸣声不绝于耳。

钗儿一怔，见游云龙神情凄苦地望着自己，不由心头一软，对着自己的心上人，这时的她纵有千般恨，万般愁，顷刻之间也烟消云散了，珠泪如决堤的河水，再也控制不住，哗哗流下，她扑进了游云龙的怀里。

游云龙摸着钗儿的秀发，说道："钗儿，自你走后，我想了许多，我的脑子中全是你的笑脸，怎么赶都赶不走，我……不管别人怎么想，不管别人怎么看，我都要和你在一起。"

钗儿心中一荡，忍不住扑在游云龙的肩头，张开口，在他肩头狠狠地咬了一口。

游云龙没想到一个女孩子会咬人，痛得大叫一声。

钗儿扬着脸，问道："真的那么痛吗？"

游云龙一看珠泪盈然的钗儿，连忙说道："不痛……不……痛……一点也不痛。"说着还拍自己的肩，这一拍之下，不由出一身汗，不由龇牙咧嘴。

钗儿"扑哧"一笑，说道："看你的样子，还逞能不痛。"

游云龙傻笑道："痛是痛了点，但心里却甜得很。"

钗儿横了他一眼，嗔道："看你老实巴交的样子，两天不见，哟，就油腔滑调了，讨厌！"

游云龙见钗儿不再生自己的气了，不由讪讪而笑。钗儿道："看你的傻样子，快，看看你的肩头。"

说着帮游云龙脱出了左边的袖子，钗儿不由一声惊呼，没想到这狠命一口，竟将游云龙左肩给咬下一小块肉来，两排血红的贝齿印清晰可见，游云龙惊道："钗儿，你怎么这么狠心咬我，你属狗的呀？"

钗儿调皮一笑，吐了吐舌头，向他吠了两口，说道："知道了吗，来，我给你包扎一下。"说着从怀里掏出一个小瓶子。

游云龙笑道："你身上的东西还真多。"

钗儿道："要不然怎么叫魔女，你以后得小心点，我身上有毒的东西多着呢，说不定这瓶内的药粉就有毒。"说着将药粉倒在伤口上。

游云龙微微一笑，不再接口，突然笑容僵住了，大叫一声，跳了起来，只见自己左肩的伤口上冒起了一股青烟，发出刺鼻的肉焦味，不由大惊失色，说道："钗儿，你……"

钗儿笑吟吟地站在一边，说道："我什么，魔女就这样，没见过呀！"

游云龙感觉到一股钻心的痛，惊问道："钗儿，这是什么药？"

钗儿道："这是我们魔教的'留记药'，这药一涂到伤口上，马上烧皮，并在伤口处留下永生不变的记号，我要你永远记得……"

游云龙浑然忘了痛，问道："记得什么？"

钗儿明眸一转，狡黠地道："有人忘性大，在竹排上说的话，没几天就忘记了，所以我今天给他点苦吃，让他永远记得我今天咬了他！"

这药说来也怪，不一会儿就使伤口一片焦黑结痂，也不痛了，游云龙只觉得一片春光融融，心里说不出的温馨。

钗儿突然问道："你刚才说不管别人怎么看，不管别人怎么想，是什么意思？是不是有人在你面前说了我什么？"

游云龙扶着钗儿坐下，就把偷听慕容兄妹的谈话及自己追随慕容夜月出来的经过，和盘托出，全都说了出来。

钗儿一嘟嘴，说道："这么说，你是追慕容家的大小姐才出来的？"

游云龙搔搔头，又点了点头，说道："当时你走了，我也不知你到哪里去了，所以就……"

钗儿道："你对我一点也不关心！"

游云龙大窘，支吾道："钗儿，我很关心你的，只是……"

钗儿见他窘迫的样子，脸涨得通红，不由莞尔一笑道："我是跟你开玩笑的，看你急得那样子，憋了半天才憋出一句，我很关心你的，难听死了。"说着学着游云龙的话，老声老气地说着。

游云龙不由也笑了，说道："那我应该怎么讲？"

钗儿扬了扬眉毛，眨了眨眼睛，轻咳一声，拉着游云龙的手，说道："你应该这么说，钗儿，为了你，我急都急死了，我吃不下饭，睡不着觉，为了找到你，我偷偷离开了慕容府，发誓就算踏遍天涯海角，也要找到你！"

游云龙笑道："这可不是当面撒谎么？"

钗儿道："如果你真的喜欢我，就算是哄我，那又有什么关系呢？"

游云龙道："好，以后我就多说些这样的话给你听。"

钗儿突然脸色一正，说道："龙哥哥，我们再不要说笑了，谈正事吧，你说那慕容舒畅为什么要在他妹妹面前这么说我？"

游云龙摇遥头道："钗儿，不管他怎么说，我不相信就是了。"

钗儿道："不是相信不相信的问题，如果我猜得不错的话，那慕容舒畅早知道你在外面偷听，他是故意说给你听的，然后知道我会气走的，其实他也早知道我的身份，害怕我在你身边，让我走，才能达到他的目的。"

游云龙忙道："他怎么知道我在外面偷听？"

钗儿道："你说是他的武功高，还是他妹妹的武功高？"

游云龙道："当然是他，他是慕容世家的少庄主！"

钗儿道："那你想想，连那慕容夜月都能听出外面的响动，那慕容舒畅焉有听不出来的道理？可他却阻止他妹妹追出来！"

游云龙恍然大悟，一拍大腿，说道："对了，我听两锦衣大汉说慕容舒畅要对付我俩。"

钗儿道："那慕容舒畅鬼得很，不过狐狸的尾巴迟早总是要露出来的。"

游云龙突然问道："钗儿，羊牯是什么意思？"

钗儿道："羊牯就是指容易上当，稀里糊涂的人。"

游云龙喃喃道："怪不得他说我是羊牯。"

钗儿禁不住"咯咯"大笑，直把眼泪都笑出来，说道："你本来就是个羊牯！"

顿了顿，钗儿又道："龙哥哥，虽然我爷爷是魔教教主，做事不择手段，没有所谓侠义之中的君子式的正大光明，但魔教中人都是血性汉子，将义气看得比生命都重要，那慕容舒畅说得没错，二十年前，正道武林围攻飞云峰，双方都死伤惨重，要不是你爹出手制住了我爷爷，我爷爷说不定就统一了武林，但你爹却不顾那么多人的反对，带着爷爷杀出了一条血路，放了我爷爷，我爷爷常说大丈夫恩怨分明，二十年来，他一点都不恨你爹，还说他这一生最敬重的人就是九天琴圣，并从此退隐江湖，为感谢你爹的大恩。"

游云龙没想到爹爹与北网天罗之间还有这般激荡心胸的事，不由慨叹不已，说道："看来是魔是佛，各在人心，世间最怕的就是披着羊皮的狼，表面看浩然正气，背地里坏事干尽，唉，依现在的形势看，事情变得越来越复杂了。"

钗儿一双明净澄澈的眼睛看着游云龙，说道："龙哥哥，男子汉应该正视淋漓的鲜血和惨淡的人生，你身负血海深仇，任重道远，更应该挺起胸来，承受艰难。"

游云龙心弦一震，握着钗儿的手，精神一震，道："钗儿，你说得对，虽然我比你大，但你看问题比我要深得多。"

钗儿一笑，道："不一样，我出生在魔教之中，江湖上的尔虞我诈见得多了，而你没经过什么江湖风雨。"

游云龙道："钗儿，我们再也不分开，好吗？"

钗儿道："以后的路还长着呢，未来的变化谁还把握得住？走吧，龙哥哥，我俩还得追慕容夜月。"

两人刚出店门不远，就看到几个官差拿着军棍凶狠地冲进了屋里，大喝道："给我围起来，光天化日之下杀死人，简直反了。"

钗儿一拉游云龙的手，往东急纵而去，后面的人大声喊道："杀人犯跑喽！""哐哐"锣声大作。

钗儿理也不理，两人如一溜轻烟，转过街角就不见了，到了山麓才放慢脚步。

时值春初，春寒料峭，微有寒意，但两人冰释前嫌，手拉着手，说说笑笑，其乐融融，快意无比。

面前的高山拔地而起，气势雄浑奇伟，巍然中自饶逸致，游云龙不解钗儿为何放着好的官道不走，偏要翻山过岭，忍不住问道："钗儿，那慕容夜月和小红女扮男装，可是坐着马车，马车怎么上这高山？"

钗儿笑道："我知道，她们俩要出走，必绕过这座山，那官道是环山而行的，我们越过这高山，或许已走在她们前面。"

游云龙自嘲道："羊牯就是羊牯，要是我一人，就顺着官道追下去了。"

钗儿娇笑，突然一指，说道："龙哥哥，你看这山好不好看？"

游云龙仰面看去，这座山甚是奇特，峰高千仞，却分为四节，各有黑、绿、赭、红四色，层层井然，就好像有人细细用种种颜料调和染就一般，远远望去，连山石草木也各近其色，被阳光一映，更显得斑斓夺目，极是好看。

两人遇见一位上山的樵夫，钗儿心情极好，询问之下，得知此山叫四色山，相传是李白为王母娘娘作画题诗，喝了琼浆玉液，大醉之后，倾下来，才成了这等面貌。

游云龙笑道："李白怎会和王母娘娘在一起喝酒呢？"

钗儿道："李白可不是凡夫俗子，他是诗仙，属仙人的，再说这是传说，算不得数的。"

两人攀山而上，人在快乐时，时间过得飞快，不知不觉间，日光渐渐隐去，身前身后如烟雾缭绕，山花竹石，尽在朦胧之中，反增其美，少顷，月自东面山峰升起，清辉涌现，洒进幽谷之中，一时之间，偌大山中，寂无声息，只闻空山幽鸣，山鸟栖飞，两人神骨俱清，浑然忘了红尘之事。

游云龙叹道："此处真如仙境一般，我俩杀掉真凶后，就到这里来隐居，再也不理那些纷纷扰扰，岂不是好。"

钗儿道："世事难料，江湖凶险，的确不如在这里与山花野禽为伍，来得清静。"

游云龙叹道："世人诡诈，贪欲极强，知道清心寡欲的人不多，我虽知道，却又有心无力，一存挂牵，便无了时，佛说'菩提本无树，明镜亦非台，本来无一物，何处惹尘埃'，我看应改为'身是菩提树，心为明镜台，时时勤拂拭，莫教惹尘埃'！"

钗儿抿嘴一笑道："啊哟，游公子谈起佛法来还一板一眼，像个有道高僧，不如去剃度为僧！"

游云龙笑道："我哪舍得如花似玉，聪明绝顶的钗儿呢？"

钗儿红晕上脸，啐了一口，说道："你现炒现卖，学起来倒蛮快的。"心中却是甜丝丝的，极为受用。

两人说了些闲话，眼见月到中天，估摸着已是二更时分，行了一天，也都有些倦意，便择了一块平滑如镜的大青石躺下，钗儿道："睡觉时候醒着一点，别来个老虎豹子之类的，将咱们吃了。"

游云龙笑道："就是有，它也会吃你不吃我。"

钗儿道："那为什么？"

游云龙道："如果是你，你会不会放着鲜嫩的柔肌滑肤，而挑一个老皮老肉的吃。"

钗儿大笑，嗔道："你真坏，你脸皮那么厚。"

两人说笑了几句，倦得很，一忽儿便进入了梦乡。

不知睡了多久，游云龙忽听头顶树叶声响，随着一头惊天动地的咆哮，旋风陡起，令人毛发生寒，一只吊睛白额猛虎蹿出，当头向钗儿扑了下来。

游云龙大惊，单掌一撑，将钗儿撞开老远，一滚，已站在石板一旁。

那猛虎扑了个空，爪子将石板抓得石屑纷飞，它身子尚未站定，一条又粗又壮的尾巴挟带风声，直向游云龙面门扫来，尾巴来到，游云龙只觉疾风扑至，气息为之一窒。

危急之时，游云龙猛一矮身，用琴囊重重拍在那猛虎的屁股上，发出"铮"的一声大响。

这一拍力道奇大，那猛虎骨头顿时碎裂，猛虎吃痛，一声大吼，怒气勃发，扭身张开血盆大口，咬向游云龙的头部。

钗儿吓得一声尖叫，游云龙身形暴退，避开这一咬，畜牲也欺软怕硬，见游云龙再击不中，就转过身来向惊叫的钗儿扑去。

游云龙纵身而起，手中寒光四射，身形落下，"嗤"的一响，那猛虎一颗斗大的头颅滚落在地，它余势未尽，向前踉跄几步，蹬了蹬腿，这才毙命。

钗儿花容失色，直到此刻才舒了一口长气，突然又尖声叫了起来，又一只猛虎已经从游云龙身后凌空蹿出，钗儿急道："龙哥哥，快闪开！"

这只虎身躯更大，额上黑毛丛生，隐隐嵌成一个"王"字，虽在月光下，亦看得分明。

游云龙暗生惧意，刚才将老虎头斩落，自己也不知道怎么回事，也许是急中生智，忙中增力吧。

谁知这大虎跳是跳出来了，却不上来扑咬，反而张牙舞爪，望向空中，举动之间，倒有几分惧意，似是怕什么东西从天上飞下来袭击它一般。

游云龙大奇，仰头看去，月光下，只见一只秃鹰收拢双翼，如流星坠地，迅疾无比，直扑那老虎的右眼。

钗儿见那秃鹰，高兴地拍手跳起来，叫道："黑箭，是不是爷爷叫你来找我的？"

那秃鹰早就认出了钗儿，发出一声欢快的尖叫。

老虎猛地一摇头，想要避开，哪知秃鹰竟能在空中转弯，一个回旋，如一只黑箭怒发，已将猛虎的左眼啄瞎。

那老虎惊天动地地痛吼一声，秃鹰振翅飞起，秃鹰伤了老虎，似是心犹未甘，在空中盘旋一周，又自疾射而下。

老虎等它落下，竟人立起来，双爪舞动，可秃鹰灵巧无比，老虎在急怒之下，哪里抓得着它一根羽毛？

秃鹰三绕两绕，看准机会，忽向前疾冲，老虎右眼啄中，鲜血淋淋，又已被它啄瞎。

游云龙见秃鹰发如雷击，攻若电闪，凶猛凌厉之处，竟较一流的武林高手犹胜一等，不由骇然，这真是只神鸟。

那猛虎双眼齐瞎，心胆已寒，当下连纵数纵，只求逃命，哪知情急之下，看不清道路，四爪抓空，骨碌碌地滚进深涧去了，半晌，才从涧底传来沉闷的"扑通"之声，两人想象着老虎摔得皮破肉烂的惨状，身上都是一寒。

那秃鹰啄瞎了老虎，甚是得意，一振双翅，欢叫一声，落在钗儿的左肩上，挨了一下钗儿的粉脸，将脖子扭几扭。

突然见游云龙站在一边，双眼一瞪，欲向他扑去，钗儿忙叫道："黑箭，不得无礼！"

秃鹰听了钗儿的话，垂下头，不再凶巴巴的样子，钗儿抚着它的秃头，问道："黑箭，是不是爷爷将你放出来的？"

那秃鹰似是听懂了钗儿的话，点了点秃头，游云龙见秃鹰刚才极具凶猛的样子荡然无存，像只乖顺的小猫，心中暗暗称奇。

钗儿道："这黑箭是爷爷在飞云峰上收驯的，本来还有一只红箭，不幸在二十年前的惨杀中为救爷爷死去了，爷爷极喜欢它，肯定是爷爷见我出来这么长时间，不放心，才打发黑箭来找我！"

黑箭极有灵性，见小主人对游云龙极好，笑靥如花，也就献殷勤似的跳到游云龙的肩上，游云龙大喜，试探着摸了摸它，黑箭不怒，也低眉顺耳，温驯无比，不由笑道："你这叫爱屋及乌。"

钗儿娇笑，游云龙见月光的清辉下钗儿的绿衫，粉红娇艳的笑面，鼻尖上沁出细汗，不由得痴了。

两人经过这么一折腾，睡意全无，钗儿见游云龙傻傻的样子，粉面一红，笑道："看你的傻样子，我们上路吧！"

黑箭在前面引路，天亮之时，两人已翻过了四色山，不见慕容夜月的马车，就在左近的农户买了两匹马，四色山下是一条河，河道甚宽，河上有一木桥。

两人在农户家用了早饭，骑马上了桥头，小木桥仅容一人一骑通过，经风雨侵蚀，大半已朽坏，两人提着缰绳，小心翼翼地向前行去。

刚到桥中间，游云龙只觉得桥身巨震，"轰"的一声大响，木桥竟从中而断，两匹马猝不及防，收足不住，一前一后，直栽入桥下的淤泥之中。

那桥下的小河既狭又浅，底下却是一人来深的淤泥。

游云龙刚叫一声不好，四周风声骤起，百余件暗器已从桥头的树丛之中四面八方打了过来。

游云龙骤遭袭击，心中大惊，而钗儿却心神不乱，一手拉着游云龙，娇喝道："龙哥哥起！"两人腾空而起。

游云龙全身运力，长衫已微微鼓起，有如一件吃饱了风的布帆一般，大袖抽动，那百余枚暗器或走了空，或被他长袖拂落，只有二十余支打在身上，却已被他的"龟息神功"罡气震落在地，两匹马陷在淤泥中，被暗器打得千洞百孔，惨嘶数声，便即死去。

伏击偷袭之人一击不中，还未及再发暗器，游云龙已在空中九转九叠，轻飘飘地落在桥的另一端，身法之妙之快，真是令人匪夷所思。

两人落下地来，钗儿左足忽地一软，站立不住，原来腿上中了一只袖箭，深可及骨，游云龙手法快捷，为她拔出袖箭，伸手点了伤口周围几处穴道，稍止血流之势，低声问道："钗儿，你觉得怎样？"

钗儿痛得花容惨白，咬紧嘴唇道："不碍事，我自有伤药，不必管我。"

游云龙点点头，直起身来，又惊又怒，朗声喝道："哪儿来的狗崽子，暗施偷袭，有种的出来和我战。"

树丛中有人哈哈一笑，声音甚是怪异，树枝往两边一分，一个高瘦蒙面的中年汉子，额上有一块刀疤，游云龙一见之下，瞳孔收缩，怒火填胸，一字一顿地道：

"葛阎王!"

黑衣蒙面人见游云龙认出自己,也是一惊,随即笑道:"游公子好记性,只可惜,今天怕没这么便宜了。"

仇人相见,分外眼红,游云龙怒道:"葛阎王,是谁派你来的?!"

葛阎王嘿嘿冷笑道:"游公子,这很重要吗?!"

游云龙瞥见还有二十多个蒙面大汉伏在林中,心知今日之事不妙,自己勉力虽可胜葛阎王一筹,怎奈钗儿已负了伤,从对方所发暗器来看,伏击者的身手皆不弱。

游云龙思索如何平安脱身,心下焦急,脸上却是不动声色,说道:"你待怎样?"

葛阎王嘿嘿一笑道:"我待怎样?!我不想怎样,我只是见游公子与这位小妹妹亲亲热热,好不有趣,发几支箭,扔几块石头凑个趣而已,兄弟们出来见见'九天琴圣'游大侠的公子。"

四周树丛乱响,二十几个劲装蒙面大汉各挺兵刃站了出来。

游云龙心中一惊,倘若自己和这些人相斗,虽然胜不得,但凭自己的"凤舞九天"的轻功,脱险是不成问题的,可钗儿腿上有伤,那可就难得很,何况敌人有发强光的秘密武器。

他这里犹豫未定,葛阎王已挥手喝道:"游大公子,让我俩再斗一次,兄弟们,将那妞儿给我擒住,要捉活的。"

他身侧二十余人答应一声,成扇面之形,包围过来,葛阎王似乎胜券在握,脸露微笑,一步步逼近。

钗儿突然叫道:"原来你们全是慕容府的人。"

二十余名黑衣大汉听了钗儿的叫声,全都骇然一怔,葛阎王喝道:"他妈的,什么慕容府的,欧阳府的,我们是山上的强盗,抓你回去做压寨夫人,兄弟们上!"

第八章

游云龙心乱如麻，钗儿低声道："龙哥哥莫要担心我，你去和他打，我有黑箭帮我！"

游云龙听了，心中一宽，心想，关键时刻怎么忽略了黑箭呢，仰天看去，黑箭正自羽毛戟张，神威凛凛，一副如临大敌的架式。

游云龙心知除了背水一战，别无它策，自己只有迅速出手，争得先机，尽快将葛阎王击败或擒住，事态才或许有转机，当下点点头道："钗儿，小心！"长剑出鞘，一道寒芒映日生光，向葛阎王袭了过去。

葛阎王已在天山上见过游云龙的武功，对他自是绝无轻敌之意，但见他离自己尚有十余丈，中间还隔着一道断桥，万万想不到他会在此刻出剑，葛阎王一惊的当儿，游云龙已离他只有五六丈远了，长剑又是一扫，他见游云龙来得如此之快，心中大骇，双钩同时出手，这时游云龙距他只有五尺之遥，长剑已第三次出手。

葛阎王举钩封挡，哪知游云龙这只出一剑，却有三道劲风拂体而来，葛阎王心中一凛：这小子的内力似乎增强了许多。

他这时招架已是来不及了，连忙使了个"倒踩七星步"，接着"细胸巧翻云"，含胸挺背，险而又险地避开了三道剑气，但已是非常狼狈。

游云龙刻意速战速决，当下更不放松，长剑有如电掣一般，接着刺向他的要害。

葛阎王左手钩上举，挡游云龙的长剑，右手钩疾刺游云龙的"三衣"要穴，与游云龙斗得难解难分。

另一边的二十名黑衣蒙面大汉已将钗儿团团围住，这些人都是挑出来的一流好手，虽说是北网天罗的孙女儿，但见她柔弱美貌，身上又带伤，哪里把她放在眼里？纵然葛阎王不下活擒的命令，那也舍不得一刀杀了，非得猫捉老鼠戏弄一番，才不枉出来这一遭。

其中有四名长着桃花眼的，特别好色，一见钗儿秀丽无伦，骨头早就酥了，虽然来时被一再交待，要活捉这魔女，不能对她无礼，但擒捉之时，顺便摸摸捏捏，先揩一点油，又有何妨？

四人一般心思，深恐被别的兄弟得了先手，失尝鲜的机会，便争先恐后，抢在最前头。

其中一人色迷迷地说道："肖大小姐，今年几岁呀，识相的就不要我们动手了，动起手来，你知道就没那么多顾忌，你可要吃亏哟。"说着淫邪一笑。

另一个人接口道："是啊，那姓游的小白脸转眼就成了我们老大的手下之鬼，你这般花朵样的人儿，跟着他岂不是太不划算？我告诉你，我们公……我们这里谁都比你那个中看不中用的小白脸要强得多。"这人说漏了嘴，忙改了口。

钗儿是何等人，在魔教中长大，什么样的淫言荡语没听说过，笑哈哈地说道："是不是你们家的慕容公子看上我了……"

那人一惊，忙道："什么慕容公子，我们可不认得。"

钗儿嫣然一笑道："你们不承认就算了，我腿上受了伤，行走不得，哪位大爷扶我一把？"

那四人见她肤如白雪，笑起来有如花枝乱颤，声音又甜又腻，自忖都是半生在花丛中打滚过来的，却何曾见过这样的美女！当下心中有如钻进几十只虫子，不停地爬挠一般，争着道："我来扶你！""我扶！""我扶！"

四人中四只手刚要沾到钗儿的绿衫，钗儿右手一扬，一蓬黄色的药粉洒了出去，四人大惊，忙各自提气后跃。

可哪还来得及？刹那间，脸上身上沾得到处都是，双眼也被药粉所迷，只觉沾上之处有如被毒虫蜇过一般，又痛又痒，火辣辣的，好不难受，连忙举手到脸上挠搔，惶急之下，使力不知轻重，各人脸上顿时现出十几道血痕。

钗儿所洒的粉末乃是魔教秘制的"赤蝎粉"，若不见血还罢了，一遇血，效力更强。

片刻之间，四人倒在地上呻吟呼号，来回翻滚，惨不忍闻，见血处的肌肉已一点一点烂去。

旁边的十几人突见变故，无不骇然失色，齐齐向后跃开，惊叫道："这魔女放毒!"

有两人便掏出暗器,要向钗儿身上射去,刚要出手,却被旁人拦住,小声说了几句,那人又将暗器放回袋中。

其中一人道:"慢慢围住她,将她双手斩伤,就可擒住了。"众人虽见她施的毒药厉害无比,但自恃人多,又都武功不弱,见多识广,却也没太将她放在心上,当即各挺兵刃,慢慢合拢。

钗儿见不能再来软的,抖手打出一蓬银针,众人虽早就戒备,各舞兵器将针砸飞,但还是有两个身手较弱的,被针尖刺破了皮肤。

钗儿这银针也是用毒药浸制过的,奇毒无比,见血而行,两人打了个寒战,片刻间面目发黑,倒地毙命。

众人暗暗心惊,她身后一个稍矮的大汉,武功甚高,人又灵巧,乘着钗儿发射银针的当儿,腾身跃起,向下砍数刀,钗儿听得身后劲风作响,知道敌人来袭,着地一滚。

谁知右腿已然受伤,才滚三尺多远,右腕已被矮汉牢牢抓住。

矮汉轻易得手,又是欢喜,又是惊讶,紧紧扣住钗儿的脉搏不放,狞笑道:"到底是魔教圣女,心黑手毒,竟连伤我六位兄弟,我可告诉你,大爷可不是那种怜香惜玉之人,你若再有什么异动,我可不管你是不是姓肖,我这鬼头刀这么一斩,你这颗脑袋就保不住了。"

钗儿秀眉一蹙,樱唇打了个唿哨,笑道:"你抬头看看,自己大脑袋也还不一定保得住。"

那矮汉本能地抬头上望,只见一道黑影其快无比,直向自己的脸门撞来。

旁观众人只见那道黑影落下即起,矮汉却捂住右眼,痛得大吼,鲜血自指缝涔涔流下,显是已经瞎了。

众人转过来之时,早已见到一只秃鹰在钗儿头上盘旋,秃鹰奇大,全身皆秃,只有翅膀上有黑毛覆体,相貌极是丑陋,可凶猛无比,起落如电,矮汉是他们这群人中武功最高的一个,竟然丝毫闪避不开,被啄瞎了一只眼睛。

众人正自惊疑不定,钗儿又是"唿哨"两声,秃鹰双翅展开,带着两股劲风,身形如电,疾向众人扑去。

秃鹰乃是肖世平驯的天下罕见的奇禽,狮虎猛兽见了它犹自畏惧,这些人武功虽高，却哪里及得上狮虎的矫健灵活？

秃鹰瞬间连啄十人，其中八人眼珠被啄瞎，捂脸痛叫，另两人躲得稍慢一拍，一个脑门上被啄了两个血洞，一个鼻子被啄没了。

其余几人见秃鹰这等威势，无不胆寒，他们一行二十几人，被钗儿毒毙六人，被秃鹰啄伤十一人，其余六七人中有两个掉头便跑，还有四五个人将手中刀剑舞得如同陀螺一般，幻成一道光幕，护住自己的头脸，像个表演杂技的人，站在那里独自舞着。

秃鹰在外圈飞旋，寻隙进去，那边的葛阎王与游云龙在激斗中，听得这边惨叫不断，心中恼火万丈，虽在全力攻守之际，仍是缓出眼来看一下，这一眼看去，不禁又惊又怒，喝道："你们在划你妈个头，将那魔女杀了！"

他这一看，就分了心，右边防守露出空隙，被游云龙嗤的一剑刺在腿上，总算他肌肉一紧，剑锋入肉不深，可纵跃之际再也不能像先前那样灵便。

几个独自舞着圈的蒙面汉，听到葛阎王呼喝，心中一凛，停下划圈，当下强自支撑，纷纷打出暗器，分上中下三路，直向钗儿袭来。

钗儿连忙挥动双袖，身子一动，腿上的伤口又是隐隐作痛，一枚弩箭射在她的右臂上。

她强忍痛楚，嗯哨一声，秃鹰掉转头来，向几个打暗器的蒙面人飞扑过去，那几人已是惊弓之鸟，一见到秃鹰的影子，就四散而逃，其中一人跑得急了些，绊在一块石头上，腾身飞出，头下脚上，栽入河中的淤泥里。

秃鹰赶跑了这几个人，那脑门和鼻子被啄的人一甩手，打出了两三种十几枚的暗器。

钗儿眼见十数枚暗器犹如飞蝗呼啸而至，自己行动不便，势难尽数挡开，不由得心底一惊，但又怕叫出声来，使游云龙分心，只有闭目待死。

秀目一闭，只听耳边"叮叮叮"一阵乱响，无暗器打在自己身上，她睁开眼睛，只见游云龙魁梧的身躯立在自己身前，却不看自己一眼，手中长剑舞得甚急，正与葛阎王狠斗，右腿上一道伤口有三寸多长，深可见骨，鲜血淋淋而下，她见游云龙受伤不轻，禁不住"呀"的一声叫了出来。

原来，游云龙虽与葛阎王一招一式斗得难解难分，但他心里记挂钗儿，关注钗儿这边的安危，见钗儿身陷险境，大惊之下，忙连刺三剑，将葛阎王逼退，飞身过来，将十几枚暗器尽数击落。

他虚晃一招，飞跃到这边，那葛阎王也如影随形，跟了过来。

游云龙拨打暗器之际，眼见葛阎王钢钩向自己右腿点来，急忙向内收回半尺，料想看清了葛阎王的出手角度，自己尽可避开这一点，哪知葛阎王力道明明用尽，"当"的一声，竟从钩端弹出一支半尺长的短剑，直扎过来。

这一下来得太突然了，高手过招，一丝一毫都在算计之中，所谓"毫厘见凶险"，游云龙怎么想得到他的钩上另有机关，事出突然，避开已是来不及了，危急之中，将腿一侧，避过了短剑的正锋，免了被洞穿之险，却被短剑的偏锋一拖一带，划了一道深深的伤口，刹那之间，腿上奇痛，竟是伤得不轻。

葛阎王行动成功，心中大喜，没想到自己请高手匠人，在双钩上装上机关，取得意想不到的效果。

游云龙受伤之后，身体不灵便，剑势却更加凌厉，像要拼命一般，他清楚今天只有豁出去了，否则不仅是自己，连钗儿都要遇惨。

而葛阎王嘿嘿冷笑，只是展开身法，左封右挡，守紧门户，只是游斗，而不进攻，他有他的算盘，他想让游云龙缓不出来手包扎伤口，自然就会失血过多，到时还不手到擒来？

这其间的关节利害，用心险恶，游云龙浑然不知，只知硬打硬拼，而钗儿在一边却是了然于胸，当下撮唇嗖哨，秃鹰听见主人的召唤，舍下那几人，黑影一闪，向葛阎王扑去。

秃鹰如一支黑箭凌空下击，葛阎王大惊失色，他见过秃鹰的厉害，自己带来的二十余人都是精心挑出来的，各有绝艺，纵使遇到顶尖高手，也可周旋一阵子，哪知被秃鹰弄得溃不成军。

所以见秃鹰来攻，忙双钩连扫，将秃鹰飞来的路尽数封死。

游云龙瞅出破绽，当胸一剑刺出，这一剑迅疾无比。

葛阎王身形一侧，只觉得肋下一凉，被长剑划了一道口子，冷汗一流，心想：只要慢了半拍，自己便是开膛剖肚了。

葛阎王身子后仰之际，突然将左手的钢钩奋力掷出，游云龙没想到他会将自己的兵器扔出来打人，急切中横剑一封，"当"的一声，不觉手臂一热，葛阎王全力一掷，力道竟是奇大。

葛阎王趁这一瞬间，双足运力，向右奔出，口中叫道："你们缠住他。"

站在一旁的蒙面大汉，余悸未消，虽见领头的人落荒而逃，却知不听命令的后果，不敢不从命，当下一拥而上，向游云龙攻来。

葛阎王奔出几步，见游云龙被缠住，心中一喜，右手一招，一根雪白透明的丝绳向钗儿激射而出，已将钗儿纤腰缠住。

这丝绳乃是取天山冰蚕所吐的丝编织而成，坚韧无比，又是通体晶亮，旁人看来，宛如他有妖法一般，手一招便将人缚住了。

钗儿惊呼一声，身不由己地向葛阎王飞去。葛阎王一手挟着钗儿，一手迅疾点了她的几处穴道，一言不发，撒腿就跑。

游云龙大急，当下几剑，与他对战的几人有两人被插正胸口，有三个被点中咽喉。游云龙拔身而起，向葛阎王追去。

葛阎王挟着钗儿跳跃急纵，游云龙轻功虽独步天下，但腿上受伤，追了一炷香的工夫，那葛阎王钻进了一片松林，三绕两绕就不见了。

天上的黑箭似乎也失去了目标，惊叫几声，在树林上空盘旋，那葛阎王像突然钻入地下，瞬间消失了。

游云龙急叫道："钗儿，钗儿。"可只听见松涛阵阵，哪里还有回音。

突然，黑箭一声鸣叫，向另一个山坡疾飞过去，游云龙心中一喜，也向前疾奔，刚一起步，突然听到头顶上传来"嗤"的一声冷笑。

游云龙一惊，举目上望，见松树的树杈上坐着一位红衣少女，正笑吟吟地看着他，一双红色的绣花鞋，正一晃一荡，悠悠不止。

那红衣少女见游云龙愕然的样子，咯咯笑道："游公子，看你急得那样子，所谓旧的不去，新的不来，天下小妹妹多得是，去了一个，还有我呢。"

游云龙心头一震，喝道："妖女！"他已听出这红衣少女正是和许青以姐妹相称的妖女柳雪！

红衣少女既然在此现身，飞天夜叉和许青极可能就在附近，游云龙心生戒备，向周围游目一匝。

柳雪见他警觉，娇笑道："游公子，你怕什么，这儿只有我一人，许姐姐他们早走远了。"

游云龙松了一口气，怒道："我要走了。"他心急如焚，拔腿向前追去。

谁知红衣少女比他还快，从松树上俯冲下来，身若飘风，挡住了游云龙的去路。

游云龙大喝一声，道："滚开！"手中长剑疾刺而出。

柳雪柳眉一竖，蓦地，足尖点地，就地铲起一大片砂石，挟带劲风，有如千百道暗器，直向游云龙面门击来，同时，红影扑上，手中小剑"嗤嗤嗤"连发三招，快得异乎寻常。

游云龙骇然一惊，没想到妖女虽妖，但武功却是极高，忙闭紧双目，凭着内力深厚，感知她的小剑来路，手中长剑凌空一挑，所指之处，正是红衣少女的小腹。

柳雪见他出剑又快又准，正指向自己的空门，忙身子后倾，向后倒纵。

游云龙身子一拔，向松林深处跃去，头也不回，在松林里疾纵而行，心里着急钗儿，使尽了浑身解数，一会儿，就风驰电掣出了松林，突然眼前红影一闪，柳雪竟含笑斜倚在一棵松树上，笑道："游公子，你才来呀！"

游云龙心惊不已，自己的"凤舞九天"轻功可谓独步武林，难道这妖女真的有什么妖法？竟赶在自己前面，不由心头一沉，顿住脚步，冷冷问道："你究竟想怎么样？"

柳雪向他抛了一个媚眼，笑道："你真傻，人家早就将你那宝贝妹妹抓走了，你就是飞毛腿，现在也赶不上了。"

游云龙心中一动，说道："你们是一伙的？"

柳雪笑道："什么一伙的两伙的，我跟他们可不相干，我在这里是专门等游公子的，游公子，你不喜欢姐姐？"说着，款摆腰肢，伸出手指，便扯游云龙的衣襟。

游云龙错身倒跨一步，怒道："妖女，请自重点，不然……"

话还没说完，柳雪不知怎地，手中多了一块红巾，迎风向游云龙一抖，妩媚笑道："不然你就要怎么了，游公子……"

红巾扬起，一缕异香扑鼻，游云龙忙闭住呼吸，但已迟了，脑中一阵晕眩，"扑通"一声，人就倒下。

柳雪一声冷笑，移步上前，素手疾点了游云龙胸前三处要穴，然后轻舒粉臂，抱起游云龙，退身沿松林向北而去。

她身法奇快，不到一顿饭的工夫，便已到了一个荒凉的小山坡上，山坡后茂林掩遮，有一栋简陋的茅屋，此处四野空寂，不见人烟。

柳雪抱着游云龙闪身到茅屋后面，茅屋的后面有一个石洞，石洞下面是一个石窖，石窖里甚为干燥，空荡荡的，里面铺着干草。

柳雪将游云龙放下，凑过樱唇，在游云龙脸上亲了一口，笑道："游公子，你先委屈一下，我去去就来，等会姐姐就让你欲仙欲死。"说完飘身又出去了。

游云龙心里气苦，无奈穴道被制，靠在石壁上，默然想着心事。

不知钗儿现在在哪里，想钗儿那张天真活泼的笑脸，狡黠，黑白分明的大眼睛，以及对自己的情深意重，一颦一笑，时而娇憨洒脱，刁蛮伶俐，但使人倍增爱怜，时而语重心长，义正词严，令人钦佩，可却被人掳去，那些蒙面人真的是慕容府的人吗？他们的目的又是什么？

正忧心忡忡，胡思乱想之际，忽听有人欣喜叫道："游公子！"是个女子的声音。

游云龙一惊，侧头望去，见石窖的暗角坐着一个青衣公子，游云龙在黑暗中视物如白昼，只是没注意到，凝目一看，那青衣公子竟是女扮男装的小红，脱口惊问道："你怎么在这里？"

小红低声道："谁知道，我是和小姐出来追你的……"

游云龙惊道："追我？"

小红道："是啊，那晚小姐命我到房中叫你，你突然不见了，小姐就命我和她一齐追你，可一路上没见你的行踪，叫婢子向附近人家询问，谁知里面住着那红衣妖女，将我擒住，公子你是……"

游云龙不答，问道："你家小姐追我干什么？"

小红突然扭捏起来，说道："我这做婢子的怎么知道，只知小姐得知你不辞而别，非常着急……"

游云龙不明所以，心烦意乱。小红道："游公子，那红衣妖女是什么人物？"

游云龙道："她们是莲花教的，专捉会武功的青年男子，练一种功夫。"

小红奇道："怎么练?!"

游云龙不耐烦道："这……反正他们使的全是邪魔歪道……"

小红脸一红，已然知道，喃喃道："怪不得，也许那妖女看走眼了，所以将我抓来了……"

游云龙突然问道："你家小姐出来追我，是不是被慕容舒畅派出来的？"

小红杏眼一圆，说道："你这是什么意思？我家小姐是偷偷跑出来的，冒这么大风险，还不是担心你？听你的话，好像我家小姐对你有什么不对，哼！"

　　游云龙一时哑然，小红又道："我家小姐一向和她哥哥不和，经常怪慕容公子行事太不择手段，为了这事，和她哥哥还吵了好几次，上次听她哥哥讲，说那肖姑娘是你父亲仇人的孙女儿，且心黑手辣，但小姐说肖姑娘是个重情的秀外慧中的好姑娘，见你不辞而别，就担心你出事，所以就……没想到你好心当驴肝肺了。"

　　游云龙心中一荡，歉然道："是我错怪了你家小姐。"于是将路上碰到的黑衣蒙面人以及自己的怀疑简略地说了一下。

　　小红惊道："有这事？这我也说不上，慕容公子不应该，也没理由这样对你，他虽然近些日子行为有些怪异，但慕容世家可是名门正派的武林世家，不会干出这等下流的蒙面勾当。"

　　游云龙叹道："这事以后可慢慢查明，只是现在我们穴道被制！"

　　小红默然良久，突然说道："有了！"但旋即又失望地垂下头。

　　游云龙忙道："姑娘想到了什么方法？"

　　小红怯生生地道："公子可听说'渡气解穴'的方法？"

　　游云龙摇摇头，小红低头道："渡气解穴，是聚两人功力，使血气逆转，解穴，只是必须……必须两人以口相接，互引内力。"

　　游云龙一想，这方法是好，但却是不妥，一男一女口对口，但此时已顾不了那么多，说道："只要能行，小红，我们就不要忌讳这么多了。"

　　小红低声道："公子，那就……别怪婢子不敬了。"

　　说着移身坐在游云龙的面前，游云龙道："你就别作他想，我们脱困要紧。"

　　小红犹豫了半晌，才将两片灼热的樱唇贴了上来。

　　刹那间，一股无形的热流，从这一边，流到那一边，尽管两人心中都坦纯得有如一张白纸，但本能的感觉，却又是那么奇特，那么玄妙……

　　约摸一炷香的工夫，游云龙血气顺畅，穴道已解，心中大喜，忙伸手解开小红的穴道，一拉小红的手，低喝道："走！"

　　两人刚出窖门，突见一条白色的人影闪入，白影快捷无比，陡见两条人影，也不由一惊，忙闪身钻进另外一个石窖。

　　紧跟着三人又闪身而进，一按机关，嘭的一声，厚达一尺有余的铁门落下，将那白衣人关进地窖里。

游云龙一下子眼花缭乱，他瞥见刚进来的白衣人依稀是慕容夜月，而后面的三人赫然是飞天夜叉三个妖女。

飞天夜叉站在门口怪笑道："嘿嘿，你们终于全部落网了，放长线钓大鱼，没想到一网打尽。"一红一黑两个妖女站在她的身侧。

游云龙拔剑在手，低声对小红道："刚才是你家小姐，我拼力挡他们一阵，你快放人。"

小红惊道："小姐?!"

柳雪见小红的样子，大惊，冷笑道："老娘阅人无数，这次可看走眼了，原来是个雏儿，厉害，竟解开了老娘的独门点穴手法，现在想走，怕是迟了吧。"

说着三人成弧形拦在石洞门口，游云龙审时度势，知道今天只有以死相拼了，一握小红的手道："小红，别怕！"说着将九龙剑递给小红。

小红接过短剑，低头一看，脸色大变，急声问道："公子，你这剑是从哪里得来的？"

游云龙没想到在这关键时刻还问这些不要油盐的问题，说道："是我家传的。"

小红道："这剑我见过……"

游云龙一惊，这可稀奇古怪，小红怎见过父亲的至爱兵器？正待相问，飞天夜叉哈哈冷笑道："你们不要白费心机了，青儿、雪儿，快去石窟，将那慕容丫头捉住，这两个就由老身打理，嗯，孙猴子还跑得过如来佛的手掌心！两次让你逃脱，可事不过三。"

话一说完，飞天夜叉钢拐一顿，身子飞起，持拐向游云龙砸下。

游云龙举剑上撩，对小红道："截住两个妖女！"

飞天夜叉钢拐到中途，微微一晃，钢拐已化出两个拐影，再一晃，二变四，四变八，已是漫天拐影将游云龙罩住。

游云龙大喝一声，长剑平胸疾刺，这一刺正是拐影的空隙之处。

小红已和两个妖女交上了手，霎时间，五条人影乍合又分，宛如绽开的烟火。

飞天夜叉只觉钢拐一滞，拐影再也幻化不出，不由一怔，怪笑道："好小子，几天不见，你功力又精进不少了！"她嘴上说话，可手上一点也没缓下，钢拐一抖，向游云龙直戳而来。

游云龙脚下一错，迅疾无比地从拐下穿过，反腕出剑，刺向飞天夜叉的后背。

飞天夜叉滴溜溜一转身，但游云龙的身法更快，忽然在前，倏又在后，飞天夜叉如浑水中捉泥鳅，费了九牛二虎之力，连游云龙的衣角都没沾到。

飞天夜叉大吼一声，钢拐如狂风暴雨，劈头盖脑地向游云龙打来，霎时狂风飞卷，尘土四扬，可游云龙在钢拐之间左穿右插，游刃有余。

你想，飞天夜叉虽然招式威猛凌厉，迅快绝伦，可与漆黑石洞里的一千条流星锤相比那就太小意思了，游云龙不怕人快，就怕你内功太高，根基太好。

飞天夜叉出招再快，在他的眼里都缓慢平常，破解虽不能，但避开却十分容易。

不一会儿，飞天夜叉累得有些气喘，而游云龙却是越战越勇，循机陡然刺出一剑，飞天夜叉时时弄得手足无措，虽然有惊无险，但已是极为狼狈。

小红力战许青和柳雪，竟然丝毫不露败象，三把长剑银光上下飞舞，杀得难解难分。

柳雪见两人斗慕容家的一个丫头，都久敌不下，不由大怒，沉声道："青姐姐退后，让我一人来收拾这小丫头。"

许青虚晃一剑，折腰闪退，柳雪左手一扬，一蓬碧绿色的毒砂脱手向小红疾射而出。

毒砂遇风化作一缕轻烟，小红见许青退后，就心里暗生警惕，见柳雪探手入怀，以为要发射什么暗器，谁知竟是一缕轻烟，烟色碧绿，小红顿感不妙，仓促之间已经来不及闪让，只得推掌打出一股掌风，翻身后纵。

可当她离地才五尺左右，那轻烟已漫涌，从脚下飞过，只觉得小腿一阵麻痒，半个身子顿时动弹不得，跌落在地。

游云龙这边遥遥望见，虎吼一声，长剑急攻，没头没脸地向飞天夜叉刺去。

飞天夜叉见游云龙招式突变，大惊之下，退了几步，游云龙仰身倒射，掠到小红身边，反手一抄，将小红抱在怀里。

小红呼吸急促，脸上发黑，足见那毒砂上的毒何等厉害。小红喘息道："公子，剑还给你了，我……我想起来了，这剑我是在慕容府里看见的。"

游云龙此时哪还有心思关心剑的出处，连点了她心胸三处穴道，制止毒气上行，小红微微一笑，说道："游公子，我不要紧，但我必须告诉你，我家小姐自从第一次遇上你，就喜欢上了你，为了你，她已作出了很大的牺牲，今后你一定要保护好她……"

说着十指渐松，鼻息亦止，一缕芳魂，早已飘然而逝。

游云龙抱着小红的尸体，木然而立，脸上没有一丝表情。

三个妖女见他如此神情，感到有一股无形的压力。

愣了半刻，三个妖女不明所以，柳雪冷笑一声，说道："这小子在故弄什么玄虚，八成是疯了。"

游云龙充耳不闻，依然木然而立，柳雪忍不住，纤腰一扭，身形暴起，五指疾点游云龙颈下的"玄门"大穴。

就在柳雪指尖刚刚触体，游云龙暗运内力，将"玄门"穴道，突然向下移动了一寸三分。

仅此分寸之差，柳雪哪里知道，见自己一指点中，心中不由大喜，游云龙故作身躯微震，脚下有意前跌两步，双膝虚软，似要摔倒，柳雪弯指为爪，就要去抓游云龙，游云龙左肘飞出，以迅雷不及掩耳之势向她肋下撞去。

这一下太突然了，大出柳雪的意料之外，等发觉已贴身很近，哪里还能闪避得开，只听得她闷哼一声，娇躯直被游云龙震飞到一丈以外，砰然摔落地下，一口鲜血喷出。

游云龙见偷袭成功，一声长啸，身形如电般向外冲出。

飞天夜叉和许青同时发出一声惊呼，两条人影疾然分开，一个奔柳雪，一个紧追游云龙。

飞天夜叉怪叫一声，情急之下，钢拐脱手对准游云龙背心疾飞而去。

游云龙抱着小红，反手一抄，竟在空中一个翻转，如一只大鹰，突又回来，贴地一个翻滚，将铁门的铁栓拔开，慕容夜月从石窟里冲出。

慕容夜月一见情景，就明白发生了什么事，身形一转，挺剑迎了上去。

飞天夜叉见游云龙逃走，就急追而出，可没想到游云龙又飞扑回来，微微一怔之下，忙又如鬼魅，掠奔回来，双掌疾沉，一股排山倒海似的掌力，直压向他的背心。

慕容夜月见游云龙危险，想也不想，就挡在游云龙的背后，一剑刺去。

飞天夜叉一惊，忙收掌一侧，险而又险地避过这一剑，慕容夜月哪容她轻易逃出这一剑，一提气，身子如影随形，长剑再刺，飞天夜叉身子还未站稳，再也不能侧身，只得怪啸一声，向一旁急纵，慕容夜月拉着游云龙的手，娇喝道："走！"

两人飞身而去，一阵狂奔，到一小坡上才停了下来，三个妖女并没追过来，两人不由松了一口气。

慕容夜月娇喘微微，香汗细细，这才看到游云龙怀里抱着小红，急声道："小红怎么啦？"

游云龙垂首道："她已……"

慕容夜月身子一颤，接过小红，颤声道："小红，是姐姐害了你……"

两人将小红埋在小山坡上，坐在小红的坟前，默然无语，谁也不说话，看着红日慢慢落下西山……

两人只觉得有许多话要说，比如慕容夜月想知道游云龙为何要不辞而别，要到哪里去，游云龙心里也想知道慕容夜月怎么会找到这里，那九龙剑是怎么回事，难道慕容府里也有一把一模一样的剑？但两个人谁也不开口，似乎觉得开口说话是多余的一般。

慕容夜月站起身，向小红的坟墓深情地望了一眼，淡淡地说道："我们走吧！"

两人到了青石镇，已是华灯初上，两人一前一后，像两个哑巴似的，走进了一家客店，慕容夜月要了两份菜，两人无言地坐下，从窗户往外看，只见街上甚为热闹，人来人往的，可奇怪的是，街上走的十有八九都是叫化子，还有许多叫化子坐在街边，几乎满街都是。

难道丐帮出了什么大事？怎么会有这么多乞丐云集在这小镇上？韩伯伯会不会在这里？

游云龙想到韩天乞，心中就升起了一阵暖流，想着，小二已将酒菜送了上来，慕容夜月始终没说一句话，两人喝了一阵闷酒，慕容夜月一杯接一杯地喝。

游云龙大骇，一个女孩子怎么这么能喝酒？两个人你一杯我一杯，不一会儿，就将一壶酒喝得点滴不剩，慕容夜月双颊酡红，手一招道："小二，再来一壶酒。"

游云龙见她醉态朦胧，忙扶住她，说道："慕容姑娘，你不能喝了，就别喝了。"

慕容夜月一挥手，道："谁说我……我不能喝，我还要喝……小二，拿酒来……"话还未说完，就趴在桌上睡着了，口里含含糊糊地道："小红……小……红，姐……姐……害了你，你……游大哥……我是不是……很讨厌，你为什么不和我说话……"

游云龙道："慕容姑娘，我是见你心情不好，就没和你说话。"

可慕容夜月却没接话，已睡着了，游云龙黯然叹了一口气，将慕容夜月扶进房里，放在床上，为她盖好被子。烛光下的慕容夜月双目紧闭，一片恬淡的明丽，游云龙不由看得出神，在床边呆坐了许久……

忽然听到街上传来一阵人声嘈杂之声，像在赶什么集会，打开窗户一看，只见许多乞丐成群结队，向东南方向而去。

游云龙看了一眼熟睡的慕容夜月，穿窗而出，将窗户随手关上。

等游云龙到了街上，突见街上冷冷清清的，刚才还满街的乞丐，居然全都销声匿迹，不知躲到哪里去了。

正在惊诧间，遥见一条僻静的横街上，似有人影一闪而逝。

游云龙身形疾转，如飞追进横街，夜色中果见一个中年叫化子正急急向镇外而去，中年叫化子背上背着三只布袋，似乎觉察到身后有人，等游云龙跟近，突然一转身，手中的打狗棒疾点游云龙的腹部。

游云龙小腹一缩，左掌下探，迅捷地拍在那叫化子的手腕上。

叫化子哼了一声，松手弃杖，掉头就走，游云龙哂然一笑，遥遥地跟在后面，凝目远眺，只见那叫化子身形疾走，穿越田野，向一座破落的庙中跑去。

游云龙连忙伏腰疾驰，人如流星划空，那叫化子才进庙门，游云龙紧跟着窜入了庙侧的一片竹林中。

从破墙的缝中向里一望，破庙甚大，里面密密麻麻地坐着几百名叫化子，四周点着火把，将破庙里照得如同白昼，数百名叫化子寂然无声，里面静悄悄的。

大殿的前端略高，上面坐着三个蓬头乱发的老叫化子，背上都背着八只袋子，显然这三人是丐帮的八袋长老，三人双目神光灼灼，一看就知道是内外兼修的武功高手，三人脸上都显焦急之色，大殿里气氛甚是压抑。

刚和游云龙交过手的三袋叫化子正躬身站在三位八袋长老的面前。

中间一位八袋长老听了那叫化子的禀报，脸色微微一变，说道："你看清那人的衣着形貌了吗？"

那三袋叫化子垂手道："弟子在黑夜中仓促间未及细看，那人年纪不大，但他身法迅捷非常，一掌便拍落弟子的打狗棒，武功只怕不弱！"

中间的八袋长老沉吟了一会儿，又问道："你脱身后，是直接到这儿来的？还是兜了一圈才来的？"

三袋叫化子道："弟子是直接……"

中间的八袋长老沉声喝道："好糊涂的东西，你这不是存心将敌人引到这里来的吗？"

三袋叫化子连忙跪下，说道："弟子该死！"

左边的八袋长老淡然笑道："任长老也不必过于责备他，反正今晚难免一场血战，是福不是祸，是祸躲不过，黄三品，你去看看外面的动静，小心戒备。"

三袋叫化子一叩首，道："谢桑长老！"说着躬身退出。

游云龙忙身子一纵，抢先掠过破墙，疾步转过大殿，缩身藏在后殿一些破落神像之间。

还没藏好身，突听"沙"的一声轻响，后殿的院落中，已昂然挺立着一条黑影。

那人穿着黑色夜行衣，三十岁左右，身材魁伟健壮，目光锐如利刃，虽在黑暗中，也可看出他眼中，充满了阴寒、冷酷的光芒。

从来人的衣着和神情看，不应是丐帮中人，但他从容不迫地在丐帮弟子的环护之下掠过破庙，这份功力，的确了得！

游云龙藏身一尊神像背后，见那人旁若无人地走了进来。游云龙心里一慌，瞥见身边有一个空着的石墩，灵机一动，连忙蹲了下来，学着旁边泥塑神像的模样，惟妙惟肖。

游云龙刚刚坐好，那黑衣人就走了进来。

他目光一扫，竟没看出来，可出人意料地，他突然身形一纵，上了神台，竟然也学着游云龙的模样，找个空位子坐了下来。

游云龙运起"龟息神功"，像个冬眠的动物，没一点声息，可奇怪的是，那人也声息全无。

两人都静静地坐着，谁也没动一动，那黑衣人端然正坐，似是在调息养神。

这一来，可就苦了游云龙，因为他匆忙扮演神像的姿态，动作难度较大，一只手歪举上方，一只手斜指下方，是蹲在石墩上，可又不能变换姿势，只要一动，就可能被黑衣人发现，可那黑衣人却可以擅自变换姿势，他压根就没想到这里还有另外一个。

游云龙手足酸麻，心中焦急万分，但又没办法，只得学着神像的模样傻傻地作出一个古怪的姿势，苦苦支撑着。

突然，旷野中传来一声长啸，这长啸内力悠长，有如龙吟，游云龙暗道：这是谁？有这般惊世骇俗的功力！

啸声一歇，大殿上群丐轰动，有人说道："帮主到了！"

游云龙骇然一惊，心道："韩伯伯来了！"

好快，一个念头刚闪过，沉重的脚步声已到了大殿的门口，群丐齐声高呼道："参见帮主。"

来人朗声道："你们都在这里？可有什么消息？"

姓任的八袋长老答道："他们还没露面。"

游云龙心差点跳出来，来的不是韩伯伯是谁？他真想大叫一声，扑进韩伯伯的怀里痛哭一场，将心里的委屈说给韩伯伯听，但此时形势危急，好奇心促使他看看将要发生什么事。

韩天乞大声道："唉，想不到丐帮有恩于他，他却恩将仇报，看来今晚血战是在所难免了。"

桑长老道："帮主，那小子生性偏激，而且武功高绝，终将是武林祸害，我们要不要为武林除害？"

韩天乞沉吟了一会儿道："他也有他性情偏激的原因，不能一棍子将人打死。"

韩天乞一来，那黑衣人似乎大为紧张，敛气屏息，正襟危坐，如临大敌。

突然，听韩天乞哈哈大笑道："可是追魂血手？已经到了，为何不进来。"

游云龙吓了一跳，想自己运了"龟息神功"，别人是绝对发觉不到的，难道那黑衣人叫追魂血手？可他也没一点声息呀。

正自诧异间，突听大殿前一人嘿嘿冷笑道："韩帮主，佩服佩服，三更已到，吴母听你的答复！"

韩天乞道："只你一人来？"

刚说话的人，声音像是从死人墓里发出的，听了使人感觉冰冷如铁，他说道："难道这还不够吗？"

韩天乞道："只怕你也太托大了。"

那冷冰冰的声音道："我不相信名震江湖的丐帮帮主会以多胜少。"

韩天乞哈哈大笑道："吴母，你号称追魂血手，杀人不眨眼，手段残忍，为恶武林，我老叫化子早就想会会你。"

游云龙心想：哪有人叫吴母的？追魂血手这名字听起来就残忍，不知是什么样的人，肯定是个十恶不赦的杀人魔头！

吴母冷声道："这就叫英雄所见略同，我也和韩帮主有相同的想法。"

只听桑长老怒声喝道："你奶奶的，你是什么东西，你怎么能和我们帮主相提并论。"

吴母嘿嘿冷笑道："只听说桑长老是个有名的火爆脾气，人称'三板斧'，看来传言不虚。"

韩天乞大声道："今晚之约原是老叫化子和夺命狂人吴父约的，他为何不来？"

游云龙心想：这名字怎么这般怪法，一个叫吴父，一个叫吴母，难道是兄弟两个？就算兄弟两个，也不应该取这个名，因为吴父、吴母听起来就是没父没母的意思，这不是在骂自己吗？

吴母道："他已经来了！"

话声一落，游云龙只觉身侧风声飒然，那藏匿后殿的黑衣人，仰身侧纵，飞一般蹿上了屋顶。

他脚尖刚落瓦面，暗影中已有两名叫化子疾闪而出，喝道："什么人?!"喝声中，两条打狗棒拦腰扫到。

黑衣人仰面狂笑，双臂疾张，竟硬生生地接住两条打狗棒，向怀里一带，十指反扣，一把抓住两名丐帮弟子手肘，上臂一扭一送，那两名弟子同时发出一声惨叫，身躯被高高抛起，直飞三四丈，才重重摔在地上，动了两下，竟已气绝。

这时候，三袋叫化子黄三品暴喝一声，凌空扑到，手中打狗棒一招"棒打狗头"疾点黑衣人头部。

黑衣人左掌一拍，右手闪电般抓出，只一绕，已将黄三品的打狗棒抓住，左掌横拍，嘭的一声，正拍在黄三品的左肩上。

黄三品哼了一声，打狗棒被黑衣人夺去，踉跄退了三步。

黑衣人手腕一抖，打狗棒竟自断成数截，冷冷说道："你还不够资格和我动手！"

冷冰的声音和追魂血手如出一澈，听得人心里发毛。

群丐没想到夺命狂人已在大殿之后，全都轰然一动，只见棒影晃动，呼啦一下，将后院给围住了。

两人一样的身高打扮，一样冰冷的神情，傲然而立，韩天乞持着打狗棒当中而立，魁梧的身子像一座小山，神威凛凛，有若天神，朗声说道："吴父，你俩在衡阳和九江对我丐帮弟子下毒手，这究竟是什么原因？"

吴父冷声道："韩天乞，你和游明宇上演的好戏，竟一下瞒了我二十年，哼，天下丐帮弟子都是我的仇敌。"

游云龙心中大震，游明宇，我爹爹，这吴父和爹爹之间可有什么恩怨？游云龙大为惊诧，屏声敛气，躲在后殿里大气都不敢出。

吴父的话刚一说完，桑长老怒声喝道："你这个畜牲，当年帮主为了你，几乎踏遍了三山五岳，没想到你竟这般忘恩负义。"

韩天乞道："桑长老，这话你就不用说了，任何事情不是无中生有的，肯定是事出有因的，你就让他说吧。"

夺命血手吴父冷笑一声，道："韩天乞，你不要在这里假惺惺的，我所做的一切，就是要你出面！"

韩天乞不由怒道："我老叫化子含糊过谁来，你要我老叫化子出面，只要说一声就行，为何要滥杀无辜？现在我就在你面前，有什么事，你就直说吧！"

吴父冷冷地道："我只是想问你，我母亲是怎样死的？"

韩天乞心中一怔，说道："那时你已有九岁了，你应该知道，你母亲是病死的。"

吴父突然冷嗤一声，叫道："不，这不是真相，不错，你和游明宇一直在骗我。"

韩天乞道："这是天下武林众所周知的事情，我和你父亲怎会骗你呢？"

吴父道："我母亲那么善良，那么美丽，怎么会死呢？分明是张芬吉那贱人害死了她，原来你和游明宇串通一气，隐瞒真相，让游明宇和那贱人结婚……"

韩天乞大怒，喝道："畜牲，这是谁告诉你的，你怎么这样说你爹？"

"哼，在我心中，我早就没有这个爹了，我现在改名吴父了。"吴父不为所动，阴森森地说道。

游云龙头轰的一下，再仔细看一眼吴父，见他眉宇之间，依稀有父亲的模样，这就是他同父异母的哥哥么？手心紧张得冒汗！

韩天乞淡淡说道："好，很好，吴父，你今天约老叫化子出来，就是为了这事？"

这时和吴父并肩而站的吴母冷声说道："今天我们兄弟俩来，主要是会会韩帮主的盖世神功!"

韩天乞突然牛眼一翻,大喝一声:"游飞鸿,念在你对亡母情深,性情偏激,才做出许多糊涂事来,没想到竟身入魔教,带他们围攻丐帮,你这般正邪不分,韩天乞岂能容你!"

吴母嘿嘿冷笑道:"韩帮主果真了得,既然韩帮主已知道,大家伙就出来见见韩帮主!"

话声一落,突然,破庙的竹林中忽的一下冒出几百只火把,火把下人头攒动。游云龙心里骇然,这么多人隐身在竹林间,我怎么一点也不知道,这些人都是魔教的人吗?这游飞鸿是自己的哥哥,韩伯伯待自己恩重如山,我该怎么办?

三个八袋长老突见冒出几百名魔教弟子,大惊之下,纷纷操起打狗棒,严阵以待,韩天乞手一挥,沉声道:"既然你们是有备而来,今天我老叫化子就满足你们的心愿,来吧,你们俩一齐上吧。"

吴父和吴母两人对望一眼,挥剑而上,两人一左一右,向韩天乞疾刺而来。

韩天乞打狗棒一抖,使了一个"粘"字诀,已无声无息地搭在两只长剑的剑身上。

两人剑上发出呼啸的劲道,宛如泥牛入海,不知哪里去了,大惊之下,加推了三层力道,可韩天乞犹如一座大山,纹丝不动,绝不撼动半分。

两人大惊,欲待擎剑重发,哪知长剑竟如生在打狗棒上一般,无论怎样用力,也挪不回半分。

韩天乞见吴父头发散乱,面目狰狞,虽然可憎,却又是狼狈之极,不由得微生怜悯之意,心念动处,将右手猛地一松,口中喝道:"给你!"

两人正拼死回夺,没想韩天乞突然撒手,全然出乎两人的意料,"砰砰"两声,两人向后翻倒,各喷出一口鲜血。

两人在地上一撑,腾身而起,三个八袋长老也跟着猱身而起,喝道:"小畜牲,想跑!"

一只夜鸟从三人头顶疾飞而过,只听一声"打",数百道风声从竹林里激飞而至。

三大长老真气贯满全身,如同生了翅膀一般,空中左一兜,右一折,竟然矫变如意,落下地时,各自破袖一拂,"叮叮当当"一阵乱响,正是暗器落地之声。

同时身后传来十几声惨叫，接着"扑通扑通"数声，十几名丐帮弟子先后扑地，抽搐数下，便即不动。

　　韩天乞一声虎吼，大步向竹林扑去，一个碗大的枪已迎面而来，韩天乞略一侧身，手中的打狗棒自枪杆疾划而下，那人见棒来得如此快法，吓得灵魂出窍，连忙撒手扔枪，翻了过去。

　　可人在半空中，只觉"肩井穴"一麻，人已从空中跌了下来，韩天乞打狗棒一挑，那人庞大的身躯竟像捆稻草一般，向后疾飞，任长老打狗棒一伸，将那人接住，点了穴道，放在地上。

　　韩天乞如一头下山的猛虎入无人之境，一晃身子，又钻进竹林，手中的打狗棒左挑右打，只听见惨叫连声，已有十几人纷纷倒地。

　　吴母急叫"撤！"霎时间一百多名黑衣人逃得无影无踪。

　　三大八袋长老正要纵身追去，韩天乞道："不用追了，让他们去吧！"

　　韩天乞昂然走进后殿，突然右手一探一扫，打狗棒竟向躲在暗处的游云龙疾点而来，原来游云龙见魔教中人突然袭击，又突然雀散而去，心中大是不解，又想不到竟在这破庙中遇到自己的哥哥游飞鸿，心神激荡，竟忘了运"龟息神功"，被韩天乞发觉，大惊之下，忙身子一侧，向一边飘飞而去。

　　韩天乞跟身而进，打狗棒一晃，已将他去路封住。

　　游云龙身子在空中一折，再次翻转，韩天乞"咦"了一声，沉声喝道："谁?!"

　　游云龙忙道："韩伯伯，是我游云龙！"

　　韩天乞一愣，喜叫道："龙儿，你怎么在这里?"

　　游云龙心中一暖，扑进了韩天乞的怀里。韩天乞哈哈大笑，大手一拍游云龙的肩，笑道："龙儿，两个月不见，又长结实了不少，你在这里已伏身很久了吧?"

　　游云龙脸一红，点了点头，问道："我那哥哥他? ……"

　　韩天乞长叹一声道："此事说来话长，二十年前，你哥哥从丐帮走失，一直杳无音信，后来，我丐帮弟子分头查找，却没丝毫蛛丝马迹，我还以为他已不在人世了，没想到二十年过去了，突然在九江分舵和其它几个分舵出现了两个神秘的黑衣人，杀死了我丐帮几十名弟子，事态越闹越大，那黑衣人竟自称是二十年前失踪的游飞鸿，并约我今晚在这古庙中相见，不然，还要对丐帮弟子下毒手，没想到真的是他，他竟然还参加了幽灵教，这其间肯定是幽灵教从中唆使。"

一边说，一边携着游云龙的手，走进了大殿，突然问道："就你一个人？钗儿呢？"

一说到钗儿，游云龙心中一阵黯然，将和钗儿沿江而下，遇到蒙面人袭击的事，略说了一遍，韩天乞听了，沉声不语，神色凝重，喝道："将幽灵教的人带上来。"

任长老将那黑衣蒙面人提了上来，掷在地上，别看任长老身子瘦长，但一只手提着那身材高大的蒙面人，就如同老鹰抓小鸡一般，任长老将他脸上的蒙面黑巾扯了下来，那人忙捂着脸，低下头去。

韩天乞道："有什么见不得人的，将手拿开，让我看看你是谁！"

那人依然头低着，双手捂面，身子颤抖不已，桑长老怒不可遏，上前一步，用打狗棒挑开那人双手，将下巴托起。

火光下，那人浓眉大眼，一脸正气，三大长老和韩天乞都大吃一惊，桑长老惊声道："刘子仁，原来是你！"

刘子仁双目一闭，竟流下两行泪来，韩天乞满脸诧异之色，急声道："桑长老，松开他。"桑长老收回打狗棒，退在一边。

韩天乞问道："刘子仁，你怎么会在幽灵教里……"

这时殿下的群丐纷纷交头接耳，议论起来。

"中州大侠刘大启的儿子！"

"这刘大启可是江湖上大名鼎鼎的正派侠义人物。"

"刘子仁也不赖，在江湖上也是小有名气，还有小花枪之称，怎会混入魔教？真是不可思议。"

"……"

刘子仁垂首不语，韩天乞长叹一声道："你刘家枪一门英豪，没想到你却成了幽灵教的教徒。"

刘子仁仰起脸来，泪流满面道："韩帮主，既然你现在已知道，求你别对外言及，我……我是被逼的……"

韩天乞心中一动，说道："你可是也服了'神阳丹'？"

刘子仁点了点头，哽咽道："我摆脱不了那毒瘾的控制。"

韩天乞道："你可认得一个脸上有刀疤叫葛阎王的人？前几天还在青石镇外的河边拦劫过一个少女，其中可有你？"

刘子仁摇摇头，说道："没有，我这次是奉命围攻丐帮，幽灵教中现已有许多武林正道人物被挟持，为他们所用，我们彼此都不能相认的……"

游云龙在一旁问道："那你可知道幽灵教在什么地方？"

刘子仁又摇了摇头，说道："我在教中身份低微，不知道，只听命于吴父和吴母，不过，听说幽灵教在……"

刚说到紧要处，突然，白光一闪，一物向刘子仁激射而来，桑长老打狗棒一晃，将那物一击，谁知那物遇到打狗棒一挡，竟轰的一声炸开，腾起一股烟雾，刹那间，烟雾弥漫。

一条黑影一晃而没，游云龙飞扑出殿，向那黑影急追而去。

游云龙施尽全力，提气急奔，只觉风声呼啸，灌满双耳，两旁的树林如刀削一般刷刷向后倒去。

可前面的黑衣人一点也不比他慢，拼命疾跃纵跳，不一会儿，就到了青石镇，那人转过屋角，钻进了他和慕容夜月住的那家客店就不见了。

游云龙一惊，忙跳身上了屋顶，四下一望，夜色沉沉，哪里有半个人影！

夜风吹来，游云龙不由打了个寒颤，蓦地一惊，忙身子一掠，钻进了慕容夜月的房间。

房间烛火仍在，可是房内空无一人，游云龙不由出了一身冷汗，忙又弹向破庙方向。

先前丐帮云集的大殿上，一个人不剩，只有二十几具尸体倒在血泊中，刘子仁也在其中，游云龙伸手一探他的鼻息，竟已气绝，游云龙孤苦伶仃，惘然呆立一阵，就像做了一场恶梦，几百人来，又无声无息而走。

第九章

突然，他发现大殿上留有一行字迹，"龙儿，速到江南！"字迹苍劲，显然是韩伯伯用手指刻写下来的。

这到底发生了什么事？韩伯伯匆匆离去，慕容夜月本是喝醉了，睡在床上，突然失踪，这其间是怎么回事，既然韩伯伯留言叫自己到江南去，绝对有急事！

思前想后，游云龙的心头如同压了块巨石一般，决定起身到江南。

郁郁而行一个多月才到了江南常州城，此时正值春末，处处柳树倒垂，碧水如织，与怪山奇石相互掩映，秀媚刚健，兼而有之，使人如行画中。

常州自唐代以来便是人间一处繁华胜地，物阜民丰，气象万千，游云龙牵马徐行，领略风光，见街上红男绿女，顾盼生姿，风帘翠幕，烟柳画桥，山水极尽妩媚，不由得暗暗称奇，心道：江南人杰地灵，确与北地之粗豪犷悍迥然有别，真是人间天堂，难怪父亲常常谈及江南明秀。

正惊叹间，猛抬头看见一座酒楼，大红酒旗高挑出十个大红灯笼，屏门俱是合欢彩画，颜色缤纷，煞是讲究，迎门的小二见他衣履鲜洁，气派不俗，早满面堆欢地迎了上去。

游云龙看了韩天乞的留言，一路风餐露宿，赶到江南，一个多月来，没吃过一顿像样的饭，见小二一叫，心中早动，从怀里掏出一锭银子，叫小二在楼上开出一席，凡有的好菜好酒，只管送来。

这酒楼是常州城一家有名的酒楼，豪客倒见到不少，但像游云龙这般出手就是一锭银子的人小二还未见过，小二忙点头哈腰，将马儿牵到后院，引游云龙上了二楼。

不一会儿，具有江南风味的炒菜上了一桌，并送上了一坛上好的"女儿红"酒，游云龙掀开泥封的坛盖，一股清香扑鼻而来，倒满一杯，一饮入口，清冽无比，爽气直达肺腑之间，满嘴生香，美酒入口，几个月来的愁绪竟荡然无存，心胸不由为之豁达多了，自出石洞以来，难得有如此心情品酒尝菜，游云龙豪兴大发，自斟自饮，不一会儿，已将一坛酒喝完，大叫道："小二，再来一坛！"

小二忙不迭送了一坛酒上来，笑脸道："客爷真是好酒量，别看我这酒入口不力，但后劲却甚足，客爷小心。"

说着，小二突然一转身，疾步跑到楼梯口，双手箕张，拦在当中，喝道："你是哪里来的叫化子，又臭又脏，去去！别吓坏了楼上的客官。"

游云龙心中一动，忙回过头来，见一个穿得又脏又破的老者正站在楼梯口，但手上并没拿着打狗棒，似不是丐帮的人，那老者木然说道："格老子的，你这小子别狗眼看人低，老爷爷是来找人的，当年你爷爷我什么地方没去过，哪还轮得到你这小子在这里啰哩啰嗦的！"说的竟是一口地道的川音。

游云龙没想到在江南还能听到家乡话，心中一喜，感到格外亲切，也顾不得那老者是何人，朗声叫道："小二，他是我的朋友，快快请他上来。"

小二满面怒色，见游云龙发话，只得悻悻然垂下手，让老者上来。

那老者也不客气，大摇大摆地上了楼，说道："格老子的，给大爷搬张椅子来。"

没法，小二搬了一张椅子过来，老者接过椅子，"嗒"的一声，重重将椅子放在游云龙对面，坐了下来。

游云龙抬眼看他，见他大约七八十岁，满腮白须，鬓发苍苍，一双眼睛浑浑噩噩，似睡非睡，似醒非醒的模样，身材又高又瘦，穿的衣服又旧又破，看不出是什么颜色，散发出一股难闻的气味。

没等游云龙说话，他已大大咧咧，旁若无人地端起游云龙面前的酒杯，放在鼻尖一嗅，大声叫道："好酒，好酒！像这般好酒，我可好长时间没喝过。"

赞罢好酒之后，老者就如同在自己家中，一仰脖子，将一杯酒一饮而尽，然后定了定昏花的睡眼，咂了咂嘴，品了半天，才摇头晃脑道："小兄弟，这酒味道不错，看你一个人喝也没什么意思，不如我陪你喝吧。"

游云龙见他虽无礼，但却是个喝酒的人，不由淡然一笑，说道："好，老丈就尽管饮吧！"

老者抱过酒坛，竟欢喜得双臂微微颤抖，一仰脖子，就着坛口，竟咕咕地大喝起来，直到将一坛酒喝完，将酒坛放下，一抹嘴角，抬眼望向游云龙，似乎余意未尽。

游云龙一惊，这老者喝酒如喝水，如牛饮江水，喝得不抬头，像八辈子没喝酒一般，见他还未尽兴，就叫道："小二，再来五坛酒！"

小二惊疑道："客官，你这……"

老者不耐烦道："哪来那么多话，叫你拿酒，你就拿……"

小二白了一眼老者，不情愿地拿了五坛酒上楼，游云龙拍开泥封的酒坛，微笑着递给老者一坛，老者接过酒坛，一顿牛饮，又是喝得滴酒不剩，望着游云龙。

游云龙惊诧莫名，这老者看似不起眼，竟有如此酒力，于是又递给他一坛酒，就这样，老者连喝了三坛酒，加上起先喝的一坛，整整喝了四坛酒。

说也奇怪，刚才还精神萎靡的老者，喝完四坛酒后，竟突然间变得容光焕发，干枯的脸上，红光满面，一双似睡非睡，似醒非醒的醉眼，此时却精光灼灼，老者这才打了一个饱嗝，笑道："这位小哥，心肠倒是极好，又爱酒，想必是位君子，难怪……难怪大……哦！对了，小哥你虽然长得眉清目秀，但似不是江南人，请问尊姓大名！"

游云龙一笑，心想：这老者看似穷困潦倒，但说起话来却是很有见地，便道："在下游云龙。"心想：这江南之地，对方又是一个风烛残年的老者，便说出自己的真名也无妨。

老者捻了捻胡子，点点头，说道："游云龙，这名字起得好，云龙布雨，必将造福一方，只是从小哥的面相上看……"

游云龙大起敬意，说道："老丈能相面?"

老者摇摇头道："略通一二，说不上会。"

游云龙好奇道："老丈能否为我相上一面?"

老者诡异一笑，说道："天将降大任于你，小哥幼年必遭受极大的痛苦，似有十几年不食人间烟火，现在又东奔西走，心情烦郁得很哪，不过，小哥有一红颜相助，定会拨云见日，我这只是随便说说，让小哥见笑了。"

游云龙目瞪口呆，自己自幼在石洞中，这事极少有人知道，难道真的可以从面上看出来? 抱拳道："老丈原来是个饱学之士，失敬，失敬，听老丈乡音，不知为何年迈却孤身飘落江南?"

老者叹道："承蒙小哥谬赞，像我这样，怎能称得上饱学之士? 我只是一个山野村夫，不过在二十年前，我也是显赫得紧，唉，过去的就不用提了，人上了年纪，老糊涂了，连小哥的问话也都忘记了，小老儿姓冯，单名一个狐字，一直随老主人住在蜀中，只因少主人到江南有事，所以就随来了，呵呵，少主人雄心勃勃，壮志未酬，唉……"

游云龙心道：原来是个老管家，听他说话出言隽妙，似是不着边际，但话意却多，一时也领悟不了，冯狐问道："游小哥，你风尘仆仆来到江南，有何贵干？"

游云龙本与他谈得投机，听他问起此事，心头不禁一沉，强笑道："小可是应一个前辈之约才来江南，可具体也不知究竟是何事。"

冯狐"哦"了一声，也不追问，默坐一会，起身说道："多谢小哥这份美意，小老儿不胜酒力，这便告辞了，游小哥，你心地善良，性情耿直，纵有什么烦恼之事，也会吉人自有天相，不需劳心，今日与你喝酒谈话，甚觉快意，后会有期。"说完，站起身就走，倒也爽快。

游云龙方站起身，还未应答，耳中听就到老丈拐杖敲击楼梯的"砰砰"之声，冯狐已下楼去了。

游云龙摇头苦笑，暗道：这老丈似是风尘异士，可似乎有些怀才不遇郁闷之感，唉，真是人至一百，还会徒增烦恼的！回身坐下，忽有纸响，伸手一摸，见是一张白纸条，纸上墨迹刚干，上写着"钗儿，枫叶山庄，江南多凶险，游公子保重！"左下角一个"狐"字，字迹挺拔飞动。

游云龙一看，整个身子如遭电击，钗儿？钗儿怎么到了江南？难道那晚韩伯伯就知钗儿在江南，所以留字叫自己来？这冯狐不就是十大神魔中的"幻影神魔"？唉，刚才怎么没想到，还有谁能在这一会儿写了一个字条，并且自己丝毫未察觉，手上功夫之精绝，天下能有几人。

可这"幻影神魔"，听父亲讲，是秃鹰教中来无影，去无踪，武功出神入化的神魔，怎会由北方到南方来呢？并且这南方之地应是南网地煞的地盘，北网天罗和南网地煞有约在先，彼此互不侵犯，这冯狐已到南方，不是毁约之行吗？钗儿已被蒙面人抓去，怎会在江南？钗儿即使在江南，也会出来见我的，为何由他来传话？这其间有诈，引我上钩。

一念及此，游云龙豪气顿生，忖道：只要能见到钗儿，宁可信其有，不可信其无，就算是龙潭虎穴，我也要闯一闯。

翻过纸条看时，反面有一行小字：由此向西，行五十里，小河边。

游云龙策马西行，按照纸条上写的，果在一个小河边隐约看到一个山庄，山庄掩映在一大片枫林中，看起来非常隐蔽。

游云龙勒住马头，戒备之心陡然而生，定神向四周望时，只有一条小径通向庄门，而其间有一条小溪淙淙而过，溪上架着一座木板桥，宽不及尺。

他轻手轻脚地跃下马背，整了整衣襟，不知为什么，心里"咚咚"直跳，定了定神，沿着小径向山庄走去。

刚走到板桥中段，游云龙突觉板桥微晃，脚下一轻，便立知不妙，忙一鹤冲天，疾升数尺，听得风声作响，游云龙在空中一板身子，四枚铁溜子贴身而过，跟着两条身影从桥下飞身而出，转身向后面急逃而去。

游云龙也不追赶，心里更加戒备，来到庄门前，提气喝道："里面有人吗？"

自习了"龟息神功"后，游云龙的内功造诣实已达到一流境界，他这一声喝出，语气虽然平和，但却响遍行云。

喊声一落，两扇红漆大门左右分开，从里面走出两个怪异老者，一个长着黑脸，黑如锅底，黑脸上瘦削无肉，一个长着白脸，白得耀眼，脸上却肉乎乎的。

两人打量了一眼游云龙，黑脸老者双手抱肩，斜睨着他，冷冷说道："小子，你是谁？为何在这里大呼小叫？当庄里的人全是聋子！"

游云龙见庄里冷冷清清的，似是一个空庄子，所以才大声叫道，没想到出来的两个老者怪模怪样，且神色不善，当下歉然道："请问这是枫叶山庄吗？"

两位老者俱都一愣，黑脸老者脸色一变道："你怎知道？！"

游云龙奇道："你们能在这地方住下来，难道怕别人知道？"

黑脸老者沉声道："你来这里找谁？"

游云龙道："你们庄中可有一个叫钗儿的姑娘？"

两个老者听到这里，俱都后退一步，黑脸老者大喝一声道："你可是从蜀中来的？"

游云龙点点头，说道："对，我叫游云龙！"

黑脸老者再次上下打量了一遍游云龙，说道："果真是你小子，你小子也真够神通广大，居然寻到这里！"

白脸老者道："裘哥，游公子远来不易，你也该请他进去坐坐，不应拒人于千里之外呀！"

游云龙随黑白二老走到客厅，刚坐下，便有一名绿衫丫环送上香茗，游云龙品了一口，香冽无比，沁人肺腑，黑白二老也不说话，静了一会儿，里面门帘一动，走出两人。

游云龙抬头一见两人，差点惊叫出来，这出来的赫然是自己在天山脚下遇到的一个穿着黄袍，一个穿着白袍的中年夫妇，两人依然是当天的那身不伦不类的打扮。

中年夫妇一见游云龙，也是一惊，那白袍少妇惊道："原来是你！"

当日在天山脚下，虽然黄袍汉子不分青红皂白打了他一掌，但白袍妇人却对他极好，游云龙当下微微一躬身道："游云龙见过两位前辈！"

黄袍汉子冷哼一声道："你是怎么来这里的?!"

游云龙道："我是一位前辈异人指引，才到这里，听说钗儿在贵庄，不知有没有这事！"

黄袍汉子道："你是钗儿什么人，她在不在这里关你什么事！"

游云龙心中一动，说道："我是钗儿的朋友，只因在路上遭了一点变故? 所以才分开，我很着急！"

"哼！"黄袍汉子一声冷哼，说道："一点变故，怕你是负心薄情，好色无行，看上了慕容家那小妮子，即便照你所说，连保护的能力都没有，还是什么朋友?!"

游云龙不由怒道："你是钗儿什么人，我还怀疑你们是不是那伙蒙面人，钗儿既然被你们抓到庄上，今天就是拼了一条命，我游云龙也要将钗儿救走！"

黄袍汉子两道鬼眉竖起，忽而仰天大笑道："好哇，有种，那我倒要看看你小子有什么能耐！"

说着双袖一拂，"嗤嗤"声响，两缕指风激射而出，一取游云龙眉间的"阳白穴"，一取胸口"膻中穴"，下的竟是致命的重手。

游云龙早已见他神色不善，心下暗暗提防，但没想到他一出手就是杀招，危急之下，身子未动，却横移一尺有余，但还是觉得右肩、右腿上一阵剧痛，已被指风扫中。

黄袍汉子见游云龙避开，也是一惊，欺身而上，暴风骤雨般指向游云龙，直逼得游云龙在大厅上东躲西藏，连拔剑的余地都没有，更别说是出手反击了。

黄袍汉子双指所扫之处，大厅上的桌椅、书器，连同铜铁饰物无不粉碎，游云龙心里骇然不已，想不到这尖嘴猴腮，貌不惊人的汉子居然有如此骇人的功力，如果被他点到，必然是骨断筋折。

游云龙眼见黄袍汉子如此威势，情知凶险无比，不由得暗暗心惊，冷汗直流。

黄袍汉子见游云龙每次都能以奇诡无比的身法逃之夭夭，自己连攻之下，竟没伤得了他，也是心惊，心想：这小子年纪轻轻，却将"九天琴圣"的绝学都学会了。

心中想着，手上却加紧进攻，疾攻之下，黄袍汉子蓦地见游云龙左肋下一处空门，立即并指如戟，重重点落。

谁知一点之下，但觉眼一花，黄袍汉子大惊，这小子的穴道可以变动，游云龙已拔剑在手，黄袍汉子虽是大惊之下，但心神不乱，借力略一长身，似怪鸟一般，从游云龙头顶翻过去。

"嗤"的一声，黄袍的后幅已被游云龙的长剑截断。

游云龙一招得手，也不进击，只觉胸腹之间气血翻涌，自小红传他转换穴道之法后，没想到今天在这里又再次用上，但黄袍汉子比那红衣妖女的功力何止高上百倍，虽然没点中他的穴道，但也是痛彻骨髓。

黄袍汉子冷笑道："好小子，慕容家的小妮子能将慕容家的转穴大法教给你，看来此言真的不假，来来来，我就用这双肉掌会会你。"说完拍出一掌。

游云龙只感到一股大力如怒涛拍岸，压体而来，忙侧身出剑，笼罩之处，竟是手上四处大穴。

游云龙苦苦支撑，如落叶舞风，舟航怒海，被黄袍汉子飓风般的大力一忽儿卷到左边，一忽儿抛到右边，说不出的难受，手中的长剑被掌风连连震歪。

黄袍汉子忽地长啸一声，变掌为爪，疾擒游云龙左腕，竟从霍霍的剑光中长驱直入，五指一曲，已扣住剑身，同时双腿连踢，封住了游云龙"环跳""神游"穴。

这几下出手，兔起鹘落，奇快无比，以游云龙的眼力，竟还不知道怎么会使腿上一麻，已然受制，游云龙神色惨然，长叹一声，闭目待死，想不到自己父仇未报，就不明不白地死在这莫名其妙的庄上。

黄袍汉子右掌提起，朝游云龙头上击落，这时旁边黑白老人和白袍妇人同时一声惊呼，白袍妇人急叫道："亚昌，不要……"

黄袍汉子右手悬在游云龙头上半尺之处，沉着脸瞥了她一眼，冷冷地道："怎么?!你要护着他不成?"

白袍妇人垂下头，避开黄袍汉子冷电般的目光，颤声道："亚昌，你一掌结果了他，钗儿她……"

黄袍汉子大手抖了一下，过了半晌，才冷冷说道："好吧，姓游的小子，我暂不杀你，你们将他带下去。"说完左手落下，化掌为指，已连点了游云龙双臂上的六处穴道，然后负起双手，转入后堂。

一条厚厚的黑布蒙住了游云龙的双眼，被黑白二老夹起，向后走去，走了一盏茶工夫，"喀"的一声，似是木板翻起的声响。

跟着又是"喀喀"四声轻响，自己的手脚俱被上了镣铐，只听黑脸老人道："游公子，随我来吧！"两人松开了他的肩。

黄袍汉子点穴的手法甚是怪异，只是教他使不出武功，行动都如常人无异，被人一搜，便不由自主的随之前行。

七拐八弯地走了约摸一炷香时分，三人忽然停住，游云龙听见"托托托"的叩击之声，片刻之后，"轧轧"声响，似是什么沉重的物件被挪运之声，再向前行，却是愈来愈低，正行之间，听见黑脸人道："到了！"游云龙后颈"大椎穴"上一麻，人只觉得天旋地转，后来就人事不知。

不知过了多久，游云龙缓缓睁开双眼，发觉蒙着的黑布已被解去，自己躺在一张宽敞的硬木床上，手脚的镣铐却已除了。

游云龙慢慢起身，环视四周，却是在一间石室之中，前后俱是五步见方，左上方是一扇高峻的石门，并无窗户，唯在石门右侧一尺左右的地方有一方窗，想必是传递饮食之用。

游云龙用力推了推门，那门却纹丝不动，在里面大喊大叫，也没人应声，闹了半天，不觉人已是筋疲力尽，不由颓然坐下。

这是什么地方？那"幻影神魔"为何要引自己到这里来？秃鹰教的十大神魔对教主肖世平忠心不二，且个个武功盖世，知道钗儿被人抓住，怎不出手相救，为何反而将自己骗到这里！那黄袍汉子和白袍妇人似是这庄上的主人，他们为何指责自己是个好色无行的人？自己和慕容夜月在一起，他们怎么知道？前几个月还在天山，忽而又在南方，并有一个诡异神秘的大庄子，不知是什么来路，还有韩伯伯留言去南方，为何自己到了南方，他却隐身不见……

想了半天，游云龙越理越乱，只觉得腹中咕咕作响，喉咙中如火烧一般，霎时间饥饿难当，刚待大叫，窗口突地显出一张布满皱纹的老脸，数缕白发，搭在前额，一条长长的刀疤自左眉直贯右颊，说不出的诡异可怕。

这张脸突地出现，饶是游云龙胆豪气壮，也不禁吓了一跳，"托"的一声，一只四方木盘搁在窗口上。

游云龙好不容易才看到一个人，忙一跃到方窗口，疾声道："这是什么地方？

放我出去!"

那老者摇摇手,指指自己的嘴巴和耳朵,转身蹒跚而去。

游云龙喊了两声,那老者不理不睬,径直前走,似是一个又聋又哑的人。

游云龙端起木盘,上面两个特大的青花瓷碗,一个碗盛满白饭,一个却是青菜豆腐,旁边放着一双竹筷,尝了一口,味道甚是粗劣,但他已饿极了,端起碗,风卷残云一般吃了个碗底朝天。

此后的日子就一直这般度过,那脸有刀疤的老者每天送两餐饭,无酒无肉,却也不得不吃。

游云龙身上穴道早解,功力也丝毫未失,但手脚上的镣铐乃精钢铸就,坚硬无比,暗室的四壁又俱是硕大的花岗石所砌成,纵有通天彻地之能,也休想逃走,石室中又无光亮,游云龙只约摸从老者送饭的次数推断,自己已在这里囚了十余天。

这十几天中,除了送饭的老者,游云龙再也没见到一个别人,不管问那老者什么话,他总是摇摇手,不理不睬。

这一天,游云龙正自想着这谜一样的东西,突然听到"唰唰"之声,如老鼠钻洞一般,不由心神一凛,顿时凝神侧耳。

声音是从对面墙壁中间发出来的,而且愈来愈大,显然不是老鼠,游云龙屏息观看,忽听"咯"的一声轻响,一块岩石竟然动了一下,接着地下的岩石缓缓向后退去,"空"的一声,墙角现出一个半尺左右的洞来。

惊骇之余,游云龙倏地坐起身来,还未来得及下床,洞口倏地现出一张人脸来,清癯轩昂,目光灼灼,脸上挂着微笑。

游云龙失声叫道:"冯狐!"

冯狐呵呵一笑,也不见他如何作势,头前脚后,如一只箭,从空洞中射进来,到了离游云龙三尺远,身子蓦地在空中停住,双足一动,他身子如同安了机关一般,已垂直站在游云龙面前,身法竟是诡异之极。

游云龙心想,不管怎么说,是钗儿的爷爷辈的人物,怒声道:"冯前辈,你为何要害我?"

冯狐眉开眼笑道:"游公子已然知道了钗儿下落,我怎么害你了?"

游云龙一时语塞,说道:"你说钗儿在这里,却将我骗到这鬼地方,将我囚在这里!"

冯狐傲笑道:"我冯狐如害你,你小子早就不在这里了,你知道这是什么地方吗？"

游云龙道："这不就是你说的枫叶山庄吗？"

冯狐忽地面色肃然，长叹一声道："唉，真是情孽，大小姐怎么会喜欢上这么一个浑小子，就是一个木头人，也知道的。"

游云龙不在乎冯狐言语中对自己的贬损，不解道："知道什么？"

冯狐道："你进庄见到的就是钗儿的父母'黄袍鹰王'肖来昌和'白袍花典'骆燕萍！"

游云龙"啊"的一声，脑海中闪现和两人相见两次的情景，以及所谈的话，醍醐灌顶，恍然大悟，说道："他们怎么在这儿？"

冯狐道："这可是本教中的大秘密，你小子也不能知道，只是你小子在青石镇将大小姐让别人掳去，后来又和慕容家的女娃子在一起喝酒，以大小姐的脾气，非得给你点苦头吃吃，但见你小子还算君子，将慕容家的女娃子送进房里，还算规矩。"

游云龙惊道："钗儿全都看见了？"

冯狐道："大小姐被葛阎王掳去，就被我救了下来，大小姐担心你，就命我回来找你，却见你和慕容家的女娃子在一起，在外面站了很久，可你小子却浑然不觉，等你回门，我和大小姐就进了房，可刚一进房，就被十几个蒙面黑衣人围住，那几个兔崽子个个武功不弱，但和我冯狐斗还是嫩了一点，突然，他们从怀中掏出东西，发出强光，将慕容家的女娃子抓着就不见了。"

游云龙急道："那钗儿现在在哪里？"

冯狐笑道："看来你小子还有点良心，大小姐当然是在庄上，但少主人不会让你们相见，大小姐的日子也不好过，她和你一样，也被少主人囚禁起来，我老头可是冒天大的风险，在酒楼上通知你的，幸好，你在少主人面前没提到我。"

游云龙满腹狐疑，问道："在青石镇后来怎样？"

冯狐道："后来的事，你就不需要知道了，反正韩老叫化子叫你到南方来是没错的。"

游云龙道："那你带我去见钗儿。"

冯狐道："你说见就见呀，时机还不到，这石屋里，我可是费了九龙二虎之力，打地洞进来的，就是为大小姐给你传一句话，让你先在这里安心呆着，她自会想办法让你出去。"说完长身而起，从那洞口钻了出去。

游云龙没想到钗儿真在这里，可静下心来一想，又觉不对，韩伯伯怎知钗儿在江南？那肖来昌身为秃鹰教的少教主，不在飞云峰，却跑到江南住上这么一个隐蔽而又神秘兮兮的庄子，还将自己的女儿关在这里，不知是在弄什么玄虚，可那冯狐似不像是在骗自己，既然钗儿叫自己安心呆着，自己就呆着吧。

可呆了两天，游云龙不觉心烦气躁起来，吃过那哑巴老者送来的晚饭，躺在床上翻来覆去，怎么也睡不着，望着那墙角的洞口呆呆出神，心想：不管怎样，偷偷溜出去再说。

心念一动，再也按捺不住，人从洞口钻下，地道挖得甚是狭窄，别说站起来，蹲下去也是不能，游云龙只好腿上使劲，半躺着向前蠕动，好在没多久，出口已在头上。

游云龙纵身出洞，闪目四望，见自己所站之处竟是一处杂草丛生，荒芜的花园，四周静悄悄的，杳无人迹，明月皎皎，亮如白昼，夜风吹拂而来，带着荷花的清香，萦回鼻端，久久不散，游云龙深吸了一口气，直觉胸腑之间如被香气洗过，极是舒畅，不由精神一振，他被关在石室中近二十天，每天气闷已极，此时突地身在天地之间，感受自然之气，只觉身边的一草一木都说不出地可爱。

再看出来的洞口，却是在一片花丛之下，极是隐蔽，心想：这冯狐做事如此不露痕迹，其间似乎有极大的苦衷，不知他还能害怕什么?!

游云龙将花丛掩了掩，信步向前走去，突然，游云龙听到一阵"叮咚，叮咚"轻脆悦耳的声音。

声音不大，但在静夜中听得十分清晰，游云龙闻声而去，却不知那声音来自何处，"叮咚"之声就在自己左右，可就是找不到，伸手一摸水榭中的假山，奇怪的是，假山竟是铁的，触手冰凉。

假山上的亭台楼阁，栩栩如生，其间弯曲的山道上还有一个红衣少女，红衣少女雕刻虽小，但身材娉婷，容貌姣好，实在精致，红衣少女站在山峰上，玉手遥指向对面的山峰，被指之处是一个峭壁，峭壁上挂着一只铜环，夜风吹来，铜环敲击铁制的峭壁，"叮咚"作响。

只听说假山是奇石垒成，哪有铁做的，并且在孤峰峭壁上安一个铜环，是什么意思，游云龙心中一动，伸手一拉铜环。

随着他一拉，"轰"的一声，那假山双峰突然从中间分开，露出黑乎乎的洞口。

游云龙吓了一跳，忙纵身向后倒跃，可伏在地上半天，竟没一点动静，再次跃上假山，身子一矮，就钻了进去。

石阶斜斜向下，里面黑咕隆咚，游云龙在洞中住了十五年，对这种环境太熟悉了，但心里还是有点害怕，不知这庄上怎么还有这么一个诡异的地方，硬着头皮往里走。

弯弯曲曲地走了很久，地道的尽头竟是一间大房子，一扇石门矗立面前，门楣上写着"集成阁"，推开石门，游云龙打亮火折子，迈步进去，四下一看，不由吓了一跳，只见大屋中密密层层的，全是木头架子，每个架子都是从地到顶，有一人多高，架上堆满了各种各样的书籍，长短宽窄，新旧俱各不一，有的书背上都已发黄，一排排都隔开，分门别类，上面写着少林、武当、华山等各大门派，游云龙随手从书架上抽了一本，翻开一本，竟是少林寺的"须陀掌"秘笈，还有许多画像，全是少林寺的自掌门方丈以下的十八罗汉，各人擅长什么武功，有什么嗜好，哪里人……可谓一应俱全。

游云龙大惊，这间石屋里可谓是天下各大门派的微形档案，内容之详尽，只怕就是本派中的弟子也不知道，各派的武功秘笈，皆在书架之列。

规模如此之大，数量如此之多，搜集的各派的秘闻，不由令人咋舌。

游云龙大惊，这破旧的庄园，搜集各门各派的东西，真是集天下之大成，见所未见，闻所未闻，可以说，坐在这石屋之中，只要看透了这些书，就能足不出户，而知天下武林之事，可当之无愧地称得上"武林万事通"。

九大门派之后就是"宇内三圣"的位置了，游云龙好奇地走了过去，见父亲游明宇的名字，"宇内三圣"共有三本，一本一个人，游云龙抽出父亲的一本，打开封面，里面有父亲的画像，似是父亲二十年前，四十岁左右的画像，虽说不是很逼真，但也神态十足。

再翻一页，上面写着"游明宇生平简介，游明宇，字东川，小名游三石，四川大叶山人，年轻时生性风流，娶一妻，生子游飞鸿，九岁时离家出走，下落不明，后娶妻张芬吉，并生有一子游云龙，生后不久，对外称已死，不过此点极为可疑。"

"游明宇性格潇洒，胸襟坦荡，颇具君子之风，但做事迟疑不决，以'凤舞九天'轻功和'大弥剑法'独领风骚，称宇内三圣之首，但近几年行为和性格颇为怪异，待查！"

游云龙惊叹不已，这书上记载的可谓太详尽了，后面就是父亲的独门轻功和剑法以及行功的主要方法，一招一式，甚至连同运力转折的法门，无不清清楚楚，就如同父亲亲自录下来的一般。

游云龙越看越是心惊，连韩伯伯的丐帮三大九袋长老，七大八袋长老都记录得详详细细，真不知这些是怎么搜集到的。

游云龙在石洞里住了十几年，父亲从未教过他一招半式，只是让他习练了"凤舞九天"的轻功，然后就是练如何躲避流星锤的夹击，每日加一根，直到加了一千根，现在看到这些让他眼花缭乱的武林秘笈，也不由心动，可这些武功秘笈一时又不知从哪里看起，心想：自己是使剑的，就从剑法开始吧。

就这样，每天夜里他都独自到这石室里翻看，白天再回去睡觉，越看越入迷，他心无旁骛，记性奇好，不到十几天，就将什么少林的"达摩剑法"，武当的"太极剑法"，"华山剑法"……全都记下。

将所有门派的剑法看完，归回架上，蓦地发现木头书架在后壁上竟嵌着一只铜环，与假山上的铜环一模一样，比铜钱略大，甚是小巧。

游云龙想也没想，伸手一拉，果真书架后轧轧作响，竟露出一个暗格，伸手进去一摸，"锵"的一声，似是机关声响，心知不妙，往后一仰，"刷刷"数声，四支短剑从他鼻尖上面寸许处掠过，钉在身后的木板上。

这短剑突如其来，事先毫无征兆，速度又是奇快无比，饶是他应变奇速，还是险些着了道儿。

游云龙额头微微渗汗，心里怦怦直跳，当下再不敢伸手去摸，到屋角找来一根竹棍，远远地伸入暗格中四处击打探查，等了半日，见再无动静，这才伸手进去，从暗格里捧出一个锦盒子。

这盒子只有一本书大小，由檀木做成，外面包着一层锦布。

这锦盒放的位置，以及锦盒的作用，无不一显示它的价值不同凡响。

游云龙心里格外紧张，站得远远的，伸手慢慢地打开盒盖，"砰"的一声，四支银白色的小箭从锦盒里激射而出，并射向四个方向。

游云龙闪躲不及，百忙之中，只得张嘴一咬，将一支小箭咬在嘴，半天，还心惊肉跳。

见再无暗箭射出，这才从锦盒中拿出一本薄薄的册子，这本书册页已发黄，颇有残损，字迹转黑，地角处磨得乌亮，显是百年以上的古物，不知经多少人摩挲参详，书页的封面上以小篆题写着"听音剑法"四个字。

游云龙的父亲游明宇名列三圣之首，主要是使剑，从小的时候，游云龙就听父亲说过，百年前，中原武林出现一个异人，谁也不知道他的真实姓名，只知他叫"天下独夫"。

传说天下独夫自小得了麻疯病，且相貌长得奇丑无比，因此他父亲就将他扔到一个山洞里，让他自生自灭。

没想到这丑儿在山洞里得一千年灵猿哺养，并创了一套剑法，就是"听音剑法"，这套剑法无招无式，但他能根据对方招式中的声音而动，以无招胜有招，几乎无坚不摧。

丑儿习得了听音剑法，就出了山洞，他的行为无所谓好坏，只要看到相貌长得英俊的，就让他们全死在他的剑下，为此激起了武林公愤，但从未有人在他剑下走过三招，九大门派联络天下各武林豪杰在天目山下与他一斗，结果虽将他逼下悬崖，但参加围攻的各路豪杰无一幸免，从此以后，中原武林，百年以来冷落萧条，所有的基业基本上毁在他手里。

那"天下独夫"也销声匿迹了，父亲谈到这段传闻的时候，心中慨叹不已，说如果能一睹听音剑法，就是死了也情愿，游云龙没想到自己却在这里发现了听音剑法。

游云龙血脉偾张，心情激动不已，不知这书所载的是真是假，翻开扉页，只见上面写道：

"万物皆有音，只是常人不能察，眼观灵台而视内心，人动而音生法，音之断点，就是招式间的破绽所在，一击而成……"

游云龙惘然不解，心想那天下独夫久住山洞，与自己的身世还颇为相似，只是自己有父亲每日到洞中教习文武谈心，可他在山洞中，终日与千年灵猿为伍，怎会识字，还著有听音剑法？

再看落款竟是"丑夫"二字，心想：这天下独夫难道收了一个传人不成？这听音剑法是他的传人所写？

册子很薄，只有三十页，后面记录的全是听音神诀，分为拳音、掌音、刀音、剑音……记录得十分详尽，可游云龙参详了半天，却不得其解，想到那哑巴老者送饭的时间到了，忙将册子放到怀中，关好暗阁，回到石室中。

以后的日子，游云龙就坐在石室中，废寝忘食，参详那听音剑法，可时间一天一天地过去，他仍无头绪。

绞尽脑汁，搜肠刮肚，却一无所获，人不由感到烦燥起来，心想，这听音剑法是百年来武学至高的法典，连九大门派的掌门人都死在剑法之下，凭自己这猪头猪脑的人，是不能理解的，不由又心灰意冷起来。

突然，头脑中灵光一闪，他记起在天山石洞中听那天籁之音，那滴水之声浑然天成，不正是因为水滴终年不断，前后余音相接才贯通，没有音之间的断点，想到这里，游云龙激动地从床上跳了起来，幡然领悟了听音剑法的要旨。

时间一晃而过，游云龙又在石室里住了一个月，但这一个月，他觉得比之前十几天要短得多，他已将听音剑法熟记于心，但还是不能达到听音剑法上所说的境界，有点力不从心的感觉。

虽然在石洞中十五年，父亲也传了他内功心法，后来又得了韩天乞的"龟息神功"，可以说内功已达到一流高手的境地，但却与听音剑法上的要求相差甚远。

将听音剑法通篇看完，心里明白听音剑法的要旨，但内功不行，就无法做到内视灵台，万物声音不存，只有对方招式之音，结果还是徒劳，翻到最后一页，突然见一行小字："看完秘笈，撕之揩屁股，一天一页。"

游云龙看完这一行字，不觉莞尔一笑，心想，这不知是谁开玩笑，这武学的至高明宝典，叫人揩屁股?!

可再看那行字，字迹与前面内容上的字一模一样，显然这字迹是出自一人之手，这一下游云龙就糊涂了，心想这丑夫为何有这惊人之言。

转而又想，既然是丑夫这么说，必有深意，再说这本书自己已烂熟于心，留给别人看了，若是心黑手毒的人，还会为祸武林的，不管怎样，照书上所写的去做。

揩了几天屁股，突觉自己股间的"三焦"穴有一股热流上升至丹田，人倍感舒畅，心中大感不解，以前从未有这种感觉，后来每天揩一次屁股，这种感觉日益增强，半月过后，游云龙感到一股浩瀚无比的内力在全身各穴道游走不已，穿奇经八脉，每揩完一次屁股，这内力就增加一分，并在全身游走一遍，游云龙感到这书页的纸张大有蹊跷，难道这是什么神丹涂在书页上，然后通过屁股服入。

刚好一个月，游云龙将一本听音剑法全作揩屁股用了，一运内力，身上的奇经八脉已通，心喜不已。

要知道，武学的最高境界就是打通自己的奇经八脉，有人穷尽一生，也不能打通，据说少林方丈是唯一打通了奇经八脉中的七脉之人，游云龙没想到机缘巧合，居然在短短的一个月就打通了奇经八脉，真不知那自号丑夫的人在书页上弄了什么玄虚。

可游云龙不知，任何东西，欲速则不达，天底下没有一蹴而成的神功，这也为他以后埋下了隐患。

丑夫的确是天下独夫的唯一传人，天下独夫在百年前被九大门派和各路豪杰逼下了万丈悬崖，凭自己的盖世神功而没死，但心脏移位，功力尽失，已成为一个废人，幸被一个饱读诗书的富家子弟救起。

这富家子弟虽然饱读诗书，但却手无缚鸡之力，且人长得风流倜傥，天下独夫个性已完全变态，见到模样长得俊美的男子就有杀人之心，尽管这富家子弟救了他。

天下独夫从未受过任何人的半点恩惠，他有一个有恩必报的原则，为此，天下独夫十分痛苦，最后，他想了一个方法，用剑将那富家子弟的一张俏脸划得面目全非，奇丑无比，并将富家子弟收为唯一的传人，取名为"丑夫"。

丑夫尽得天下独夫的真传，但他却不愿再出江湖，在山谷里与天下独夫终老一生，但心知听音剑法乃武林绝学，不愿将其毁在自己手里，于是就用千年参筋混合十几种珍药，采集日月精华之灵气，制页成书，笔录下"听音剑法"。

虽然后来这书被"秃鹰教"获得，但谁也不会想到将这本绝世秘学作用揩屁股纸，因此就被束之高阁，没想到被循规蹈矩的游云龙照做了，不仅得了至高剑法，而且内力在短短一个月的时间激增两个甲子的功力，当然，这些游云龙自己却浑然不知。

游云龙只觉得体内的真气如海如潮，生生不息，但同时也感到有洪水决堤之危，习练一会儿，就感觉到体内真气澎湃，人就突觉头大如鼓，忍不住想找人厮杀一番，忙又屏息敛心，稳住心神，盘膝坐地，五心向天，才慢慢将一股如洪水般的真气压回丹田，但还是感到心里"空空"直撞，就像是丹田太满，潮水涌出，拍击礁石一般，心里十分难受。

游云龙镇慑心神，正自专意行功，忽听墙角处岩石一松，一只秃鹰头一拱，钻了进来，游云龙惊喜叫道："黑箭！"

进来的就是秃鹰黑箭，黑箭上前，一拉游云龙的衣角，就往外走，游云龙急道："黑箭，你这是干什么？钗儿在哪里？"

黑箭不理，只管猛力将游云龙往墙角的洞口处拽，一出洞口，就听到前面传来兵刃呼啸之声。

游云龙心中一动，心想：黑箭是一头灵禽，难道钗儿已遇上了什么危难？当下不再犹豫，一拍黑箭的秃头，领头向发声之处疾奔。

打斗声是从一幢别致的小楼后传来的，七个人各持兵刃，将一个绿衫少女和一个老者围在中间，圈中两个一高一矮的蒙面人，赤手空拳相斗在一起。

仔细看那绿衫少女，正是日夜思念的钗儿，而那正自激斗的老者似乎是送饭的哑巴老者，那老者穿着员外服，游云龙心中一亮，这哑巴老者不正是在古庙中和钗儿合演戏的笑面神魔范竹楼么，没想到几个月不见，他竟已如此苍老了，难怪自己无论问什么，他都不答，原来他的舌头已被自己咬下，哪还能答话。

再看那两个蒙面黑衣人，便即大惊失色，只见那矮胖的中年汉子拳发如电，法度严整，气韵悠长，出手之际，劲风激荡，拂面如刀，正是武林中极为罕见的高手。

外围的七人，兵器固然古怪，招数更是驳杂，兼有少林、武当、华山等各大门派的招数，游云龙在秘密里对各大门派的武功都有所涉猎，虽都是各个门派的剑法，但触类旁通，一看就知是哪个门派的。

钗儿和那笑面神魔左拦右挡，虽暂时没有落败，但已是险象环生，游云龙正要印证一下自己的听音剑法，大喝一声，道："钗儿，我来了！"抬手向离自己最近的那人刺去。

剑到中途，游云龙突觉手臂一麻，"当啷"一声，长剑落地，接着全身一阵冰冷，如沉冰窖之中，只觉体内本来缓缓流动的气息忽然如疯了一般，乱冲乱撞，所至之处，如万针攒刺，奇痛入骨，自己却从头到脚一点也动弹不得，就像突然间被人点了穴道一般。

游云龙眼前一阵发黑，全身气力正一点一点地离自己而去，而体内真气如洪水肆虐，毫无章法。

离游云龙最近的那人猛听身后一声大喝，不由吓了一跳，用右手的锤子向后荡去，却荡了个空，回头一望，见来人莫名其妙盘膝在地，摇摇晃晃，脸色发青，一下子不明所以，摸不着头脑。

游云龙一声大喝，钗儿和笑面神魔当然听见，两人虽在重围之中，头脑却是清醒之极，转念之下，便知不好，钗儿一声娇叱，连攻几掌，道："范叔叔，快救龙哥哥。"

范竹楼双腿连出，势若奔雷，眨眼之间，已连攻出三十六招，那矮胖汉子大惊，手脚齐出，见招拆招，连退了三十六步。

范竹楼反身一弹，已闪电般向外围七人各发杀手，七人各挺兵器一挡，范竹楼已高高跃起，身形在空中一个转折，落在游云龙身边。

外围七人见范竹楼亮了这一手绝活，一气呵成，所使招式，无一不妙到毫巅，身法又美妙至极，奇快无比，眨眼间出了重围，此举非武功已臻化境的人，谁还能办到？七人情不自禁齐声喝彩，浑然忘了是敌我拼命。

范竹楼跃到游云龙身侧，二指疾伸，搭住了游云龙的左手腕脉，一探之下，只觉脉象紊乱，正是走火入魔，内气反噬的征兆，当下不及细想，右手劲力陡发，一股锦锦密密，沛然莫御的力道自游云龙"内关""外关"两穴直入。

游云龙突得一股强大的内力，全身一震，神智也清明不少，忽地明白范竹楼是在拼了性命助自己，情急之下，开口道："范前辈……不可……"他这一开口，体内真气马上又横冲乱撞，人差一点又昏死过去。

范竹楼不能说话，当即大急，嘴里呀唔乱叫，右掌加力，左手连动，已化解了那矮胖汉子的十余招猛攻。

游云龙见范竹楼额上青筋突冒，脸涨得红紫，情知此时不应有妇人之仁，否则，死的可能就是两人了，当下牙一咬，心一横，猛地镇慑心神，约束体内真气，慢慢将其导入丹田，片刻之间，便已天人合一，神游物外，对眼前的恶斗已不闻不见。

这片刻，范竹楼以一只左手对抗矮胖汉子还有七名外围高手，虽是凶险，但范竹楼已是豁出去了，竟然将八人拦在一起。

钗儿力斗瘦长大汉，几次想冲过来帮范竹楼，但已被瘦长汉子死死缠住。

矮胖汉子见自己久斗不下，甚是焦躁，当即长啸一声，招式突变，连发九掌，空地方圆十丈的地方，顿时寒意弥漫，侵人骨髓。

范竹楼忽感对方掌力排山倒海而来，更有一股怪异的寒气夹杂其中，知这是"寒冰掌"，这掌非常歹毒。

范竹楼知道这掌利害，不敢硬接，当下五指齐出，尽拂对方要穴，想叫他掌上发不出力来。

他这一全力对付矮胖汉子，周围的防守便出现了空隙，"砰"的一声，后心着了一记链子锤，接着左腿吃痛，已被一人用弯刀砍中。

范竹楼大怒，右腿踢出，挡住了那矮胖汉子五掌进击，左手"砰砰"两掌，迅雷不及掩耳，一掌击在使链子锤那人的前胸，一掌击在使弯刀那人的右肩上。

那使链子锤的人只觉掌力着体轻柔，才松了一口气，一股大力直撞而来，如一记大锤敲在胸口，喉头一甜，鲜血狂喷，人已委顿在地。

那使弯刀的蒙面汉，肩骨碎裂，他痛吼一声，弯刀拿捏不住，掉在地上。

可这人生性悍狠，重伤之下，却反手弯刀"刷刷刷"砍来，全是不顾性命的杀着。

范竹楼斜避三掌，也觉胸中气血翻腾，"哇"的一声，也喷出一口鲜血来。

矮胖汉子心中暗喜，哈哈一笑，猱身而上，已无声无息在范竹楼胸前印了一掌，疾退之时，只觉得脸上一痛，伸手一摸，竟血肉模糊。

原来范竹楼一掌扫去，虽没打到，但掌风所带，已将矮胖汉子的蒙面黑巾扫落，并刮了五道血肉模糊的手指印！

原来是华山派的杨大掌门，没想到名门正派的杨大侠竟能使出'寒冰掌'，并蒙着面做出这等偷鸡摸狗的事来。

矮胖汉子眼睛里凶光暴闪，也不答话，又是一掌拍了过去，劲拍范竹楼的顶门。

手掌离范竹楼头上三寸之时，矮胖汉子突然眼前一花，斜刺里一把长剑向他掌上削来。

矮胖汉子大惊，右掌疾撤，胸腹一缩，怪叫一声，向后倒翻出去。

落地时，只觉右手钻心地痛，一看见自己的小指被削掉，十指连心，奇痛无比。

游云龙仗剑而立，原来游云龙屏息用功，本已不闻外物，只觉体内奇热无比，仿佛要炸开一般，但被范竹楼的强大内力压制，虽没再横冲直撞，但体内奇热难当，正在这时，忽觉范竹楼手上传来一股奇寒之气，如凛冽冰雪，迅速与体内的热力交融合一，气机顿时变活，瞬间在全身连走三周天，奇经八脉霍然贯通，全身毛孔无不舒泰之极，还未睁开眼，就听耳内掌风急至，听风辨音，一剑削了过去，饶是矮胖汉子见机得快，应变奇速，但还是被削掉了小指头。

游云龙俯身察看范竹楼的伤势，只觉得他身体奇寒，面色泛青，已是生命垂危，游云龙心知就是一掌，决不会伤他至此，而是他将真力大部分输给了自己，大耗真元，才致如此，心中大痛，叫道："范前辈，范前辈！"

正呼间，耳听身后一把长剑，两把短戟夹带风声向自己背后疾攻而至，游云龙头也不回，"刷刷刷"三剑刺出，别看他随手刺出，招招指向三人的要害和破绽，只听见三声惨叫，三人翻滚在地。

钗儿见游云龙，满面惊喜，叫道："龙哥哥……"但已是上气不接下气。

游云龙放下范竹楼，挺身而立，说道："钗儿，我来杀了他。"他心中怒火万丈，一出口就用了一个杀字。

刚向前迈出，"呼"的一声，一个黄金禅杖向自己左肋横扫而来，听声音就知是少林派的"力扫千军"，一看果真是一个满脸横肉的和尚。

游云龙一吸气，腹部猛地后缩三寸，让开这一击之力，右手剑平平递出，指向和尚的眉心，竟是后发先至。

和尚见长剑来势奇急，连忙向左一闪，游云龙听风一动，长剑左指，一剑将和尚左臂切下。

那瘦高汉子见大势已去，突从怀里掏出一物，在钗儿面前一晃，钗儿突觉眼前一黑，那瘦长汉子一掌印了过去，游云龙大惊，飞身而上，反臂一抄，将钗儿抱在怀中，身子一转，那瘦高汉子的一掌已结结实实地打在他的后背，游云龙只觉眼前金星乱窜，摇晃几下，再也支撑不住，仰面跌倒，人事不知。

……

第十章

不知过了多久，游云龙悠悠醒转，鼻中先嗅到一股淡淡的馨香，似麝似兰，清幽雅淡，不由心中一荡。

低头一看，身上盖着一床大红棉被，被上绣着一幅百花图，花朵色泽娇艳欲滴。

环视四周，所躺之处竟是一架素雅的帐子，透过轻纱望去，对面一桩淡红色的妆台，上面一架铜镜熠熠生光，竟是一处闺房。

游云龙心中一动，叫道："钗儿！"，屋中空旷，无人作答，他大叫一声，只觉背部一痛，这才想起背部已然中掌，运了一口气，在胸间略转，觉得气息流畅，心中当即一宽，掀开被子看时，却见自己上身赤裸。

他行动不得，精神却健旺，睁大眼睛，满腹疑团，这时肚中忽地"咕噜咕噜"猛叫起来，只觉饥饿难当，心道：不知我昏迷了多久，大概也很久没有吃东西了。

房门"吱呀"一声，有人推门进来，透过轻纱朦胧望去，进来的人身穿绿衣，体形婀娜，手中托着一件东西。

游云龙大喜，叫道："钗儿！"纱帘撩开，现出一张雪白娇嫩的面庞，清秀端庄，梨涡浅浅，却是一个十六七岁的女孩。

女孩看他一眼，突道："钗儿，钗儿，这几天你不知叫了几千几百声，现在好不容易醒了，也不肯住嘴！"回手将纱帘挂上。

游云龙道："我昏迷了好几日么？这是什么地方？"

女孩嘻嘻一笑，说道："不多，昏迷了三天三夜，这是大小姐的卧房，我叫小娥，你肚子饿了吧，这碗参汤刚刚熬好的，快趁热喝了吧。"

小娥手脚伶俐，左臂扶起游云龙的头，右手将枕头立起，将游云龙后背靠在枕头之上，成半躺半坐的姿势，动手之际却是小心翼翼，显得体贴入微。

扶着游云龙坐好，她回头取来托盘，里面有一大碗热气腾腾的参汤，香气扑鼻，小娥将汤匙在碗中搅拌了几下，舀起一匙，吹了一口气，送到游云龙嘴边。

游云龙着实饿得很，一闻参香，食欲大振，再也顾不得东问西问，张口喝了下去，几匙喝过，但觉初入口微微苦涩，再过一刻却是浓香满口，肚中暖融融的，甚是舒服，不一会儿，已将一大碗参汤喝得一干二净。

小娥见他吃得香甜，甚是开心，笑道："啊哟，你吃得这么快，我可再也没有啦。"声音甚是动听。

游云龙重伤在身，所吃的参汤是大滋补的，身体仍是虚弱，先是硬撑着与小娥说笑几句，这时药力入体，但觉头脑昏沉，渐渐睡去。

再睁开眼时，首先见到的却是一双含泪的秀目，苍白俊秀的脸蛋儿上挂着凄楚之色，有如梨花带雨，幽兰泣露，倍惹怜惜，不是自己日思夜想，刻骨铭心的钗儿，还是谁？

游云龙精神大振，喜出望外，一挺身坐了起来，握着钗儿的玉手，欢叫道："钗儿，钗儿，真的是你么？"

钗儿一侧身，缩回自己的玉手，冷冷地道："这位公子，你别认错了，我可不是慕容夜月！"

游云龙知她对自己有误会，大急，向前一扑，抓住了钗儿的裙摆，这一下用力过大，后背奇痛，禁不住闷哼一声。

钗儿听他痛哼，全身一震，当即停了下来，任他抓住裙摆，却也不肯转过身来。

游云龙黯然道："钗儿，你误会了，我游云龙心里只有钗儿一人，这你也是知道的。"说到这里，游云龙心头一酸，热泪滚滚而下，再也压抑不住，哽咽道："钗儿，这几个月来，我无时无刻不在想你……"

钗儿全身又是一震，双肩微微耸动，低声道："我就在这里，有什么好想的！"口气虽然已有所缓和，但仍是冷冷的，就像一块拒绝融化的冰。

游云龙松开双手，缓缓坐回到床中，双目朦胧，犹如梦呓一般讲起了钗儿被掳，自己如何着急，又遇邪教两妖女，如何逢上了慕容夜月，以及在石室中对钗儿无尽的相思……他这番话讲了大半个时辰，却始终语气平淡，仿佛所说的都是在极远的地方发生与自己毫无关联的事情一般，泪水却是一行一行地缓缓流下。

钗儿转过脸来，双眼已是哭得通红，面色却依然冷若冰霜，说道："你已说完了，我也全听到了，好啦，你现在可以走了。"

游云龙嘶声道："钗儿，你真的……不肯听我解释吗？你不相信这是个误会吗？"

钗儿擦了擦腮边的泪水，缓缓地，却极是坚决地摇了摇头，说道："有了一次，就有第二次，孤男寡女，同处一室，看你坐在床边，凝视别人的样子，我就……"

游云龙长叹一声，说道："我游云龙此心可对天表。"说完牙关一咬，已从床上挣扎着站了起来，忍痛一步一步挪到钗儿身边，凄然道："钗儿，我不怪你，我游云龙一生孤独惯了，自小应没人疼没人爱。"心中又是一酸，别过头去，擦了眼角的泪水，缓缓向门口走去。

钗儿伤心欲绝，看他凄凉无助，艰难前行的背影，再也顾不得自己的伤感和矜持，低声叫道："龙哥哥……"

游云龙如中雷击，蓦地回过头来，叫道："钗儿！"

钗儿温香软玉的身子已扑进他的怀中，脸上满是泪水，游云龙欢喜得头脑一阵昏眩，双手将钗儿抱在怀中，温暖无比，心神俱醉，仿佛找到了一处人生的港湾，任世事沧桑，再没什么让他觉得可怕的！

钗儿突然破涕为笑，仰起泪脸，嗔道："人家只说了一句气话，你就真的爬起来就走，瞧瞧你，弄得满头大汗，也不顾人家心不心疼。"一边埋怨着，一边为他拭去额上的汗水。

游云龙憨笑道："当时……当时我见你伤心，不知该怎么办！"

钗儿笑道："什么当时，就是刚才，说我伤心，不如说我不可理喻，你头疼了是吗？"

游云龙双手连摇，忙道："没……没……"

钗儿笑道："看你紧张的，其实女孩子都是这样的，不单单是我，只要知你是对我好，这也没什么……"

过了半晌，钗儿忽又问道："龙哥哥，你怎么到江南来的？"

游云龙将韩天乞留字的事说了一遍，钗儿道："幸好那韩老……伯伯告之你的去向，不然我钗儿在这里住上十年八年的，你也不会找到这里的。"

游云龙这才想起心中有无数的疑团，问道："钗儿，韩伯伯怎知你在江南？"

在钗儿的心中没什么好恶，在她心中，只要是对游云龙和自己好，就是亲近，当她得知韩天乞留字游云龙叫他到江南，找到自己，所以就改口韩老叫化为韩伯伯。

钗儿说道："韩伯伯看见我，并知道我要到南方。"

游云龙奇道："我也见了韩伯伯，为何不见你……"

钗儿道："我被葛阎王掳去，心里思索脱困之计，招呼黑箭，可那葛阎王却甚是狡猾，伸手点了我的哑穴，专往密林里钻，这样黑箭就找不到我了。"

游云龙道："怪不得黑箭在空中盘旋，似乎是失去了目标。"

钗儿一撇嘴道："我是什么目标?!"

游云龙一笑道："我又说错了。"嘴一咧，不觉又是背上一痛。

钗儿见他脸现痛苦神色，忙扶他在床头靠好，说道："你就不用说话，听我说就行了。"

游云龙点点头，钗儿道："葛阎王夹着我三拐两拐，就向对面的山坡奔去，刚上山坡，就被我那'幻影神魔'冯爷爷一掌打死，冯爷爷救下了我。"

游云龙忍不住想问，冯狐怎知你在那里，但想到钗儿叫自己不要说话，到嘴边的话又咽了下去。

钗儿一见他这般神情，妖媚一笑，伸手抚了他一下，笑道："乖，当时，我也感到奇怪，冯爷爷怎知我在这里，原来冯爷爷随父亲出来有事，见黑箭惊叫，就跑了过来，十大神魔中他轻功最高。"

"你也许又要问，我爹怎到了青石镇，这可是我们秃鹰教的秘密，二十年前，中原武林各大名门正派围攻飞云峰，我爷爷被你爹打伤后被救，爷爷突然要归隐江湖，原先想一统江湖的雄心泯灭了，说是报你爹爹救命之恩。"

"爷爷归隐江湖，一个人孤苦伶仃地住在天山脚下，我见爷爷可怜，孤苦一人，就在那茅屋里陪爷爷，爷爷虽然性情怪异，但极疼我。"

"说起来，正因为爷爷疼我，我才救了十大神魔的性命，十大神魔见爷爷雄心不再，以为是你爹害的，说你爹是借用爷爷的报恩心极重，故意和九大门派的人合演了苦肉计，于是就悄悄地带人血洗了九龙堡。"

游云龙一惊，忍不住脱口道："有这事？我怎么未听爹爹提起过？"

钗儿道："那次十大神魔只是想给你爹一点教训，并未将事情闹大，饶是如此，爷爷也为此大发脾气，说秃鹰教虽是魔教，但任何事义字当先，教中的大义是有恩必报，这一点可含糊不得！"

"说实在的，我从未见爷爷发这么大的火，爷爷命十大神魔在祖师爷灵位前自尽而死，十大神魔纵横江湖，但秃鹰教教规极严，教主的权力至高无上，有生杀大权，任何人不得违抗，眼看十大神魔就要死在灵位前，我于心不忍，说道：'爷爷，任何事不能死抠教条，他们虽违背教义，但游……伯伯是伤你在前，叔爷们去给点教训也是应该的，至于游伯伯后不顾与名门正派翻脸救了你，我们以后再报恩，这也是一理。'

钗儿脸上微微一红，因为当时她说出这一番话的时候的确是称游明宇，可当着自己的心上人面怎好直呼其名，所以改称"游伯伯"。

游云龙知钗儿的个性，所以也不在意，他只想后来的事，急问道："后来你爷爷饶了十大神魔没有？"

钗儿歉然一笑道："爷爷执意不肯，说大人做事，小孩子不要在旁边插嘴，并决意要执行，我道他身为教主，任何事要以理服人，他要是这样，我也死在面前。"

"爷爷还是不肯收回自己所说的话，我一掌拍在自己的天灵盖上……"

游云龙一声惊叫道："钗儿，你……"

钗儿心中极甜，笑道："没事，伤是伤了，爷爷还是饶了十位叔爷，为此，我养伤达一年之久，几乎吃尽了世上所有的大补药品。"

游云龙心想：怪不得十大神魔对钗儿如此忠心耿耿，为了钗儿相信，竟割了自己的舌头，眉头都不皱一下。

钗儿又道："爷爷从此归隐江湖，心如止水，但爹爹却不这样认为，他认为秃鹰教几百年的雄心不应因爷爷的一念之差而放手，要知秃鹰教为了一统江湖，励精图治，几乎耗尽了教中几代教主的心血。"

"秃鹰教在爷爷的手上势力如日中天，为了灭了名门正派，一统江湖，秃鹰教搜集了江湖上稍有名气的名门正派的武功秘笈，以及他们中一些重要人物的一些情况，以做到知己知彼，百战不殆。"

"当然，这些重要的书籍，名门正派和其它的一些邪教也都知道，为此他们千方百计攻上飞云峰。"

"要知道，无论是谁，只要取得那些秘笈，假以时日，就会成为一个绝顶高手，并对各门各派的事了如指掌，这就是一件极危险的事，因此，谁都想得到这些秘笈。"

"为了保护这些珍贵的秘笈，秃鹰教没少流血，为了确保万无一失，爹爹就想了一计，在南网地煞的地盘建了这一个枫叶山庄，将那些书转移到这里，谁也不会想到，这些珍奇书籍竟会在这不起眼的庄园里。"

"爷爷归隐后，爹爹就成了秃鹰教的第十七代教主，爹爹雄心勃勃，想在自己手上实现秃鹰教几百年来的夙愿，于是就带着十大神魔再战江湖，爷爷当然也知道，但他也是睁一只眼，闭一只眼，我明白爷爷的心意，打心眼里，爷爷也期待这一天。"

　　游云龙心里默然，想不到自己无意闯进的石室，竟是秃鹰教的禁地，秃鹰教搜罗这么多秘笈和各门各派的简介，内容之详尽，涉及门派范围之广，的确令人咋舌，这些书籍任谁得去，都对武林是一个致命的威胁，这不知耗尽了魔教多少人的心血。

　　钗儿说道："其实，我也不喜欢这样打打杀杀，秃鹰教与各大名门正派都是死敌，犹如两国交兵一般，不是你灭了我，就是我灭了你，力强教旺，但无论正派和魔教，哪个人的手上，不是鲜血淋漓？唉，这样做人又有什么意思，要不是为了你，我才不愿出来呢。"

　　游云龙大为感慨，钗儿这番话似乎说出了他心中一直没有说出的话，他激动道："钗儿，等我找到真凶，报了父母之仇，我们就远隐于市，再不理江湖是非，这样岂不是很好。"

　　钗儿叹了一口气道："那是不可能的，人一入江湖就身不由己了，既使有此心情，再过一段时日，就一切面目全非了，心情自是不一样，你还记念着父仇未报，这就注定了你以后的道路了，我不想你如何，只想你还记得你在那竹房子说的话，无论天涯海角，只要能带上我钗儿就行了。"

　　游云龙心里触动很大，说道："钗儿，只要你不嫌苦，我会的。"

　　钗儿道："女孩活着就是一个情，只要和自己心……和你在一起，又有什么苦的呢！"说到这里，钗儿脸上微微一红，为了掩饰自己的窘态，忙又一掠额上的秀发，话题一岔，又道："我爹爹接任教主后，再战江湖，这事不知怎地让韩伯伯知道了，他就约爹爹到青石镇一谈。"

　　"当时双方都心存戒意，爹爹就带上了十大神魔，而韩伯伯则带上了三位八袋长老和几百名丐帮弟子，谁知被幽灵教的两位神使给先搅了。"

　　"冯爷爷救了我之后，跟我说了这事，我对此不感兴趣，急着要追你。"

　　"却看到你和慕容夜月双双走进了青石镇，并还坐在一起喝酒，并还厚颜无耻地将她扶进房里，还为她盖被，坐在床边傻傻地看着她，那样子……哼！"说到这里，钗儿忍不住情绪又激动起来。

游云龙心惊不已，想不到自己与慕容夜月自走进青石镇，钗儿就看到了，可自己却为何一点也觉察不到呢？

　　游云龙道："钗儿，我有许多疑团要问你呢！"

　　钗儿诡秘一笑道："是不是想问我，那慕容家的小姐为何喜欢你？"

　　游云龙脸一红，说道："这也不完全是……"

　　钗儿笑道："这事其实很简单，一个人爱上另一个人，是不需要什么理由，也许只为一个笑容，或者是一句话，一个行动，她就会莫名其妙地喜欢上你，这事恐怕连她自己也说不清楚，当然，这其间有许多巧合。"

　　游云龙似懂非懂，问道："钗儿，你当时为何不叫我？"

　　钗儿似怒非怒道："我看你怎么做，幸好还算得上个君子，不然，我叫冯爷爷给你好看的，我一气之下到了那破庙之中。"

　　"事实上，我爹和其它九位神魔叔叔早已到了，但事出突然，所以一直未露面，那两个蒙面人竟是你哥哥和南网地煞的儿子小宝，没想到两人已加入了幽灵教，幽灵教想雄霸天下，这一点爹爹早有所闻，爹爹不愿插手这事，这里有他的私心。"

　　"后来，你露面了，并追那突然出来杀人灭口的蒙面人，韩伯伯正准备起身拦你，这时我爹爹出面了。"

　　"不知我爹和韩伯伯在一起谈什么，韩伯伯素与我秃鹰教为敌，但爷爷和爹爹，及至十位神魔叔叔都对他颇为尊敬，可以说，这是对任何人没有的事，就算佛法无边，德高望重的少林方丈智兴大师，以及仙风道骨的武当派掌门长云鹤道长，我们也叫他们为秃驴和牛鼻子老道，唯对韩伯伯一向尊敬。"

　　"我因心里不高兴，就说是韩伯伯将我抓起来并和你一起合伙来欺服我，爹听了勃然大怒，说道：'韩帮主'我们一向敬重你，没想到你却欺服我女儿，原来你故意约我在这里谈些无用的问题，背地里却让人抓了我女儿，并和慕容家那小妖女勾结起来，哼，你的条件我本来可以考虑，但就冲你这一手，我们之间就没得谈了'走，我们走！'"

　　游云龙搔搔头道："钗儿，你真的不该这么任性，怎说韩伯伯抓了你，慕容夜月和韩伯伯又有什么关系？"

　　钗儿道："还不是因为你，我心情不好，就这样，我可不管那么多，你不高兴，以后我向韩伯伯道个歉不就是了。"

　　游云龙道："当时你爹爹和韩伯伯肯定是在谈一些非常重要的事情！"

钗儿道:"具体我不知道,但我可以推测得到,韩伯伯大概是说目前幽灵教已为祸天下武林,叫爹爹和正道武林联手,将幽灵教灭了,其实这事也不怪我,人说知子莫如父,爹爹怎不知我的脾气,他是心里不肯接受韩伯伯提出的条件,但又没有合适的理由,所以借题发挥,就找了个这个理由和韩伯伯翻脸。"

"当时韩伯伯也怒了,说道:'肖亚昌,我敬你是一条汉子,约束武林各派不与秃鹰教为敌,你秃鹰教元气大伤,我正道武林如乘虚而入,你们还不是灭教自绝。'"

游云龙心里一惊,想到钗儿爷爷虽说是为了报父恩,隐退江湖,这其实有他更深一层的考虑,试想,当时如果秃鹰教如还不再收敛锋芒,天下武林再次群起而攻之,那几百年的基业当真会土崩瓦解,肖世平此举的确是太明智了,既为自己争得了声誉,也保全了秃鹰教几百年的基业,经过二十多年的发展,想必秃鹰教已发展壮大了,想到这里,江湖中的明争暗斗,刀光剑影,游云龙心里已有一个梗概。

钗儿见游云龙若有所思,说道:"谈到斗智斗力,应该说我们魔教和正道都各有千秋,只是他们的出发点不同而已,也许正因为如此,才有魔教与正道之分吧!"

游云龙慨叹不已,说道:"所谓正邪之间乃存乎一心,本来难辨,正派中小人不少,邪派中也不乏许多义气冲天的人物,就算是品性不修,但却能坦诚相见,光明磊落地为恶,较之正派中勾心斗角,虚伪矫饰又强得多。"

钗儿扑哧一笑,说道:"你感悟力倒蛮强的,可有很多怀有心机的人却不这么认为,一棍子打死,魔即是魔,佛即是佛,并自我标榜,以此为幌子,从而蒙蔽别人,达到自己的目的,比如说,那晚偷袭的人就全是名门正派的高手,华山派的掌门大师兄杨水扁,还有少林派的'五虎手'圆通和尚,武当派的紫霞老道,他们全都蒙着面,乘我爹离庄,就杀了进来,这岂是什么正大光明的行径!"

说到这里,游云龙一惊,说道:"钗儿,我还忘了问,他们是怎样和你交上手的?"

钗儿道:"我们秃鹰教珍藏了几乎天下所有门派的武功秘笈和内幕秘闻,这几乎整个武林都知道,不知多少人处心积虑想得到,依我看,我们这枫叶山庄似乎已暴露了,许多人知道这庄子里十分诡异,经常有些不明身份的人潜进庄子,但那晚的一伙人虽全是名门正派的人,可有一点我就想不通,他们似乎全都加入了幽灵教。"

游云龙道:"那幽灵教有一种叫'神阳丹'的东西,使人食了上瘾,并为他们所控制，从此不能自拔，一切皆听命于他们，上次带人围攻韩伯伯的就是名噪一时的中州大侠刘子仁，我还碰到丁元海两位师兄弟，还有太湖三十六水寨的'醉龙'操一凡大侠，我爹爹都被害了，我想这些人只是我所知道的，听韩伯伯讲，当今武林中已被幽灵教挟持的人占了十之七八，但令人可怕的是，目前我们对幽灵教还一无所知，唉！"

钗儿柔声道："龙哥哥，我们慢慢查吧，当然，就我们两人的力量，显然太单薄了，我俩连络江湖上的力量，不信斗不过那邪教。"

游云龙道："可惜你爹爹和韩伯伯谈崩了。"

钗儿道："爹爹方面我自会劝说，我相信在利害得失面前，他会考虑的。"

游云龙大喜道："钗儿，没想到你这么深明大义。"

钗儿白了他一眼，嗔道："什么深明大义，我才戴不上你这顶高帽子，现在幽灵教突然崛起，锋芒毕露，等他灭了正派，剩下对付的就是我们魔教了，我可是为我爹考虑，没想到什么深明大义！"

游云龙一笑，道："钗儿，我知道你好就行了。"

钗儿低头不语，游云龙突然道："韩伯伯留字叫我到江南是什么意思？"

钗儿笑道："叫你到江南找我呗！"

游云龙奇道："他怎么知你在江南？"

钗儿道："我爹爹和韩伯伯闹翻了后，我爹爹带着我和十位神魔叔叔拂袖而去，韩伯伯突然拦住我，喝道：'钗儿，今天你将事情说清楚再走。'"

"我明知理亏，但我个性如此，又怎肯认错，说道：'我说的句句都是实情，不信你去看看，游云龙和慕容夜月就在一起，哼，关我什么事。'"

"爹爹沉声道：'韩老叫化子，你自信拦得住我？如果那姓游的有种，你就叫他到江南来找我澄清事实。'"

"说完，韩伯伯和我爹对了一掌，就在这时，江面传来一声尖锐的嗯哨声，这是丐帮传讯的紧急信号，韩伯伯脸色大变，向东面急纵而去。"

"没想到你果真到了江南，我叫冯爷爷留意街上的陌生人，结果在酒楼碰到了你，龙哥哥，这两个多月委屈了你。"

游云龙道："钗儿，既然你在庄上，你为何不出来见我？"

钗儿叹了一口气，说道："我被爹爹带到江南，一直关在房里，他不让我和你见面，我想这除了他不愿低头，最主要的是怕我和你在一起，泄露教中的秘密，没法，我只好打发冯爷爷偷偷来见你。"

游云龙一惊，说道："钗儿，照你这么说，你爹岂不是要将我关在石室里一辈子？"钗儿接口道："所以我叫人把你引出来了。"

"没想到你一出来就走火入魔，你不知当时的情形多么凶险。"

游云龙急道："范前辈他……"

钗儿神色一黯，说道："范叔叔因气力不支，加上中了杨水扁寒冰掌，他已……在千军万马中，数十年前正邪大战，范叔叔没以身殉教，没想到这次却死在这些毛贼手上。"

游云龙心中大痛，说道："范老前辈是为了救我，才……"

钗儿道："我想我爹他肯定以为以前我和你在一起的时候，我已将教中的事全告诉你了，对这一点，爹就存了个心，所以就传言韩伯伯让你到江南来找我，正好将你抓住，囚禁起来，为了整个秃鹰教，我想我爹真会让你在石室里囚禁一辈子的。"

游云龙不由出了一身冷汗，心想：原来这其间还有这么多算计，幸好钗儿将我救出，否则我可又要过上几十年的暗无天日的石室生活。

钗儿笑道："怎么样？！怕了吧，不过，我就算想尽千方百计也会将你救出的，怕你在石室中烦躁，所以就命冯爷爷去见你，让你安心。"

"当时我心里也是焦急万分，但苦于无良策，幸好爹爹前几天有事出去，说是幽灵教在河北分舵闹事，爹爹就带着八位神魔叔叔到河北去了，留下冯爷爷和笑面神魔范叔叔看庄，明着说是看庄，其实是留下来看着你和我。"

"谁知道这是幽灵教的调虎离山之计，爹爹前脚刚走，幽灵教后脚就进庄了，被我和范叔叔撞见，一见面就打了起来，这时冯爷爷已上街喝酒了，说实在的，冯爷爷一生嗜酒如命，爹爹在庄的时候，严禁庄上的人在外抛头露面，冯爷爷憋得差不多了。"

"那几个人武功奇高，其中两个人和我与范叔叔单打独斗，也旗鼓相当，这时黑箭将你引了过来。

钗儿柔声道："范叔叔对我们秃鹰教忠心不二，加上性格刚烈，只要你记得他，他也就含笑九泉了。"

游云龙道："那几个贼人后来都逃脱了？！"说这话时，游云龙怒容满面，咬牙切齿。

钗儿道："你中了一掌昏倒以后，幸好冯爷爷回来了，那杨水扁见自己被人认出，想杀人灭口，但冯爷爷突然出现，凭他们几人，要想达到目的，也不是一时半刻的事，还有他们也怕我教中弟子回援，就匆匆逃走了。"

"冯爷爷得知范叔叔已惨遭毒手，心中大恸，我们将他埋在后山上。"

两人一阵默然，游云龙道："钗儿，你知不知道你爹爹将那些书放在哪里？"

钗儿摇摇头，说道："这件事极为机密，只有爹爹和十大神魔知道，再说，我也不想知道，爹爹没告诉我，但可以肯定是在庄上。"

游云龙迟疑道："钗儿，我说了你不要生气，我无意中闯进去了……"

于是就将自己如何进去的事说了一遍，钗儿听了不但不恼，反而心中大喜，说道："龙哥哥，你真是好深的福缘，那'听音剑法'可是武林至宝，不知多少人眼红着想要，听爷爷说，'听音剑法'可是剑法中的至尊剑法，只要习得，就可称得上是剑中之圣了，当年天下独夫凭这一手剑法，独步天下，无人能敌，所以才取名为天下独夫，虽说名头有点过大，但也是情理之中，试想九大门派的掌门联手，都败在他的剑下，这一身惊世骇俗的功力，你可想而知。"

"爷爷还说，这是秃鹰教第十代教主在天目山上救了一只灵猿，那灵猿脚断了，他用接骨手法将灵猿脚给接上了，那灵猿叩头而去，第二天就为他带来了武林中传得玄乎其玄的'听音剑法'。"

"得到这武林至宝，秃鹰教各代教主竭思殚智，想悟透秘笈上的神功，但都没有一个练成，后来，教里忙着一统江湖，这事就搁下了，没想到这其间还有如此练功的法门……"

游云龙心里一松，说道："可惜，秘笈就毁在我手里。"

钗儿道："你就不要那么迂腐了，那听音剑法本来就这么练成，秘笈再好，但他毕竟是死物，没被人利用，就如同埋在沙里的金子，那又有什么价值？"

这么一说，游云龙心里大感释然，说道："说是这么说，钗儿，你爹爹知道了，会不会……"

钗儿抿嘴一笑，说道："这就要看你的了。"

游云龙说道："看我什么？"

钗儿道："你自己去想吧，为何任何事都要我说透！"

游云龙不解，在一边苦想，钗儿一点他脑门，笑道："别想了，顺其自然吧！"顿了一顿，钗儿又道："龙哥哥，你现在已出来了，你准备到哪里去？"

游云龙道："我觉得慕容家的疑点甚多，我想到慕容府走一趟。"

钗儿道："是不是还惦挂慕容夜月，想去看看？"

游云龙脸上大窘，支吾道："钗儿，我可是有正事的！"

钗儿笑道："我只是和你开玩笑，龙哥哥，你是个实心眼，我怕你再次上当，我陪你一起去吧！"

游云龙大喜，说道："钗儿，你真好！"可转而一想，又觉不妥，说道："我们俩走后，你爹爹回来怎么办？"

钗儿眼珠一转，说道："这你就别担心了，我毕竟是爹爹的女儿，他不会对我怎样，只是我们不将这里的秘密说出去就行。"

见钗儿胸有成竹的样子，游云龙再也没说什么，钗儿道："你伤还没好，就静心在这里养几天，等伤好了，我们就上路。"

经过这一次重逢，两人更情深意浓，相信世间再没什么东西能使他们分开，钗儿陪游云龙在房里谈心，扶着他在花园中散步，说不出的柔情蜜意。

过了五天，游云龙的伤已完全好了，可这五天中，游云龙从却未看到"幻影神魔"冯狐露面，问钗儿，钗儿嫣然一笑道："他去喝酒了。"

游云龙料想他肯定是让自己和钗儿多在一起，借故走开了，也就不多问。

又过了一天，游云龙已完全恢复了，钗儿叫小娥将冯狐找回来，交代了一些事情，并写了一封信，塞进竹筒里，叫黑箭送给她爹爹。

两人策马上路，钗儿将游云龙带到范竹楼的坟前。

游云龙见枯木之下，树桠之间，兀然起了一座黄土新坟，钗儿点燃三炷檀香，插在坟前，盈盈跪下拜了三拜，游云龙也跟着叩首。

两人一路西行，天色将晚，两人来到一个镇上，要了两间房，住了下来。

两人吃了一些酒菜，信步出了客栈，想到街上逛逛。

沿着大道走到头，才转过弯子，只见一大堆人围成一个圈子，齐齐翘首，伸着颈，似是在争看一件什么稀奇古怪的东西。

钗儿心情极好，见不得热闹，一拉游云龙的手，说道："龙哥哥，我们过去看看。"

圈子中蹲着一个乞丐，三十多岁年纪，生得面目粗犷，身上肌肉虬结，显得颇为威武，暗道：这人似乎身怀武功，难道是丐帮中人？

只听乞丐高声叫道："我叫张得胜，初到贵地，人说'在家靠父母，出门靠朋友'，我在这里为大家表演小玩意，以博各位客爷一笑，有钱的捧个钱场，没钱的捧个人场，今天我要为大家玩的是'蛤蟆教书''狗坐轿'！"

几句场面话说完，他从身后拽出一只口袋，从里面掏出六只小凳来，其中一只大如饭碗，另五只却小如菜碟，他将大凳摆在前面，五只小凳摆成半圆，围在一边。

众人不明所以，纷纷交头接耳，钗儿也大有兴趣，聚精会神地看着。

中年乞丐从怀中又掏出几个小布袋，随手抓出一只大青蛙摆在大一点的木凳上，再将五只小青蛙，分别放在五只小凳上，众人见六青蛙，瞪大眼睛，规规矩矩，像模像样地蹲在凳上，无不啧啧称奇。

中年乞丐退后一步，用手中的鞭子指着大青蛙喝道："大儿子，给在场的各位大爷、小姐打个招呼，作个揖。"

众人一听，轰然大笑，叫青蛙"儿子"的还是第一次听说，如果是猴子作揖打躬，还见过，哪有青蛙作揖的？

那个大青蛙听了中年乞丐的话，四下望了一眼，突然立起身子，前脚一抱，向四方作了一圈揖，并"阁阁"大叫起来，五只小青蛙也跟着"阁阁"叫了起来，此起彼伏，极是齐整，大家见大青蛙滑稽情状，无不笑得前俯后仰。

中年乞丐又唤出三只白毛狗出来，并从箱子里拿出一顶小红轿子和一块红布，高声叫道："娶新娘子喽！""咣咣"，用手里的锣敲了两下。

两只稍大一点的白毛狗，将红轿子抬起，稍小一点的白毛狗像人一样，羞羞答答，中年乞丐用红布将它头搭起，像个新娘子，然后牵着它上了红轿，两只稍大一点的白毛狗，抬起小红轿，忽闪闪地绕着众人走了一圈，众人"轰"的一声，啧奇叹异之声良久不绝，钗儿也看得娇笑起来，说道："不知那狗何来的羞态。"

游云龙笑道："出嫁娶亲乃人生大事，怎个不羞。"

中年乞丐托着一个瓦盆，绕场走了一圈，到游云龙和钗儿面前，笑道："这位相公一表人才，乃大福大贵之人，这位姑娘灵气聪慧，真是一对璧人，公子爷请赏几个小钱。"

钗儿见人说她和游云龙是一对璧人，芳心大喜，笑吟吟地从怀里掏出一些碎银，中年乞丐忙叩首称谢。

等中年乞丐转到别处，钗儿忽然想起什么，惊道："龙哥哥，你看那乞丐怎这般眼尖，明明我是个男装，他却一眼就看出来了。"

游云龙道："江湖艺人，走南闯北，见多识广，认出你也不足为奇。"

钗儿道："我想起来了，我总觉得他看我俩的眼神有点怪怪的。"

天色已晚，众人渐渐散去，游云龙和钗儿也要回到客栈，刚走不远，就听见有人喊道："二位等一等。"

游云龙回头一看，正是那中年乞丐，挑起一副行当，一边招手，一边在喊。

两人停了下来，中年乞丐快步走上来，游云龙道："兄台可是叫我们?"

中年乞丐道："是这样的，我只是行乞混口饭吃，没想得到二位如此抬举，常说人敬我一尺，我当敬人一丈，今天我想请二位移步小酌几杯，免得小的以后长期挂怀。"

游云龙道："兄台太客气了，你做得好，几两碎银也是应该的。"

中年汉子道："公子这般说，可是瞧我不起?"

没法，两人只好随着中年乞丐上了酒楼，小二见游云龙和钗儿两人衣着华丽，早迎上来，可两人身后的乞丐却脏兮兮的，衣不蔽体，却有点不伦不类，正准备出手阻拦中年乞丐，中年乞丐微微有些怒意，从怀里掏出一锭银子，说道："今天我做东，你们酒楼有什么好菜，尽管上来。"

有奶便是娘，有钱便是爷，小二认钱不认人，马上换上一副笑脸，将三人迎进去。

三人落坐，片刻间，酒菜摆了一桌，中年乞丐为二人斟满酒，说道："我这是借花献佛，来，我先敬二位一杯。"

说完一饮而尽，中年乞丐显是饿极，将一盘牛肉和肥鸡也风卷残云般吃下肚中，抬头见两人端坐不动，不好意思地笑了笑，说道："下贱之人，饿得慌了，吃相不好，倒叫二位见笑了。"

游云龙见他吃得豪迈爽快，且出语不俗，心里颇感惊奇，笑道："兄台尽管吃好了，我们刚已吃过了。"

钗儿忽道："兄台辞锋犀利，定非常人，若我眼光不错的话，兄台亦非寻常乞丐，不知兄台与丐帮有什么渊源?"

中年乞丐脸色一变，狐疑道："二位尊姓大名?"

钗儿见他并不否认，想自己所料十有八九不错，浅笑道："我两兄妹也是出来闲逛，谈不上什么名号，不知韩帮主现在在哪里?"

中年乞丐肃容道："在下是黎长青，现在帮中为七袋弟子，执掌这阳川分舵，帮主事务甚多，前几天才从这里离去，二位与帮主相识？"

钗儿笑道："有过一面之缘！"

中年乞丐忙站起身来，抱拳道："既识得帮主，就是我丐帮的朋友，我黎长青敬二位一杯。"

七袋弟子在丐帮中辈分极高，仅排在三个九袋长老和七个八袋长老之后，黎长青酒量甚豪，喝了许多，却全无醉意，且言谈之间，说古论今，显见才识非凡，谈到酣处，意气飞扬，游云龙大有好感，于是两人就推杯换盏喝了四五十杯。

游云龙忽觉小腹之中有一团气息软软的，热热的，正自缓缓流动，四肢渐感无力，他酒量甚大，不到百杯以上绝不会出现此种状况，当下心头一凛，见钗儿也粉颊酡红，似有醉意，向黎长青望去。

黎长青正笑容可掬地望着他和钗儿，笑道："二位有什么不妥么？你们身子累了，还是歇歇吧，睡吧，乖，睡吧！"

语言柔和至极，像是一位慈母对摇篮的婴儿说话，如清风拂体，使人听了，倦意顿生。

游云龙心知不好，欲待提气喝问，竟觉丹田中空空如也，满腔的真气一下子仿佛被人抽空了一般，无影无踪。

黎长青的双眼恍惚已变得幽蓝澄澈，死死地凝视着他和钗儿的双眼，语气更加轻柔，像母亲对婴儿的呢喃，柔声道："游公子，肖姑娘，你们都困了，睡吧，睡吧。"

原来他早知游云龙和钗儿的名，游云龙极力想摆脱他的双眼，可头脑却昏沉沉的，竟舍不得转过头去，两片薄薄的眼皮仿佛有千斤之重，黎长青脸上现出一丝狞笑，越来越模糊……慢慢地，游云龙终于头一沉，倒在桌上睡着了。

醒来时，发现自己和钗儿被捆得像粽子一般，前方数十步处，高高矮矮地站了二三十人，这些人都黑衣蒙面。

此时正值午夜，无星无月，但游云龙还是看清了那些人的身影，只见黎长青躬身说道："左使大人，真是神机妙算，这两个小贼果然来了阳川镇，小的用'摄心大法'将他们擒住，请左使发落。"

被称作左使的人也是黑衣蒙面，身上绣着一个骷髅，游云龙头脑中念光一闪，幽灵教的人，这黎长青是丐帮七袋弟子，难道也投身到了幽灵教？这一惊非同小可。

那左使冷声道："黎长青，你已为我教立下奇功一件，我自当禀报教主，差人前来将游公子和肖姑娘带过来！"

黎长青一欠身道："遵命！"说着走到游云龙和钗儿面前，笑嘻嘻地道："游公子醒啦，睡好没有？"

钗儿还没醒，游云龙向他一笑道："承蒙黎兄施法，我这一觉睡得甚是香甜，黎兄你这法子虽然卑鄙了点，却难为你装得那么像，佩服，佩服，唉，可惜啊可惜！"

黎长青想不到那游云龙不怒反笑，不由一怔，怒道："有什么可惜的？"

游云龙道："可惜一个乞丐七袋弟子，却如此卑鄙，奴颜婢膝，入身邪教，你今日得罪了我，倒是小事，日后若被韩帮主得知，看你如何在丐帮立足！"

黎长青嘿嘿冷笑道："我已不是丐帮的人，我所作做一切都是自愿的，与丐帮无关。"

游云龙道："这怕未必是自愿的，我看你现在是欲罢不能，是吃了神阳丹吧！"

黎长青脸色大变，目泛凶光，伸手将游云龙和钗儿提起，"啪啪"，扔在地上。

黑衣左使凝神不动，屈指一弹，分点游云龙和钗儿身上的"肩井穴"，冷声道："带走！"

游云龙心里一骇，这人内功也当真了得，只闻说隔空打物，没想到他竟能隔空打穴，认穴奇准，力道刚好，幸好游云龙学会了转穴大法，一运气，将肩井穴下移了三寸，这人虽然说话有些装腔作势，但听起来似是年龄不大，且非常耳熟，似在哪里听过。

随着黑衣左使话音一落，马上有两人将游云龙架起。

黑衣左使缓步上前，伸出手来，"啪啪"数声，将游云龙身上的牛皮索尽数搋断。

游云龙身上束缚一脱，暗自一提真气，觉得真气不振，心想：那酒中下的药物果真厉害，自己竟丝毫使不出内力来，加上身上的琴囊和长剑已不知去向，心中不由暗暗叫苦，但不能等死，就算是为了钗儿，也要拼死一搏，想到这里，游云龙大喝一声，所有的人不由一怔，那黑衣左使更是大惊，说道："转穴大法？！"

游云龙乘他们一怔之下，右跨一步，曲起左手两指，疾向站在身边的黎长青双目挖去。

这突然一招，黎长青大骇，眼见游云龙双指来势奇快，忙左手翻起，护住面门，右手成钩，反拿游云龙腕脉。

一拿之下，却拿了个空，只觉腰间一动，风声飒然，挂在腰间的从游云龙和钗儿身上解下的长剑已落入了游云龙手中。

游云龙这一下不运内息，全使巧劲，出手迅疾，当机立断，黑衣左使一怔之下，也来不及救助。

游云龙伸手一拍，解开钗儿的穴道，并同时将长剑递出，长剑在手，游云龙精神略振，钗儿穴道被解，显然也是真气不济，不敢抢先出手。

黎长青见在众目睽睽之下，被游云龙夺了长剑，脸上无光，特别是在左使面前，忙一摆打狗棒，扑上去。

黑衣左使喝道："退下，我来会会游公子，你去对付肖姑娘，不可伤了她的性命。"

黎长青将打狗棒一晃，向一旁的钗儿扫去，钗儿举剑一格，"当"的一声，长剑落地。

黎长青一惊，没想到这么轻易得手，旋即明白，打狗棒直点钗儿的"肩井穴"，钗儿一软，倒在地上，黎长青大叫道："左使，那小子中了我的'麻骨散'，内力已失，让我来对付他。"

黑衣左使冷哼一声，说道："闭嘴！"目光如电，扫了一眼黎长青，黎长青打了一个寒颤，结结巴巴道："是……是……"垂手退在一边。

黑衣左使嘿嘿冷笑，转过身来，冷冷地道："上次你从葛阎王手上逃走，哼，看来你果真有两下子，要不是教主下令定要生擒你，恐怕你早已死了不下十次，让我看看你有多高的能耐！"说着"呼"的一掌劈出，他黑衣上两条衣带被掌风带到，笔直射出。

游云龙侧身还了一剑，刺向对方小臂，黑衣左使掌到中途，见剑势来得奇巧，不禁心头一沉，右手疾收，左掌已发。

游云龙剑尖一晃，停在他右腕处，虽说此时，他已身中"麻骨散"，但若黑衣左使不收掌，手掌势必被洞穿。

两人斗了十余招，游云龙额头见汗，脚步踉跄，剑上的招数却是神妙无方，他全无内力，仗着剑法的神妙，一指一划之间，化解了黑衣左使许多杀招。

斗到第二十招时，游云龙听出他拳势上有一空隙，长剑递出，"噗"的一声，已在黑衣左使的右臂上划了一道口子，伤虽不深，鲜血却将衣服浸透。

黑衣左使心惊不已，心想：这小子所使的根本不是什么招式，只是东刺一剑，西刺一剑，虽剑上没什么力道，但所刺的都是他防不胜防的破绽之处，教主命自己亲自来将这小子捉到雪山古堡，原以为教主小瞧了自己，看来这小子的确有过人之处。

当下他一声大喝，两脚使力，倒纵出一丈有余，站得远远的，喝道："大家一齐上，将这小子抓住。"

被他带来的二十几人全是各门各派的高手，这些人门派虽然不一，武功造诣也各有高下，却个个在江湖上名声不小，见左使亲自出手，左使的武功他们是清楚的，暗自揣测，就是自己这等身手，也不是他的敌手，没想到这小子却在二十招一剑伤了他，这一下倒出人意料，所以觉得群起攻之是理所当然。

二十人全神戒备，各持兵刃，围身而上，猛地，不知谁了喊一声，打头数人齐声叫，旋风般卷了过来，霍然，游云龙上中下三路已被风声罩住。

游云龙此时哪顾得那么多，一下子豁出去了，长剑连点，如天女散花般向每人举手抬足间的破绽各刺出一剑。

攻来的五人之中，有两人变招快捷，回过手中大刀，磕开游云龙的长剑，其它三人皆已受伤。

游云龙见听音剑法大显神威，信心培僧，长剑又进，点中了一人的双腕，"当当"两响，却是金铁相撞之声，显是戴了钢制的护具。

那人略顿了一顿，两把飞镰呼啸而来，游云龙不能纵高跃低，疾避时稍迟一步，左腿上被划了一道深深的口子。

钗儿在一边惊叫一声，芳心大急，苦于自己穴道被制，全身无力，不能相帮，看来今日是凶多吉少了。

使飞镰的一招得手，正窃喜，突觉前心一凉，游云龙长剑下划，已将他穿胸而过。

这些只是电光石火之间的事，周围早有十数件兵刃夹攻而来。

游云龙长剑倏发倏收，没有退让，只有进攻，只听惨叫连声，"锵啷"声大乱，兵刃掉地不少，同时游云龙后腰也被人踹了一脚。

就这般不顾性命地斗了一会儿，攻来的人几乎人人挂彩，游云龙身上也受了四五处轻伤。

但这些人都被药物控制，没有黑衣左使的命令，哪个敢临阵退脱，全都拼命攻上，前仆后继，游云龙既耗心力，又耗体力，全身已是大汗淋漓。

蓦见两个身材奇壮的汉子挥动流星锤，势如疯虎般冲了过来。

流星锤是游云龙最为熟悉的兵器，在石洞中十五年，就是流星锤伴他度过的，他能在千条流星锤中穿梭，两个流星锤算什么？

游云龙一猫腰，变刺为削，"扑哧"两声轻响，两大汉一条左臂和一条右臂齐肩削落。

两大汉痛彻心扉，同时大吼扔锤，但却不跃开，反而着地一滚，来抢游云龙双腿。

游云龙见两人拼了命，也是一惊，长剑疾刺数下，那两人毫不防范，全中在要害之处，两人口吐鲜血，双目暴睁，已是气绝，但还是紧紧抱住了游云龙的双足。

游云龙惊骇不已，长剑向右划了半圈，逼开抢上的六人，只听左侧风声作响，忙剑交左手，倏地刺出。

"当"的一声，长剑已刺在熟铜棍上，使棍的蒙面人手中铜棍一摆，将游云龙手中的长剑磕飞老远，跟着向前仆倒，众人一围而上。

游云龙长叹一声，埋下头去，闭目待死，钗儿大叫道："龙哥哥……"拼力叫，却被左侧一个左额有黑痣的蒙面大汉拉住，钗儿低咬了他一口，那人一声惨叫，甩手打了钗儿一巴掌，这一巴掌极重，钗儿一下子被打昏了。

就在这时，只听左边的松树上喝一声"打！"声音未落，十余枚硬物由上而下，闪电般破空而至，发出呜呜的响声。

那些人猝不及防，只各觉虎口一震，手中兵刃已被震开，虎口也被震出血来。

众人大惊，纷纷后退一步，再看那还在地上滴溜旋转的暗器，却是一把青青的松子。

"砰"的一响，一个身穿锦服的人手持着一把金光闪闪的长剑直掠而下，夜风中，衣袂飘飘，恍若一头怪鹰一般。

游云龙眼尖，大叫道："慕容前辈！"

来人正是慕容辉，江湖上只有"金剑追魂"慕容辉才有这柄金光闪闪的金魂剑。

慕容辉一出现，仗剑而立，双目中精光暴射，朗声喝道："幽灵教的妖魔，哪个先来受死！"

他这一喝，各人耳中嗡嗡作响，奇怪的是，那黑衣左使全身一颤，急急地一挥手道："撤!"

众黑衣人见首领下令，扔下钗儿，连滚带爬，逃之夭夭，如鬼魂般隐没于松林那端。

慕容辉也不追赶，返身走到游云龙面前，"腾腾"两脚，踢在犹自死抱着游云龙双腿的那两具大汉的尸体，扶起游云龙，说道："贤侄，老夫来迟一步，让你受惊了。"

游云龙深深一揖，道："多谢慕容前辈救命之恩。"

慕容辉忙扶住游云龙道："贤侄，这是哪来的话，你说这话就见外了。"

说话时，才瞥见还有一人冷冷地站在一边，钗儿穿着男装，他一时没有认出来，游云龙忙道："烦慕容前辈将钗儿穴道解开。"

慕容辉一怔，大笑道："你看，我道是谁，原来是肖姑娘！"说着走了过去，遥遥拍了一掌，将钗儿被点的穴道解开。

钗儿并不领情，说道："慕容老爷子，怎么这么巧，让你撞上了！"

秃鹰教的圣女肖雪钗性情刁钻，这在江湖上几乎人人皆知，慕容辉也不以为意，笑道："是巧得很，老夫正要到阳川办一点私事，没想到在这里撞上了你们，贤侄，你和肖姑娘怎么也在阳川，又怎么和幽灵教的人斗上了？"

游云龙道："我和钗儿正准备到府上，没想到在这里中了幽灵教的歹计，差一点……幸得慕容前辈出手相救。"

慕容辉虽一口一口称游公子为贤侄，但游云龙却不叫他慕容伯伯，在游云龙的心里，慕容辉和韩天乞虽都是父亲的好友，但对慕容辉，他始终觉得有一些隔膜，这隔膜包含什么，他也不清楚，反正他就可以亲切地称韩天乞为韩伯伯，而称慕容辉却怎么也叫不出口！

第十一章

慕容辉也没注意这点，听了游云龙的话，大感意外，说道："贤侄，上次你从府上不辞而别，我可急死了，不知是什么缘故，难道庄上有什么人得罪了你？后来夜月和小红也不见了，伯伯这次出来，就是找你们的，龙儿，你看到夜月和小红了吗？"

游云龙一惊，说道："在桐乡镇，我遇到了慕容姑娘，后来我俩又分开了。"

慕容辉微一沉吟，说道："奇怪，伯伯走遍大江南北，却不见她，不知……唉，这夜月……我……"说到这里，慕容辉向钗儿看了看，欲言又止。

游云龙虽对钗儿一往情深，心无旁人，但慕容夜月毕竟对自己情深意重，为了自己，才离家出走，小红还死在妖女的手里，心里也颇为内疚。

慕容辉道："龙儿，你说和肖姑娘要到府上，正好我们一道回去，再商量怎么找夜月。"

钗儿说道："慕容老儿，劳你和龙哥哥一块走，我还有事，免得在一边碍手碍脚，看着心烦。"说着转身欲走。

游云龙急道："钗儿，你要到哪里去？"

慕容辉知道钗儿这是不喜和自己同行，哈哈大笑道："北网天罗的孙女儿的确厉害，好好，龙儿，我就先走一步，在慕容府等你们。"说着身影一长，就飘然而去。

游云龙望了一眼钗儿，说道："钗儿，你这是……"

钗儿朝他一笑，说道："我不喜欢慕容老儿，总觉得他鬼鬼祟祟，嘿，龙哥哥，你说刚才那黑衣左使有点像谁？"

游云龙一凛，说道："那人武功奇高，可年纪又仿佛和我们一样大，虽然说话拿腔作势，但那种嗓音，以前似乎在哪里听过。"

钗儿道："你觉得像不像那慕容舒畅的声音？"

游云龙恍然大悟，说道："对，难怪我觉得如此耳熟，不错，就是他的声音。"

钗儿道："还有那慕容辉一出现，他们就不战而逃，我还发现那黑衣左使全身哆嗦了一下。"

游云龙道："那我们更要到慕容府去走一趟。"

钗儿道："现在不急，那慕容老儿不远千里到阳川来，绝对不是单纯为找他女儿，他一定有其它要事，而我们内力还未恢复，就先在阳川滞留两天。"

经过一夜的狠斗，游云龙也觉倦得很，说道："钗儿，我听你的。"

两人回到客栈中，各自回房蒙头大睡，这一觉睡得酣畅淋漓，等醒来时，游云龙发现窗外已是红日西斜，钗儿正坐在床边，低眉浅笑地望着他。

游云龙腾地坐起，问道："钗儿，我睡了多长时间？"

钗儿笑道："就是从昨天晚上睡到现在，看你睡得太香，我没忍心叫醒你，龙哥哥，你运运气看看，内力恢复了没有！"

游云龙坐直身子，运气三转，觉得全身精神奕奕，功力已完全恢复，欣喜道："钗儿，我没事，你呢？"

钗儿笑道："我可比你早解毒，昨晚你经过一番狠斗，体力消耗太大，所以才睡到现在，好了，你肚子饿了吧，我们下去吃点东西。"

游云龙道："这么长时间，小二怎么没来打扰我们？"

钗儿道："是我叮嘱他们，叫他们一天不得上房来。"

两人吃过晚饭，坐谈了一会儿，就各自回房休息，游云龙回到房中，便即盘膝打坐，修"龟息神功"，片刻之间，心地空明，纤尘不染，只觉得真气在奇经八脉之中缓缓流动，极是舒服。

蓦地，游云龙听见数丈之外有轻踏瓦片之声，接着衣袂带风，似有两三个人从房上掠过，从这响声判断，这夜行人轻功着实不错。

游云龙一惊，想道：莫非幽灵教的人又来寻自己？奇怪的是，这幽灵教为何三番五次追杀自己？看你们到底弄什么鬼！

当下悄悄起身，抓剑在手，打开门，突见一个人站在房门口。

游云龙一惊，退了一步，那人"嘘"了一声，游云龙一笑，原来是钗儿。

两人一点头，握手一纵，已落到屋顶之上，当真是轻如柳絮，一点声响也无。

游云龙立定身子，放眼望去，只见前方十余丈处有两个人正自纵跃如飞，直向南面而去，从背影看，这两个人似是女人，左边的女人怀中似乎抱有一物。

游云龙心想：这两人都未穿夜行衣，不像去做什么诡秘之事，而是疾疾赶路的模样，他们从自己的屋顶一掠而过，看也不看，显不是冲自己而来的，难道是莲花教的妖女？

回望钗儿，钗儿往前一指，两人心灵相通，各提一口真气，悄悄地跟在那二人身后。

一前一后，四人穿房越脊，走了约两炷香时分，只见两人互相打了个手势，向一个大院中落下去。

游云龙正待跟下，钗儿一把拉住他，用传音入密的功夫说道："下面情况不明，不能鲁莽，我们站在远处，看看情况再说。"

两人退到二三十丈远的屋顶上，趴下身子伏在屋顶上，透过窗子，正好看到里屋的情形。

里屋是个大厅，厅子很大，但没有什么摆设，只有八把椅子，里面灯火通明，厅上又坐着两个人。

一个面容清癯，头发梳得整整齐齐，眉毛和短须银白，太阳穴高高凸起，面色阴沉的老人坐在上方的太师椅上，身上穿着一身玄黑，胸前绣着一个大大的骷髅，使人看了有一种说不出的诡异之感。

而坐在他下方的人，身穿着华丽的锦服，腰系黄金长剑，正是"金剑追魂"慕容辉，两人谁也没说话，默然而坐。

突然，门外一声怪笑，一个鸡皮鹤发的老妇人和一个面容清秀，冷艳无比的中年妇人走了进来，那妇人怀里抱着一个婴儿，婴儿用布包着，只露出黑黑的头，这两人正是游云龙和钗儿跟踪而来的两个人。

游云龙握着钗儿的手，趴瓦面上，大气都不敢出，游云龙感觉到钗儿也颇为紧张。

那白眉老者和慕容辉一见老妇进来，两人都站起身来，慕容辉一欠身，说道："三师妹，我还以为你不来了呢！"

老妇拄着钢拐，躬着身子咳了一气，阴恻恻地说道："两位师哥叫我，我焉有不来的！"

慕容辉看了一眼中年美妇，说道："想必这位就是大名鼎鼎的'百毒娘子'朱梦娇！"

中年美妇抱着婴儿款款走前，福了一福，说道："梦娇见过两位师伯。"

慕容辉忙退后一步，似是非常惧怕那中年美妇，说道："不用多礼，请坐，请坐！"

中年美妇怀里抱着的婴儿似乎比一两岁的孩子还大，和那老妇坐下后，竟旁若无人地解开衣扣，为那婴儿喂奶，轻拍着婴儿的身子，神情甚为恬淡，像所有幸福温馨的母亲一样。

白眉老者一直没开口，静了一会儿，他突然开口道："今天晚上，我约慕容师弟和蓝师妹来，是有事和两位相商。"

慕容辉和那姓蓝的老妇脸上没表情，静静地听着，白眉老者又道："师父一生就收下我们师兄妹四人，虽然我们四人脾气性格大相径庭，各不相同，但自出江湖以来，经过了三四十年的风风雨雨，现在已各有成就，我恪守师命，创下了'幽灵教'，三师妹也成了南方霸主，已和北网天罗分庭抗礼，这一点实在令人欣慰，只有二师弟，和四妹师不喜江湖争斗，且二师弟对四师妹一往情深，这在我们四人之间已不是什么秘密，可惜落花有意，流水无情，四师妹独喜欢上'九天琴圣'，这本非我们所愿，四师妹的确为了师命，还是毅然斩断情丝，使'九天琴圣'被我教所控制，并将宇内三圣一网打尽，虽然她颇有愧意，并上雪堡行刺于我，但她这份功劳却是功不可没，唉，只有二师弟虽在武林创下了显赫的慕容世家，但你所做的一切，似乎与师父的遗命背道而驰，这的确让人寒心啊。"

白眉老者一口气将话说完，双目如冷电，凝视着慕容辉。

游云龙的思绪随着白眉老者的话跃跳，这白眉老者就是臭名昭著，在江湖上神秘无比的幽灵教教主。

而那老妇却是南方黑道枭雄女魔头蓝姬，南网地煞，幽灵教主，金刀追魂竟是师兄妹。

他们还有一个师妹——四师妹，这四师妹对父亲一往情深，并且害了父亲，难道这人就是自己从未见过面的娘？

白眉老者创立幽灵教，蓝姬与北网天罗之争，四师妹害了父亲，这一切似乎是在遵从师命，他们为什么要这么做？

游云龙头脑飞快地运转，从白眉老者的话中已想到了许多，而这些对他来说是多么重要，游云龙的心里紧张万分，生怕听漏了什么，一边思索，一边凝神倾听。

慕容辉听了白眉老者的话，说道："大师兄，所谓人各有志，师父在世只是和师伯之间发生误会，所以才一气之下留下遗命，这不是他的本意，再说，师兄你所使的手段，我也并没阻拦你之意。"

白眉老人冷哼一声，说道："不错，人各有志，你不遵师命，我作为大师兄，也没强求于你，这些年来，你与'九天琴圣'和韩天乞等人交往，我没对你横加指责，只是，听说你已秘密培值了'合阳伞'，你这不是存心与我作对吗？"

一听这话，慕容辉脸色大变，惊声道："你听谁说的？"

白眉老者嘿嘿冷笑，说道："这世上没有不透风的墙，二师弟，这几十年来，你已在江湖上闯下了不小的名头，不负师父栽培你，但没想到你竟然做出有违师命的事，这还不说，三师妹她又在哪一个地方得罪于你？你竟将她儿子藏在府内？"

"放屁！"慕容辉大怒道："我什么时候藏了三师妹的儿子？"

蓝姬怪笑道："二师哥，小宝他二十年前走失，师妹走遍中原各地，没有找到，要不是大师兄告之，我怎会知道被二师哥收养在慕容府上，这一养就养了二十年，师妹可要好好谢谢你，不过，我想师哥还是念在我师兄妹一场，还有梦娇他们孤儿寡母的分上，将小宝还给我们吧。"

蓝姬这话说得不愠不火，但语气已包含着一触即发的气味，甚是逼人。

游云龙大是不解，想那小宝和中年美妇朱梦娇是二十年前的夫妻，他们的孩子应该有二十岁左右了，可那中年美妇怀里的孩子还喂奶，最多不过一两岁，真是奇怪。

慕容辉脸上一阵红，一阵白，对白眉老者怒声道："大师兄，你这是什么意思，我再怎么不和你们合作，也不会将三师妹的孩子藏在府上的，三师妹，这其中肯定有误会。"

白眉老者淡淡一笑，说道："这么说，是我不对？可我这里有一封信，三师妹，二师弟，你们拿去看看。"

说着，从怀里掏出一封信，随手送出，那封信，就像被人托着，送到慕容辉和蓝姬面前，蓝姬抓过信，慕容辉也凑过去看。

看完信，蓝姬神色激动，尖声道："二师哥，你还有什么话说，这可是我们小宝写的字，你为什么要这般折磨他？"

说完，她面目狰狞，手掌一落，竟用指风将身上的衣角割下一块，厉声道："二师哥，这是我最后叫你一句，从现在起，我们之间再没师兄妹的关系。"

慕容辉大惊，满脸迷惘之色，说道："这不可能，这不可能！"

蓝姬大怒，尖声道："慕容辉，今天我要向你讨个公道。"说着，钢拐微摆，直挑慕容辉顶门，出手就是凌厉的杀招。

慕容辉还在喃喃自语，等拐尖指到，大惊，将头一侧，右手凌空往下一抓，"锵啷"一声，系在他腰间的金魂剑竟弹起，剑拐相交，"锵"的一声，甚是激越动听。

游云龙看得血脉偾张，差点喝彩，慕容辉从出剑到挡招，只是一眨眼的事，真是行云流水，妙手天成，而那朱梦娇似乎是在自己房中给孩子喂奶，视而不见，拍着孩子，嘴里嗯嗯呀呀，甚至对蓝姬和慕容辉的拼杀，看都不看一眼，白眉老人坐在太师椅上，脸上阴晴不定，不知他在想什么！

蓝姬的钢拐在慕容辉的金剑上一顿，变招奇快，顺着剑身刷刷划下，既削慕容辉五指，拐尖又点他的咽喉。

慕容辉急切之中五指松剑，一矮身，使一式"狸猫扑鼠"，身子缩成一团，既避开了蓝姬的拐刺，又恰好抢回落到一半的金剑。

蓝姬一声怪叫，手腕一抖，那钢拐竟如活物一般，幻出九重拐影，疾点慕容辉腿上要穴。

蓝姬从上到下，使出三招，但中间竟毫无变招痕迹，一气呵成，犹如一招一般，游云龙看得惊骇不已，竟听不出钢拐风声中的破绽。

慕容辉见蓝姬屡下杀手，也不禁大怒，大叫道："三师妹，你不要逼我。"一说话，身上真气稍稍一松，肩头也被钢拐戳了一个血洞。

慕容辉一声怒吼，手中的金剑如毒蛇吐信，连出四剑，直刺向蓝姬的双肩双腿。

这四剑发若电闪，落点奇准，黄金铸剑，剑身柔软，但被他内力贯注，却如笔如矢，迅捷诡异中大有威猛之气。

蓝姬冷哼一声，手中钢拐也依样戳出四下，直指向慕容辉的双腿双肩。

这四下近似拼命的打法，不守来势，反攻敌手，所指之处又是一样，游云龙看得莫名其妙。

可蓝姬的这四下却是后发先至，所指之处较之慕容辉所刺处高低有别，俱都是关节要害，慕容辉这四剑如果使完了，那便是先将自己关节送到拐上，游云龙恍然大悟，心想：这一解真是高明至极。

慕容辉当然明白这其中的利害，身形依然拔起，居高临下，一片剑光如千条金蛇，洒将下来，罩住蓝姬。

突然，黑影一闪，坐在太师椅上的白眉老者，突如其来，从椅上电射而出，手中长剑递入金网之中。

"当"的一声轻响，双剑相交，金光霎时消失无踪，慕容辉也落下地来。

三人当面而立，白眉老者手上所拿的是一柄黑黝黝的长剑，似一块钝铁，他微微一笑，道："我们三人都是同门师兄妹，情同手足，有什么天大的事儿不能解开？二师弟，只要你答应将那'合阳伞'交出来，作大师兄的自会为你化解一切恩仇。"

慕容辉突然仰天大笑，说道："大师兄，你好歹毒，为了得到'合阳伞'，竟然挑起我和三师妹之间的恶斗，你在旁边渔翁得利，不错，我是培植了'合阳伞'，以解天下武林中人被毒品煎熬之苦，也是想为你赎回罪过，大师兄，你明说是恪守师命，实则借此完成你的野心，你不能越陷越深，不能自拔了……"

白眉老者嘿嘿冷笑，说道："二师弟，你如此冥顽不化，就怪不得我了，三师妹，你先退到一边，今天我要为师父清理门户。"

话音未落，剑光一长，黑剑如灵蛇一般，破空而出。

慕容辉和蓝姬经过一番激斗，体力消耗甚大，额头上微微见汗，游云龙暗暗担心，真不知道该不该现身出来相帮，可以说，这三人无一不是盖世高手，自己突然出现，会不会于事无补？

正犹豫，突见西南方向的屋顶上有三十七条人影疾飞而至，游云龙一惊，这些人个个皆身手不弱，难道是幽灵教的人？如果是他们的人，那慕容辉就是插翅膀也飞不出去。

三十七条人影刚一落下院子，屋里的三人都马上有了警觉，白眉老者的黑剑已然出手，突然后退一步，嘿嘿冷笑道："二师弟，看不出，我今晚约你和三师妹出来，是共谋大计，没想到你还带人来了。"

慕容辉怒道："我慕容辉行得正，站得直，从不做这些宵小之事，带人来的恐怕是你吧！"

话刚一说完，"砰"的一声，大门被一股大力推开，倒在地上，三十七人昂然走了进来，领头的是一个中年汉子，虎目豹额，钢须如针，他怒目圆睁，身后的三十六人皆是青一色的水手打扮，手里操着铁桨，左臂缠着黑纱。

慕容辉回头一看，惊叫道："马老弟，你怎么来这里了？"

那中年大汉也是一愣，见他左肩鲜血汩汩，大声道："慕容兄，你已和他们斗上了？"

白眉老者嘿嘿一笑，说道："我道是谁，原来是太湖三十六寨新寨主马九扬来了，这我就奇怪了，那毕舵主可是死在慕容府里，你马当家的还和慕容辉称兄道弟，是不是你们在一起密谋，害死了毕总舵主？"

游云龙心想：原来是太湖三十六寨新的总舵主，怪不得三十六人手里都拿着铁桨，想必铁桨就是他们的兵器，那毕大哥死在慕容府上，自己和钗儿就在左近，想起毕志华性格豪放，的确是条汉子，想不到被人杀害。

马九扬大怒道："黎魁，我们总舵主就是被你幽灵邪教的人害死的，今天我太湖三十六寨的兄弟就是来向你这个罪祸魁首讨还血债的。"

白眉老者阴阴一笑，道："马九扬，你消息倒蛮灵通的，居然找到阳川来了。"

马九扬道："你们幽灵教处心积虑，想吞并我们太湖三十六寨，先设计陷害我们操总舵主，操副总舵主宁死不屈，你就害死毕总舵主，血债是要用血来偿的。"

白眉老者黎魁淡淡一笑，说道："你们有多大道行？"

马九扬钢须上竖，说道："黎魁，我知道你厉害，但我们三十六兄弟今天既来了，就没打算回去。"

话声一落，三十六寨主将手中的大铁桨杵在地上，齐声怒道："血债血偿，为舵主报仇！"三十六人内力充沛，声音哄亮，连同铁桨击地之声，几乎将屋上的瓦片都震飞了。

突然，坐在一边久未作声的中年美妇朱梦娇站起身来，说道："别吵了，你们烦不烦哪，这么多人鬼叫鬼叫的，不怕将人家孩子吓醒了。"

她这一说话，声音清脆无比，竟将所有的声音压了下去，众人一惊，想不到一个柔弱的女子有这般功力，并且，她说这话，与场上的气氛大不相称，显得十分诡异。

三十六寨主不识得朱梦娇，其中两人怒声道："看你人模鬼样的，定是幽灵教的妖女……"

朱梦娇正眼也不瞧他，拍拍怀里的孩子，说道："婆婆，我们走，这些浑人，不用理他们！"说着，抱着孩子转身就往外走，左手一挥，两道青烟射出，奇怪的是，被她射出的两缕青烟聚而不散，像两支利箭。

两名说话的寨主大骇，忙挥掌拍出，掌风激荡，两支烟箭突然一消，人们还没明白怎么回事，两名寨主就轰然倒地，一动也不动，竟已气绝。

众人，包括黎魁和慕容辉都惊骇不已，那朱梦娇轻描淡写地就杀了两名高手，素闻南网地煞有一个会使毒的儿媳妇叫"百毒娘子"，没想到使毒手段这般了得，杀人于无形之中，等众人回过神来，大厅上哪里还有蓝姬和中年美妇的影子。

游云龙看见中年美妇抱着婴儿跃上屋顶，如履平地，向西而去，那南网地煞也一跺脚，随后而出。

钗儿用传音入密的功夫说道："龙哥哥，跟过去，慕容夜月定会在她们手里。"

游云龙一惊，正待问钗儿，钗儿已掠身而起，游云龙忙跟了过去。

此时一轮弦月高高挂在东天之上，约摸已有定更时分了，游云龙和钗儿不即不离地跟在后面，游云龙环顾四周，所到之处却是一处原野，一望出去，方圆十里之内除了几丛黑黝黝的荆棘矮树之外，并无碍目之物。

蓝姬和朱梦娇几乎脚未沾地，游云龙和钗儿使上浑身功力，才能保持一断距离。

两人转过一座小山坡，游云龙和钗儿跟上，突然前方不见两人的身影，两人停下身子，游云龙四顾，除了左边的山壁，其它的一览无余，两人会在哪里？她们轻功再高，也不可能在一瞬间消失得无影无踪的。

钗儿道："龙哥哥，你静下心来听听，她们绝对就在附近。"

游云龙运起内功，凝神倾听，果然听到左边不远的岩壁下有人说话声，一拉钗儿，两人循声猫腰潜过去，赫然发现前面有一个山洞，只听蓝姬说道："娇儿，既然小宝的下落已知，我们就去慕容府一趟。"

朱梦娇道："小宝已撇下我娘俩二十年了，就是找到他，他也不会认我娘俩的，我看就别费心了。"

蓝姬叹道："小宝那孩子，就是太任性了，我想他也是一气之下就做出错事的，我想二十年前的那场误会他会想通的，只是那慕容辉为何要如此待他？"

朱梦娇道："那信是他写的么？"

蓝姬道："这还有假，宝儿的字，我做娘的怎不认得！"

朱梦娇道："那他信上写什么来着？"

蓝姬冷冷说道："宝儿说他一出家就被慕容辉擒住，并被废了武功，被囚禁起来，过着生不如死的日子，哼，慕容辉，我蓝姬就是倾整个南方黑道势力，也要将慕容府夷为平地。"

游云龙心想：上次在青石镇碰到的吴父、吴母中的吴母不就是南网地煞的儿子骆小宝么，他明明在幽灵教里，怎么会在慕容府里呢？

朱梦娇道："既是这样，我们更不能和徐师伯合力杀了他，如果你和徐师伯合力，任那慕容辉有天大的本事，也是死路一条，但小宝已落在他手里，小宝的性命就会受到危害的，现在他女儿慕容夜月也在我们手里，还怕他不交出小宝！"

游云龙暗暗心惊，想不到她外表娴静，长得美貌无比，却如此有心机，的确怕人，原来故意从大院里出来，却是早有打算，慕容夜月果真在她们手里，被她们抓到这岩洞中，你说慕容辉怎么找得到？

游云龙小声道："钗儿，我俩冲进去将慕容夜月救出来！"

钗儿道："不行，那南网地煞武功奇绝，再加上一个会使毒的朱梦娇，你不要命哪！"

游云龙道"那我们怎么办？"

钗儿想了一下，说道："有了，我们可以旧戏重演。"

游云龙这才想起在古庙中，钗儿和入地神魔、笑面神魔合演了一场狐假虎威的好戏，将飞天夜叉和许青吓得逃之夭夭，不由笑道："这一时半刻，我俩怎么易容啊？"

钗儿笑道："瞧你那笨样，我说旧戏重演，你就想到了上次，我们这次对付的是真正的南网地煞，可不是好糊弄的，就算扮成我爷爷，她也不买账的，我俩必须要换个花样。"

游云龙道："怎么换个花样？"

钗儿道："这你就不用操心了，装神弄鬼可是我的拿手好戏，你轻功已是登峰造极，只要我稍稍给你化装一下，幸亏今晚月光昏暗，你只要发足狂奔就行了。"

游云龙道："这行！"

钗儿道："你先别觉得容易，虽说你'凤舞九天'的轻功独步武林，但你的对象却不是小角色，你必须竭尽全力将两人引开，我再去救人，成败就在于你了，来，将你身上的金叶子拿些出来。"

钗儿接过游云龙掏出的金叶子，从怀里掏出一把明晃晃的匕首，这匕首在月光下发出逼人的寒光，显是一把世上罕见的宝物，钗儿将金叶子放在大石上，用匕首一划一划，几片金叶子被划成碎沫，然后将金沫洒在游云龙身上，拍了拍手，又从怀里掏出一把梳子，将游云龙的头发梳得整整齐齐，用金叶缩起。

在月夜里，游云龙身上金光闪闪，从背影看真的有几分像慕容辉，游云龙马上明白钗儿这是让他扮慕容辉，将蓝姬和朱梦娇引出来，笑道："钗儿，那蓝姬会出来吗？她要问我话，我一说话，不就露陷了吗？"

钗儿信心十足地前后打量了游云龙一遍，说道："你身材不太像那慕容辉，但蓝姬她思子心切，一下也不会想那么多，最主要的是说话，这你就放心，我躲在这大树下，你只要嘴巴一张一合，说话由我来对付！"

游云龙站在离山洞四五十丈远的地方，仗剑而立，学着慕容辉的样子，钗儿躲在树后，提气高声喊道："三师妹，你听我解释！"

游云龙吓了一跳，钗儿拿腔作势，说出的话和慕容辉的口音简直一模一样，如果是慕容辉自己听了，也会感到纳闷。

果然，石洞门口走出两个人，前面躬着背挂着钢拐的就是南网地煞蓝姬，她后面站着抱着婴儿的就是朱梦娇。

蓝姬微微吃惊，凝望着这边，半天没答话，钗儿又高声道："三师妹，小宝的确是在我府上，其实我也是好心，见他抛妻别子，如此无情无义，就将他关在府里，谁知他竟喜欢上了我家的夜月，可夜月并不喜欢她，他就像疯了一样，在府上见人就打，没办法，我只得将他囚禁起来，我家夜月没脸活在庄上，才离家出走，这次我南下，就是想与你商量这事，再怎么说也得明媒正娶吧！"

蓝姬一听，冷声喝道："你女儿是什么东西，她不喜欢小宝？"

钗儿道："唉，这是孩子们之间的事，我那女儿心中已有了意中人，心里再也容不下任何人！"

蓝姬怒道："谁？"

钗儿道："就是'九天琴圣'的儿子游云龙！"

游云龙听得不明所以，钗儿这是怎么啦，纯粹是胡说八道，要不是怕露陷，他真想申明，叫出来，就算是慕容夜月喜欢自己，也不应在这个时候说出来呀！

蓝姬道："哼，那你刚才怎么不说出来？"

钗儿道："当时大师兄在场，我这么说出来不是给小宝他丢脸吗？所以你一走，我就跟出来了。"

蓝姬道："你想怎地？"

钗儿道："三师妹，任何事好商量嘛，现在大师兄被太湖三十六寨主围斗，再怎么说，我们是同门师兄妹，我们去将大师兄救出来，然后一齐去府上，当大师兄的面，将小女夜月许配给小宝！"

钗儿的话刚一说完，只听朱梦娇冷声道："二师伯，你倒挺好心的，可你那宝贝女儿……"

话还未说完，蓝姬突然喝道："梦娇，既是如此，我们回去看看……"

朱梦娇一扭身子，说道："我不去！"

蓝姬似乎怕朱梦娇杀了慕容夜月，说道："娇儿，我们去吧，只要将小宝找回，娘会替你作主的！"说着不管朱梦娇同不同意，拉起手就走。

钗儿道："那我在前面引路，你们快来……"

游云龙拔身而起，施展轻功，领头没命地狂奔起来。

钗儿见三人的身影远去，忙从树后闪出，飘身进洞，洞里一片漆黑，隐隐有一股非常难闻的腥气，钗儿心里一惊，出声叫道："慕容姑娘，慕容姑娘……"没有人答话，从怀里掏出火折打亮。

穿着皱皱巴巴的白衣，面容憔悴的慕容夜月正仰面躺在洞内的石床上，瞪着明亮的大眼睛惊异地看着钗儿。

钗儿立刻明白了是怎么回事，走过去，伸手解开了慕容夜月被封的穴道。

慕容夜月欣喜道："肖姑娘，你一个人来的？我爹呢？"

钗儿道："你爹刚走了，快，慕容姑娘，我们快离开这里！"

慕容夜月突然道："等等，肖姑娘，走之前，我们将这石洞烧了。"

钗儿道："那为什么？"

慕容夜月伸手一指里屋，神情惊恐怕地说道："那妖女在里面养了许多毒蛇、蝎子、蜈蚣之类的毒物，怕死人，每天喂给她那孩子吃。"

钗儿天不怕，地不怕，最怕那些毒物，说道："对，我们烧死它们！"

两人抱了许多柴火，堆在里屋门口，点火烧了，霎时火光熊熊，两人跃出山洞。

慕容夜月对钗儿极有好感，亲切问道："肖姑娘，上次你和游公子到了庄上，我那几天正忙，说实在的，我真想与你长谈一次，没想到你不辞而别。"

钗儿笑道："我是这个性子，来去都凭自己的性子，你就莫要见怪，对了，你怎会被南网地煞抓住！"

慕容夜月叹了一口气，道："说来，我也感到奇怪，那次我因闷得慌，就一个人到桐乡镇上转转，没想到碰上了一个熟人，喝了一点酒就醉了，醒来后就发现自己被她们抓了。"

那慕容夜月独自在慕容府内，论心机哪比得上在魔教中的钗儿多，钗儿暗自好笑，心想：姑娘们都爱面子，明明是追龙哥哥才出来的，却说自己出来转转，还说碰到了熟人，我可看见你和龙哥哥在一起喝酒，她心里这么想，却淡淡说道："你知她们为什么要抓你吗？"

慕容夜月皱了皱秀眉，满脸不解之色，说道："蓝姬和我爹是同门师兄妹，以前我见过，我知爹爹有三个师兄妹，另两个我从未见过，听说爹爹年轻时，对他那四师妹钟情，不知是什么缘故，他们没在一起，上次你们在府上的时候，爹爹其实在毕叔叔遭毒手的前一天晚上就回来了，不知怎的，他却没露面，晚上我听到爹爹房里传来争吵之声，与爹爹争吵的那人是个老者，他们说什么'合阳伞'的事，说实在的，我觉得爹爹的心情一直不好，总是忧心重重的样子，我总感觉我们慕容府要出什么事，心里特别烦，没想到第二天，毕叔叔就遇害了，我又被蓝姬抓了起来，听她们说，是爹爹将她儿子小宝囚禁起来。"

钗儿见慕容夜月如此坦诚，似乎是在与自己倾诉商量什么，心里也感到亲近许多，柔声道："慕容姐姐，你知不知道'合阳伞'？"

慕容夜月高兴道："我听爹爹说过，'合阳伞'是一种花果，据说能治'神阳丹'的毒瘾，但我从未见过。"

顿了顿，慕容夜月又道："钗儿妹妹，你可见过游公子？"

钗儿道："我们是一道来的！"

慕容夜月轻轻"哦"了一声，自言自语道："他没事就好了！"

钗儿觉得心里有一股暖流涌动，心想：看来天下男女都是一样，总是对自己的心上人那么关心！红尘俗世，痴男怨女，还不是一个情字所忧。

慕容夜月忽抬起头问道："钗儿妹妹，游公子他现在在哪儿？"

钗儿道："我们往前走，说不定他就会马上过来的。"

慕容夜月道："奇怪，刚才我爹怎么在外面胡言乱语，他什么时候将小宝囚禁起来，那小宝又什么时候为我发疯，还有他怎知我喜欢……真是莫名其妙！"

钗儿笑道："难道说错了？你不喜欢龙哥哥么？"

慕容夜月脸一红，黯然说道："游公子怎会看上我，我知道他心里只有你，你就别取笑姐姐了！"

钗儿不由一呆，原来慕容夜月早就知道，那她为什么要对自己这么好呢？心里一阵感动，正要将真相告诉她，突然看到一条人影疾奔而来，淡月之下，来人身上金光闪闪。

钗儿心中一喜，叫道："龙哥哥！"

游云龙身形一顿，忙向这边弹射过来，见到钗儿，笑道："钗儿……"突见身边站着慕容夜月，说道："你们出来了！"

钗儿笑道："你这不是废话吗？没出来怎和你说话，你将她们引到哪里去了？"

游云龙搔搔头，道："现在她们在大院子里。"

慕容夜月似是明白了怎么回事，说道："谢谢你，游公子。"

游云龙道："这全是钗儿的主意。"游云龙见钗儿和慕容夜月手牵着手，大感意外，同时也感到高兴。

钗儿忽然道："对了，我疏忽了，让你将蓝姬和朱梦娇引到大院里，不异给马九扬和慕容……伯伯引去了两个强敌吗！"

游云龙一拍大腿，说道："对，这可怎么办？"

钗儿说道："我们赶快去看看。"说着三人飞身疾向大院而去，慕容夜月不明所以，被钗儿拉着疾飞起来。

不一会儿，三人就到了大院内，奇怪的是，不久前还闹得翻天的大院变得静悄悄的，像一个死屋一般。

游云龙心里涌起一种不祥的预感，落身下屋，映入三人眼帘的是地上横七竖八地倒了许多人，慕容夜月一眼看到了倒在地上的慕容辉，急忙扑上去，大叫道："爹爹！"

大厅铁浆散落一地，且都被削断为几截，三十六寨寨主，连马九扬身上都受了伤，血迹斑斑，唯独不见黎魁、蓝姬和朱梦娇。

钗儿走过去，一探马九扬的鼻息，心里一喜，说道："龙哥哥，他们只是中了迷毒而已，这就有救了。"

说着从怀里掏出一个锦盒，说道："这是江湖上的'解毒圣手'尹六指送给我爷爷的解毒锦囊，能解百毒。"

打开锦盒，放在每人鼻子下一闻，果然，慕容辉打了一个喷嚏，就醒转过来，不一会儿，就有二十七人醒来，地上还有几具尸体，显然已是死了。

慕容辉一苏醒，睁开眼睛，竟看到了慕容夜月，他简直不相信自己的眼睛，揉了揉，高兴叫道："月儿，真的是月儿，爹爹找你找得好苦呀。"

游云龙和钗儿两人相视而笑，钗儿走过去，笑道："慕容前辈，此地不宜久留，我们应速离开！"

马九扬怒目圆睁，说道："不，我就要等那黎魁再来，我们要同他决一死战。"

慕容辉道："马舵主，现在我们应避其锋芒，不能作无畏的牺牲，肖姑娘说的不错，我们应速离去。"

马九扬突然痛哭起来，说道："毕大哥，操大哥，还有死去的兄弟，我马九扬无能，不能为你们报仇！"说着突然举起右掌，向自己天灵盖拍去。

游云龙飞身而上，五指一扣，拿捏得恰到好处，一下子扣住了马九扬的手腕，说道："马舵主，没想到你气量竟这般狭窄，我游云龙与那幽灵教的血海深仇不在你之下，但君子报仇，十年不晚，我们岂能凭一时之勇，一腔热血，就将太湖三十六寨毁在你手上?! 这样，毕大哥的仇谁报！"

游云龙的话如一记重锤敲在他心上，马九扬怔怔地放下手掌，抓住游云龙的手说道："对，游兄弟你说得对，我差点又犯糊涂了，兄弟们，我们走！"

剩下的二十六个寨主背起几具尸体，众人一起向外走去，慕容辉道："我们先往东去！"

慕容夜月奇道："爹爹，我们这不是往家里去吗，怎么往东去?"

慕容辉道："我那师兄喝住朱梦娇，没毒死我们，最主要是将我生擒，估计他会马上回的，不见我们，一定会向西追去的，我们只有先往东，再从宜兴以水路回到四川。"

众人均觉有理，钗儿忽然道："不行，这样更危险。"

慕容辉嘉许地看着钗儿，说道："你说说看，怎么个更危险！"

钗儿道："你们同门师兄妹，彼此应非常了解，那黎魁狡猾百出，岂是轻易上当的? 既然你想得到，他绝对会兵分两路追去的，加上南网地煞的人正好在东南，岂不是更危险！"

慕容辉道："那依你之见，我们该走哪条路?"

钗儿道："最危险的地方就是最安全的地方，我以为我们应先留在阳川镇两天，再直接取官道回去。"

游云龙道："走官道? 那幽灵教耳目众多！"

钗儿道："那黎魁转头不见我们，肯定会兵分两路追我们的，从陆路上，他们沿官道追不到我们，定会以为我们走岔道，所以他们回来就不会走官道，这样我们就岔开了。"

慕容辉大笑道："妙计，妙计，真不愧为北网天罗的孙女儿，好，我们马上这样办……"说完突然捂着胸口剧烈地咳嗽起来，慕容夜月忙抢着扶上去，急道："爹爹，你怎么啦?"

慕容辉道："不要紧，只不过让你大师伯打了一掌，没事，没事，我们快些走!"

一行人搀扶着转过街角，走进了一家较大的客栈，钗儿"咚咚"地用脚踢门，店家睡眼蒙眬地将门打开，问道："这么晚了，谁呀?"

话一说完，见一个长衫青年满面怒容地站在门口，身后三十来个彪形大汉，吓得两股颤颤。

钗儿恶声恶气地说道："我们是南网地煞的人，今晚要在你店里过夜，大爷们都饿了，有什么好吃的，尽管拿上来……"

南网地煞乃南方黑道首领，只要在长江以南生活的人，谁不知道? 店家马上清醒过来，点头哈腰道："是，是……小的明白!"

钗儿从怀里掏出一锭金子，掷给他，说道："慢，明天一早，我们就要上路，明天一早，你派人去给我们买三十一匹马来!"

店家忙点头道："大爷，这马我该孝敬你们，这金子就不要了，我一定为各位爷们办好。"

钗儿不耐烦道："怎么这般啰哩啰嗦，嫌少呀，还不快去张罗酒饭。"

一行人进去，不一会儿，热腾腾的酒菜就上来了，三十六寨的寨主都是江湖上的豪客，激斗了大半夜，早就身疲力乏，酒菜上桌，立即就狼吞虎咽，风卷残云地吃了起来。

吃完饭，大家都回到房里包扎伤口休息，慕容夜月也扶着慕容辉上房去了。

一楼只剩下游云龙和钗儿，游云龙笑道："钗儿，看你扮人像人，扮鬼像鬼，黑道一套坑蒙拐骗，威逼利诱，你倒是在行得很。"

钗儿道："怎么，你这是在教训我?"

游云龙道："不，只是有的时候，你就……不要太……太过火了，你在蓝姬面前说慕容姑娘喜欢我，她听见了，这多难为情呀! 一个姑娘家!"

钗儿笑道："那南网地煞生性残暴，但对她那宝贝儿子爱得要命，天下没一个好人，就她那宝贝儿子最好，我说她宝贝儿子喜欢夜月姐姐喜欢得发疯，而夜月姐姐不喜欢她宝贝儿子，便喜欢你，以后，哼，只要你和夜月姐姐在一起，她岂不会扒你们的皮，抽你们的筋!"

听钗儿这么一说，游云龙怔怔的，说不出话来，好半天，才说道："钗儿，这样，那蓝姬会逼着慕容姑娘和她儿子相好的，还会追杀我，你这……"

钗儿道："这有什么不好，一个姑娘，家迟早总是要嫁人的，现在凭你的身手，蓝姬杀不了你的。"

顿了顿，钗儿忽又道："哦，我想起来了，你对我不放心，怕我害了夜月姐姐，所以将蓝姬她们引开，就赶快寻回来是不是，难怪你回来得那么快。"

游云龙大窘，其实，他当时也的确是这么想的，想钗儿性情刁钻，说不定会乘自己将蓝姬引开，而害了慕容夜月，所以将两人引到大院，就匆匆赶回来。

钗儿见游云龙神色尴尬，知道被自己说中心思，说道："龙哥哥，你一点都不信任我，是么？"

游云龙道："不，钗儿，你很聪明，只是我有时候不知你心里在想什么，怕你犯糊涂了。"

想到游云龙虽宇腐了一些，但宅心仁厚，且心地善良，心里不恼，反而欢喜无比，不由"扑哧"一笑。

游云龙道："钗儿，看你，又在笑我了。"

钗儿笑道："龙哥哥，你放心，我不会做出太出格的事，只要你高兴，我会改变许多的！"

游云龙伸手握住钗儿的小手，只觉得钗儿的手柔软如绵，感到幸福无限，钗儿任由游云龙握着，粉脸在灯光下一片娇羞。

突然，楼上传来一声轻咳，一袭白衣的慕容夜月从房里走了出来，说道："钗儿妹子，游公子，我爹让我叫你们，他有话要对你们说。"

钗儿的粉脸更是绯红，幸好，慕容夜月说完话，就转身进去了。

两人走进慕容辉的房间，房间点着一支蜡烛，慕容辉坐在椅子上，对着烛火若有所思，慕容夜月站在他的身后，游云龙和钗儿推门进来，慕容辉恍若未见。

慕容夜月小声道："爹爹，游公子和钗儿妹妹他们来了。"

慕容辉这才回过神来，眼里却满是泪光，他微微擦拭了一下，似乎发觉自己失态，淡淡一笑，说道："坐，你们坐！"

此时，已是深夜，整个客栈里夜深人静，寂静无声，只听到隔壁房传来如雷的鼾声，四人默默地坐着。

慕容辉似乎在考虑该怎么开口，深思良久，才说道："龙儿，肖姑娘，这么晚叫你们来，真是不好意思，这里我先谢谢你俩救了月儿。"

游云龙感觉到慕容辉语气沉重，知他有什么重要的事情要对自己和钗儿说，于是也神情肃穆道："慕容前辈，这是应该的。"

慕容辉道："今晚你们来，我是想告诉你们一件往事，这件往事与你们两个的前辈都有关系，我想这些事也应该让你们知道的。"

钗儿凝神道："你说吧，我们都听着呢。"

慕容辉长长吁了一口气，说道："其实，说出来要极大的勇气，上次，我去拜奠龙儿父亲的时候，一再嘱托龙儿到慕容府来一趟，就有这个意思，想告诉你，但因为出了一点事，没来得及说，你们就不辞而别，为此，我遗憾了很长时间，经常问自己，慕容辉，你为什么不敢说出来，虽然不光彩，有失你面子，但应该让他们了解这些过去，今天有幸碰到你们，我沉思再三，还是决定告诉你们。"

游云龙、钗儿、慕容夜月三人听了，不由面面相觑，什么事情这般严重，一下子感到空气凝固起来，三人的心里怦怦直跳，钗儿道："慕容前辈，人非圣贤，孰能无过，你就不要太自责了，过去的事就过去了，我们不会介意的。"

慕容辉淡淡一笑，说道："好吧，这事还得从一百多年前说起。"

"一百多年前，中原武林自九大门派在华山绝顶，力斗天下独夫，无一幸免，从此，武林一蹶不振，只剩下三个武林巨擘，'秃鹰教'的第十六代教主'玉面龙王'肖天宇，'莲花教'教主'人面桃花'华婉婷，以及'青莲山庄'的庄主'青莲玉女'白映莲。"

"可以说这三人代表了中原武林的最高武学，谁都是中原武林叱咤风云的人物，他们三人不仅武功傲视武林，而人品更是空前绝后。"

"那'玉面龙王'肖天宇，如玉树临风，风流倜傥，一表人才，天下美女一睹他的风彩，无不倾倒。"

钗儿暗暗道：天下难道真有这样的奇男子？怕是以讹传讹，夸大其辞吧，在她心目中，游云龙是最完美的，没有人可以比得过他。

只听慕容辉又道："'人面桃花'华婉婷和'青莲玉女'白映莲更是花中牡丹，一美盖天下，倾城倾国，两人各有千秋，争奇斗艳，可世间只有一个肖天宇，为此，两大花王谁也容不得谁，明争暗斗，这在当时，是轰传武林的一大秩事。"

"后来，还是'青莲玉女'白映莲和肖天宇结合了，一对璧人，光芒四射，不知羡煞了多少武林中人。"

"可世间太完美的事不一定是一件好事，'玉面龙王'肖天宇身为'秃鹰教'教主，而'秃鹰教'一向以一统江湖为教中历代教主的大任，这就注定了他们的不幸。"

"'秃鹰教'经历了几百年，原本是一支颇有威望的正教，只因教中高手太多，你们知道，大凡出类拔萃的人，定然是不合流俗，看不起江湖正道谦谦君子的虚伪，慢慢地就演变成一支魔教，当然，正教和魔教都是人为而定的。"

"'秃鹰教'在大宋年间，倾全教之力驱走鞑兵，还我汉人衣冠，从此'秃鹰教'名声大震，成为武林中实力最大的一个教派，势力如日中天。"

"强大起来，人就会有更大的欲望，自那时起，'秃鹰教'就把一统江湖，雄霸武林写进教义之中，历代教主就为宏伟的计划而前仆后继，当然，肖天宇也不例外。"

"为了达到目的，'秃鹰教'几乎搜罗了天下各门各派的武功秘笈和人文地理，这些重要的东西，许多人不惜冒着生命危险，上飞云峰夺取，就这样，'秃鹰教'与武林正派经历了无数次交锋，所谓'杀人一万，自损三千'，双方各有损伤。"

"肖天宇是个霸气十足的奇男子，他想'秃鹰教'两百年来的宏愿在自己手里实现，只要能达到这个目的，他会不惜一切代价的，但岁月无情，时光流逝，霸业却一直未成，他感到无比痛苦。"

"他多么渴望有人能帮他一把，见丈夫天天闷闷不乐，白映莲看在眼里，急在心里，但又无能为力，因为她虽然武功盖世，但她却淡于名利。"

"一个有了丈夫，有了依靠的女子就会失去战天斗地的雄心。"

"她只想相夫教子，可肖天宇为完成大业，却不愿守着小家，甚至不愿要孩子，因为他所有的目标就是一统江湖，除此无他，由于心思不一样，两人之间的生活如一潭死水。"

"正在这时，肖天宇昔日的恋人，'人面桃花'华婉婷走进了他的生活。"

"华婉婷是'莲花教'的教主，'莲花教'是一支邪教，教中都是世上罕见的美女，修习一种采阳神功，实力也是强大，人人谈之色变，两人一拍即合。"

"华婉婷答应尽'莲花教'之力帮助肖天宇实现霸业，而肖天宇答应休了白映莲，与华婉婷重修旧好。"

"有了彼此利益的爱也是一种悲剧，但肖天宇顾忌不到这些，他和白映莲是相爱的，这种爱，不会比世间任何一个强烈的爱情逊色，但他认为，一个人要想成就一番事业，必然有牺牲，哪怕这种牺牲是痛苦的。"

"被肖天宇休了的白映莲伤心欲绝，没想到将整颗心交给一个人，得到的却是一纸休书。"

"回到青莲山庄，她性情大变，她发誓要让肖天宇不好过，不管付出多么大的代价，于是她一把火将青莲山庄给烧了，远赴城外，创立了'幽灵教'！"

"她收了四个弟子，大弟子'幽灵七出'黎魁，二弟子'金剑追魂'慕容辉，三弟子'南网地煞'蓝姬，四弟子'千金一笑'张芬吉。"

听到这里，三人发出一声惊呼，慕容夜月道："那'幽灵教'的教主是你大师兄……"

第十二章

游云龙也脱口道："娘……"这消息不啻于一个晴天霹雳。

慕容辉点点头，沉重地点了点头，说道："这是造化弄人呀，在我的印象中，我从未看到师父的笑脸。"

"这也许是爱之愈深，恨之愈切吧，师父将一身盖世神功全传给我们，她最大的心愿就是和肖天宇作对，在实力上打败肖天宇，她要向肖天宇证明，她白映莲能完成他不能完成的事，她死后，就将这作为一个遗命，留给了我们四个师兄妹。"

"我们四人之中，大师兄是最有心智，武功也是最高的，他和三师妹性格近似，师父死后，他们就在江湖上立足，并扩充实力，大师兄继承了'幽灵教'，三师妹成为南网地煞，与'秃鹰教'分半壁江山。"

"四人中只有我和四师妹，淡泊名利，虽说大师兄和三师妹一再要我们干一番事业，和'秃鹰教'对着干，一统江湖，但我和四师妹都没答应，但又不敢违师命，对大师兄和三师妹的所作所为不闻不问，听之任之。"

"大师兄其实是个极有野心的，就算师父没留下遗命，他也会有独霸武林的念头，因为他早在一个神秘的地方建立了一座古堡，并培育了大量的罂粟，制成'神阳丹'，这种药可以控制一个人的意志。"

"自肖天宇和华婉婷重续前缘，'秃鹰教'和'莲花教'就合并起来，攻少林，灭武林，取华山，当真几乎雄霸武林了，但'秃鹰教'的名声在江湖上一落千丈，以前人们将'秃鹰教'视为魔教，但教中的神魔尽管生性怪僻，心黑手辣，可在武林中无一不是言出必行的血性汉子，所采取的行动，虽说有点极端，但都是当面锣，对面鼓地干。"

"可那'莲花教'却是一支邪教，教中妖女都以女色勾引正派武林人物，然后采阳补阴，这是江湖上最为人所不齿的事，后来肖天宇也成天沉湎于华婉婷的女色之中，不理教务，'秃鹰教'难免良莠不齐，这段时间，可以说是'秃鹰教'名声最臭的时期。"

"江湖各门派乘机反扑，'秃鹰教'所创基业瞬间瓦解，肖天宇和华婉婷也在那场残斗中被九大门派绞杀。"

"肖天宇临死前将教主之位传给了肖世平，就这样，你爷爷就成了'秃鹰教'第十七代教主。"

慕容辉说到这里，眼望着钗儿，钗儿已是泪流满面，想不到与自己有着不可分割关系的"秃鹰教"竟经历了这么多腥风血雨，随着慕容辉的讲述，她心里涌动着一种说不出的情愫，怪不得爷爷那么威猛，不可理喻，强横奸诈……因为他不得不那样，他又是那么苍老和孤独，因为他肩上负担的太重了，爷爷是怎样面临他的决策呢？钗儿问道："慕容前辈，后来怎样？"

慕容辉缓缓道："你爷爷可以说是'秃鹰教'最有魄力的一位教主，他武功高绝，且胸罗天机，当晚，他就带着十大神魔突出重围，经过几年的整治，'秃鹰教'又再次雄起，迅速占据了整个北方。"

"就在你爷爷意气风发之时，九大门派再次围攻飞云峰，一场血战，龙儿的爹，九龙堡堡主一剑将你爷爷眼睛刺瞎，制服了你爷爷，你爷爷穴道被制，九大门派和各路英豪纷纷立起兵刃，要将你爷爷剁死在乱刀之下。"

"但游堡主却不许，他一手扣着你爷爷的穴道，一手持剑，那真是大义凛然，他说'秃鹰教'虽然为害武林，但不能乘人之危，如果将一个已无抵抗之力的人乱刀分尸，这与魔教中人又有什么区别？"

游云龙禁不住脱口叫道："说得好！"

慕容辉道："话虽这样，但群豪哪里肯依，好不容易将魔教教主擒获，这样放了，岂不是纵虎归山？大家一哄而上，没办法，龙儿父亲就带着你爷爷杀出一条血路，将你爷爷送到安全的地方，当时我们四师兄妹都在场，我和四师妹对游堡主的行径打心眼里佩服，事情过去了二十余年了，但游堡主当时义正辞严，威武如天神的形象我记忆犹新，就是这一面之缘，我师妹竟痴迷地爱上了比她大近二十年的游堡主，这种爱如山洪的暴发，一发不可收拾，将我和四师妹十年的情愫冲得一干二净。"

"在我们四师兄妹中，我喜欢四师妹，这是大家都知道的，我喜欢四师妹的娴静聪慧，心地善良，在我们四师兄妹中，大家都喜欢她，她从来不对谁皱一下眉头，是那么柔顺，使所有的人都有保护她的欲望，尽管我对四师妹关爱备至，但四师妹却对我与对其他人一样，总是彬彬有礼，没想到与游堡主一面之缘，竟让四师妹情窦大开。"

"当时龙儿爹爹也是孤身一人，他的妻子李素丽是江湖上一等一的美人，两人倾心相爱，可惜，红颜薄命，不到三十五岁就已离他而去，游兄弟很爱他的妻子，据说九龙堡众也为游兄弟续过弦，但游兄弟没一个看得上，结果是不欢而散。"

"可世间奇怪的事就是这么奇怪，我那四师妹与李素丽长得一模一样，游兄弟一见到四师妹就爱火重燃。"

游云龙道："听韩伯伯讲，我娘出身于青楼之中，这可是怎么回事？"

慕容辉叹了一声，说道："当时四师妹视我对她的情如草芥，而独对游兄弟一腔爱火，说实话，我很嫉妒，嫉妒得要命，当时我想杀了游兄弟！"

"可是后来事情的发展，却大出我的意料之外，这件事遭到了大师兄的干涉，有一天晚上，我将四师妹约出来，我说：'四师妹，你这几天人都憔悴了，是不是有什么心事，你跟你师哥说。'四师妹叹道：'二师哥，我知道你对我好，可我自己也说不清楚，我满脑子全是游明宇的身影。'我痛苦道：'师妹，这是一种错觉，我会对你好的，我会帮你忘了他。'四师妹摇摇头，说道：'没用的，这是不可能的，我忘不了他。'听了师妹的话，我心痛欲裂，几乎失去了理智，说道：'那我去杀了他！'四师妹神色大变，说道：'二师哥，我一向敬重你，你如果那样做，我和你师兄妹的关系都没了。'虽然她从不发怒，身形弱小，但我知道她骨子里非常刚毅，有一种凛然不可侵犯的姿态，我伤心欲绝，说道：'师妹，想不到这些年来，我对你情深意重，你却如此绝情待我。'说着，我愤然离去。"

"谁知，这些话都让大师兄听到了，第二天，他就将我和四师妹叫去，说道：'二师弟，你和四师妹的事，大师兄都知道了，大丈夫只求付出，焉能存心回报？我们应为四师妹做点什么，四师妹，大师兄也知道你近段时间心情不好，大师兄决定让你出去散散心，你看怎么样？'四师妹说道：'谢谢大师兄的关心，我哪儿也不想去。'大师兄说道：'我在桐乡镇开了一家客栈，大师兄近段时间比较忙，你就去帮大师兄打理一下吧！'"

钗儿道："桐乡镇离九龙堡，只有一地之遥，你大师兄这不是明摆着让你四师妹去接近游伯父吗？"

慕容辉道："不错，可这是大师兄一手安排，明着是让四师妹去见游兄弟，实则是将游兄弟推入了万劫不复的深渊！"

游云龙大惊，说道："那黎魁是叫我娘下毒?！接近我爹，使我爹染上了'神阳丹'的毒瘾。"

慕容辉的脸上现出痛苦之色，说道："其实，这我事先都知道了，大师兄为了达到他的野心，在一处神秘的古堡种植了罂粟，并提炼出'神阳丹'，这事要不是他告诉我，连我都不知道，不知为什么，却让宇内三圣知道了。"

"宇内三圣个个神功盖世，大师兄早就想除了他们，无奈他们的武功太高，正好这时四师妹爱上了三圣之首的游兄弟，于是就不惜费力，在九龙堡的左近开了一家客栈，明着是一家客栈，实则是一家青楼。"

慕容夜月道："爹爹，你既然知道大师伯的险恶用心，为何不跟四姑姑说呢?"

慕容辉脸上的肌肉触动了一下，无尽悲哀地说道："这是你爹一生犯下的最不可饶恕的错误，我明知大师兄想借四师妹之手，除了宇内三圣，可当时我私愤难平，一时鬼迷心窍，心里知道大师兄手段阴险卑鄙，却想到这样能除去情敌，就没跟四师妹说。"

"四师妹不知道这一切，听大师兄这么说，当下马上欣喜改口，说桐乡镇她从未去过，去看看也行，当时我看到四师妹笑靥如花，喜悦之情溢于言表，心中更是大恸，就更加坚定了自己那可耻的私心。"

"四师妹蒙在鼓里，到了桐乡镇，马上轰动蜀中，说是'迎君客栈'来了一位绝色美女，游兄弟是一方大豪，被人请去，就这样，游兄弟和四师妹相识了，后来的事就不用我说了，龙儿，现在我就在你面前，你代你爹处死我这个刽子手吧。"

游云龙惊疑不定，没想到这里面竟然有这些纠葛，心里起伏不平，不错，慕容辉是间接杀害爹爹的人，当时如果他跟娘说了，娘那么深爱爹，她绝对不会害爹的，可慕容辉现在在自己面前和盘托出这事，如果他不告诉自己，自己又怎知道?抬头看他那老泪给横痛苦扭曲的脸，显见这种痛苦一直鞭挞着他，游云龙心情又慢慢平静下来，说道："慕容前辈，你也是受害者，真正的杀手是黎魁，冤有头，债有主，我不会对你的。"

慕容辉长叹一声，道："对，冤有头，债有主，但我慕容辉罪孽深重，等我心愿了了，我会给你一个交待的。"

游云龙道："听韩伯伯说，后来我娘离我和我爹而去，去找黎魁要解药，我娘她现在还在人世吗?"

慕容辉道："这'神阳丹'哪里有什么解药，所谓的解药，就是再给你'神阳丹'，让你不再有煎熬之苦。"

"你爹娶了四师妹，大师兄就给了她一瓶'神阳丹'，说这丹是大师兄炼的神丹，只要放在酒中服下，就能滋阴壮阳，益气填精，你爹刚服，果然精神大振，服了数年，危害就出来了。"

"事后你爹明知师妹害了他，虽说这种伤害是无心的，但被自己至爱的人所害，这种痛苦是可想而知的。"

"可你爹一点也不怪四师妹，甚至连问都没问，默默地承受这种生不如死的痛苦，但你娘却心如刀割，也许她想到了这一切。"

"就在一个阳光明媚的春天，她到了慕容府，见到四师妹，我多么高兴，四师妹美丽一如往昔，她见面第一句话，我现在还记得清清楚楚。"

"她说：'二师哥，没想到你如此卑鄙，我张芬吉这次算看清了你。'说着，他将一柄九龙短剑向我刺来，我闭目等死，短剑插在我的胸口，四师妹哭着转首离去。"

"我的确难逃罪责，想一死了之，但师妹的短剑却偏离了我的心脏，我知道，以四师妹的身手，一剑杀死我，是不会有丝毫偏差，但我没死，其实，这苟活着，精神上的痛苦与日俱增，压得我喘不过气来，因为我渐渐明白，爱一个人，就是要让一个人幸福，被自己爱的人痛苦，事实在上就是自己最大的痛苦！"

"怀着这份巨大的痛苦，我苟活到现在，我发誓要研制出'神阳丹'的解药，我几乎尝尽了天下百草，翻遍了所有的医书秘笈，幸好，我终于培植了'合阳伞'。"

钗儿奇问道："慕容前辈，那'合阳伞'是什么东西？"

慕容辉道："'合阳伞'是世上极为稀少的一种花果，只有滇南才有少数几株，并长在蟒蛇洞里，它吸取百物之毒，然后每隔十年结果一次，它是'神阳丹'的唯一解药，这事不知怎么让大师兄知道了。"

"有天夜里，就是毕舵主在府上遭遇的那一夜，大师兄到了慕容府，他要我交出'合阳伞'。"

"我知道'合阳伞'系整个武林的命脉所在，这事我连慕容舒畅和月儿都没告诉，我不肯，就这样，我们在房里大吵起来，大师兄说，既然这样，你就别怪大师兄不顾同门之情，你慕容府从此永无宁日。"

"我知道大师兄的手段，果然，毕舵主在府上惨遭毒手，和你肖姑娘、月儿、小红突然不见，我大急，以为是大师兄所为，就出来找你们，几乎踏遍了大江南北，也没找到你们。"

"正在我绝望之际，我接到了大师兄的书信，信上约我到阳川来，在松林处无意遇到你们，我本该早就出手救你们，但我看那黑衣左使使了一招我们慕容家的剑法，我大惊，所以迟迟未出手！"

钗儿道："当时我跟龙哥哥听那人说话，虽然他拿腔作势，但耳熟得紧！"

慕容辉急道："你们觉得像谁的声音？"

钗儿道："你的儿子。"

慕容辉全身一震，沉吟一下，说道："不可能，畅儿上次阻挡一伙身份不明的人入侵，受了极重的内伤，还在府里调理，再说，畅儿虽然不大听话，但怎会加入幽灵教呢？"

钗儿道："这只是猜测而已，不过，这事蹊跷得很，那黑衣左使一见你，就不战而逃，不过，现在情况未明，我们应不动声色，以免打草惊蛇。"

慕容辉道："我知道，如果真是那孽子，我会一掌毙了他。"

钗儿道："慕容前辈，当时我对你语言多有得罪，望你不要见怪。"

慕容辉苦涩一笑，说道："我怎么会怪你呢，其实你像你爷爷，敢爱敢恨，我很喜欢。"

游云龙突然问道："慕容前辈，当时我娘可是用这柄短剑刺你的?！"说着从怀里掏出一把短剑，这柄短剑正是游云龙在天山从两位师伯身上得到的那柄凶器。

慕容辉接过短剑，脸色大变，惊道："龙儿，这剑怎么在你这里？"

游云龙神色一冷，说道："我只问你，这是不是我娘行刺你的短剑！"

慕容辉摸着短剑，仔细端详着，点点头道："不错，就是这柄九龙剑，当时你娘插在我的胸口，转身离去，我侥幸活命，我一直将这短剑珍藏在自己的书房里，不知什么原因，在去年十月时，短剑突然不见了。"

游云龙冷哼一声，道："这柄短剑是我从东方师伯的尸体上得到的，它自己不会长脚吧。"

慕容辉大骇，道："龙儿，你怀疑东方绝是死在我手里的？"

游云龙双目怒睁，说道："那你怎么解释？"

慕容辉道："当时，我也感到奇怪，我的书房，外人根本进不来，这九龙剑为何不翼而飞呢，没想到被别人偷去栽赃了。"

钗儿道："龙哥哥，我想慕容前辈绝不是那凶手，而这一切都是别人导演的一出好戏，这只不过是一种移花接木，转移视线的手段，你千万不可上了奸人的恶当。"

游云龙心想：慕容辉对自己过去所做一切深恶痛绝，今天当着三个后辈的面，会说出来，这其实是一种极深的忏悔，他死意已决，怎会是杀害师伯的人！

慕容辉道："看来，我慕容辉又增加了一桩心愿，龙儿，你相信我，我一定会查出这事，亲自向你澄清这件事的。"

钗儿道："慕容前辈，我和龙哥哥会和你站在一起的。"

慕容辉道："可还有一件事，我怎么也想不通，大师兄为了夺取'合阳伞'，多次要挟我，这次，竟挑起我和三师妹之间的矛盾，说二十年前，三师妹离家出走的儿子骆小宝在我府上，并还拿出小宝写的信，这可真是奇怪。"

三人也是将心提了起来，钗儿问道："那信上写着什么？"

慕容辉说道："信是写给我三师妹的，信上说他被我囚禁在慕容府，并天天被虐待，看当时三师妹的神情，似乎这信不是假的，可我们慕容府里却哪里有三师妹的儿子。"

钗儿道："你以前见过骆小宝吗？"

慕容辉道："见过，那是我三师妹的儿子，三师妹极溺爱他这个宝贝儿子，不仅教会了他所有的武功，而且对他百依百顺，实质上骆小宝不坏，后来似乎受到了什么打击，一下子离家出走，并改名吴母，显是对我三师妹仇恨极大，在江湖上手段极为凶残，后来，无意之间被我撞见了，和他在一起的还有一个叫吴父的人，当时我见他俩正追杀一浑身是血的人，那人双耳被削，没命奔逃，而吴母和吴父就像猫捉老鼠一样，追在后面，我出手救了那人，但念在他是三师妹的独子，就放了他，没想到他竟编出这样的谎言。"

游云龙道："那吴母在幽灵教里！"

慕容辉惊道："你怎么知道？"

游云龙就将自己在青石镇古庙所见的事说了一遍，慕容辉道："没想到那吴父是你同父异母的哥哥，看来他们已都为大师兄所用，这太可怕了。"

钗儿道："现在形势已逐渐明朗了，天已亮了，我们上路吧，好戏，还在后头！"

众人抬头一看，果然窗外树影朦胧，天已亮了，店家来敲门，小声道："大爷，天已亮了，马我已备好了。"

打开门，那店家眼里满是血丝，显然是担惊受怕，一夜没睡觉。

大家集在院子里，马九扬道："慕容庄主，我一个人到府上，其他的兄弟，我就让他们回去，一是安葬死去的兄弟，二是以防幽灵教袭击太湖水寨。"

慕容辉道："马舵主所虑极是，我们这就上路吧。"

这样，兵分两路，十八个寨主向东而去，游云龙五人纵马西行。

经过七天七夜，五人马不停蹄，薄暮时分进入了桐乡镇，这一路上果真没什么意外。

一到慕容府，几名锦衣大汉立即迎了出来，一见游云龙、钗儿、夜月和马九扬，微微一怔。慕容辉道："少庄主呢？"

锦衣大汉忙道："老爷，少庄主内伤还未完全恢复，特命小的恭迎老爷。"

五人进庄，吃完晚饭，各自休息，第二天一早，游云龙正和钗儿在房间说话，忽听有人敲门，打开门一看，见是一个绿衣丫环，说道："游公子，肖姑娘，老爷请你俩过去一趟。"

跟着丫头七绕八弯，走进一间豪华的书房，绿衣丫环停在门口，说道："老爷，游公子和肖姑娘来了。"

慕容辉的声音道："好了，现在没你的事，你就回去吧，龙儿，你和肖姑娘进来。"

游云龙和钗儿对望一眼，走了进去，慕容辉的房间里摆设甚为华丽，墙上镶着夜明珠，发出柔柔的光芒，慕容辉将门重新打开，神色紧张地向四下里看看，这才将门关上，并闩好门。

钗儿道："慕容前辈叫我们来，可有什么事么？"

慕容辉道："我要让你们看看'合阳伞'。"

两人一听大惊，"合阳伞"穷尽了慕容辉半辈子心血，幽灵教终未能在慕容府找到，不知栽在哪里。

慕容辉伸手一按墙上的一幅挂图，突然，墙上无声无息地洞开一房门来，慕容辉道："两位随我来。"

等游云龙和钗儿钻进墙洞，那扇门又自动合上，沿着台阶而下，走了约一盏茶工夫，呈在游云龙和钗儿眼前的竟是一个十分骇人的山洞，洞里养着数条蛇，这些蛇有的粗如水桶，有的细如筷子，但身上泛青，显是巨毒之蛇，慕容辉站洞口喊道："峰儿，将里面的花端一盆出来！"

不一会儿，一个青衣后生抱着一盆花从洞内走出来，奇怪的是，洞门口的那毒蛇见了他，纷纷避让一边。

青衣少年端着一盆花树走了出来，树长得不高，栽在盆里，但树上长的花却甚是美丽，花瓣成粉红色，像玉人的脸，散发出浓重的异香，树上结满了青青果子，果实隐泛青色。

游云龙和钗儿啧啧称奇，慕容辉叹道："十年了，整整十年了，只是这果实还未成熟，上苍保佑，如果这果实真能解百毒，天下武林同脱苦海，我慕容辉就少了一桩罪责。"

那叫峰儿的青少年一直木然站着，不言不语。

突然，慕容辉从怀里掏出一柄匕首，卷起袖子，在手腕上划了一刀，锋刃过处，鲜血直涌。

游云龙一惊，急道："慕容前辈，你这是……"

慕容辉摆了摆手，游云龙见他伤口上血色由红变紫，转瞬变成乌黑，一条黑线急剧上蹿，慕容辉轰然倒在地上，这一下太突然了，游云龙和钗儿手足无措，显见那匕首上喂有巨毒。

青衣少年不慌不忙，从矮树上摘下一枚青果，放在嘴里一嚼，敷在慕容辉的伤口上。

不一会儿，慕容辉竟翻身坐起，再看伤口，竟然在倾刻之际，自动止血结痂。

慕容辉大喜，竟抱着青衣少年像孩子一般雀跃起来，说道："成功了，成功了！"青衣少年也咧嘴而笑，竟有泪流出。

钗儿心道：这尚未成熟的果实，就有这般奇效，看来慕容前辈的十年苦心，终未白费，心里也很高兴，和游云龙相视一笑。

慕容辉放下青衣少年，和他比划了一番，青衣少年点点头，脸上现出不解之色，怔了怔，但还是抱起花盆走进洞里。

钗儿大奇，问道："慕容前辈，他是个哑巴？"

慕容辉望着青衣少年的背影，叹气道："这合阳伞可全靠他培养出来。"

钗儿道："他是什么人？"

慕容辉道："他就是'滇南药王'郭圣手的儿子郭峰。"

钗儿大惊，说道："'滇南药王'郭圣手可是天下第一圣，他儿子为何在你这里?"

慕容辉道："郭圣手被我那大师兄抓去为他炼那'神阳丹'，他不同意，大师兄就派人杀了郭圣手一家，那时我正在滇南寻找'合阳伞'，就救下了这苦命的孩子，唉，只可惜他由于惊吓过度，一下子成了哑巴，培植'合阳伞'，他在山洞里一住就是近十个年头。"

游云龙听了唏嘘不已，想那"神阳丹"使多少人妻离子散，家破人亡，命丧黄泉，这郭峰与自己年纪相仿，如自己一样在洞里住了十年，这是多么不幸啊!

钗儿又道："慕容前辈，你刚才和郭峰比划什么?"

慕容辉仰天长叹，说道："我告诉他将东西收拾一下，过几天，我们要将这维系武林命脉的'合阳伞'带走。"

钗儿和游云龙同时一惊，钗儿道："这'合阳伞'尚未成熟，慕容前辈为何要这么做?"

慕容辉叹息道："这事已被我大师兄知道，我怕他会想尽千方百计毁了'合阳伞'，我们只得避一避。"

钗儿"哦"了一声，说道："慕容前辈打算将合阳伞转运到何处?"

慕容辉道："现在整个武林十有八九已被'幽灵教'控制，我只有求助于你爹了。"

说到这里，三人已走出秘室，回到书房，慕容辉坐在椅上，挥挥手，说道："好吧，你们先出去吃早饭，等会儿就过来。"

刚回到房里，就有两名锦衣大汉进来叫游云龙和钗儿去吃早饭。

游云龙和钗儿满腹心事，匆匆吃过早饭，突然，庄外传来一阵嘈杂的声音，游云龙倚窗远眺，见庄门口已站着二十一个大汉。

这些人高矮不一，服饰混杂，但看得出来，这二十一人都是身负武功的。

慕容辉也看到了，脸色一变，自言自语道："奇怪，这些都是青城派、华山派和昆山派的人，他们从未到过慕容府，今天邀在一起突然来到不知是什么事!"

游云龙说道："看他们的神色沉肃，步履沉沉，似是来者不善。"

……

不一会儿，就有一个锦衣大汉"咚咚"地跑上楼来，低头在慕容辉身边说了几句。

慕容辉脸色大变，沉声道："龙儿，你和肖姑娘暂在楼上，不可下来，一切皆有我对付。"说着就匆匆下楼而去。

游云龙讶然道:"钗儿,难道出了什么事故吗?"

钗儿沉吟道:"这伙人似是冲着你和我来的,慕容前辈说一切由他应付,自是帮我们应付。"

游云龙不解道:"我们可从未与这些门派打过交道。"

钗儿道:"别急,我们见机行事。"

游云龙见一行人已经率领弟子进入了前厅,暗暗运起"龟息神功"屏息静气,倾神而听,前面人说话,听得清清楚楚。

慕容辉客套道:"哈哈,不知什么风让三位掌门亲临寒舍,真是蓬荜生辉,慕容辉有失远迎,失敬失敬了。"

钗儿小声道:"中间那老者是华山派的掌门人'五岳剑影'谭安岳,左边和尚是昆仑派的掌门人'开碑手'善云大师,右边那道士是青城派的掌门人'梅花剑主'潘伯益。"

谭安岳朗声道:"慕容庄主不必客气,所谓无事不登三宝殿,我等久慕庄主高义,向少问候,今天,我等结伴而来,乃是要向庄主讨一个情面。"

慕容辉道:"谭掌门有话就明讲,慕容辉洗耳恭听。"

谭安岳清了清喉咙,朗笑道:"明人面前不说暗话,闻说'九天琴圣'的逆子游云龙就在你庄上。"

慕容辉一惊道:"各位都是名重江湖的掌门之人,为何称游堡主公子为逆子,不知游公子与各位可有什么过节,惹得各位到慕容府来兴师问罪?"

谭安岳道:"当年,游明宇反杀我正派人士,放了魔教教主,没想二十年后,他的儿子也会杀我们的弟子,听说他潜匿在慕容府,所以我们斗胆来寻,慕容庄主名重武林,久受万方景仰,我想你不会……"

未待谭安岳将话说完,慕容辉朗声大笑道:"敢问谭掌门,是谁告诉你们,说那游云龙现在慕容府中?"

谭安岳一怔,说道:"这个……"

"开碑手"善云大师喧了一声佛号,接口道:"阿弥陀佛,慕容庄主的意思,那游云龙不在贵庄吗?"

慕容辉笑道:"笑话,在就在,不在就不在,我只是想知道那向各位通报音讯,挑拔三大掌门联手到敝庄索人的阴谋者,到底是谁!"

"梅花剑主"潘伯益大声道:"我等在江湖上虽没有慕容庄主显赫,但总有个三朋四友,慕容庄主没有诚意,何必借口追询送信之人。"

游云龙心想:这消息传得也真快,自己和钗儿五人刚刚回来,这三大掌门就找上门来,咄咄逼人,口口声声说要找我,不知出了什么事情,思索一阵,想来自己似乎从未招惹他们,心中大是不解。

不仅游云龙不解,慕容辉也是诧异,心想:龙儿难道由于江湖经验不足,和三派有什么过节?但谭安岳说,还杀了他们的弟子,要真是这样,这祸就闯大了,于是不动声色,凝声说道:"不知游贤侄与各位有什么过节?"

谭安岳冷哼一声,说道:"难道,那逆子还是慕容庄主的贤侄?过节倒谈不上,你贤侄在青石镇和阳川杀了我们的弟子,我想这是人命关天的大事,是不能用过节含糊的。"

慕容辉心中灵光一闪,在阳川时围攻游云龙的黑衣蒙面人的确有三派的高手在内,这是自己亲眼所见,在青石镇的河边,游云龙和钗儿力杀数人,这游云龙说过,也是黑衣蒙面人,想到这里,慕容辉哈哈大笑起来。

三个掌门人俱都一怔,谭安岳怒道:"慕容庄主觉得这事好笑吗?"

慕容辉大笑道:"好笑,好笑,的确好笑,三位的门中弟子都是江湖高手,竟蒙面数十人围攻游贤侄,成为幽灵教的杀人工具,游云龙贤侄迫于自卫,仗剑突围,于情于理都能以服公道,三位都是名门正派的当家之人,受人挑唆,不查是非,不问曲直,是为不智,诸位门中弟子受制于幽灵教,为虎作伥,这可有损你们正派百年来的形象,你们应感激游贤侄为你们清理门户,再说,你们众口一词,不辞劳苦,兴师动众到慕容府,其中定有人蓄意挑拨,乃是显而易见的事,你们掌理一派门户,竟如此轻易中人圈套,兴不明之师,行悖理之事,我为三位深感不值!"

这番话,字字铿锵,威严如铁,三派掌门人面面相觑。

善云大师双手合十,高诵一声佛号,说道:"慕容庄主说的可是实情?可我们听来却并非如此!"

慕容辉道:"我慕容辉一辈子,做不明之事是有,但什么时候说过假话,在阳川时,我还就在当场,亲眼所见,不错,游贤侄就在慕容府里,各位如果听信奸人挑唆,行不明之举,我慕容辉必欲玉石俱焚,宁与天下为敌,也不会置正义而不顾。"

游云龙听得一清二楚,心里热血奔流,不禁动容,暗自感叹。

三个掌门人听了，个个面罩寒霜，垂首不语。

大厅上，霎时静得如一潭死水，人人屏息而待，善云大师首先叹了一口气，说道："庄主义正辞严，但游云龙屠杀我门中弟子总是实情，贫僧只想带游云龙返昆仑一行，面对本派数百弟子，说说当时实情经过，只要说的都是实情，贫僧担保不伤他一毛一发。"

潘伯益也跟着说道："对，我们总得给门下弟子一个交代。"

慕容辉冷笑道："好一个交代，你们本末倒置，幽灵教挟制各派高手，你们不去共谋反抗幽灵教，为弟子报仇，却反过来大动干戈找游贤侄，你们目的何在？"

善云大师道："万事皆有先后，就算我们不知内情，等到此事了结，我等自然还要同往幽灵教一决生死。"

谭安岳却突然变色，厉声道："慕容庄主的意思是讥讽我们欺善畏恶不成？"

慕容辉缓缓说道："不对，我想，是黑的白不了，是白的黑不了，慕容辉所讲的，相信各位心中已有明断。"

谭安岳嘿嘿冷笑道："我们既然来了，就不会凭你几句话就打发走的，并且，来的不止我们几个人！"

慕容辉仰天大笑道："公理自在人心，谭掌门这是在威胁我慕容辉，你这是太小看我慕容辉了，便是千军万马来了，我慕容辉要皱一下眉头，就不叫慕容辉了。"

"慕容辉，你好大的口气！"随着一声凄厉的长啸，游云龙见"南网地煞"携着怀抱着婴儿的中年美妇朱梦娇从庄门口大踏步走进来。

两名锦衣大汉上前拦住，蓝姬看也不看，挥袖一拂，袖角飞卷，相隔足有半丈，两名锦衣大汉向后倒飞几丈，仰面栽倒在地，吐出一大口鲜血来。

众锦衣大汉突见来了一个相貌丑恶的老婆子，举手投足伤了两人，不由大骇，纷纷各操兵刃，吆喝着上前拦住。

蓝姬视若未见，身形微动，不见她如何出手，一群锦衣大汉惨叫连声，不是手断，便是腿折，片刻之间，伤了十余人。

蓝姬从容举步向前厅而来，而那朱梦娇怀抱着孩子，低眉落眼跟在后面。

慕容辉一怔，朗声道："三师妹，什么时候你也和华山派、青城派、昆仑派这些名门正派搅和在一起了？"

蓝姬嘿嘿冷笑道："谁跟他们搅和在一起，他们是什么东西。"

谭安岳三人一见是"南网地煞"突然出现，不觉都是一惊，南网地煞大骂他们不是东西，各人不由怒目而视，但"南网地煞"的名气太大，没有谁敢先吱声。

慕容辉道："三师妹，二十年来，久未到北方，不知什么事惹你火气这么大？"

蓝姬怒道："谁是你三师妹，在阳川我已与你断绝同门之情，慕容辉，你好高明的手段，竟然将我和梦娇引开，将人救走。"

慕容辉明知故问，道："将人救走？不知三师妹说的是什么人？"

蓝姬冷声道："你将我儿子小宝囚禁起来，我抓了你女儿，这有什么不对的？!哼，你那女儿是什么东西，还看不上我家小宝，今天我来不，仅要带走小宝，还要让小宝与你那臭女儿在这里成亲。"

慕容辉一愣，心想：月儿看不上你儿子，这可是无中生有的事呀，说道："我已经和你说过，令郎不在我庄上。"

蓝姬钢拐一摆，怒声说道："废话少说，让我再会会你'金剑追魂'！"

"我游云龙来会会你。"游云龙一声大喝，推窗掠身而下。

蓝姬一怔，笑道："哦，我明白了，原来就是你这小子在背后捣鬼，今天你奶奶可要给你点颜色看看。"

三派掌门人一见游云龙突然纵身而出，纷纷后退一步，凝视着游云龙，想不到杀了自己手下弟子的人是这般年纪轻轻。

游云龙怒声道："你皂白不分，听信黎魁的话，你那宝贝儿子明明在幽灵教，你却来这里行凶，看招！"

蓝姬怪笑道："看你小子是活腻了！"说着一拐砸了过去，钢拐夹着一缕锐嘶。

游云龙长剑一竖，"当"一声暴响，拐剑相交，火星四射。

突然，慕容辉一声大喝道："龙儿，退下！"

游云龙飘然退在一边，慕容辉突然一把抓住游云龙的手臂，沉声道："龙儿，听我的话，无论如何，今天的事，不准你插手。"

游云龙讶然道："为什么？"

慕容辉道："今日的场面我足以应付，你放心，你肩上责任太重，千万别插手这事，我自会料理。"

游云龙退到一边，钗儿也下了楼，走到他的身边。

慕容辉和"南网地煞"当面而立，他朗声道："三师妹，我真的不愿意同门相残，三师妹如果执要意和我过不去，我想和三师妹今天定个赌约。"

蓝姬一愣，说道："怎么个赌约？"

慕容辉道：“我今天冒死接三师妹三掌。”

蓝姬怪眼一翻，说道：“慕容辉，二十年不见，难道你已练成了什么护体神功不成，你未免也太托大了，好，我答应你，只要你接下三掌，我蓝姬掉头就走。”

慕容辉淡淡一笑，说道：“我知道三师妹一向说话斩钉截铁！”

游云龙心知慕容辉武功再高，也和蓝姬是旗鼓相当，硬接三掌，可是太冒险，不由上前，钗儿拉住他，低声道：“龙哥哥，你不要乱了慕容前辈的心，此时强敌当前，务必要冷静些。”

其余门派，都因事不干己，远远驻足旁观，大家都知道，慕容辉和蓝姬乃是百年前武林奇人“青莲玉女”白映莲的徒弟，一身武功修为在他们之上，心想：这两大盖世高手相拼，必有一伤，都屏息而观。

慕容辉正身而立，身上的金丝锦袍，被强大内力鼓起，胀得鼓鼓的，像个水桶，在阳光的照耀下，金光闪闪，煞是好看！

蓝姬狞笑道：“慕容辉，这是你自寻死路，怨不得人。”说完，双掌平推，平送而出。

别看这掌不徐不急，掌风如沉雷一般，滚滚袭到慕容辉胸前，慕容辉身子一震，后退一步，拿桩站稳。

蓝姬怪笑，双掌一收，再次推出，掌风呼啸，啸音划空传入众人耳鼓，旁观之人不觉心神一荡，这一掌足可开碑裂石。

“砰”的一声闷响，慕容辉退了两步，众人忍不住叫道：“好！”

这叫好不知是为蓝姬还是为慕容辉，喝彩声未竭，蓝姬突然大叫一声，身形纵起，第三掌已然出手。

这一掌掌风波及，站得近的人，脸上如利刃刮过，昆仑派的掌门人，“开碑手”善云大师大惊失色，他被称作“开碑手”，意指他一掌之力足以开碑，但今天目睹“南网地煞”的三掌，无一掌的功力不在他之上，他所谓的开碑手和南网地煞相比，是小巫见大巫，心里感到气馁。

“砰”的一声，蓝姬的掌力与慕容辉身上的罡气相撞，波及地面，飞沙走石，慕容辉退了两步，头发根根上竖，好久才垂了下来。

游云龙心弦一紧，捏了一把汗，慕容夜月上前扶住慕容辉，一惊，道：“爹爹你……”

慕容辉淡淡一笑，伸手拍了拍慕容夜月，说道：“爹没事。”

蓝姬脸色苍白，说道："慕容辉，想不到二十年不见，你内功已臻化境，我蓝姬认了，走，娇儿！"

朱梦娇柔声道："娘，小杂种饿了，等我喂完奶，再走吧。"说着解开衣襟，露出雪白的奶子，给孩子喂奶。

世上的事真是古怪，哪有给自己孩子取名叫小杂种的。

众人见她神情自若，当着大伙的面解衣喂奶，正派人士都扭头一边，心里暗骂道：贱人，骚货！

游云龙这次可清晰看到那孩子，不禁吓了一跳，只见那孩子长得的确奇丑，鼻子、眼睛、嘴巴长在一块还不说，脸皮乌黑，就像吃了毒药的人，并且非常老气，像一个十七八岁人的面孔，看得人头皮发麻。

朱梦娇专心致志地为那怪异的婴儿喂足了奶，站在一旁的两名弟子忍不住嘻嘻一笑，朱梦娇一转身，两滴黑色的奶汁飞溅，一下子溅到两个嘻笑弟子的口中。

朱梦娇整整衣服，轻声说道："娘，我们走吧！小杂种已吃饱了。"

蓝姬一声冷哼，两人转身就走，突然，朱梦娇回转身对慕容辉福了一福，柔声道："二师伯，后会有期。"

众人都是久经江湖凶险，但却未看到过一个如此怪异的中年美妇，都没吐气，两人在众目睽睽之下，扬长而去。

两人刚走，两名刚才发出嘻笑之声的青城派弟子突然倒地，抽搐了一下，便已死去，显是中毒身亡。

众人大惊，想不到朱梦娇的奶水居然有奇毒，那她的小杂种吃了怎么没事？潘伯益脸色阴沉，沉声道："拉出去喂狗！"他心恨弟子在众人面前出丑。

慕容辉朗声道："三位掌门，现在我们该作怎样的赌约？是不是也要我慕容辉接三位九掌？"

谭安岳双目逼视游云龙，道："请问，这位可就是游少侠？"

游云龙应声道："不错，在下正是游云龙！"

谭安岳冷笑一声，说道："少侠身手不凡，应该是敢做敢当之人，为何躲在慕容府，不敢出来与我等相见？"

游云龙淡淡地道："我这不是在这里吗？凡事皆有水落石出的时候，我游云龙问心无愧，有什么敢做不敢当的。"

谭安岳冷哼一声，说道："好一张利嘴，游公子既杀我们数十名子弟，自然早不把咱们三大门派放在眼里，慕容府盛名卓著，咱们不愿牵累他人，三日后，我等在桐乡镇天师庙恭候游公子，游公子敢去一趟么？"

慕容辉急叫道："龙儿，你……"

游云龙未让他喝住，傲然道："是非自有公论，就算是龙潭虎穴，我游云龙准会到的。"

谭安岳冷笑数声，说道："有种，慕容庄主，我等告辞了。"说完一抱拳，和善云大师、潘伯益领着门下弟子，转身离去。

慕容辉朗声道："三位掌门好走，慕容辉不送了！"

等一行人消失在庄门口，慕容辉身子晃了两晃，吐出一口鲜血来。

游云龙和慕容夜月忙上前扶住，慕容辉苦涩一笑，说道："好厉害的掌力！"

原来他接蓝姬三掌，已然受伤，只是暗提真气强忍着，游云龙道："慕容前辈，你没事吧！"

慕容辉道："龙儿，你不该答应他们，他们已有害你之心。"

游云龙道："慕容前辈，我爹常与我讲，作人要光明磊落，任何事，大义当前，不可含糊。"

慕容辉朗声大笑，说道："对，这话说得不错，在这一点上，我还不如你！"

游云龙和慕容夜月一左一右扶着慕容辉回到书房，钗儿从怀里掏出一粒"九还丹"，说道："慕容前辈将这丹服下。"

慕容辉道："肖姑娘，收起来，你这'九还丹'名贵得紧，是你爷爷'秃鹰教'的疗伤圣药，不必浪费，我伤得不重。"

说着，解开外袍，三人见他穿着一件丝织背心，慕容辉道："我这背心是采天山鸟丝织成，要不然，我哪敢硬接三师妹三掌，当今天下，能硬接三师妹三掌的，屈指算来，也没有几人，唉，总算将她应付过去，否则，今天难免一场血战，正好落在阴谋算计者的陷阱中。"

游云龙恍然道："好险！"顿了一顿，游云龙又奇道："那朱梦娇倒极是可怕。"

慕容辉道："她被江湖人称'百毒娘子'，下毒手法怪异得很，可以说全身是毒。"

游云龙道："可她那婴儿为何没中毒？"

慕容辉道："谁说是婴儿，那名叫小杂种的今年已十八岁了，只是他从小吃百药，是不长的，那小杂种身上的毒可以说是无与伦比，是一个'药人'！"

三人听了，遍体生寒，慕容辉忽转向钗儿道："肖姑娘，今天之事你可看出什么端倪！"

钗儿沉吟道："三派联手而来，绝不是什么巧合，肯定是幕后有人暗中安排，前辈如不硬接三掌，无论力战是胜是败，都中了那人的奸计！"

游云龙惊道："那幕后的奸人是谁？"

钗儿道："定然是那黎魁！"

慕容辉点了点头，道："看来幽灵教已开始大动干戈了，龙儿，你们先回去养好精神，三日后，我们一起到天师庙里。"

三人正欲转身离去，慕容辉突然道："慢，你们回来。"

三人停了下来，慕容辉缓缓道："我想那天将'合阳伞'也带出去。"

游云龙惊道："前辈，为何要这般急切？"

慕容辉道："现在形势发展，我那大师兄已要下手了，敌暗我明，迟一日怕就要多一分危险，后天晚上，我们就护送'合阳伞'出庄……"

说着慕容辉脸色微变，眼角向窗外瞟了一眼，游云龙一警觉，也听到窗外有人偷听，正想喝止，钗儿对他摆了摆手。

慕容辉暗暗点了点头，神色平缓地说道："我们走后，这幕容府就找畅儿照看……这事千万不可走漏风声，好吧，你们回去吧。"

出了书房，游云龙不解道："钗儿，慕容前辈他……"

钗儿诡秘一笑，"嘘"了一声，小声道："慕容前辈是故意说给窗外人听的，以后的事就看我们的了。"

游云龙奇道："我们怎么做？"

钗儿道："抓狐狸！"

两天平静而过，晚上月影西沉，阴霾四布，后院一条黑影冲天而起，十分熟悉地翻上屋顶，身子微伏，一双精光灼灼的眼睛，向四下看了一看。

确信无人，这才身形再起，贴着墙角一棵大树的阴影，捷如狸猫，一闪身，便隐入沉沉的夜色之中。

那黑影刚刚离去，墙角那棵大树上，紧跟着飘落两条人影，两人望了一眼，微微一笑，便双双跃起，如疾矢破空，遥遥地追了下去，一前一后相距约有二十丈，绕过慕容府正墙，前面那黑影，突然加快了速度，起落之间，直如星丸飞射，径向前面密林而去。

后面两人，在将近林边之前，陡地侧跃，闪身在一丛矮林的后面，凝神侧耳，静静倾听。

黑影人进了密林，驻足四下张望一下，随即学了一声鸟叫。

鸟叫声止，林中传出同样的鸟叫声，一个长须老者缓步走了出来。长须老者迎上一步，突地跪下，双手抱拳，低声道："十号参见左使。"

黑衣蒙面人不耐烦道："起来，等会儿'合阳伞'要送出，速禀教主，派人截取。"

长须老者道："左使，你……"

黑衣蒙面人道："什么你我的，快！误了大事，小心你的狗命！"

长须老者忙颤声道："遵命！"

两人分手，长须老者疾步转入林中，黑衣蒙面人目送他离去，才转身飞奔回慕容府。

"龙哥哥，那黑衣蒙面人是慕容舒畅，这狐狸终于露出了尾巴，可那长须老者却分明是黄山派的'飞霞剑客'卓太盛，这倒大出人的意料之外。"说话的是钗儿。

游云龙道："江湖十有八九的高手已被幽灵教所制，看来并非虚言。"

钗儿道："走，我们回去，慕容前辈还在庄上等我们。"

五更刚过，慕容府的侧门悄然而开，一辆马车昂首冲出，车辕上，高高坐着太湖三十六寨新舵主马九扬。

马九扬神色安详，一抖马缰，马车向东北方向驰去。

马九扬马车刚走，从西边一道侧门如飞驰出一辆马车，上了林间密道。

马九扬马车循着大道急驰，转过密林，上了官道，突然从密林中涌出数十名黑衣蒙面的彪形大汉，一字排开，挡住了去路。

马九扬冷笑一声，一摔鞭子，马车急冲，一个长须老者越众而出，伸手一挡，那疾奔的马突然前蹄竖起，一声长嘶，止步不前。

马九扬说道："卓大侠乃黄山派的高手，没想到竟落到拦路抢劫的份上，真是世事变化，人性无常啊！"

长须蒙面老者猛地一震，没想到马九扬一下子将自己叫出来，讪讪地道："堂堂的马总舵主，也给人家赶马车，代人受过，大家都是奉命行事，马舵主，将车留下！"

马九扬哈哈一笑道："在山吃野果，近水吃鱼虾，一辆破车，值不了几个小钱，不知卓大侠是受谁之命？"

卓太盛道："马舵主最好不要让我为难！"

马九扬笑道："马某只是一时好奇，想不到天底下还有何人有这面子，让卓大侠抛头露面的，卓大侠也向兄弟抖个底。"

卓太盛怒道："上，仔细搜搜，谁要是不服，格杀勿论！"

十余名蒙面大汉一哄而上，马九扬稳坐在马车上，也不出声喝止。

一名手快的蒙面大汉抢先打开车厢，探头一望，立刻大叫道："回堂主，车是空的！"

卓太盛猛地一惊，喝道："胡说，全都瞎了狗眼，再仔细看看。"

刹那间，两侧车门全被打开，里面果然是空无一物，卓太盛跨前两步，不禁倒吸了一口凉气。

他怔了怔，抽出长剑，疾步绕到车后，向车厢壁戳了几剑，"噗噗噗"，里面无夹层，是一辆再普通不过的马车，卓太盛不由怔了怔，脸上露出惊疑之色。

马九扬突然冷声笑道："卓大侠未免欺人太甚，一辆破车不值钱，可咱们太湖三十六寨主这分脸却丢不起。"

卓太盛恍若未闻，突然大叫一声，道："调虎离山，快！"手一挥，领着几十名黑衣大汉向前掠去。

马九扬微微一笑，一声口哨，驾着马车，辘辘而去。

桐乡镇天师庙在蜀中远近闻名，殿宇广阔，香火鼎盛，寺门头上高悬着"天师庙"三个金漆大字。

不知为什么，这三天来，原本香客不断的天师庙却冷冷清清。

大殿上已然盘膝坐着三个人，他们显然是在等人。

第十三章

这时日影已上中天，大殿内外，静得没有一丝声息，昆仑派的掌门人善云大师抬头望了望天色，说道："午时已过，我看那姓游的小子是不会来的。"

谭安岳道："不会，依我看，那小子一定会来，而且，来者不善，我们须得谨慎行事，小心应付才是！"

"哈哈！"突然传来一个苍老声音道："三派掌门人对付一个黄毛后生，还如此谨慎小心，好笑，好笑！"

三人大吃一惊，一看，殿中不知何时进来一位面颊瘦削无肉的灰袍老者。

这灰袍老者不知怎么在光天化日之下走进殿来，不但守门的弟子无一人察觉，连三派掌门也丝毫不知。

这天师庙早在两天前就被三派掌门人封了，里里外外大家都搜过，若说这灰袍老者早已躲在庙中，那是绝不可能的事！

大惊之下，谭安岳霍地站起身来，手按长剑的剑柄，沉声喝道："尊驾是什么人？竟闯进天师庙……"

灰袍老人作出一个受惊吓的样子，说道："哎哟，我好怕，我最怕别人抽刀弄剑的，咱们来的是朋友，去的不是仇人，何必呢，再说，这天师庙可是广结善缘，没听说不准闯的，这可不是华山的思过崖。"

谭安岳一时语塞，语气一缓，说道："尊驾高姓大名，可与我华山派有什么渊源？"

灰袍老者哈哈笑道："你太抬举我了，谭大掌门，谭大掌门回去问问你那黄土已埋眉毛兀自不肯瞑目的师叔祖三阳老人，'无名氏'是谁，看他还记不记得！"

谭安岳一听这话，顿时脸色大变，无名氏是在百年前和肖天宇、"人面桃花"华婉婷、"青莲玉女"白映莲并驾齐驱的人物，只因他性情怪异，很少在江湖上走动，行踪不定，所以很少有人知道，世人还当他已死去，没想到在这里出现。

三人都是一派掌门，自然知道"无名氏"的大名，盛名之下，谁不震惊，三人同时拜下。

灰袍老者龇牙一笑，双手一圈，虚空乱挥，连声道："我最怕磕头虫，快起来，快起来!"

三人与他相距五尺，灰袍老者虚空乱舞，竟有一股极大的劲力将三人阻住，怎么也拜不下去。

"开碑手"善云大师吸了一口气，真力一沉，施展佛门"千斤坠"，想强行拜下去，可脸涨得通红，身子却半点躬不下去。

善云大师寒意顿生，连忙肃容，双手合十，说道："老前辈，我等向你问好。"

灰袍老者笑道："傻小子，问什么好，我每天能吃能睡的，有什么不好，呵呵，就是不见长肉。"

三人又是一怔，均想：大凡异人皆举止怪异，这"无名氏"武功盖世，但却装疯卖傻，不知是本意如此，还是另有其它。

谭安岳一拱手，说道："前辈是神游到此，还是……"

灰袍老者头一扬，双目一翻，白胡子一翘，说道："三人就数你最不老实，说话文诌诌的，难听死了，什么神游到此，今天我老儿没事，是来帮你们的，那游云龙是什么东西，等一会儿，只要他来了，你们靠边站，瞧我老人家就行了。"

谭安岳猜不出他说的话是什么意思，无缘无故，怎会帮自己，正犹豫间，灰袍老者突然大呼小叫道："不成，不成……"

三人见他双手连摆，以为他要改变主意，谭安岳小心翼翼地道："前辈你……"

灰袍老人道："不行，你们得为我找一副面巾，让我将脸遮起来，等会儿，让他们认出，他们就吓得屁滚尿流，前俯后仰，上吐下泻，一步三倒，鬼哭狼嚎，望风而逃，我老人家到哪里去找他。"神色大是着急。

三人面面相觑，站在原地望着他，不知该听他话，还是他说着玩的。

灰袍老者见三人站着没动，更是急道："你们三个娃是怎么搞的，我老人家急都急死了，可你们站在这里像个木头人一样，唉!"

突然，他眼睛一亮，像发现了什么稀奇古怪，叫道："不用找了，不用找了，这里可有现成的。"说着突然反手一拉，五根瘦如鸡爪的手指竟扣住了谭安岳的手腕。

这下奇变，谭安岳毫无防备，等他明白怎么回事，手腕已被"无名氏"紧紧扣住。

大惊之下，他用手一摔，可无名氏的鸡爪手竟如一个铁箍，哪里甩得掉，惊恐叫道："前辈，你要干什么？"

无名氏嘿嘿一笑，掀起谭安岳的长袍，"嘶"的一声，竟扯下一片后襟，往自己脸下一挂，呵呵笑道："这东西还算合用，你是三阳老儿的太师侄，怎这般小家子气，看你急成那样子，我老人家只要你一片衣襟，算什么！"

谭安岳手腕处隐隐作痛，作声不得，苦涩一笑，说道："你老人家放心用好了，这不算什么，不算什么。"

谭安岳身为华山派的掌门人，为人甚为讲究，中规中矩，他穿的是华山掌门人特制的掌门服，后襟处有一幅七十二峰图案，那一块被无名氏扯去，挂在脸上，花花绿绿，不伦不类，象戏台上的丑角，三人一望，忍不住发笑，但又不好笑。

正在这时，一名青衣弟子慌里慌张跑了进来，结结巴巴道："那天……那天……"

谭安岳喝道："什么事？"

青衣弟子更是语无伦次，说道："那天……那老婆子和……和一个抱孩子的……"

谭安岳三人一惊，谭安岳道："南网地煞和那妖女来了！"

青衣弟子忙道："对对！"

谭安岳抽手一挥，道："让她们进来，没用的东西，下去。"

无名氏突然道："南网地煞？！我认得，那老婆子好杀人，火气大，别惹她发火，我老人家天不怕，地不怕，一怕杀人放火，二怕泼妇发火，你们可别说出我的名字。"

正说着，蓝姬已领着朱梦娇昂首而入，朱梦娇依然低眉落眼地抱着那"药孩"走在后面，三派弟子看见她如看到鬼一般，不禁全后退一步。

潘伯益冷哼一声，说道："南网地煞，我青城派可与你无仇无怨的，你为何杀了我弟子？"

蓝姬怪眼一翻，笑道："潘掌门，此事纯属无意，当时贵派弟子嘻笑张嘴，不巧让儿媳的奶汁溅到他们嘴里，这意外之事，我蓝姬深表歉意。"

这番话说得入情入理，谭安岳仰天打了一个哈哈，说道："对，此事纯属意外，不知蓝大姐来此有何贵干？"

潘伯益冷哼一声，退在一边，大生闷气。蓝姬嘿嘿一笑，露出两排焦黄的牙齿，说道："听说三派掌门今天约了姓游的小子，要在这里了结一段恩怨，老婆子与那小子也有点过节，当然，我是为了私事，咱们公私分明，让三位当先，等三位公仇了断，我再和那慕容辉解决私事，你们看这样好不好？"

三人一怔，只听说蓝姬眼高于顶，从不将任何人放在眼里，生性残暴，哪有今天这般和和气气的说话。

静了一会儿，谭安岳小心道："蓝大姐如此成全，我们自当应允。"

蓝姬回头道："娇儿，我们进去找个地方坐坐。"

朱梦娇柔声说道："娘，你先进去，我还得让小杂种撒泡尿，等一会儿沾染佛殿，可得罪了天师。"

说完，解开怀里丑婴尿布，背转身子，让丑婴在空地上撒了一泡尿，然后"乖乖，心肝"拍着那丑儿，低头走进去，样子如柔柳扶风，月光照水。

三人虽然觉得不大正常，蓝姬如此出奇地通情达理，但毕竟过去了，不由全暗暗吐了一口长气。

蓝姬跨进大殿，迎面碰到那脸上蒙着华山七十二峰花巾的灰袍老者，微微一怔。

灰袍老者双手一垂，笑道："大娘，请坐！"

蓝姬一声冷哼，说道："我年纪比你大吗？"

灰袍老者笑道："大娘今年七十三岁，而我只有三十七岁，你说该不该叫你大娘。"

蓝姬一惊，自己今年刚刚七十三岁，这人怎么知道？心念一动，沉声道："阁下三十七岁?！不大像，来，让大娘看看你的模样。"

灰袍老者双手连摇，一侧头，避过蓝姬的凌厉一抓，说道："取不得，取不得，我长得太难看了，何况这儿还有小娘子在，要是一取下来，准吓坏小娘子。"

朱梦娇"扑哧"一笑，一面抱着那丑儿，一面说道："不要紧，三山五岳，什么稀奇古怪的面孔我没见过。"

蓝姬一抓落空，心里更惊，嘿嘿冷笑道："果然是真人不露相，今天我南网地煞倒要看看你是什么三头六臂的人物。"

说着身形一起，五爪疾抓，灰袍老者吓得垂手而立，站着不动。

这一下蓝姬倒没想到，连一缩手，但指风所到，还是将那块衣襟给拂了下来。

面巾一摘，三派掌门人几乎同时发出一声惊呼。

呈现在众人面前的果然是一张奇丑无比的面庞，鼻梁齐中而断，分为两截，鼻孔朝天，沾满脓血，双唇外翻，露出红红的牙床和黄黄的牙齿，双眼暴出，几乎吊在眼眶外面，真是使人触目惊心，令人作呕，世上竟有如此丑脸。

饶是蓝姬见多识广，也是一怔，好半天才道："你脸上斑斑点点的，长的是什么疮？"

三位掌门人看了个目瞪口呆，这无名氏刚才分明不是这模样，怎么转眼之间，就面目全非，变得如此可怖？

灰袍老者垂头道："叫你不要看，你偏要看，我自小得了麻风病，娘说这病，可不能给别人看的，呜呜呜。"说着竟龇牙咧嘴哭了起来。

"麻风病！"蓝姬脸色大变，伸手一带朱梦娇，闪身疾退了七八步。

可无名氏却呜呜大哭，上前抓住蓝姬的手，说道："我这脸上只是长了一点小疮，也不会传给你，大娘干吗这么害怕？"

蓝姬知道这麻疯病一旦传染，任是大罗神仙也只有死路一条，但想不到这丑人怎么抓住了自己的手，大骇之下，左掌一拍，灰袍老者身子倒飞三丈之外，蓝姬头也不回，大袖一挥，一拉朱梦娇，飞身抢出殿门，一晃身子，踏屋越脊，如飞而去。

灰袍老者从地上爬了起来，拍拍身上的尘土，哈哈大笑起来。

众人再看，那灰袍老者已恢复了本来的面容，谭安岳暗暗心惊，难道这无名氏已练成了传闻中的"易容缩形"大法？传闻内功达到至高境界，可以凭自己的意念，随意改变自己的容貌。

灰袍老者重又挂上那衣襟，哈哈大笑道："原来南网地煞也有可怕之物，唉，世人皆怕死，只不过没看破罢了。"

这时候，一名弟子又急急来报，道："那慕容庄主率着姓游的小子来了！"

三人一喜，谭安岳道："果真来了，好！"

灰袍老者在一旁道："那正好，一个也跑不了，这叫自寻死路，唉，都是死人。"

谭安岳诧道："老前辈，你的意思是……"

无名氏道："没什么，你们只管干你们的，我老人家怕这些打打杀杀的，等你们弄得不可开交的时候，再来叫我……"顿了一顿，神色一肃，低声道："记住，最要紧的是凡事要快，时间拖久了，就全没救了。"说完，双目一合，竟在椅上打起盹来。

不一会儿，慕容辉领着游云龙，缓步走进了大殿。

善云大师手中禅杖一顿，朗喧一声佛号："阿弥陀佛！"

三派弟子闻得佛号，"锵"的一声，一齐抽刀拔剑，抱刀当胸，斜退半步，肃然躬身，慕容辉抱拳笑道："三位如此厚爱，慕容辉愧不敢当。"

谭安岳道："慕容庄主望重武林，三派理当以礼相待。"

慕容辉哈哈大笑道："各位抬爱，反令慕容辉汗颜不安了。"

潘伯益说道："我潘伯益说不出什么客套话，喜欢开门见山，直来直去，慕容庄主冤仇已成，三派为了讨还血债，势不免孤注一掷，特请游公子赐教高招。"

游云龙见善云大师禅杖一摆，六名昆仑派高手"刷"的一字排开，挡在正门，华山派和青城派弟子也在谭安岳和潘伯益的眼色下退守大殿两侧，心里不由大怒，昂首上前，说道："好，既然各位前辈执迷不悟，我就冒失了。"

"梅花剑主"潘伯益首先跃出，叫道："惩此小贼，潘某人愿打头阵。"

游云龙长剑斜指，说道："请潘掌门出招。"

潘伯益长剑一抖，一个剑花呈梅花六出之状，当头朝游云龙罩落。

游云龙看也不看，长剑一挑，直刺过去，潘伯益大惊，游云龙这一剑不经意刺出，却是指向他的"勾股"大穴，这正是他"梅花剑"的破绽所在，忙自动收剑。

再次攻上，游云龙又是看也不看，随意刺去，潘伯益再次被迫收剑退回。

众人无不惊诧，看那潘伯益似乎是在和别人试招一般，一进一退，去势倒凌厉，可却半途又收回来，不知他在搞什么玄虚，谭安岳惊骇道："潘掌门，你退下，让我来会会这小子。"

潘伯益跃开，叫道："这小子的剑法有点邪门！"

谭安岳冷哼一声，喝道："小贼，有什么高招，就尽管使出来吧！"

游云龙笑道："华山剑法险着居多，如华山壁，气象森严，偶出奇招，动则轻灵飘逸，观之如坐春风，可惜……"

游云龙记性极好，那日在"枫叶山庄"的秘室将各门剑法都看了，那本秘笈上，不仅将各派剑法的招式都记录得清清楚楚，并且还指出了剑法的不足之处，游云龙全记下来，就说了出来。

谭安岳身为华山派一派掌门，浸淫华山剑法几十年，一听游云龙这么一说，大惊道："可惜什么？"

游云龙道："可惜气魄稍小，精妙不足，遇到堂正之师，奇诡之阵，则缚手缚脚，取胜就难了。"

谭安岳心中大震，游云龙所说的华山剑法优劣，虽寥寥数语，无不深中窍要，可谓是精辟之至，冷笑道："看不出你对华山剑法还颇有了解，让我见识见识你的高招。"

说着提了一口真气，想纵身而起，可人在半空，突然身子一软，掉下地来，"锵啷"一声，长剑落地。

不仅善云大师和潘伯益愕然不已，就连游云龙和慕容辉也怔在当场，不明所以。

谭安岳脸色苍白，如大白天撞见鬼了，大惊失色道："奇怪，我只觉体内真气发散，难以凝聚，四肢无力。"

一听这话，善云大师和潘伯益也各自暗提一口真气，两人感觉也是一样，不由相顾骇然。

这时候，突听有人放声大笑道："打呀，为什么不打，反正大家都活不了，等着别人来收尸吧！"

慕容辉一回头，见一个灰袍蒙面老者，坐在大殿后方的太师椅上，翘起二郎腿，一晃一荡的，发出幸灾乐祸的笑声。

慕容辉骇然一惊，忙将金剑拔出，灰袍老者呵呵笑道："慕容辉，你这小娃子，别将你那玩意亮出来，我老人家害怕。"

慕容辉见他叫出自己的名字，更是一惊，这老头悄没声息地在大殿后，自己竟毫无警觉，这太可怕了，沉声问道："阁下是谁？"

灰袍老者掀起面巾，呷了一口茶，赞道："好茶！好茶！"

几人一齐转头注视着这古怪老头，灰袍老者神色悠闲，笑道："看，有什么好看的，从来没见过人喝茶是不是？"

慕容辉耐着性子道："阁下到底是谁？"

灰袍老者道："你小娃子一点也不懂事，你别管我是谁，说你又不认得，指你又看不见，你先关心关心自己吧，试试看你督脉经络中，有什么异样没有。"

慕容辉暗提一口真气，脸色骤变，低声问游云龙："龙儿，你呢？"

游云龙一点头，说道："是的，我正感血脉阻塞，真气已无法凝聚。"

慕容辉一震道："我们都中毒了！"

灰袍老者笑道："不错，大家都中毒了，不仅中毒，而且还是中了滇南最厉害的无形之毒，真好玩！"

慕容辉怒道："好啊，三大门派果然了得，用这种无耻的手段，对付我慕容辉，说吧，你们想将我慕容辉怎样？"

灰袍老者笑道："都一样，都一样，若说仅你们中了毒，而他们没中毒，你这话说得还差不多，现在大家一齐中毒，你这不是胡搅蛮缠吗？慕容辉！"

慕容辉一怔，心想也是，口气一缓，说道："前辈，我们都遭了谁的毒手？！如果是前辈，前辈的目的又是何在？"

三派掌门人也双目凝视着无名氏，无名氏仰天哈哈大笑道："我只道那几个娃儿不懂事，没想到已活了一大把年纪，阅历不少的慕容辉也这般糊涂，叫我老人家好生失望，如果是我，哼，我还让你在这里顶撞吗！"

谭安岳心中一动，说道："前辈的意思是说那南网地煞？"

灰袍老者扬眉道："那蓝姬倒没这本事，她那媳妇，可是使毒的大行家。"

慕容辉惊问道："蓝姬来过？"

灰袍老者道："废话，她们要是没来，你们怎么会着了道儿。"

潘伯益突然大叫起来道："我想起来，那……那婆娘曾在大殿前解开婴儿，让她儿子撒了尿，难道……"

灰袍老者笑道："可惜知道得太迟了，那婆娘可不是一般的婆娘，她可是大名鼎鼎的'百毒娘子'，她怀里的婴儿也不是一般的婴儿，而是自出娘胎，便用毒药喂了十八年的怪胎，全身奇毒无比，一泡尿撒出，随风而散，你们哪会料想得到！"

善云大师道："老前辈……你……你既知道，当……当时为何不提醒我们？"

灰袍老者道："天下就数你们和尚最笨，当时你们一心一意想寻仇打架，我老人家说的话还不是狗放屁，谁听得进去！"

谭安岳愤然说道："姓游的小子屠戮我们同门之仇，我们岂能不报！"

灰袍老者淡淡地道："什么屠戮同门之仇，说来听听，我老人家一生没做件正事，今天我年纪最大，就来做个主。"

谭安岳道："姓游的小子在青石镇和川阳镇的时候，杀了我们三派弟子，还口出诬言，说我们弟子加入了幽灵教，这不是纯粹往我们脸上抹屎吗！"

等谭安岳气咻咻地说完，灰袍老者却哈哈大笑，道："就为这事？这小事好解决！"

说完，不见他怎么动作，人便如一只灰鸟疾扑大殿之外，众人一愕，还没回过神来，灰影一闪，那灰袍老者又回到大殿上。

"咚"的一声，一个身穿华山派衣服的面目清秀的年轻人被扔在大殿的地上。

谭安岳一惊，道："老前辈，你为何抓我派弟子？"

那青年弟子仰面躺在地上，脸色发白，神情十分恐慌，身子如筛糠般，直打哆嗦。

灰袍老者不理谭安岳，对地上躺着的弟子说道："好小子，站起来。"

那弟子站起身来，灰袍老者虚空一点，那弟子忽感足三里穴道一麻，"扑通"一声，又跪了下来，跪在众人面前。

灰袍老者哈哈一笑道："好，就这样，爷爷有几句话要问你，今天你得老老实实地说清楚。"

那华山派弟子点了点头，又垂下头去，灰袍老者一指游云龙，说道："你可认识这位游少侠？"

游云龙一惊，仔细一看，这人眼神的确面熟，头脑急转，想起这个人正是青石镇的桥头边和葛阎王一起袭击自己的蒙面大汉，当时记得自己还将他腰际划了一剑，想到这里，游云龙霍然跃起，双手一探，将那华山派弟子的腰间撕下一块来，果然有一条三寸长的剑疤，怒声道："果然是你！"

说着，单掌向他头上拍去，灰袍老者喝道："游公子慢，我话还没问完呢，你何必多此一举，这事留着他师父做。"

灰袍老者似乎对游云龙特别慈爱，游云龙垂下手掌，退到一边。

灰袍老者道："小子，那天你在青石镇为何行刺游公子，和谁在一起，说给你师父听听。"

青年弟子额头豆大的汗珠往下滴落，突然一下子爬到谭安岳面前，一把鼻涕，一把眼泪地说道："师父，弟子该死，我已被迫加入幽灵教，在青石镇的桥边奉命追杀游公子。"

灰袍老者道："和你在一起的还有谁？"

华山派弟子道："还有少林、武当、青城和昆仑派的兄弟……"

谭安岳大叫一声，一掌向下拍去，喝道："孽障！"那弟子惨叫一声，脑浆迸裂。

善云大师高诵一声佛号，脸色黯然，说道："我等皆为一派掌门，竟不分皂白，错怪游公子，真是愧对祖师，即日返回昆仑，好好约束弟子，面壁赎罪，从此，再无脸履足江湖了。"

说完，禅杖一挥，六名昆仑派的弟子，口喧佛号，一齐转身向殿外走去。

谭安岳脸色阴沉，一躬身道："多谢无名氏前辈指点，要不然谭安岳将一错再错，谭安岳是非不分，望游公子恕罪。"说着左手疾起，双指向眼睛戳去。

慕容辉一惊，伸掌一隔，沉声道："谭掌门，你这又是何必，这只怪妖人太歹毒，我们应团结起来，共抗幽灵教。"

谭安岳脸一红，说道："我谭安岳对不起慕容庄主。"

灰袍老者嘻笑道："哎，动不动就割鼻子挖眼睛的，这算什么玩意，不过，有眼睛的人如瞎子一样，那眼睛的确没用。"

潘伯益仰天长叹一声，一言不发，挥挥手，带着弟子，步履沉重地黯然身退。

灰袍老者笑道："回去还不是死！"

三人刚走出殿门，一听这话，全停下脚步，灰袍老者说道："你们已中了那'百毒娘子'的无形之毒，不出三日就会一命呜呼的！"

善云大师道："我等是非不察，险些酿成大祸，这是罪有应得。"

游云龙忙道："前辈爷爷，三派掌门不知事情真相，情有可原，望前辈爷爷给他们解毒之法吧！"

灰袍老者哈哈一笑，说道："既然游公子这么说，我就作个顺手人情吧。"说着从怀里掏出一把药丸，手一挥，那药丸激射入各人的嘴中。

过了半盏茶功夫，人人呕吐出一滩腥臭绿水，休息片刻，真气已霍然贯通。

善云大师向灰袍老者一拱手道："再造之恩，善云大师心领了，不再言谢。"

灰袍老者笑道："你们不要谢我，当谢游公子。"

善云大师又转向游云龙，惶然道："游公子，我等真是白活了一把年纪……"

游云龙道："掌门快别这样说，只要我们能冰释前误，携手对敌，就是武林一大幸事。"

谭安岳道："以后我华山派任由游公子差遣，同仇敌忾，与游公子携手并肩，共谋大业。"

潘伯益也大声道："那幽灵教横行江湖，我等愿与游公子一道，聊供策驱，共毁邪教，拯救千千万万被害的武林同道。"

三派掌门带着本门弟子告辞而去，灰袍老者看也不看，独自在太师椅上喝茶。

等慕容辉和游云龙回到大殿，那灰袍老者已解开了蒙面，端坐在椅子上。

慕容辉携着游云龙的手快步上前，两人一揖到地，慕容辉道："慕容辉拜见无名氏前辈！"

无名氏呵呵一笑，说道："慕容辉，这些年来你小子混得不错吗，穿金戴银的，望重一方。"

慕容辉忙道："前辈这是在奚落晚辈，当年小的时候，曾一睹前辈风范，可以说前辈是宇内仅存的一个武林巨擘，不知前辈这些年一直在哪里？"

无名氏叹了一口气道："当年你师父还有毕婉婷和肖天宇闹得不可开交，唉，世事无情，我看得心烦，就一个人四下里转悠。"

慕容辉忙回头道："龙儿，快拜见你师祖。"

游云龙惊道："师祖？！"

慕容辉道："对，他就是你爹和你两位师伯，宇内三圣的师父无名氏前辈！"

游云龙听了一惊，这以前听到父亲提起过，说师祖看不惯当时江湖明争暗斗，乌烟瘴气，一个人离开天山，四处云游去了。

游云龙忙跪倒在地，叩头道："游云龙拜见师祖。"

无名氏爱怜地看着游云龙，颔首道："嗯，不错，游云龙，名字好，龙儿，快起来，快起来。"

忽然，无名氏对慕容辉说道："慕容辉，你到殿外去，站在门口，将门关上，不管什么事，你一个人顶住，我和龙儿谈点事情，大概要两个时辰。"

游云龙道："师祖，慕容前辈又不是外人，你就说吧，我们听着呢。"

无名氏道："不，这事只与你说。"

慕容辉躬身道："放心，前辈，有我慕容辉看着，你尽管放心好了。"

慕容辉走后，无名氏柔声对游云龙说道："孩子，过来坐！"

游云龙依言坐在大殿的蒲团上，游云龙道："师祖，你可有什么事要跟龙儿说。"

无名氏道："孩子，我问你，你刚才对善云大师所使的可是'听音剑法'？"

游云龙道："是的！"于是就将自己如何得听音剑法的事说了出来。

无名氏颔首道："这是机缘造化，神功再现江湖乃是武林一大幸事，孩子，用你的听音剑法来跟师祖过招看看。"

游云龙一惊道："孩儿不敢！"

无名氏道："孩子，什么时候了，还讲这些俗礼，传说那听音剑法乃是至高武功绝学，几百年来，一直未有人练成，你虽偶得奇缘，但师祖要看看你的内功，你不须让着我，我出手可是致命的杀招，小心了，孩子。"

说完，无名氏解开腰间的长软剑，一抖手腕，那软剑如灵蛇一般，千条万条，或虚或实，直向游云龙刺去。

游云龙哪敢大意，凝神倾听，只听得无名氏的劲力贯注软剑之上，如海啸绵绵，中间竟无丝毫断音。

大惊之下，只得展开身法避开，无名氏的软剑跟踪而至，游云龙听剑音之中，略有一个转折，忙挥剑刺去，谁知无名氏内功太强，长剑刺入剑网之中，就像刺到一个弹性非常足的网上，刺不进去。

游云龙一运内力，突然感到自己体内澎湃的真气如长江决堤，在胸口一撞，"砰"的一声，只觉眼前一黑，人就昏倒在地。

慕容辉守在大门口，突听里面剑声呼啸，似是两人在激斗，大骇，准备冲进去，可想起无名氏的交待，无论什么事，都不要撞进去，更何况无名氏是龙儿的师祖，定然不会害了龙儿的，过了一会儿，里面又无声无息，心里不由忐忑不安。

心里七上八下的，慕容辉在大殿外踱着步子。

好不容易过了两个时辰，慕容辉迫不及待地推门进去。

只见游云龙盘膝坐在蒲团之上，而无名氏则坐在他后面，双掌抵在他后背，游云龙头上热气蒸腾，额上汗流如注。

慕容辉一看就知道无名氏这是在用内力为龙儿疗伤，连忙上去，那无名氏双目紧闭，人一下子就像苍老许多，头发全变银白色。

游云龙悠悠醒转，他清楚记得自己被内力撞昏，后来感到一股外界的强大内力，驱着自己的内力游走全身各穴，直上十二重楼，在体内循环三遍，归入丹田，人觉得气清神爽，舒服无比。

睁开眼睛，见慕容辉站在自己面前，惊叫道："慕容前辈……"

慕容辉焦急地道："龙儿，你怎么样？"

游云龙惘然道："没什么啊，我只感到做了一个梦。"

慕容辉面容一肃，叫道："前辈，前辈……"

游云龙一骇，忙转过身，撞到无名氏的双掌，无名氏竟仰身倒在地上。

游云龙和慕容辉忙抢身扶上，一探鼻息，无名氏已然死去。

慕容辉默然站立，喃喃自语道："他竟牺牲自己，他竟牺牲自己……"

游云龙奇道："慕容前辈，师祖他……"

慕容辉沉声说道："龙儿，你贯注内力，一剑向那大柱削去。"

游云龙见他神色凝重，也不问什么，站起身来，将内力运于长剑上，一剑削去，一阵海啸之声大作，那一人合抱粗的石柱竟被削为两截，而长剑却完好无损。

游云龙一下子惊呆了，自己怎会有这般深厚的内力，这奇迹仿佛是一瞬间发生的，讶然道："慕容前辈，这是怎么回事，我怎么在一时之间内力陡增数倍？"

慕容辉神色黯然道："你师祖已将他毕生的功力注入你的体内，而他自己则内力枯竭，油干灯熄，圆寂了。"

游云龙大哭，慕容辉拍了拍他的肩膀，说道："龙儿，你师祖了悟天机，他此着用意极深，他要你担起解救武林的大任，所以这么做，只要你以后发奋图强，扫灭妖魔，就对得起他一番苦心了。"

两人将无名氏的尸体葬在天师庙前，拜了几拜，挥泪回到慕容府。

钗儿早迎在庄门口，一见两人回来，心里的大石头终于落下，见两人神情落寞，知道肯定出了什么变故，上前拉着游云龙的手道："龙哥哥，那三派的臭掌门是不是仗着人多……"

游云龙摇摇头，说道："钗儿，一切都过去了。"

回到书房，慕容辉将发生的事说了一遍，马九扬听了感慨不已，慕容夜月听了又惊又喜，惊的是前辈异人已死去，喜的是自己所喜欢的人神功大成。

钗儿则拍手高兴地跳起来，说道："那无名氏此举真是高明，这叫丢卒保车。"

游云龙知道钗儿向着自己，其它人的生死对她来说是毫不在乎的，不高兴道："钗儿，你怎么这么说师祖？"

钗儿道："龙哥哥，人活一百，终将会归于黄土，无名氏前辈这才叫死得其所，你就不要愁眉苦脸了。"

慕容辉叹了一口气道："钗儿说得对，人如草芥，终将一死，不管是顶天立地的英雄，还是三流九教的小人物，人生苦短，应在有限的生命里，为武林，为百姓做一番事业才对。"

四人默然，各自想着心思，慕容辉突然道："肖姑娘，你和龙儿昨晚所见可是真的？"

钗儿道："那黑衣左使的确是慕容少庄主。"

慕容辉神色凄苦，黯然道："没想到我慕容辉内疚一生，还生出这么一个孽子出来，最险恶的人就在自己身边，还没觉察，月儿，去将你哥叫来，就说爹找他有事。"

慕容夜月离去，不一会儿，又回来，急促地道："爹，哥哥不见了，桌上留有一封信。"

慕容辉接过信，打开一看，信上写道：

"爹爹：

恕孩儿不孝，当你看到这封信的时候，孩儿已离开了你。

你常说，好男儿志在四方，男儿大丈夫立身处世，应成就一番事业，大师伯答应我，帮我在江湖扬名立万，所以我就加入了幽灵教，现在我的身份是幽灵教的左使，我想会成就大事的。

不孝儿：舒畅"

慕容辉看完信，身子气得发抖，一运内力，信纸已烧着，怒道："孽子，果真是真的，这一切都是真的。"

钗儿道："慕容前辈，事情既已发生，我们不能坐以待毙。"

慕容辉一惊道："对，我们应马上上路！"

说着慕容辉打开密室，郭峰抱出四盆"合阳伞"，一行五人连夜出发。

第二天马车就驶入了张榜镇，选了一家较大的悦来客栈落脚。

刚吃完晚饭，准备休息时，突然小二送来一封信，信主说请慕容辉到庄边一谈，落笔竟是黎魁。

钗儿道："慕容前辈，我和龙哥哥和你一起去。"

慕容辉点头道："也好！"三人略整行装，望城南而去。

一出镇，钗儿突然停下身形，说道："不好，慕容前辈，我们中了敌人的调虎离山之计。"

慕容辉一愣，说道："不错，那黎魁知道了我的行踪，约我出来，分明是设计引我们出来，他才乘机劫花。"

三人回到客栈，见房内四处翻乱，慕容夜月和马九扬已不见了，游云龙打开壁橱，幸好四盆"合阳伞"还在。

这时，房门外突然有两人轻叩两下。

慕容辉举手示意，游云龙合上壁橱，然后才问道："谁?"

门外人答道："我是店里的小二，有一封信要送呈慕容老爷过目。"

慕容辉松了一口气，道："进来吧！"

慕容辉接过信一看，神色大变，沉声喝道："那送信人呢？"

小二打了一个哆嗦，说道："那客爷……那客爷已经走了。"

慕容辉喝道："他说了什么没有？"

小二结巴道："他……他临去时留下话，说，如果……慕容老爷子回来，今夜三更，他会……会在江边禹王庙等候。"

钗儿道："没事了，你去吧。"小二躬身而退，慕容辉打开信一看，信上写道：

"你我同门之谊早绝，所谓志不同，道不合而不相为谋，我乃代师扬威武林，现令媛及马总舵主已遭押扣，虫蚁之辈，不屑杀却，如欲善罢，何妨以花换人，倘必逞痴勇，开坛之日，人以拜祭，特驰薄笺，非谓言之不预也。"

另附"中秋之时，藏边雪山古堡，本教开坛之庆，广宴武林，希移步前来。"

看完信，慕容辉气得脸色一阵青白，游云龙也热血沸腾，惶然道："马大哥和慕容姑娘落在他们手中，会不会遭他们毒手？"

钗儿道："那黎魁既然威胁以花换人，自然还不会加害他们……"

突然慕容辉大喝一声道："谁！"右手倏忽一扬，手上的信纸猛然脱身，疾向窗口射去。

薄薄，的信纸，经他贯注内力，去势如电，"噗"的一声，穿窗打出，紧接着就听到窗外一声闷哼。

游云龙和钗儿双双旋身而起，闪电般推窗跃去。

窗外站着刚才送信的小二，一条右臂已被信纸齐肘打断，脸上痛出汗水。

游云龙飞起脚尖，踢闭了那人的穴道，慕容辉缓步而出，冷冷笑道："借你的口，传信给黎魁那奸贼，今晚三更，叫他准时到江边见面。"

那汉子恐惧地低下头，钗儿道："龙哥哥，放他去吧！"

游云龙解开那人穴道，一脚将他踢了出去，慕容辉道："钗儿，你和郭峰留在店里看护'合阳伞'，我和龙儿去看一看。"

钗儿极不情愿，但知"合阳伞"关系重大，只得点头同意。

等到三更将近，慕容辉和游云龙悄然出悦来客栈。

钗儿坐在房内，枯燥无聊，突然，瓦面上传来一声衣袂飘风之声。

钗儿忙一掌将烛火熄灭，倚壁而待，侧耳倾听屋外的动静。

不一会儿，两条人影，如飞絮般飘落院中，两人身材一般高大，都黑衣蒙面，两人在院中现身，却立在院中，四下张望。

钗儿等得不耐烦了，冷冷说道："既然来了，为什么不进来！"

其中一人竟用焦急的声音低声道："屋内只姑娘一个人吗？"

钗儿冷笑道："只有本姑奶奶一个人，足以应付你们这些毛贼，还要多少人！"

窗外轻"哦"一声，窗棂"嚓"的一声折断，两条人影疾射而入。

钗儿闪身后退一步，手中长剑洒出一片寒芒，径向两人当头罩落！

……

先行进屋的黑衣蒙面人，双袖一拂，侧跨两步，人已然进屋，将钗儿的剑势化解，此人内力强大，显是一等一的高手，他低声叫道："姑娘请别误会，我俩此来并没歹意，而是有事要和姑娘商量！"

钗儿一惊，抖腕收剑，见两人无动手之意，垂手而立，钗儿笑道："夜黑风高，撞闯他屋，居然是好心，新奇！"

两人对望了一眼，其中一人道："姑娘，我们俩都是受了'幽灵教'毒丸之害，沉伦苦海，欲振无力，做出身不由己，为虎作伥的事，不瞒姑娘，那黎魁就是将慕容庄主和游少侠调开，然后派我俩来夺取那'合阳伞'的。"

钗儿冷笑道："可你们似乎是向我们来通风报信的。"

说话的那人凄然长叹，说道："姑娘聪慧，想当年我们兄弟俩也是顶天立地的汉子，若非被毒瘾煎迫，断然不会为'幽灵教'所用的，我俩这次冒死违命，实在是有事恳求姑娘……"

钗儿道："说来听听。"

那人迟疑道："我俩向姑娘表明苦楚，是……是……是想请姑娘成全，赐我们两颗果子，以解脱毒瘾之苦，挣脱枷锁，重新作人，我俩则感激不尽……"

钗儿道："佛有因果，也渡有缘之人，二位有向善之心，悔改之意，我……"

两人一听大喜，没想到事情比想象的要易得多，都双眼热切地望着钗儿，就像一个等待沐浴甘露的圣徒，等待观音娘娘的淋赐。

钗儿接着又道："可这'合阳伞'是慕容前辈整整花了十年心血，关系整个武林命脉的宝物，我是不能代人答应的。"

钗儿的话就像兜头给两人泼了一盆冷水，两人默然垂首，眼眶中，竟蓄着两眶悔愧羞惭的热泪。

一人说道："姑娘，救人一命，胜造七级浮屠，姑娘难道愿意将我们逼向绝境？"

钗儿道："你们自上绝路，关我们什么事？要是我不答应你们，你们待怎样？"

一直没说话的蒙面人，低声道："师兄，善求不能，我俩只好……"

先前那人忙回头喝道："师弟，我们不能一错再错，你千万不要有其它念头，只要能解脱毒瘾，脱离苦海，我们受再大的委屈也是应该的！"

他越说越激动，突然回过身子，对钗儿道："姑娘既然不肯，那我们就告辞了……"

钗儿叫道："慢！"

两人霍地停下脚步，钗儿道："'合阳伞'是唯一能解'神阳丹'的解药，关系重大，我实在不敢作主送给你们，不过，你们若能答应我两个小小条件，我可以将你们的来意，告诉慕容前辈，明天咱们另约一个时间，保证不会使你们失望的……"

两人狂喜，一人道："只求能解毒瘾，重获新生，别说两个条件，就是两百个条件，我俩也赴汤滔火，义无反顾！"

钗儿明眸一转，伸出一个指头，笑道："第一个条件是，你们要设法在天亮之前，将昨天被黎魁抓去的两人援救脱险。"

两人交换了一个目光，怔了一怔，沉思了一会儿，两人暗暗一咬牙，点了点头，一人道："我们兄弟冒死一试，只求姑娘在天明之前，请……"

说到这里，两人又低头商量了一下，那人道："天明之前，请你们到城北三里左右的一片柳林中来接应。"

钗儿点点头道："这个自然。"

那人急切地道："姑娘的第二个条件是……"

钗儿又伸出两根玉指，说道："第二个条件，你们现在必须把蒙面摘下，让我看看你们究竟是谁！"

"这……"两人仿佛吃了一惊，倒退一步，情不自禁地将脸上的蒙面按住。

钗儿笑道："二位想必都是江湖上的成名人物，应该知道行事的原则，我虽然年幼，但不至于稀里糊涂，将'合阳伞'送给两个不知身份的陌生人吧！"

两人沉吟片刻，一个迟疑道："姑娘说得有理，只是人的名，树的影，望姑娘不要告诉任何人，给我俩留个情面。"

钗儿道："二位放心好了！"

两人不再多言，将蒙面揭了下来，钗儿笑道："果真是二位！"

两人面上一红，钗儿道："阴阳双剑一个左撇子，一个右撇子，你俩刚进屋我就有所怀疑，只是不敢确定。"

两人汗颜不已，钗儿笑道："那黎魁狡猾无比，二位前辈须得小心从事，只要二位前辈不食言，我这里你们就放心吧。"

两人一揖到地，说道："有劳姑娘，我等告辞了。"

说完两人匆匆离去，钗儿目送二人离去，摇摇头，心情变得沉重，但又有一份欣喜，欣喜的是，武林中虽十有八九的人被"幽灵教"所制，但他们的良知却未完全泯灭。

一个人痴痴地坐到亮，可龙哥哥和慕容前辈还未回来，心里甚是焦急，不安地在门前徘徊。

东方天际已微现曙光，钗儿心急如焚，突然见两条人影飘身而下，忙喜出望外地迎了上去，急叫道："龙哥哥，你们回来得正是时候，快，你们现在马上去城北三里的一片柳林中接人，快，迟了就来不及了！"

游云龙一惊，急道："到底是怎么回事，接谁？"

钗儿急道："三言两语说不清楚，你们去了就知道了。"

看到钗儿焦急的样子，两人不再追问，一折身，又跃身而起，向北面而去。

钗儿长长吁了一口气，喃喃道："还好，时间正赶得上……"

话还未说完，身后一个阴恻恻的声音接道："好什么，说给我老婆子听听。"

钗儿大惊，霍地一转身，手中长剑围身划了半圆弧形，扭头看时，不由倒吸了一口凉气，旋即又笑道："我道是谁？原来是蓝老婆子，肖雪钗见过婆婆，哦，还有朱大姐！"

来人是杀人不眨眼的魔头南网地煞蓝姬和她全身是毒的儿媳妇朱梦娇。

蓝姬笑道："都说肖世平有一个古灵精怪的孙女儿，果真不假，只可惜，自古黑白两道，佛魔之间水火不容，秃鹰教的圣女竟帮别人看门了。"

钗儿笑道："婆婆过奖了，爷爷就只我这一个孙女儿，骄惯了一身的坏性子，让婆婆见笑了，婆婆是为'合阳伞'来的？"

蓝姬一怔，没想到钗儿开门见山地提出来，说道："不错，二十年来，我和令祖父一直相处得很好，我老婆子不想在晚年与令祖父之间再起什么波澜，小姑娘让让路，让老婆子进去。"

钗儿道："北网天罗的孙女儿就只有一个脾气，倔得很，今天我欲与合阳伞共存亡！"

蓝姬嘿嘿冷笑道："这么说，那就怪不得我了。"

蓝姬脸上阴笑，将长拐平胸提起，这时只听朱梦娇笑道："娘，让我来劝说妹子。"

说着走上前，说道："妹子，我知道你是喜欢姓游的那小子，可你别忘了，他可是你'秃鹰教'的不共戴天的仇人。"

钗儿笑道："多谢大姐美意，不过，小妹的事小妹做得了主，何况这也是我爷爷的意思！"

蓝姬道："娇儿，那肖世平早在二十年前就鬼迷心窍，金盆洗手了，废话不讲，三句好话比不上一耳光，我看这小丫头是敬酒不吃吃罚酒。"

说着一抖钢拐，向钗儿当胸疾扫，钗儿一侧身，手中长剑自钢拐疾划而下。

可谁知，那蓝姬的内功比钗儿已高出太多，钗儿只感到蓝姬的钢拐上有一股极大的吸力，长剑划下，被他钢拐引到一边，蓝姬一声怪笑，左掌拍去。

钗儿撤剑不及，眼看就要丧命蓝姬一掌之下，就在这千钧一发之际，一条人影疾扑而至，挡在钗儿身前，"砰"的一声，蓝姬一掌结结实实地打在那人的胸口。

那人身子向后倒飞，将钗儿也撞倒在地，"嚓咔"一声，连门带框都被打塌了。

钗儿大惊，扭头一看，见是郭峰，郭峰凄惨一笑，"哇"的一声，吐出一口鲜血，吃力地从怀里掏出一个盒子，塞给钗儿，头一歪，便即死去。

钗儿大怒，仗剑一弹而起，再次挡在门边，朱梦娇笑道："小妹模样长得俊，想不到除了姓游的小子，还有人为你挡死，好啦，听话，小妹妹，让开来，凭你一人之力也是拦不住的。"

说着怀抱着毒儿，一闪身就往里闯，钗儿长剑一挽，寒光乍现，疾刺她怀中的毒儿。

朱梦娇大惊，忙一低头，扬掌，缩退，身子倏然退了三步。

饶是她退得快，头上的银钗已被削落，左手袖口截断一大段，夜风穿袖而入，出了一身冷汗。

朱梦娇定了定神，冷笑道："小妹好狠的心！"说着双指弹出，两缕淡淡的青烟疾射而出。

钗儿连忙闭住呼吸，长剑直刺，向朱梦娇胸口戳去。

朱梦娇侧身避剑，飞起左脚，鞋的前端"铮"的一声轻响，喷出一股黄色的汁液。

钗儿见她浑身是毒，几乎举手投足，都可施放毒物，心里又惊又恐，紧咬银牙，将长剑使得风雨不透，所使的全是不要性命的杀招。

朱梦娇娇笑连声，只是左闪右躲，全然不与钗儿正面交锋。

激斗三十招，钗儿感到内腑翻涌，一口真气凝闭不住，吸进了一股毒气，终于两眼一黑，"咚"的一声，栽倒在地。

朱梦娇一声冷笑，上前一步，一掌向钗儿当头劈下，蓝姬忙上前挡住，急道："不要伤她！"

朱梦娇道："这贱人可恶，装神弄鬼，上次将我们害惨了。"

蓝姬道："可她毕竟是肖世平的孙女儿，我们不必要与肖世平再结梁子，走，进去。"

两人走进房内，翻箱倒柜，可哪里见到什么"合阳伞"。

朱梦娇道："奇怪，难道大师伯的消息有误不成？"

蓝姬道："走，我们赶快去通知你大师伯。"两人转身急去。

再说慕容辉和游云龙，匆匆离开悦来客栈，一路向北疾奔，两人心里，全然不知钗儿弄的什么玄虚。

行了三里地，果然见到一片柳林，一条小溪穿林而过，杨柳千丝万缕，临风摇曳，小溪淙淙而流。

两人刹住身形，四下一看，却不见一个人影，游云龙不解道："慕容前辈，这一个人不见，会不会是钗儿说急了……"

慕容辉道："不会，钗儿是个极有心计的女孩，肯定是事出突然，她才急急叫我们赶来，我们等一等。"

正说着，林中忽然传来一阵沙沙的脚步声响，两人忙闪身一边，见一个黑衣大汉跌跌撞撞地向这边奔来。

只见那大汉急急奔到林边，向四周望了一阵，才低声道："回二位香主，林边没人。"

话音一落，又走出两个人来，这两人黑衣蒙面，一般身高，警觉地四下望了望，其中一人道："大哥，那姓肖的丫头可是肖世平的孙女儿，世上人的话都信得，她的话你也信？你不想想，现在我们行踪已露，真是进出都死路一条了。"

另一人沉声道："等一等，事已如此，我们只有赌一把了。"

正说到这里，林中突然传出一声阴恻恻的冷笑声，道："赌一把，你们俩这赌注也太大了，所谓一着走错，满盘皆输。"

两人闻声色变，双双旋身，旁边的黑衣大汉听了，拔足便向林边狂奔，如惊弓之鸟。

一条黑影飞闪，随着一声暴喝道："叛贼，想逃！"接着一声惨叫，鲜血四溅，那黑衣大汉的人头飞落两尺远，但他身子仍然昂首急奔，直撞到柳树上，才砰然倒地。

游云龙看得心惊肉跳，林中嗖嗖连声，接着如飞般掠出五条人影，将两个蒙面中年人围在中间。

为首的黑袍老者，在无头的黑衣大汉身上揩了揩血迹，精目一瞬，转向被围的黑衣蒙面中年人，嘿嘿冷笑道："教主担心你俩会背誓叛教，果然不错，见了老夫，还不束手就缚。"

两个黑衣蒙面中年人见事机败露，忙将背一靠，准备以死相拼，一人厉声喝道："姓方的，大家都是被逼之人，何必相煎太急！"

老者喝道："放屁，教主何曾逼过我们，我们投身'幽灵教'，共谋武林大业，这是何等光荣的事，再说，教主也待你俩不薄，封为香主，共享富贵，可你俩竟不念教主恩典，反而心存异心，允你俩束手就缚，留个全尸。"

两中年人哈哈大笑，笑声颇见悲凉，同时摘下蒙面，一人怒道："方义，我兄弟俩已决心与魔教脱离任何关系，来吧，是生是死，一切凭天。"

游云龙差点惊叫出来，揭下蒙面，两人赫然是"阴阳双剑"两师兄弟。

黑衣蒙面老者不屑道："不需凭天，就凭我手中的剑，你们阴阳双剑就是死路一条了！"

顿了一顿，冷冷地吩咐四个黑衣蒙面大汉道："你们守住四方，我方义今天要亲手料理这两个叛贼！"

说着，提着长剑，大剌剌地缓步走向阴阳双剑。

游云龙手心捏出一把冷汗，轻声道："慕容前辈，我们要不要出手？"

慕容辉低声道："情况不明，不宜出手，那方义乃六合门的掌门，人称'鬼手屠夫'，武功十分精湛，不知怎会被黎魁网罗。"

两人正低声议论，林中已响起金铁交鸣之声，方义长剑划空疾射，郝道川一剑硬接，方义大喝一声，竟生生将阴阳双剑同时震退了一大步。

阴阳双剑本是背靠背，防备四煞围攻，一招受挫，才知方义的武功在自己两人之上，再也顾不了那么多，姚路漫大喝一声，一拧腰，已与郝道川肩头相并，采用联手之法。

　　阴阳双剑两师兄弟，一个惯用左手剑，一个惯用右手剑，平时两人心意想通，一遇强敌，就会联手而上。

　　方义对两人已下杀手，两人已然豁出性命，双剑施展开来，如惊虹闪缩，双剑盘飞，如两条矫健轻捷的剑龙，前后照应，招式十分紧密，风雨不透。

　　游云龙心道：青城剑法虽不及华山剑法精要，但两人互使出来，的确有另一种境界，阴阳双剑，并非浪得虚名。

　　方义一声怪啸，长剑一振，竟然笔直刺入双剑所织的层层剑幕之中，三剑一触即分，"锵锒锒"，脆响声中，漫天剑幕，蓦地消失，姚路漫左肩上已刺开一尺多长的血口，血肉翻现，两人站在当地，面如死灰，眼中露出绝望的神色。

　　方义嘿嘿冷笑，长剑再起，分刺两人大穴，突然，青影一闪，一丝白光竟疾刺他左边的空门。

　　方义大惊，他这一剑虽然可以将阴阳双剑刺死，但自己的左臂也会被人切下，忙向右掠出。

　　阴阳双剑一看是游云龙，惊喜叫道："游少侠，你们终于来了。"

　　方义大惊，因为从游云龙的出手方向和姿势，他已知来人的武功已是深不可测，一阵阴笑道："教主派人抓了你两次，都让你逃脱，果然有些道行，老夫早就在教主面前请命，没想到你小子倒送上门来。"

　　游云龙怒道："久闻'鬼手屠夫'方义臭名昭著，恶迹昭彰，现投身到'幽灵教'助纣为虐，小爷正要为武林除害，没想到在这里给小爷碰上。"

　　方义气得七窍生烟，怒喝一声，腾空而起，整个人似一只黑色鸢鸟在空中划出十五六丈，两个起落，已到了游云龙眼前。

　　这一剑刺出疾如电闪，可游云龙比他更疾，在他眼里，方义这一剑缓慢刺来，他从容迈步，已从方义身边一跨而出。

　　方义一剑走空，马上心知不妙，怪叫一声，反臂忙又拍出一掌。

　　游云龙人在空中，长剑倒转，"噗"的一声，长剑已穿掌而过，方义毕竟老练，负痛急退，额角之上，冷汗直流。

　　四个围着"阴阳双剑"的蒙面人一见方义受伤，忙同声吆喝，一拥而上。

游云龙闭上眼睛，耳听四剑来的风声，身子在空中一旋，向四人刺出四剑，"当当当当"四响，四个蒙面人手腕中剑，长剑几乎全都同时落地。

四人都是各派好手，没想到游云龙闭着眼睛，一招使他们长剑落地，不由站在那里，呆若木鸡。

方义怨毒地看了游云龙一眼，沉声道："走!"

游云龙笑道："空有凶人之名，原来也是个贫乏的东西，别走得那么急，将吃饭的家伙带去。"

说着，游云龙凌空虚抓，地上的五把长剑应声而起，游云龙右手一挥，五把长剑疾如流星，分向五人后背射去。

方义反手一抄，想将长剑抓住，抓倒是抓住了，可这剑上内力往前一带，方义向前仆倒，其他四人哪敢接剑，忙向旁边纵跃躲过，其中一只长剑插入柳树上，直没剑柄。

第十四章

慕容辉和阴阳双剑齐声喝起彩来。

游云龙回过身子,阴阳双剑忙上前参见慕容辉和游云龙,将在客栈遇到钗儿的事说了一遍。

游云龙心想:要不是钗儿想到这法子,为救慕容夜月和马舵主又要费一番周折,想钗儿定然不会轻易给你们合阳伞,想到这里,不由会心一笑。

慕容辉急道:"我女儿和马舵主现在在哪里?"

姚路漫道:"慕容姑娘和马舵主正好是由我们看管,我们已将两人救出,请随我来。"

四人疾纵如飞,不一会就到了江边,姚路漫轻轻拍了四下巴掌,江边芦苇丛中一分,驶出一叶扁舟,两个蒙面大汉见了阴阳双剑,忙躬身道:"参见香主!"

姚路漫一挥手,说道:"将慕容姑娘和马舵主请出来。"

慕容夜月一见父亲,忙扑进慕容辉的怀里,阴阳双剑则在一旁焦急地搓着双手,姚路漫道:"慕容庄主,此地不宜久留,你们快回去吧!"

说完对游云龙一拱手道:"阴阳双剑已然死去,承蒙少侠相救,再获一次生机,现在不急求合阳伞,等以后我们功过两抵,后会有期。"

说着两人展开身形向南而去,游云龙知他俩这是在故意吸引别人,阴阳双剑将人救出,这黎魁定然不会放过,此地的确不宜久留,慕容辉一携慕容夜月的手,道:"我们立即离开,边走边说。"

原来慕容辉和游云龙、钗儿三人刚一出门,就进来两个绝色少女,两个少女极为娇艳,马九扬正要上前喝问,突然两个少女用手中的手帕一挥,马九扬的和慕容夜月马上感到头晕目眩,四肢无力,栽倒在地,醒来后,才发现已被幽灵教抓住。

慕容辉大惊,说道:"那幽灵教哪来的妖女?只有莲花教的妖女才用色相和毒物袭击别人。"

马九扬道:"当时我虽然昏迷,四肢无力,但心智还是清楚的,听到两个妖女说,幽灵教和莲花教已合并了。"

慕容辉道:"苍蝇吃狗屎,臭味相投,我早就料到这一天,他们终将会走到一块的。"

说着四人已回到了客栈,越墙回房,游云龙一声惊叫,四人发现钗儿已倒在门边,郭峰嘴角挂着鲜血,已然气绝。

游云龙抢上一步,见钗儿秀目紧闭,已是昏迷不醒,慕容辉老泪纵横,喃喃道:"想不到郭大哥的儿子,还是没逃脱毒手……"

马九扬道:"我们还是先救醒肖姑娘,问问原因。"

游云龙已是六神无主,哽咽道:"钗儿已中毒了,我们又不能解毒。"

慕容夜月突然叫道:"钗儿妹妹手里有一个锦盒。"

游云龙拿过锦盒,打开一看,里面赫然是一只冰川雪蟾,这雪蟾通体雪白,只有两个眼睛是红红的。

马九扬大喜道:"这雪蟾可是疗毒灵物,正好可用来解肖姑娘身上的毒。"

游云龙将雪蟾放出,雪蟾跳到钗儿身上,竟在钗儿手臂咬了一口,不一会儿,蟾体转黑,雪蟾松口,已跃回锦盒内,伸着脖子"咕咕"叫了两声,甚是高兴。

不久,钗儿叹了一口气,悠悠清醒,一见游云龙,倏地睁开眼睛,拉住游云龙的手问道:"龙哥哥,那蓝姬走了!"

游云龙一惊,道:"钗儿,她们也来了!"

钗儿这才一转头,忙双颊一红,从游云龙怀里站起来,欣喜道:"慕容姐姐,马舵主,你们回来了,那阴阳双剑果真极讲信用!"

慕容夜月见游云龙对钗儿如此关心,不由心中一酸,但还是微微一笑道:"钗儿妹妹,多谢你提醒阴阳双剑救了我俩。"

游云龙道:"钗儿,可是那蓝姬害了你和郭峰兄弟?"

钗儿神色一黯,将事情的前因后果说了一遍,马九扬慨叹道:"郭峰小兄弟为报家仇,住洞十年,栽培'合阳伞',虽然不能开口说话,是个残废人,但为救肖姑娘,临死将雪蟾留下,以解朱梦娇的毒,此心真乃侠义。"

钗儿得知阴阳双剑将两人救出就离去,当下心里颇有悔意,说实在的,当时她是搪塞之词,故意提出两个条件,并不是真心答应阴阳双剑的,沉吟半响,才回过神来，说道："现在那黎魁知道阴阳双剑两位前辈救出了慕容姐姐和马舵主，定然不会善罢干休的，我们即刻就走！"

慕容夜月道："对，我们这就走！"

一行五人刚将"合阳伞"搬出，就碰到一行黑衣蒙面人，飞步奔来。

慕容辉暗叫一声"好快!"沉声说道："肖姑娘、月儿和马舵主带'合阳伞'快走后门，到江边登船，我和龙儿挡他们一阵。"

钗儿急道："我也留下！"

十几个黑衣蒙面人旋即已到门边，为首的人哈哈大笑，大声道："走?！全都给我留下！"

慕容辉大喝一声，道："肖姑娘快走，龙儿，上！"说着金剑疾起，直刺那人的面门。

钗儿嘟着嘴，但知此行人志在"合阳伞"，事关重大，此时由不得自己的性子，只得一转身，说道："马舵主，慕容姐姐，我们走。"

那人怪叫道："拦住他们!"马上有七八人纵跃上前，游云龙长剑一封，挡住了七八人的去路。

这些人武功个个不弱，见有人挡路，一把凤翅镏金镗，两把烂银短戟已然夹带风声，向游云龙疾攻而至。

游云龙此时体内真气充盈，听见万物断声，随手三剑刺出，只听"哎哟!"几声叫骂，三人跃开，已然受伤。

领头的中年人和慕容辉上下翻动，各展绝学，激斗不已，从地面到屋上，从屋上到檐角，两人竟战成了一个平手。

这时，正是午时市集，街上行人都被悦来客栈前的这场血战所吸引，人们远远围观，呼叫不已。

慕容辉和游云龙只想拦住这些人，而黑衣蒙面人志在夺花，想马上尽快将对方收拾下来，手下越来越快。

令慕容辉吃惊的是，和他对敌的首领人物，武功奇高，竟与他在伯仲之间，从这人的手法看，应是少林派的俗家弟子，而围攻游云龙的七八人也是个个身手不凡，将游云龙紧紧缠住，虽有四人受伤，但后面的人又迅速补上，并凶猛得很。

这几个情急拼命，游云龙顿感压力大增，再拆数招，已然左支右绌，眼见不支。

突然，人群中挤出来一个满头枯发的老婆子，踉踉跄跄，口中大叫道："圆智大师，你放着好好的达摩院主持不作，而跑到这里打架，我最喜欢打架，你已打了这么久，也该歇歇了，让我来斗斗他们。"

说着身子一欺，向游云龙扑去，游云龙一惊，这老婆子正是玄天金母，难道她也是幽灵教的人？当下自然举剑一挡。

"当"的一声，剑拐相交，游云龙心中一动，暗道：奇怪，这玄天金母招式虽沉，力道却甚轻……

玄天金母却大呼小叫道："哎呀，乖乖，不得了，这小子好厉害！"一边钢拐横扫，将围攻游云龙的黑衣蒙面人隔在七尺之外。

那圆智大师，本是少林寺达摩院的主持，因犯戒律，被少林寺逐出山门，后来他仗着一身霸道的功夫做些杀人越货的无本买卖，后被黎魁招到了幽灵教，许以大护法的头衔，黎魁得知阴阳双剑放走了慕容夜月和马九扬，气得要死，就派了他来劫花，并同时派出十七名高手，志在必得。

圆智大师没想到一下子被别人叫出来，不由一怔。

高手之间的比斗，往往胜负决于一念之间，圆智一怔，慕容辉金剑反削，圆智忙急纵，才险而又险地避开这一剑，饶是如此，他的手臂还是被划了一道血口。

圆智大怒，一招"狂风扫经"，向慕容辉反扑，这时玄天金母嘻嘻而笑，脚下一下踉跄，往前一倾，仆地，正好使个绊子，圆智没想到，忙飞身而起。

玄天金母顺手塞给游云龙一纸团，低声喝道："还不快走，傻小子！"

游云龙一点头，和慕容辉双双已上了屋顶，圆智大怒，将手中的长剑向游云龙后背掷去。

玄天金母笑道："你这个傻和尚，也真傻，连手上的兵器都扔了，我俩怎么个玩法。"

说着手中的钢拐在空中一拦，将圆智的长剑吸住，那长剑去势太急，在钢拐上一阵乱转，好半天才停了下来。

游云龙和慕容辉穿屋越脊，一口气行到江边。

江水茫茫，江风除除，哪里有钗儿三人的身影。

游云龙惊道："那幽灵教已遍布爪牙，只怕钗儿三人已遭毒手了。"

慕容辉也非常着急，说道："玄天金母塞给你一个纸团，快打开看看。"

游云龙心里一阵感动，当时那玄天金母塞给自己纸团，手法极快且隐蔽，而慕容辉正提防圆智扑上，可他怕自己危险，却一直留意自己。

打开纸团，展开一看，只见上面草草写道："舟行缓慢，三峡险阻，幽灵教和莲花教沿江设伏，'合阳伞'已转到陆安，你俩不用追赶，可假装溯江而上，往巴县会合。"

慕容辉长叹一声，说道："看来肖姑娘三人已落于敌手，不过从玄天金母的信中看，'合阳伞'尚在，玄天金母极少理会武林是非，这次我俩大忙，不知这是为何。"

游云龙想到他和玄天金母的徒儿小玲子间的过节，心中一片黯然，说道："慕容前辈，既然玄天金母出言提醒，应不会是歹意，我们照着去做吧。"

慕容辉一点头，两人展开身法，在峡谷中飞行。

三峡一向被称作长江咽喉之地，以雄奇险峻而著称。

已是西陵峡峡口，地势渐陡，峻岭重叠，峭壁挟江而峙，江水如带，闷吼如雷，两岸密林千丈，猿啼如诉，雄浑之中令人又有苍凉动魄之感。

游云龙和慕容辉仗着绝世武功，在万丈峭壁上，循谷道而行。

天色渐渐暗下来，约行数里，天已漆黑，难辨五指，谷道曲折险峻，满山猿啼，入目惊心。

慕容辉两人心急如焚，极力展开身法，快得如两缕青烟，侧头见游云龙衫角飘拂，就跟在自己左近，心里不由暗暗钦佩，心想：龙儿年纪轻轻，功力却雄沉，在自己之上，真是难得。

突然他豪兴勃发，仰面一声低啸，身形突进，只见他斑发根根后掠，足尖抽换，几乎不沾尘埃，起落之间，每一步都在十丈以上。

可游云龙却总在他的左近，而且气息自然，心中更是佩服。

越过一条断涧，游云龙忽然心中一动，暗忖道：我怎能和前辈争胜，他心情烦闷，我索性落后一步，让他高兴高兴。

心意一定，游云龙扬声叫道："慕容前辈，先走一步，龙儿随后就到。"

慕容辉大笑连声道："我知道你小子是故意让我，哈，我笨鸟先飞，先走了。"笑声中，他身子如星丸电射，游云龙初时还能隐约望着他的背影，过了一会儿，仅能听到他的笑声，接着，连笑声都杳不可闻了。

游云龙怕落后太远，长啸一声，身子如长空烈电，向前追去，风声在耳旁呼啸，可一路上没有慕容辉的身影。

游云龙心里一惊，慕容伯伯的轻功这般了得，怎么一晃就不见人了，当下身形更快，穿山越涧，疾如奔电，不多久，便进入了峡岭层叠的巫山十二峰。

三峡之险，首在巫峡，巫峡西起巫山，东起巴东，但最为险要的还数"铁棺材峡"，长江穿峡而过，水流湍急，曲折无数，险滩处处。

顺水下行的船只，多在白日过峡，而且必须由经验丰富的顺水之人指点舵位，顺流急泻，瞬息百里，正如李白诗句所写，"两岸猿声啼不住，轻舟已过万重山"。

但溯江上行的船只，却大大不同了，江船上行，风帆橹桨俱无用武之力，大多数浅滩，需由人力拉纤，甚至有水急之处，还设有"绞盘"，四五个壮汉绞动铁盘，将船只缓缓拖行，所以人们也把这段峡谷称作鬼见愁。

"铁棺材峡"以上，水急如怒马奔腾，两岸夹立千仞峭崖，仰头上望，天仅一线，船行其间，如蚁行龟步，缓慢无比。

江船上下，均视三峡为畏途，尤其是夜间，更不敢冒险入峡。

慕容辉一人一路飞驰，偶尔低头下望，见黑沉如死的峡中，却出现了一点灯光，仔细察看那灯光下，竟是一艘通体漆黑的大船。

大船显然是白昼便已进入三峡水道的，只是迄今仍未出峡，此时夜色已深，没有停泊，船上挂着数盏雪亮的气死风灯，照射着岸上数十名纤夫，正吃力拉纤，逆江而上。

慕容辉初时尚未在意，哪知正奔之际，忽听前面传来一阵低沉的人声，连忙刹住身形。

这一停下来，才发觉前面十丈左右一块大石之后，人影幢幢，形如鬼魅，竟有七八人之多。

慕容辉一纵身，躲在草丛里凝目望去，只见那大石少说有千斤以上，七八名黑衣大汉，各执长棒，正抵着大石边沿一根粗圆巨木，石后有一名浑身黑衣劲装的美艳女郎，负手而立，目光炯炯，投向峡谷中那艘大船。

慕容辉一看就明白，这伙人是用大石砸下面的船，不由倒吸一口凉气，这千斤大石，顺壁而下，岂不要将峡中的大船砸个粉碎。

慕容辉趴在石壁上，注目那艘大船，借着气死风灯的光线，慕容辉见那艘黑色大船的船头，高高竖着两块方牌，远远看去，虽不真切，但还是能隐约看到方牌上画着两只雄猛的秃鹰。

这不是秃鹰教的船吗?! 慕容辉心里又是一惊，而岸上的这些人显然是"幽灵教"和"莲花教"的人物。

慕容辉不知秃鹰教的人为何急着夜间赶路，"幽灵教"和"莲花教"为了共同的利益，终于走到一起了，现在他们合力对付"秃鹰教"，说实在的，"秃鹰教"虽是魔教，但慕容辉打心眼里敬佩"秃鹰教"的人，虽说他们上代教主肖天宇与师父有过一段情爱瓜葛，但十大神魔没哪一个不是叫得响响的角色，自己要不要出言提醒他们？当年师父白映莲的确有过遗命，要他们师兄妹四人与"秃鹰教"一争长矩，可打内心里，师父却不想肖天宇的"秃鹰教"在江湖上灭亡。

正犹豫间，只听一声冷喝道："放！"

慕容辉一惊，"幽灵教"预先在千丈峭崖上布置了大石，并且还在上游倾油入水，引火点燃，一片火在狭窄的峡谷水道中如一条火龙，熊熊大火将峡谷照得如同白昼。

随着一声令下，两边崖壁上大石一齐滚落，巨石沿石壁往下流落，一阵阵震耳闷响传来，轻轰之声不绝，宛如天雷行空，惊心动魄。

慕容辉感到整个三峡天摇地动，不知什么原因，他提气大声喊道："小心！"

这一声大喊，在幽长的峡谷传得很远，由于慕容辉运用了上乘内力，声音聚而不散，峡谷中没一点回音，声音一直传到下面的大船上。

果然，肖亚昌带着九大神魔从船舱里走出，他仰头上望，但并不见得怎样惊骇，举止甚是从容，遥遥对崖上一拱，大声道："多谢慕容庄主出言提醒，以后定当得报。"

慕容辉一凛，这是何等气概，泰山崩于前而不乱，更为难得的是，肖亚昌居然从他一句"小心"的喊声中，已辨出是自己的声音，忙喊道："肖教主不必拘礼，快走！"

肖亚昌喝道："弃船登岸！"

说着，他和九大神魔如十只秃鹰，破空飞起，向岸上扑去。

这时候，巨石已滚滚而下，肖亚昌和九大神魔刚刚飞起，巨石已朝他们当头落下。

十人齐声厉啸，各自在空中一转，双足在巨石上一蹬，被蹬着的十块巨石竟然改变方向，向横里飞出，随着"砰"的一声震天巨响，十块巨石撞在一起，撞碎的十块巨石如雨点般落在江面上，峡中水柱冲天。

饶是慕容辉久历江湖，见识过无数次凶险，但看到这一幕也不由高声喝彩起来，想那千斤巨石从千丈峭壁飞滚而下，不啻千万斤之力，可九大神魔和肖亚昌竟然使之改变方向。

但巨石还是滚滚而下，有两块巨石刚好砸在大船之上，"轰轰"两声，巨船顿时被砸为碎片。

慕容辉见被砸碎的木块上下翻飞，中间还夹杂着无数的纸片，心想：这船里面装的可全是书?!

这时候，火龙急蹿而上，顿时大船起火，熊熊烈焰将两边的崖壁映得通红，慕容辉见肖亚昌双目之中竟然有热泪涌动。

忽然岸上传来一声刺耳狂笑："哈哈，肖教主，你那些各门各派的武功秘笈要是送给我们，兴许我们还有些作用，唉，就这样付之一炬，实在可惜，可叹啊"

肖亚昌朗声道："黎魁，韩帮主曾劝我共同讨伐你，我心存善意，没有答允，没想到你果真卑鄙无耻，当年你答应十年之约，没想到你果真对我下手了，肖某对你佩服佩服！"

黎魁阴阴一笑，说道："我和你暗自缔结十年之约，只说你'秃鹰教'不犯我'幽灵教'，可并未说我'幽灵教'不犯'秃鹰教'。"

慕容辉听得心里一惊，原来"秃鹰教"和"幽灵教"私下里还缔结了十年之约，可黎魁的禀性我太了解了，他怎么会守约呢?

肖亚昌哈哈大笑，说道："肖某见识了徐教主的手段，这样也好，幸好现在还不算迟！"说着一声大喝，道："走！"

手一挥，接起一块碎石向岸上砸来，碎石块带着凛厉的破空之声，径向黎魁所在的位置激射而来，撞在崖壁之上，溅出一串火花。

肖亚昌借力已双足踏上一块燃烧着的木板上，九大神魔也各自登上木板，用各自高深的内力推动木板，那燃烧的木板如离弦利箭，顺着湍急的江水而下，在满天的石雨之中穿插而行。

慕容辉居高临下而看，就如十只火星划过天际，在峡谷疾射而下，并留下一串爽朗的大笑声。

黎魁一侧身，凝望十只炎星变成十个小红点消失天际，不由惊出一声冷汗，怔怔地站在那里。

慕容辉心悸之余，马上明白了自己的处境，身子向前飞跃，忽然听到一声刺耳怪笑，黎魁带着一百多名黑衣人拦在他面前，阴阴笑道："二师弟，你真叫我失望，再怎么说，我们还是同门师兄弟，何况还有师命遗言，可你却胳膊向外拐，叫我该怎么处置你"

慕容辉怒道："黎魁，我们同门之谊早已断绝，这话亏你说得出口，你的手段也未免太毒辣了。"

黎魁白眉一扬，冷冷道："这算什么，毒辣的还在后面呢！上，大家今天见识见识'金剑追魂'！"

数十名黑衣大汉挥刀扑进，慕容辉一声冷哼，双掌连拍，震飞了七八人，谷道本来狭窄，人多一挤，又挤下去三四个，但听惨叫之声从千丈深峡谷中传上来，听得人毛骨悚然。

黎魁含笑负手而立，神色平淡，说道："圆智，你去会会。"

圆智一声虎吼，仗剑疾步上前，两人在谷道上，各展神功，剑来掌往，力战了近五十招，慕容辉奋起神威，一记猛攻将圆智逼退，长啸一声，拔出了金剑。

金剑在手，慕容辉精神陡振，圆智虽然勇猛，长剑挟着刺耳的劲风，但他曾是少林寺达摩堂住持，一身功力的确霸道，但轻功与慕容辉相比，还是逊色多了，上次在柳林与慕容辉战了个平手。

但这一次却在谷道上，谷道上地势险峻，下面是千丈悬崖，所以圆智不免有些束手束脚。

而慕容辉在崖上上下纵跃，挥洒从容，金剑招式凌厉紧密，圆智怒吼连声，长剑将怪石削得石屑横飞。

黎魁见慕容辉在崖上纵跃如灵猿，而圆智则显得粗笨得多，全仗着深厚的内力支撑着，脸上一冷，道："飞天夜叉上！"

飞天夜叉钢拐在岩石上一点，身子拔空，向慕容辉砸下，慕容辉腹背受敌，大惊，左掌拍出，飞天夜叉不敢硬接，钢拐倒拖，连退四步。

慕容辉但觉右腿一痛，已被圆智的长剑划了一道血口，顿时鲜血如注。

黎魁冷冷地道："慕容辉已受重伤，上前乱刀剁了他。"

数十柄刀剑霍霍生风，一齐攻向慕容辉，慕容辉听风辨位，知道自己正在断崖边沿，大喝一声，金剑插进崖壁，整个身子斜挂岩壁之上，双腿飞起，当先两三名黑衣大汉立被踢落崖下。

慕容辉势如疯虎，振臂抽出金剑，身子在空中一个翻卷，凌空一掌拍出，掌风所至，又有七八名黑衣大汉站立不稳，惊呼着滚落峡中。

他举手投足之间，连毙十余名"幽灵教"教徒，胸中豪兴大发，仰天长啸。金剑斜挥，鲜血横飞，那些舍命前扑的黑衣大汉，又有四五人成了无头之鬼。

慕容辉一口气杀了十四名幽灵教教徒，只觉大腿血流如注，内力已难以为继，他只顾血战，未能及时闭血疗伤，此时耗力过多，才发觉体伤不轻，渐渐有些头晕目眩，几欲支持不住。

那些幽灵教徒见慕容辉势同拼命，如此勇猛，不由大骇，纷纷仗刀挺立不动，突见慕容辉一个踉跄，心中各自一喜，四名黑衣少女一齐挺剑攻至。

慕容辉长叹一声，暗道："我慕容辉心愿未了，难道就丧命在这峡谷之中？龙儿现在不知在哪里。"

正想着，四名黑衣少女已挥剑攻到，慕容辉凄然大笑道："黎魁，你有多少不怕死的，只管来吧！"

金剑振腕洒开，叮叮数声，四柄长剑全被他浑厚的内力震飞脱手。

四名黑衣少女惊呼大叫，慕容辉大步向前，又欺近一步，右掌怒劈，四名黑衣少女如四只黑色断线风筝，高高抛起，坠落崖下。

慕容辉此时死意已决，一掌使了自己的十成功力，只觉一口真气再也凝聚不住，身子摇晃几下，一下跌坐在崖上。

他感到胸口一阵灼热刺痛，仿佛整个身体内的血液快要流尽一般。

江风吹来，慕容辉打了一个寒颤，"不，不能就这么死去。"

心念一动，慕容辉一按崖壁，霍地跃起，手中金剑闪电般出手，一鼓作气，连攻了七招。

这七招乃是他平生之力所聚，如嘶风啸云，如万点寒星，猛向飞天夜叉迎头洒落。

飞天夜叉没想到慕容辉拼命一搏，竟有如此惊人功力，急忙一个懒驴打滚，石火将她身上衣服划破，极为狼狈，她着地一滚，打出两枚透骨钉。

慕容辉突觉前胸一麻，已被飞天夜叉的两枚透钉打个正着，伤口只麻不痛，心里一怔，就知钉上已淬有剧毒。

慕容辉双眼充血，一声大吼，金剑向飞天夜叉刺去，飞天夜叉大骇之下，身子凌空拔起，闪避猛厉的一剑，"当"的一声，慕容辉的金剑已插进峭壁之中，慕容辉左掌一翻，对天飞夜叉拼力发出一掌。

飞天夜叉人已在空中，无处借力，只得右手暴张，一把抓住崖壁上的一株野草，腰身险而又险地避开掌力，但还是感到脸上火辣辣地痛。

突然，她只感到身躯一震，那株野草被她百忙之中当作救命的稻草，一抓之下，竟已松动，一声惨叫，坠入奔腾怒吼的大江之中。

慕容辉拼力发出一掌，人已摇摇欲坠，见两名黑衣大汉抢着铜棍向自己冲来，突然奋起神威，从崖壁上拔出金剑，抖腕一振，金剑已断成数截，右袖一拂，断剑疾射而出，两声惨叫，持铜棍的黑衣大汉已被金剑穿胸而出。

慕容辉扶壁而立，静静地听着江水奔流，江风肆虐，他感觉到生气从自己身体里一点一点地流失。

黎魁见慕容辉重伤之下，竟连伤了他十几名教徒，也是心惊不已，旁边一个老者走出，说道："教主，我前去将他碎尸万段。"

黎魁无力地一摆手，说道："不用了，他已是形同朽木，不足为惧，我们暂退到一边，等游云龙那小子！"

游云龙不见慕容辉，心里发急，一路狂奔，突见前面轰隆隆的巨响惊天，跟着火光映亮了天空，心里大惊，忙向谷道急奔而来，突见前面谷道断塌，已经无路可通。

急忙刹住身形，身子凌空飞起，施展"凤舞九天"神功，身子在空中连续九个转折，可人还是离对崖有五尺左右，游云龙长啸一声，五指疾伸，贯力插入山壁，接着身子一翻，就落在千丈断崖之上，扶起慕容辉，却见他嘴角溢血，面色铁青，气息已若游丝。

游云龙大惊，运掌抵住慕容辉的后心，潜运内功，不一会儿，慕容辉才悠悠醒转，吃力地睁开眼睛，见是游云龙，脑中灵光一闪，一把抓住游云龙的手时，力道竟是大得出奇，连声道："龙儿，龙儿，我……没用的。"说着用手推开游云龙的手。

游云龙极力压抑住悲恸，轻声道："慕容前辈，你没事的，是谁害了你。"

慕容辉一笑，说道："黎魁，你赶快走吧，'合阳伞'要紧……"

游云龙怒道："又是黎魁，他竟然将你害死，前辈，我一定要为你报仇！"

慕容辉道："我和他同门之谊早断了，龙儿，凭你一个人的力量是不够的，如今幽灵教和莲花教势力已是日渐庞大，黎魁更是狡诈无耻之徒，以你的武功，固然可以傲视天下，但你秉性敦厚，阅历不足，幸好肖姑娘为人聪慧，江湖经验丰富，武功可算不俗，可以辅佐你抵制强敌，但龙儿，你必须联络秃鹰教和韩老叫化子两派之力。"

游云龙诧道："可钗儿他爹与韩伯父谈崩了。"

慕容辉笑道："肖亚昌目前正在重振'秃鹰教'的势力，所以不想大伤元气，与黎魁暗地里定了十年之约，但黎魁出尔反尔，刚才放火烧船，将'秃鹰教'搜罗的天下各门各派的武功秘笈全给毁了，我想肖亚昌也清醒了。"

游云龙大惊道："刚才峡中起火，可烧的是'秃鹰教'的船？"

慕容辉点点头，双眼合上，头已无力下垂，游云龙一惊，知他是油枯灯尽，为了和自己说话，才勉力支撑一口气，见他嘴唇牵动，似乎还有话说，但已经吐不出声音。

骇然之下，游云龙左掌疾伸，迅速抵住了慕容辉的心窝，摧力透穴直入。

慕容辉无力地睁开眼帘，又无力地合上，用尽平生之力，说道："龙儿，你答应我……要……好好照顾……月儿……"

游云龙急急点点头，道："你老人家放心，我定会照顾好夜月妹妹的！"

慕容辉嘴角一撇，似在微笑，终于无力地垂下了颈项。

游云龙头脑"嗡"的一下，泪水已滚滚而下，突然听到身后传来一阵阴恻恻的冷笑，一个冷冷的声音道："游云龙，怎么只你一个人？"

游云龙一回头，却见断崖对面立着七八个黑衣人，说话的老者正是白眉白须的黎魁，仇人相见，分外眼红，游云龙默然抱起慕容辉的尸体。

黎魁道："将慕容辉的尸体接过来，留到我们开坛之日用，我要让整个武林都知道，逆我者亡！"

五个黑衣大汉答应，成合围之势向游云龙逼了过来。

游云龙暗忖：今日敌众我寡，可不能逞一时之勇，暂且忍这一次吧，主意已定，深吸一口真气，展步如飞，循着谷道奔去。

这一着倒大出黎魁的意料，暴喝一声："追！"

游云龙抱着慕容辉的尸体一路狂奔，全然不理身后的大呼小叫。

越过巫山，谷道已至，峡谷也较为平坦，游云龙被无名氏贯注内力，一身的内力修为已在三个甲子以上，气息悠长，一口气奔出百余里，一回头，大吃一惊，赫然发现，幽灵教的一群高手，竟一个也没落后，身后的叱喝连声，众人业已追到两三丈的距离，长一些的兵刃，几乎可触及他的背心。

正危急间，前面忽然一堆乱石挡住了去路，这些巨石每一块都有数百斤重，不知被什么人搬到江边，东一堆，西一堆，零乱散落，毫无规律。

游云龙奔到石堆边，正感没主意，突听有人大声叫道："不好，快截住他，别让那小子逃入石阵中去了。"

游云龙一喜，仔细看那石头堆放的方位，果然是八卦阵图的摆放式样，在石洞时，爹爹曾教过自己各种阵图，当下毫不犹豫，一下闯进石阵之中。

倏忽横闪，一棍砸下，游云龙闻声辨位，脚下一错，避开这一棍，铜棍砸在左边的大石上，"砰"的一声巨响，只砸得石屑横飞，大石裂了一地。

游云龙身子急窜数丈，已入石阵之中，蓦然间，眼前一暗，陡觉空际骄阳突然无影无踪，迷雾泛涌，那些人也跟着渺不可见，甚至连自己置身何处，也难以确定了，最为奇怪的是，连阵外的呼叱叫骂之声也听不到了。

石阵之中，雾霭氤氲，迷迷蒙蒙，不知起于何处，头顶日影昏暗，在他估量，无论石阵多宽，总能穿越阵势而出，哪知一口气疾行了足有一顿饭之久，满目仍是烟雾迷漫，根本连石阵边沿都未走到。

正在游云龙惊诧莫名之时，突然，一个苍迈的声音笑道："两仪生四象，四象生八卦，你小子弄反了，就是走上三天三夜，也出不了这石阵。"

游云龙一惊，喝道："是谁在说话?!"

苍迈的声音笑道："你管我是谁!"

游云龙见他话虽如此，但语气中并无恶意，迟疑道："你在哪儿? 怎么我只能听见你说话，却看不到你人?"

苍迈的声音笑道："你由巽位到艮位，再转到坎位，前走十一步，转而向右，就能看见老夫了。"

游云龙身子一晃，依言而行，前行十一步，霍地一旋身，顿时骇然一震，见自己的立身之处，仍在石阵之中，只是方向改变，清晰可见在大石之下，有一个浅浅的洞穴，洞口盘膝跌坐着一个满头白发的老人，形容枯槁，衣服破旧，大半个脸庞都被长长的白发遮掩，只露出两个闪闪发光的眸子，双眸深陷，精光十足，炯炯注视着自己。

枯槁老人见游云龙惊疑地望着他，微笑道："小子，你就是游云龙!"

游云龙悚然一惊，道："你怎知道我的姓名?"

枯槁老人耸耸肩道："老夫已在这石阵中住了数十年，对江湖上发生的事一无所知，哪会知道你小子的名字，只是前天我妻子从这里路过，告诉我，说慕容辉和一个叫游云龙的小子将从这儿经过，并要我帮你，所以我在这里等你。"

游云龙奇道："你妻子？是谁？为什么要你帮我？"

老人笑道："这些你就不用知道了，反正我只知道听她的话。"

微微一顿，他举手一指游云龙的怀里，说道："那死尸可是慕容辉？"说这话时，他神色平淡，就像别人在路上相遇，跟你打招呼，问你吃饭了没有一样。

老人脸上木然，没有一丝表情，良久，轻轻叹息一声，悠悠道："天意如此，在劫难逃，这也没什么值得难过的，唯一令人惋惜的是他一身的武学，竟然没用到刀刃上，就死了。"

游云龙不解他这番话的意思，只觉这老人心中藏着太多的苦痛，使人感到一丝沉重。

老人忽然说道："看你的傻样子，这里已很安全了，那黎魁即使敢进入石阵，也无法找到这地方，你还抱着个死尸干什么！"

游云龙这才发觉自己也的确太累了，依言将慕容辉的尸体放下，跌坐在地。

老人看了游云龙一眼，说道："你可知道老夫是谁？"

游云龙摇摇头，说道："我该怎样称呼，前辈？"

老人黯然道："你可曾听你父亲提到'尊姓大名'这个人？"

游云龙想了想，父亲虽然给他讲了武林中许多的前辈老宿人物，但从未提到过'尊姓大名'这个怪人物。

老人黯然一叹，说道："这也难怪，我已有三十多年不在江湖走动了，江湖上的人已把我这废人给忘了，不过我那师弟'无名氏'，你一定听说过！"

游云龙惊道："无名氏前辈是你师弟？"心里想，一个叫无名氏，一个叫尊姓大名，这名字倒真的相映成趣。

尊姓大名点点头道："你见过我师弟？"

游云龙神色一黯，说道："无名氏前辈为了成全晚辈……"于是将无名氏为自己行功，最后功力尽失而死的事说了一遍，说到最后已是泣不成声了。

尊姓大名静静地听着，长叹一声，说道："我那师弟一向性情怪异，能有此举，的确是奇迹，不过你小子刀奇材，秉性敦厚，他还是看得出来，这样也是死得其所，唉，只可惜老夫在这石阵之中一住就是三十年了……"

游云龙脱口道："前辈为何要孤身一人住在这里！"

尊姓大名道："因为愧对我妻子。"

游云龙心道：夫妻争吵，就算再有对不起妻子的，也不用在这石阵中思过三十年的。

尊姓大名又道："我妻子是天底下最漂亮的女子，有了她，世上其他的女子在我的眼里简直如粪土狗屎一般。"

游云龙心想：我对钗儿也是这样，钗儿是我最喜欢的，其他的女子只是相比之下俗了一点，但也不至于像粪土狗屎一般，心里好笑，但不好笑出声来。

只听尊姓大名说道："只要她高兴，我什么事都愿意做！"

游云龙听得心弦大动，隐然已有困惑，的确，只要钗儿高兴，自己也什么事都愿意做，只是不知，是谁令这位前辈这般心动，心里大是好奇。

尊姓大名道："我们在一起幸福快乐地生活了十年，有一次我妻子病了，我可真是急死了，我为她弄得世上好吃的东西，可她都食之无味，看着她一天一天地消瘦，我心痛得不得了，我问她想吃什么，就算是海龙王的东西，我也要弄来。"

"我妻子说，天底下什么东西没吃过，就想吃我身上的肉！"

"我一听这话大喜过望，忙问她喜欢吃我身上的哪一块肉！"

"我妻子说喜欢吃我胸口的一块肉，我二话没说，拿起刀就割肉。"

游云龙大惊，这是什么妻子，丈夫这么深爱她，可她居然要吃丈夫身上的肉，什么东西不好吃。

尊姓大名道："可我又转而一想，胸口的肉有什么好吃的，都是骨头，不如将我大腿上的一块肉割给她吃，我割下肉，炖汤给她吃，她很高兴，都吃完了。"

游云龙一扫他的双腿，果然见他左边的大腿深陷下一块，心里不由骇然不已。

尊姓大名叹了一口气，又道："我从来没欺骗过我妻子，为此，我心里很难过，终于，有一天我憋不住，就跟妻子讲了，我妻子听了，很不高兴，说我是假心假意，就离我而去。"

游云龙忍不住道："这是什么道理，哪有这样不讲理的人？"

尊姓大名勃然大怒，双眼一翻，喝道："放屁，你小子敢这样说我妻子！"

游云龙一骇，再也不敢吱声，笑道："你妻子通情达理，你这样做实在是不应该。"

尊姓大名神色一缓，说道："谁说不是，我知道我罪孽深重，所以才住进了这石洞，怕自己决心不够，就布了八卦石阵，将自己困在这里，这一困就是三十年。"

游云龙听了唏嘘不已，不知该说什么好，看来这尊姓大名是个情痴！

尊姓大名道："后来，我妻子来了，她说再也不生我气，只是气我怎那么傻，将她一句玩笑话当真了，但我还是觉得愧疚，罪不可恕，我妻子见我这样，更是生气，已有三四年没来了，昨天突然来了，说你和慕容辉要从这里路过，让我好好照应你们。"

游云龙好奇地问道："你妻子是谁?"

尊姓大名道："我妻子就是玄天金母。"

游云龙心中一动，心道：难怪玄天金母要自己和慕容前辈走山道，原来她早有安排，不知她为何要这般安排救自己。

想那玄天金母鸡皮鹤发的，年轻时也不至于漂亮到哪里去，可这前辈说她是天底下最漂亮的女人，真是情人眼里出西施。

尊姓大名道："我的话说完了，我告诉你，要谢谢我妻子，我可是冲他的面子才救你的，现在你累了，该休息休息，我去将那几个兔崽子料理一下。"

游云龙急道："前辈，我也去!"

尊姓大名不高兴道："对付几个小毛贼，只不过举手之劳，用不着你……"

游云龙还要说话，尊姓大名突然左袖微拂，五缕劲风，劲射游云龙胸前五处大穴，游云龙腾身而起，但还是有两处穴道被点，只觉周身一软，倒卧下去。

尊姓大名右手轻举，托起游云龙，将他平放在石上，然后飘然出了石阵。

游云龙沉沉睡去，不知过了多久，才醒转过来，四周一片寂静，哪里还有什么人影，大惊之下，忙翻身坐起，连慕容辉的尸体也不见了，张目四顾，见左边的石壁上用指头刻下两行字迹：慕容辉已被我埋了，我已做完，不想见你，你自个走吧!

游云龙慨叹不已，这真是一个武林怪叟，对洞拜了三拜，叹了一声，依八卦方位，出了石阵。

一出石阵，赫然发现石阵前横七竖八地躺了七八具尸体，这些人都穿着一身黑衣，胸口绣着一个骷髅，正是刚才追自己的幽灵教教徒。

这七八人都是被人用爪抓破头颅，个个头盖骨尽碎，脑浆涂地，双眼圆睁，眼中满是惊骇。

游云龙心惊，心想这尊姓大名前辈的武功的确出神入化，但手段也未免太残忍了，再回首已是日落西天，推算自己已在石阵中过了整整一日了。

游云龙孤身一人，一路西去，沿大江赴抵巴东。

巴东是鄂西北的一个小镇，面积不大，游云龙寻遍全城，也不见幽灵教和钗儿的人影，心里不由急躁起来，百无聊赖，一个人信步在街上姗姗而行。

突然听到一个人高声叫道："游公子，游公子!"

游云龙抬头一望，见左边一家酒楼的楼上，窗口有一个人正向他招手，仔细一看，正是在慕容府里见过的八卦门"游龙金刀"白石山，心里一怔，他怎么会在这里，我这样漫无目的地找，兴许能从他那里得到一些讯息，想着就上了酒楼。

白石山双臂比常人长出许多，正坐在靠窗的位置，见游云龙上来，忙迎上笑道："游公子，人生何处不相逢，没想到在这里遇上你了，快，这边坐。"

游云龙一瞥，见桌上面对面已摆着两双筷子和两只杯子，奇道："白前辈，还有人?"

白石山笑道："没有，我是专等游公子的!"

游云龙心中一动，道："你怎知我会来这里?"

白石山道："游公子现在可是江湖上名气最盛的少侠了，你的行踪谁不会知道，这就叫人的名，树的影。"

游云龙这些时日经历江湖，知他这是托词，于是更加怀疑白石山这次出现绝非偶然，笑道："多谢白前辈谬赞，那我就恭敬不如从命了。"说着，就坐在他对面。

白石山给游云龙倒了一杯酒，说道："游公子，上次在慕容府一会，我就断定公子日后定然会扬名武林，果然不出我所料，没想到仅半年时间，游公子已是声名鹊起。"

游云龙笑道："全靠前辈栽培。"

白石山道："游公子少年有为，当如此，我们都老喽，来，我敬游公子一杯。"

喝了一杯酒，白石山道："游公子远到巴东是来，有事还是来会人?"

游云龙沉吟一下，道："依前辈之见，我该是有事还是会人呢?"

白石山微微一怔，旋即笑道："依我之见，游公子此行是两者兼而有之!"

游云龙道："这话怎讲?"

白石山道："游公子难道没听说江湖上发生了几件大事?"

游云龙摇摇头道："晚辈不知是何大事!"

白石山神色一凛，说道："听说幽灵教在三峡将'秃鹰教'搜集的武功秘笈全毁了，近日有许多武林同道到三峡去寻宝了，如果运气好，或许能捡到一两本没烧的武林秘笈。"

游云龙心想：幽灵教在三峡放火烧船，这事自己当时在场，时隔只不过三日，没想到一下子轰传武林了，不动声色地道："还有呢？"

白石山迟疑道："还有一事和游公子有关！"

游云龙身子前倾，急问道："什么事？"

白石山道："听说幽灵教已将慕容庄主的'合阳伞'劫走，并还劫走了慕容庄主的女儿，还有和游公子一道的肖姑娘和太湖三十六寨的总舵主马九扬，可后来……"

白石山说到这里就打住了，游云龙急道："后来怎样？"

白石山压低声音，说道："后来不知是谁将三人和'合阳伞'劫走了！"

游云龙惊道："谁劫走了？她们现在在哪里？"

白石山笑道："既然能从幽灵教将人劫走，自然是朋友，不应该是敌人，游公子，你就放心，现在江湖传闻，说是游公子所为，不知……"

游云龙愤然作色道："前辈应是一个知情人，快告诉我他们在哪里。"

白石山神色一冷，说道："游公子火气不要太大，我这也是受人之托，才偷偷来告诉你的！"

游云龙神色一缓，正要说话，忽然一阵楼梯响，上来两个奇装异服的僧人。

两人一高一矮，都头戴珠冠，身披大红描金袈裟，其中一人枯瘦矮小，另一人身材魁梧，肤色黝黑，手里拄着一根沉重的寒铁禅杖，粗眉厚唇，长相十分威猛。

一上酒楼，两人就选了一张邻近游云龙的桌子坐下，枯瘦老僧连毛和皮，看起来也不过三四十斤，似乎风一吹就能吹跑，他坐下低眉垂目，一动也不动，那粗壮的僧人粗声叫道："大块肉，大碗酒，快给佛爷上过来！"

众人纷纷侧目，两个长相古怪的人，一看就知不是中土人士，并吃肉喝酒，人们大是好奇，游云龙心想：这两个番僧为何来到中原巴东这个小镇？

这时白石山在他耳旁低声道："这两个番僧是西域邪教的两个护法，功力奇高，是被黎魁邀来助他的，近段时间，巴东县城云集了各派高手，游公子千万要当心！"

游云龙正要答话，只听见一个人瓮声瓮气地说道："一个大和尚家吃肉喝酒不像话！"

游云龙扭头一望，见与他相隔两桌坐着一个铁塔般的大汉，粗手大脚，像一座小山一样坐在桌边。

枯瘦番僧陡地双目齐张，两道如电的目光看了那壮汉一眼，冷哼一声。

那壮汉似不知两番僧的来头，嘴里含着满嘴的饭，含糊不清地说道："看，有什么好看的，我难道说错了！"

那粗壮的番僧也望了壮汉一眼，粗声骂道："你小子敢出言无状，招惹佛爷，我看你是活得不耐烦了！"

壮汉却咧嘴一笑，瓮声瓮气道："看你吃肉喝酒的和尚就不正经，一看就知我人高马大，我叫大子，你却叫我小子，简直放屁！"

众人哄堂大笑，那粗壮番僧喝道："你是从哪里来的一个浑小子，是存心跟佛爷作对来的？"

粗壮番僧显然内力惊人，一声喝出，震得人耳膜发麻，众人再也不敢发笑，傻傻地看着他，像遇到了恶神一般。

壮汉却不以为意，哇哇大叫道："这和尚真是猪脑，刚才还跟你说我叫大子，你还说我是小子，只不过加了一个'浑'，浑小子还不是小子！"

粗壮番僧大怒道："你这浑人在骂谁？"

壮汉气得又是哇哇大叫道："你奶奶的，你看，你看，我真拿你这蠢猪没办法，这酒楼上就俺两人在说话，你说我不骂你，还骂谁，真是猪脑袋。"

粗壮番僧虎吼一声，一把抄起神杖，便欲出手，却被那枯瘦的老僧低声喝住，说道："巴音图，怎和那浑人一般见识！"

粗壮番僧一声冷哼，狠狠地看了那壮汉一眼，壮汉却不领情，兀自叫道："怎么，不服气？老子天生就吃软不吃硬，那老和尚还懂点礼节，让你不跟老子一般见识，不然的话，你见识了就要后悔。"

枯瘦番僧用眼色示意粗壮番僧极力忍住，壮汉还在大叫道："你个死和尚，贼和尚，烂和尚，臭和尚，你干吗用那种眼光看我！"

游云龙见壮汉虽嫌粗鲁，倒憨得有几分可爱，走过去笑道："大子兄弟，来者不善，善者不来，就算是打架，也要先吃个酒足饭饱再说，你说是不是？"

壮汉抬头一看游云龙，满脸不解，抓住游云龙的手，叫道："好兄弟，你怎么知道我叫大子，你可真是我的知音。"

众人又是哄堂大笑，游云龙笑道："我不仅知道你叫大子，还知道你一生吃软不吃硬。"

壮汉越发激动，一拍游云龙的肩，叫道："好兄弟，你是怎么知道的，快坐，来，俺就是这脾气，遇到你，大子好高兴，今天我请客。"

众人又大笑，游云龙笑道："今天兄弟我已被别人请了，我借花献佛，请大子兄弟过去吃。"

壮汉咧嘴一笑，说道："好好，那我就吃你的。"

白石山一见壮汉，惊诧不已，壮汉望了白石山一眼，笑道："少说话，多吃饭！"白石山忙低下头吃菜，再也不敢正眼看壮汉。

不多一会儿，小二已给两个番僧送上了两大盆肉面和两大坛酒。

两个番僧饮酒吃肉，竟是五官齐用，除了一双眼珠，其余耳鼻都塞满了肉条面条，蠕蠕而动，两颗光头伸入盆中，就像两只挂满肉面条的圆球，不到一盏茶工夫，竟吃了七八盘牛肉面。

这怪异形状，直看得满楼的人心惊不已，游云龙曾听爹爹提过，说是密宗瑜珈有一种极为利害的功夫，叫"五官互动"，他们用这种方法，倾刻可以食尽七八人的东西，一顿饱餐之后，便可以数日不食不饮，难道这两个番僧所使的就是这种瑜珈密宗功夫？

可那自称叫大子的壮汉却突然哈哈大笑，说道："刚说你们两个和尚是笨猪，没想到还是饭桶，有意思，有意思，我娘曾说我大子食量大如牛……"

壮番僧见又是他，不由浓眉倒竖，厉声道："浑人，你敢不敢和佛爷赌吃？"

壮汉叫道："你奶奶的，赌吃，你已涨得像头猪，吃了那么多，我再跟你赌，别人不说我大子占便宜。"

游云龙心想：这大子虽说憨厚，但说起话来颇有章法，心里不由一动。

粗壮番僧怒道："那你这浑人还有什么赌的，不管赌什么，佛爷奉陪！"

壮汉想了想，说道："吃有很多，不能只比吃得多，还要比吃得好，吃得巧，吃得绝，你俩吃过毒药吗？我们就赌吃毒药！"

粗壮番僧一震，脱口道："赌吃毒药？"忍不住回头看了一眼枯瘦番僧。

枯瘦的番僧精目一番，冷冷地道："原来真人不露相，施主果真高明，这赌法十分别致，小徒痴劣，不足当此重任，就由老僧来奉陪！"

壮汉叫道："老的是和尚，年轻的也叫和尚，壮的叫和尚，瘦的也叫和尚，我可不管是哪个和我赌，在我看来是一样，你那笨徒弟吃饭还可以，可吃药就不如你了。"

枯瘦番僧冷冷地道："怎么个赌法？"

壮汉道："看来你是个赌棍，赌博的规矩还知道，我大子以前喜欢和人家赌糖吃，这次可要变花样，要是我输了，我就叫爷爷，就算是毒死了，只要有一口气在，我还得叫你的，决不赖账，你要输了，你就从哪儿来，回哪儿去。"

枯瘦番僧突然冷冷地道："施主可是大有来头，你到底是谁？"

壮汉大笑道："没你光头大，我不是告诉你们了吗，我叫大子。"

枯瘦番僧双眉接着一扬，眼中凶光频射，沉声道："好，就依你，有什么毒物，只管取出来，若我输了，从此拱手退出中原，哪儿来回哪儿去！"

壮汉道："好，老和尚爽快！"从怀里掏出两只形状一模一样的瓷瓶，轻轻放在桌上，说道："我这有两只瓶子，别看一模一样，但其中一瓶是'大力神丹'，另一瓶中却是世上最毒的无形之毒。"

枯瘦番僧一听说"无形之毒"，脸色微微一变，阴笑道："看来朋友是有备而来的。"

壮汉道："什么有备无备，好赌的人哪个身上不带个骰子之类的，我不喜赌钱，但喜欢赌命，所以就常带着这东西，所谓赌博，其实就是赌胆量，赌运气，现在两瓶由你挑，运气好，你还可以吃得武林至宝'大力神丹'，运气不好，你就等死吧。"

游云龙一听"大力神丹"，不由一惊，这大力神丹可真是武林中极为珍贵的丹药，能有起死回生之功效，不知这壮汉怎会有，不由向那壮汉多看了一眼，他脸上蒙着一层极为精巧的面具，如果不细心，还真看不出来。

枯瘦番僧想了一会儿，说道："这赌注是你自己的，你肯定认得。"

壮汉笑道："你这和尚是信不过我大子，好吧，你先选，剩下的就是我的，我们一起吞服，好不好？"

枯瘦番僧阴笑道："我怎的信不过你，你先挑吧。"

壮汉道："我就选这个！"说着毫不犹豫地抓起第二个瓶子，用掌沿削去蜡封，举瓶就往口中倒。

枯瘦番僧突然喝道："慢！"

壮汉停下手，说道："怎么，老和尚，后悔了，不敢赌了是不是？"

枯瘦番僧冷冷地道："谁说我不敢，只是我要选你那一瓶。"

壮汉笑道："开始我就说过，两瓶随你挑，你又死爱面子，好，你要这瓶，我就得那瓶，等等，我俩同时服，不然，我要是没死，你赖账不服，那就没意思了。"

枯瘦番僧道："对，应该同时服。"

壮汉忽然为难道："同时服，谁在旁边喊一二三呢？"

枯瘦番僧叫道："巴音图，你喊！"粗壮番僧叫道："一，二，三！"

壮汉和枯瘦番僧面对着面，四目相投，各举一瓶，"三"字一落，两人同时将瓶里的药丸倒入口中。

酒楼上的人从没看过赌吃毒药的，这真是破天荒的事，上百双眼睛都静静地看着两人。

不一会儿，那壮汉和枯瘦番僧身子都摇晃了几下，枯瘦番僧目光一滞，怔了片刻，忽然失声指着壮汉叫道："好哇，你竟然两瓶装的都是毒药，不惜与佛爷同归于尽，良苦用心，令人折服，不用再问，佛爷知道你是谁了。"

壮汉一改刚才的憨态，哈哈大笑道："阿扎密好眼力，真人面前不说假话，但现在已经迟了，你已经服下了无形之毒，无形之毒号称天下第一奇毒，一入腹中，专破内家真气，武功越高，受损越重，大和尚虽仗着瑜珈术，想炼化毒物，也得三个月半年的。"

阿扎密霜眉一皱，喝问道："苗疆的无形之毒，是毒神朱人贵不传之秘，姓朱的已死了十余年，你从哪里弄来的这两瓶毒丸？"

壮汉笑道："大和尚真是个识货的行家，我大子费尽心机，从朱家大小姐朱梦娇手中弄来的这点珍品，好东西要与朋友分享，我大子生平没什么好朋友，第一个就想到大和尚你了。"

阿扎密狠狠地瞪着壮汉，壮汉笑道："大和尚赶快去找个地方疗伤吧，不然毒性发作，我俩可都没救了。"

阿扎密吞了一口气，一挥手道："巴音图，我们走吧！"

突然，白石山一声大喝道："秃驴，今天我白石山就是找你算账的，你想走。"

阿扎密一回头，怪笑道："原来八卦门的白大侠也在这里，是不是毒瘾犯了？你应该感谢我才对，怎么找我算账？我们以后再算，我有事先走了！"说着一拉巴音图的手，急急向外走去。

白石山脸色涨得通红，怒道："阿扎密，你逼我吞食'神阳丹'，让我生不如死，今天老子跟你拼了！"

游云龙心想：怪不得白石山向我提到两件事，他吞食了"神阳丹"，自己已是幽灵教的人，像阴阳双剑一样，都是被逼的，所以是在冒死帮我。

阿扎密阴阴冷笑道："白石山，你想我中毒了，就有便宜可捡，只是你'游龙金刀'那点道行，佛爷只要有一口气在，你就奈何不了佛爷，别自不量力了。"

白石山再不答话，一拔大背金刀，一捋袖子，掀桌而起，一个虎跃，一刀向阿扎密砍去。

阿扎密一声冷笑，等到白石山的金刀快砍到面门，这才伸出两根枯瘦的手指，两指一并，竟将金刀的刀锋夹住。

白石山大惊，奋力拔刀，脸憋得通红，可刀却纹丝不动，阿扎密左掌拍去，"砰"的一声，白石山倒飞而出，撞在墙上，"哇"的一声，喷出一大口鲜血，头一歪就气绝了。

酒楼上人目瞪口呆，随后轰然大乱，"死人啦，大和尚打死人了！"大家纷纷夺路而逃，乱成一片。

游云龙忙闪身上前，扶起白石山，低叫道："白前辈，你……"

这时那壮汉上前一拍游云龙，急声道："别理他，快跟我来，我有要紧的事告诉你，注意有人跟踪。"

第十五章

　　说完壮汉的身子灵巧无比地穿窗而出，游云龙一怔，跟着拔身而起，紧追出去，遥遥望见壮汉出城向江边疾奔。

　　游云龙耳目敏锐，不用回头，就知身后已有两名黑衣大汉跟踪，游云龙不动声色，步下突然加快，两次换步，已然到了城门口，吸一口真气，身形一弓，整个人离地飞起，用背部紧紧贴着城门顶端。

　　不一会儿，一阵脚步声响，两名黑衣大汉就一先一后追出城门。

　　游云龙居高临下，看见两名黑衣大汉一出城门，略一探头，其中一人惊道："那姓游的小子好快的身法，怎么一晃就不见了。"

　　话刚一说完，突然背后一凉，两人只觉颈上一麻，还没来得及惊叫，穴道已被人点了。

　　就这么稍一迟疑，那壮汉已不见了，游云龙心里一急，飞掠而前，正诧然四顾时，突听江边有人打斗之声，奔近，见四个黑衣人围着壮汉恶斗。

　　壮汉显然中毒已深，脚步踉跄，但还是拼命支撑着。

　　游云龙大喝一声，双足疾点地面，人如飞矢，破空急落，凌空一掌直劈过去，首当其冲的一个黑衣汉子被游云龙掌力震飞，长剑脱手，人也栽入江中，冒了几冒，就不见了。

　　跟着游云龙身子一旋，长剑斜刺，三声惨叫，三个黑衣人应声而倒，游云龙无心理会他们的生死，上前扶起壮汉，见他双目紧闭，气息短促，但脸色仍然红润如前。

　　壮汉伸手取下一张精致的人皮面具，面具之下是一张惨白的面颊，唇乌气弱，牙关紧咬，壮汉用手指了指自己的胸口，游云龙伸手入怀，掏出了一只瓷瓶，壮汉点了点头，游云龙拔开瓶塞，将一粒红色的药丸倒入他的口中，壮汉深吸了一口气，这才说道："你知我是谁吗？"

游云龙摇摇头，壮汉道："我就是秃鹰教十大神魔中的'巨力神魔'谢培焰。"

游云龙惊道："原来是谢前辈，我应该想到，谢前辈怎会在这里，那晚三峡中……"

谢培焰道："你也知道枫叶山庄藏书一事，已被幽灵教的人得知，教主担心夜长梦多，所以将书转移到飞云峰，没想到黎魁那奸贼在三峡埋伏，使我秃鹰教的几百年的心血毁于一旦。"

游云龙惊喜道："那肖教主已认清了黎魁的面目，定会和江湖正道同仇敌忾，共抗幽灵教了。"

谢培焰神色一冷，说道："谁说，我们干我们的，这与江湖正道有什么关系？"

游云龙不知他为何陡然发怒，不再吱声，谢培焰见游云龙不再说话，突然说道："大小姐在我们秃鹰教里可是受万人敬仰，为了你小子，受尽苦难，你小子日后要薄待他，我谢培焰第一个对你不客气。"

游云龙点点头，说道："谢前辈放心，我游云龙可不是那种寡义薄情的人！"

谢培焰道："但愿如此，我们在三峡逃难后，在万县将大小姐三人从幽灵教人手中夺了回来，现在大小姐在彭城等你，你快去。"

游云龙心里一惊，酒楼上白石山告诉自己，有人从幽灵教手中将钗儿三人和"合阳伞"劫走，没想到是十大神魔所为，不由关切地问道："那前辈你……"

谢培焰道："死不了，那两个番僧是西域邪教的两大护法，一身功夫已是出神入化，被黎魁请到中原，老子恨不得与他们同归于尽，只可惜……"

游云龙听了，好生敬慕，谢培焰又道："前行十里，有一处净云庙，庙中住持方绝师太我认识，你把我先送到庙里，有她，保准我想死都死不了。"

游云龙依命负起谢培焰，疾奔前行十里外，果然有一处尼姑庵掩在苍松翠柏之中，游云龙上前扣门，出来开门的是个年轻的尼姑，素衣念珠，容貌清雅秀丽。

谢培焰大叫道："你快去告诉师太，就说'巨力神魔'来了。"

那女尼闻言一怔，双目深深打量了游云龙一会，回身而去，不一会儿，走出一个面容端庄，仙风道骨的中年女尼姑。

中年尼姑一见谢培焰，顿时怒形于色，大骂道："挨千刀的，我就知你不到断气，不会想到我这座净云庵的，上次半夜叫人送来，只剩一口余气，害我白白耗费了三瓶琼浆，才将你救活，这次你又想来骗，告诉你，没有了，你趁早另找高明去！"

游云龙心里暗暗好奇，心想：这女尼姑看起来面容素净，衣着端庄，怎么见人张口就骂，好没来由。

谢培焰却一点都不恼，吃吃笑道："要不是你庵中的小尼姑长得漂亮，捶背捶得我老人家舒服，我才不会来呢！"

方绝师太怒目喝道："我这是佛门清修之地，不是你飞云峰那乌烟瘴气的地方，你可不要乱嚼舌根。"

谢培焰笑道："清修个屁！上次你把我这大男人藏在庵中住一个月，官府要是知道了，早叫你还俗了！"

方绝师太气得发抖，怒道："反了，反了，珠儿，香儿，快替师父将这挨千刀的捉住，关在柴房里，等一会儿让我亲自来割他的舌头。"

身后两名年轻女尼"扑哧"一笑，小脸一红，双双举步，向游云龙走来。

游云龙后退一步，不知该怎么办好，谢培焰在他耳边道："你别咸吃萝卜瞎操心，她生性古怪，越是恶言相骂，越是生死交情，好了，你的事做完了，将我交给她们吧！"

游云龙心想：天下哪有这样的怪人，犹疑之间，两名女尼已四腕齐探，竟从游云龙肩上硬生生地把谢培焰给拖了过去，一个抬头，一个抬脚，走了进去。

方绝师太扬目沉声道："你是他什么人，怎么从没见过？"

游云龙微一欠身，说道："在下游云龙，是他的晚辈。"

方绝师太突然一反常态，神色十分和蔼，柔声说道："多谢游少侠，不知挨……他遭了谁的毒手？"

游云龙忙道："谢前辈所中的是一种叫无形之毒的！"

方绝师太一惊，忙回身往里跑，神色甚是担扰，将游云龙一人留在庵外痴痴站着。

游云龙站在庙外，木立如痴许久，摇摇头道："天下之大，当真是无奇不有，这样的交情，的确是平生未见，怪，怪，怪！"

无可奈何，游云龙离开净云庵，由巴东到彭城有四五百里，纵使快马，也要两天时间，但游云龙心急如焚，展开绝顶轻功，由山路急奔，竟然在当天黄昏就抵达了彭城。

日落之后，清风拂面，游云龙一点疲倦也没有，一入城就打听，可所问之人竟然说未见到有什么马车经过。

游云龙心里发急，心想钗儿三人会不会再出什么变故，掠上屋顶，绕彭城四处查寻，在城西北角游云龙隐约看到一辆马车。

天色昏黑，但游云龙目力奇高，见那马车正是钗儿三人所乘的马车，在一个小山丘，那小山丘位于大江之滨。

游云龙大喜，忙身形疾起，一声长啸，向小丘奔去，奔近一看大吃一惊，只见马车已被一群莲花教的妖女围住。

钗儿听到游云龙的长啸声，忙从马车的车厢里探出头来，大叫道："龙哥哥，我在这里！"

一听到钗儿的声音，游云龙心头一松，精神大振，双足在地上一点，向马车掠去，突然，斜刺里剑光暴闪，拦住了游云龙的去路。

游云龙一看，竟是许青和柳雪，手中长剑一旋，避实就虚，反向两人的小腹刺去。

许青咯咯一阵娇笑，长剑上撩，不退反进，竟向游云龙怀里撞去，娇笑道："我就不相信你真的那么狠心。"

游云龙大喝一声，长剑直进，"嗤"的一声，许青和柳雪一声惨叫，胸部被长剑划开，朱梦娇道："游公子真是铁石心肠，一点也不懂得怜香惜玉，这么漂亮的妹子，你也忍心伤她们。"

一面说着，一面探手入怀，取出一支形如针筒的竹管，握在手中。

钗儿立即高声叫道："龙哥哥当心，那婆娘浑身是毒！"

朱梦娇吃吃笑道："浑身是毒又怎的，难道怕我害死你的情哥！"

钗儿俏脸绯红，不再说话，游云龙闭住呼吸，凝神待变，只见朱梦娇手里的针筒散发出黄色烟雾，烟雾越来越浓，只一会儿，就将朱梦娇封裹住了，浓烟迷漫中，突然传出一阵撩人心魄的笑声。

笑声如音韵，且音律古怪，其他妖女纷纷退到一边，笑声一歇，只听朱梦娇撮唇呼哨，在黄雾之中，突然出现一群怪虫。

这群怪物，似虫非虫，似蝗非蝗，似蜂非蜂，每一只都有拇指大小，成群排队，在黄色的烟雾边缘飞绕不止，阵阵低沉的嗡嗡振翅之声，恍如闷雷滚动，声势越来越惊人，这群蜂在口哨声中，径向游云龙攻将过来。

钗儿一声惊叫，从马车里纵了出来，慕容夜月和马九扬也跑了下来，游云龙大叫道："你们快退回马车车厢里，关上窗门！"

可已迟了，蜂阵分为四组，围袭四人，马九扬大惊，解下衣服，搂头盖脸将慕容夜月裹住。

经过一番折腾，马九扬的手臂、面颊上，被毒蜂刺了好几处，游云龙长剑飞舞，群蜂倒一时不能逼近，只听钗儿大叫道："马大哥，快点火，龙哥哥，擒贼先擒王，你先制住朱梦娇那妖女。"

马九扬手脸都红肿，点点头，掏出火折子，埋头直向江边的芦苇中奔去。

游云龙扭头一望，见朱梦娇盘膝坐在黄色烟雾之中，扯开一只皮囊，不住地驱放毒蜂，囊中的毒蜂出来时小如蚂蚁，但一出皮囊，绕着黄雾飞了数匝，立刻增大十来倍，随着朱梦娇呼哨指挥，冲出烟雾伤人。

游云龙身子一欺，向烟雾逼近，可几次冲入烟雾里，都被那辛辣之气硬生生地又逼了回来，两眼被熏得泪水直流，冲了几次，还是没冲进去。

正在无计可施之际，忽听朱梦娇念念有词，见她又打开另一只革囊的塞子，一阵蟋蟀声响，从囊中游出许多蚯蚓小虫，怕约有千条之多。

朱梦娇突然解开上衣，露出一身雪白的肌肤，她口中念念不休，游云龙泪目凝视，不知她又要施展什么歹毒毒物，一看寒毛倒竖，只见那千条怪早，爬出革囊，竟然争先恐后地爬在朱梦娇那雪白的胴体上，开始吸吮，看得令人作呕。

说也奇怪，那些奇怪的小虫，吸吮了一会儿，身躯立即肥大粗壮，竟变成千百条大蛇，红信频吐，其状可怖。

那群毒蛇听她叫声指使，一齐掉转蛇头，飕飕连声，向游云龙激射而来。

游云龙正挥着长剑抗拒头上的毒蜂，脚下忽然又多了一千条毒蛇，顿时手忙脚乱，左掌一劈而下。

"嘭"的一声，沙尘四起，地面被他的掌力劈了个深坑，一掌虽劈死了上十条毒蛇，但后面的群蛇重又卷扑而至，头上的黄蜂也接踵下落，游云龙腹背受敌，身子一弓，长剑急舞，堪堪将毒蛇逼退，脚下一软，险些一脚踏在毒蛇上。

吓得他倒吸一口凉气，仰身后射，掠退丈许，身上出了一身冷汗，游云龙身形甫定，漫天的毒蛇又紧追而来，略一缠斗，地面的群蛇又遮地而过，真是令人防不胜防。

游云龙一退再退，发觉自己已退到江边，被毒蛇群蛇所围，空有一身本领，竟无从施展，正感进退无路，忽见江中两艘小舟顺流而下，舟头站着一人叫道："游少侠，我最喜欢抓蛇捉虫的，今天可得让我过抓蛇捉虫之瘾。"

游云龙见小舟上立着一个叫化子，腰里扎着打狗棒，可自己并不认得。

小舟还没靠岸，从船舱里掠出二十条人影，个个蓬头垢面，每人手里提着一只竹篓和竹笛，一名八袋长老手里提着一个蒸笼似的东西，正是自己在青石镇的破庙中遇到的桑长老。

桑长老向游云龙点了点头，算是打了招呼，二十多名丐帮弟子刚一上岸，便在江边生了一个熊熊的火堆，二十余人围着火堆坐下，取出竹笛呜呜地吹了起来。

说也奇怪，自那竹笛齐响，那涌向游云龙的千百条毒蛇，竟一齐转头，蜿蜒向火堆游去。

遍地沙沙之声不绝，不过半盏茶光景，蛇群便已退尽。

二十名丐帮弟子连抓带拿，夹住蛇头，一个劲儿向竹篓中塞，近千条毒蛇，转眼已被捉去一半。

朱梦娇勃然大怒，喝道："臭叫化子，敢动老娘的蛇阵。"说完突然咬舌破头，"噗"的一声，向烟雾中啐了一口血水。

那黄色的烟雾被她血水一催，威势陡盛，漫天黄蜂，似受到鼓舞，一齐舍了游云龙，成群结队，向丐帮子弟飞去。

桑长老将那形如蒸笼的东西迅速架在火堆上。

笼盖一掀，里面竟然是一口大铁锅，装着半锅黄色的液汁，火力一逼，沸沸扬扬，漫天散溢着异香，竟是蜂蜜的气味。

火堆旁的群丐埋头捉蛇如故，动作熟练令人咋舌，狂袭而至的巨蜂，却像飞蛾扑火，一批一批，前仆后继，争相投入锅中，吱吱乱响。

不一会儿，毒蛇和蛇群被消灭殆尽，那裹着朱梦娇的黄雾也散尽，现出赤身裸体的朱梦娇，她怒目圆睁，目视火堆，不住地颤抖，大叫一声，终于颓废地倒在地上。

蓝姬一声厉啸，从土丘上掠空而下，游云龙急忙一晃身，蓦地欺近朱梦娇，长剑抵在她的喉头上，喝道："谁敢上前一步，我就先宰了他。"

蓝姬忙刹住身形，钢拐往地上一插，笑道："小杂种，他要敢伤她一毫一发，老娘会让你死无葬身之地。"

钗儿跃出车厢，笑吟吟地道："老婆子，我们不伤她性命，只是要搜尽她身上的毒药和解药。"

说完，点了朱梦娇的穴道，然后翻衣掏怀，凡是药袋，所有的零星物品，一概搜了出来，竟有一大堆，取之不尽，游云龙心想：这婆娘身上真是一个百毒宝囊。

钗儿也无暇细认，只要是药瓶，全部留下，其余的革囊竹筒，统统丢进火堆里，等马九扬和慕容夜月、桑长老领着丐帮弟子一齐退上船去，游云龙这才放了朱梦娇，一携钗儿的手，翩然上了江中的小船。

蓝姬气得脸色铁青，一面急急替朱梦娇解穴活血，一面切齿诅骂道："姓游的小杂种，错开今天，老娘要抽你的筋，剥你的皮！"

游云龙只当没听见，忙用钗儿搜来的解药给她服下，桑长老指挥着两艘小舟顺江而行，钗儿问道："韩伯伯呢？"

桑长老恭敬答道："我等是接到帮主之命才赶到这里，帮主他到宜昌去了。"

游云龙诧道："韩伯伯怎知我们在这里？"

桑长老道："听帮主讲，是肖姑娘的父亲通知的。"

钗儿欣喜道："爹爹，我爹怎么来了？"

桑长老笑道："你爹已和我们携手了，过不了几日，你们会见面的。"

慕容夜月在一旁忽然问道："龙哥哥，你不是和我爹一起来的吗，怎不见我爹？"

游云龙一怔，几乎答不上话来，目光一瞬，见慕容夜月用无限讶异的神情看着他，不由心乱如麻，脑中意念飞转，一连转了四五个主意，终于强颜一笑，扬眉道："啊，是这样，我和慕容前辈在三峡碰到了黎魁，他一个人去追……幽灵教的人……"

他自从来到人世，这还是第一次当面撒谎，话还没说完，脸已涨得通红。

慕容夜月并没在意，又问道："我爹临去时怎么说的。"

游云龙道："这个……啊，慕容前辈说那黎魁再怎么样，与他毕竟有同门之谊，不会害他，叫我速到巴东，他随后就到……"

到了半夜，小舟靠岸巴陵郡，桑长老和游云龙告别而去，游云龙四人带着"合阳伞"上岸，住进了旅店，突然，钗儿小声道："龙哥哥，你到我房里来一下。"

钗儿掩闭了房门，问道："龙哥哥，我问你，慕容前辈到底怎么样了！"

游云龙骇然一震，忙道："你知道了？"

钗儿摇摇头道："知道我还会问你？只是我想不大对劲，当时慕容姐姐在场，我不便深问，想那慕容前辈怎会冒险去追幽灵教，也怎会放心让你一个人到巴东。"

游云龙神色一黯，说道："我也是怕伤了慕容妹妹的心，所以才……慕容前辈在三峡已遭幽灵教的毒手。"

钗儿一惊，说道："慕容前辈的武功已是入了化境，何况当时还有你在，怎么……"

游云龙道："当时我不在！"

钗儿道："那是怎么回事？"

游云龙便将峡中争先，慕容辉轻进埋伏，被黎魁阻于谷道，力战负伤的经过说了一遍，钗儿静静地听着，好半晌，才幽幽叹了一口气，说道："慕容前辈所做只是为了喜欢一个人，这原本也无可厚非，只是，喜欢一个人，就应该让一个人幸福，他所做的是一种自私的爱，为了这份爱，他内疚了几十年，唉，现在终于一了百了，得以解脱了，龙哥哥，暂时瞒着慕容姐姐是对的！"

两人默然坐了一会儿，钗儿忽然又道："龙哥哥，你说那黎魁在三峡中将爹爹的船烧了，我爹和九大神魔叔叔可都全身而退？"

游云龙点点头，说道："肖伯父和九大神魔叔叔个个身怀绝技，全身而退那是自然。"

钗儿复又叹了一口气，说道："爷爷和爹爹雄心大略，想完结心愿，可是却没看清形势，想那黎魁乃是奸诈小人，与他结约岂不是搬起石头砸自己的脚，我早就提醒了他，可他不听！"

游云龙惊道："以前怎么没听你说过？"

钗儿道："我是本来早就知道这件事，只是正道与魔教一向水火不容，我怕你对我有了误会，所以没告诉你，我只想等日后劝说父亲，现在看来不用我多费口舌了……"

游云龙感慨颇多，一时之间，心潮起伏，两人谈了一会儿，游云龙回房休息。

接连几日的奔波，加上连日激战，游云龙真的感到困乏，一直沉睡到天明。

天色大亮，马九扬急急敲门道："游少侠，不好了，慕容小姐不见了！"

游云龙大惊，忙从床上跳了起来，钗儿也出来了，马九扬道："今早我醒来，见慕容小姐的房门虚掩，一时好奇，就叫了几声，里面没人答应，推门进去，里面空无一人，桌上还留有一张纸条，你们看。"

钗儿接过纸条，只见上面写着：

"父仇不共戴天，无意得聆噩耗，寸心已乱，此去手刃仇人，追赴父亲九泉之下，勿以苦命女子为念！"

钗儿低声惊呼，说道："龙哥哥，定是昨晚我俩谈话让慕容姐姐听见了，慕容姐姐外柔内刚，所以我暂时不想将这噩耗告诉她，没想到她还是知道了，现在她孤身一人往幽灵教报仇，这可是凶险万分的事。"

游云龙急道："无论如何，咱们要将她拦回来才行，黎魁现在就在彭城附近，她一定去得还不远，我去追追看。"

马九扬突然道："游少侠，目前巴陵郡高手云集，环伺'合阳伞'，追慕容姑娘就交给我吧，你和肖姑娘护花！"

钗儿道："这样也好，马舵主可得一路小心！"

马九扬一抱拳道："肖姑娘放心，我会小心应付！"说完急急而去。

马九扬刚去，钗儿忽然想起一件事来，急道："龙哥哥，你去找一名丐帮弟子，让他告诉韩伯伯，丐帮子弟遍天下，也许他们会知道慕容姐姐的下落。"

游云龙一点头，迈步出客店，他一脚跨出店门，忽见一骑快马，恍如一阵旋风般冲到，马上人连缰绳都不及收，还在丈许外便飞身落马，游云龙凝目一看，见是昨晚捉蛇的一名丐帮弟子。

丐帮弟子见到游云龙，叫道："游少侠，你也在这儿？"

游云龙惊道："兄弟急急而去，可是有什么变故？"

丐帮弟子喘了一口气道："我们接到帮主的飞马传讯，便赶到桐乡去，不想在这里遇到你。"

游云龙道："正好，帮我传话韩伯伯一件事，昨夜慕容姑娘忽然出走，让韩伯伯留心她的下落。"

丐帮弟子一点头道："好，我们自当全力以赴！"

话一说完，便匆匆策马而去，游云龙怔了怔，不知出了什么重大变故，回到客店，钗儿已雇好了马车，两人携了"合阳伞"匆匆上路。

沿途换马换车，兼程急赶，第三天下午，便到了桐乡镇。

游云龙驱车直驶"万花楼"，待抵达店门前，仰头一看，却见店门紧闭，竟已歇业。

游云龙心里泛起一抹不祥之感，猛力拍门，好半晌，才传来脚步声响，门被打开一缝，里面人沉声问道："谁呀？"

游云龙压低嗓音道："我姓游，是来找王林的，快开门。"

那人怔了怔，说道："你找错地方了，我不认得什么叫王林李林的。"

游云龙也是一怔，说道："你们这儿不是万花楼吗？"

那人道："谁说不是！"

游云龙道："那就不会错了，你快开门，告诉王林，说游云龙回来了。"

那人不耐烦道："告诉你咱们这里没什么王林，你这人是怎么搞的，这般啰嗦。"说着就要关门。

钗儿一示眼色，游云龙用力一顶，钗儿闪身而进，扬手疾点那人胸口。

那人大惊，一侧身，竟以毫厘之差避过钗儿一点，钗儿身子欺进，扬掌穿胸避了过去，那人探手一扬，手中已多了一柄薄刃柳叶刀。

游云龙低喝道："钗儿，这家伙交给我！"

那人挥刀而上，喝道："好小子，你是吃了熊心豹胆！"

游云龙连眼皮也没抬，错步之间，已闪开刀锋，右手疾探，已将那人手腕扣住，柳叶刀应声落地，冷冷的道："你是幽灵教的？还是莲花教的？"

那人痛得龇牙咧嘴，这时从里面掠出两人，齐齐飞出一剑，一取游云龙，一攻钗儿。

游云龙一声冷笑，左手屈指弹出一缕劲风，直迎剑风，右手一圈，径向扑奔钗儿的一人飞劈一掌，双手两式，同时施展，两股劲力应手而生。

两名大汉招式还未用到，已被游云龙抢了先机，当前的一个剑身一震，虎口刺痛，不得不撒手弃剑，向后跃退，另一个刚奔出两步，竟被游云龙震得跟跄斜冲，"嘭"的一声，撞在墙上，当时昏了过去。

开门的大汉大惊失色，转身就跑，钗儿道："龙哥哥，此地已被敌人占据，桐乡镇已有变故，刚才那家伙，决不能让他逃脱，你们追上他。"

游云龙紧跟着大汉，那大汉从后门出去，转进巷口，半盏茶工夫，来到一大宅门前，举手拍了门环，先叩三声，稍停又叩一声，再稍停又叩两声。

宅门"呀"地打开一缝，那人急急跟里面的人说了几句，便急急跨了进去，宅门复又关上。

再过一会儿，大门再次打开，一条人影闪身而出，略一张望，便低头向西疾步而行。

那人头戴竹笠，压得低低的，衣领高高竖起，只露出一双炯炯有神的眼睛。

游云龙悄没声息地跟在那人身后，那人在街上转了一圈，又转到万花楼，万花楼上亮起了灯光，游云龙心急，不知钗儿上哪儿去了。

那人飞身上屋，贴身趴在屋檐上，侧耳听了片刻，探手入怀，取出一只圆筒，一端含在口中，一端伸抵窗前。

正当他缓缓吸气，刚准备鼓气吹出，蓦地忽闻"当"的一声响，心头猛震，圆筒略动，一蓬牛毛飞针，尽数射入对面墙中，那人大惊，身形一弹，迅疾翻上了屋顶。

这时，楼口传来钗儿的娇叱之声，灯火立灭，窗开处，一条黑影冲天而起。

屋顶上那头戴斗笠的人低喝道："着！"冷电暴起，迎着黑影劈出一剑。

那人退身，抽剑出手，无一不迅捷利落，黑影才冲出窗口，已被长剑砍个正着，"咔嚓"一声脆响，顿时劈成两半。

稀里哗啦一阵乱响，黑影纷坠，竟是一把椅子。

钗儿一声娇笑，穿窗而出，足尖一点屋檐，破空疾升丈余，凌空一翻，飘落屋顶。

那人见钗儿追出，手中长剑一式"飞絮扬花"，借着漫天剑影，仰身倒掠，退落庄院，足尖才沾着地面，双臂一张，忽向墙头扑去。

就在他斗笠刚露出墙沿时，狭巷中一声低喝道："回去！"一股强烈劲风搂头击到。

那人慌忙一缩肩，手中长剑圈弹而出，仓促之间，连用不同手法，攻出三剑。

"当当当"，游云龙遇快打快，那人仰身翻落，钗儿长剑电奔风卷，已削向他的双足。

那家伙一身武功的确不俗，前后遇险，连番受挫，居然丝毫不乱，左手疾扬，一道强光应手发出。

钗儿猛吃一惊，两眼一花，连忙抽剑跃退。

那人趁机一挺腰肢，脚落实地，再抬头时，游云龙已威风凛凛地立在墙头。

钗儿定了定神，叫道："龙哥哥，这家伙是幽灵教的，千万别放走他。"

游云龙笑道："他走不了！"

那人一双眼珠却在骨碌碌地转，显欲夺路脱身。

游云龙又道："前辈不要以为仗恃手中之物，便有侥幸之心，在下是敬你一身武功不同流俗，必是名门出身，投入幽灵教，想必有不得已的苦衷，人孰无过，贵在能迷途知返……"

话还没说完，那人忽然一声狂啸，长剑一振，"唰唰唰唰唰"，连攻五剑，招招狠毒，将游云龙迫得退开一步，左手疾抬，强光又起。

游云龙双目一闭，长剑刺出，他自习了"听音剑法"，双目不必视物，全凭双耳听出对方出手破绽，那强光对游云龙已失去作用，游云龙一剑刺去，反手一掌拍出，"砰"的一声，那人身子飘飞而去。

那人身子着地一滚，真气猛提，再次向墙头掠去。

钗儿娇叱道："龙哥哥，快追！"

游云龙道："不用追了，谅他也逃不出百丈远！"

钗儿惊道："为什么？"

游云龙道："刚才他受我一掌，我已用了七成功力，他所受内伤极重。"

钗儿突然转身奔进房中，手里拿着一枚"合阳伞"果子，游云龙惊道："钗儿，你这……"

钗儿笑道："这人我们必须要救他脱离苦海，因为他对我们非常重要。"

游云龙惊道："你知道他是谁？"

钗儿道："如果我没猜错的话，他就是黄山派的紫霞剑客卓太盛。"

两人翻墙而出，果然在巷口发现了那头戴斗笠的人倦卧在地，业已昏迷，不省人事。

游云龙取下那人的斗笠一看，果然是长须卓太盛。

钗儿笑道："龙哥哥，快将这果子给他服下！"

游云龙将果子给卓太盛服下，说道："要不要将他带回万花楼？"

钗儿道："不能，你在这里守着他，在他醒来之前，不要让人害了他。"

游云龙道："你要去哪儿？"

钗儿笑了笑，说道："我去做一件非常重要的工作。"

说完，钗儿倩影一闪，重又越墙进万花楼，不一会儿，又匆匆奔了回来，手里不知提了一件什么东西，俯身塞进卓太盛手心，然后对游云龙妩媚一笑，说道："好了，大功告成，我们回去。"

游云龙好奇地问道："钗儿，你放了什么东西在他手里？"

钗儿笑而不答，说道："天机不可泄露，待会你就知道了。"

两人携手回到万花楼，刚一上楼，突然挥掌扑灭灯火，沉声道："又有人来了。"

两人闪在窗后，只听得后院衣袂风响，有人冷笑道："里面是谁？快滚出来受死！"

钗儿用肘碰了游云龙一下，运用传音入密的功夫说道："龙哥哥，不许你出去，我来应付他。"

游云龙道："钗儿，来者不善，你能应付得了，万一……"

钗儿心头一甜，笑道："龙哥哥，你放心，钗儿的本事没你大，但心机可比你多。"说完，做了一个鬼脸，从怀里掏出半条绸巾蒙住脸，然后将头发弄了弄，歪了歪头，悄声问道："龙哥哥，你看我像不像莲花教的人？"

游云龙诧道："你手里拿的盒子是什么？"

钗儿耸耸香肩，笑道："这是我从卓太盛身上拾来的，里面就是能发出强光的东西。"

游云龙奇道："是什么东西能发出强光？"

钗儿道："是雪山寒冰的晶母，待会儿再给你讲。"

说完左手执盒，右手提剑，身子一弹，从窗户掠身而出。

后院的天井中挺立一条魁悟的人影，钗儿未等他开口，长剑疾罩下去。

那人冷嘿一声，错步扬掌，"嚓"，钗儿左手一抬，指扣卡簧，方盒打开，闪起一道强烈的亮光。

闪光乍起，那人似乎吃了一惊，方自一怔，臂上一凉，已被钗儿的长剑砍中，只见他闷哼一声，掩臂仰身疾退，喝道："果然是幽灵教的妖女！"

屋顶上一声厉吼，飞一般掠下一人，横身护住先前那人，沉声道："妖女，吃我老叫化子一棒。"

游云龙心弦猛震，飞身而下，叫道："不要打了。"

后到那人手中打狗棒，呼生风，径向钗儿狂卷而至，听到游云龙急呼，忙撤招跃退，喝问道："你是谁？"

游云龙拱手道："在下游云龙！"

两人一愣，钗儿这才看清面前两人一个是丐帮八袋任长老，一个是九袋长老，九袋长老笑道："原来是游少侠，险些大水冲了龙王庙，这位是……"

钗儿脸一红，低下了头，九袋长老哈哈一笑，说道："不用说了，你怕就是美貌如花，心机百出的肖姑娘！"

钗儿听了别人当着游云龙的面称赞她，顿时满心欢喜，对那九袋长老大有好感，福了一福，道："前辈原谅钗儿的冒失，前辈是……"

任长老在一旁说道："他是我们丐帮的护法长老石正道。"

钗儿作了个鬼脸道："不知是二位鬼鬼祟祟大驾光临，不然，说什么我也不敢。"

石长老哈哈大笑道："你这鬼丫头，你爹和九大神魔还让我老叫化子代他们向你问好，没想到一见面，就吃了你的见面礼，哈哈，幸亏老叫化子闪得快，要不然，这条手臂就算废了。"

钗儿喜道："你见过我爹和九位叔爷？他们在哪里？"

石长老道："还以为你这丫头心中只有这小子，就把你爹他们都忘了，哈哈，还算有点孝心，你爹与九大神魔和帮主在一起，不过你们很快就会见面的。"

钗儿脸一红，低下了头，任长老在一旁道："说真的，这万花楼是你九龙堡的家业，据说已被幽灵教夺去，咱们两个老不死的才赶来看看。"

游云龙道："晚辈在彭城碰到丐帮弟子飞马传讯，说是桐乡镇已出变故，不知是何变故？"

石长老道："此地不是说话的地方，我们上楼再作详谈。"

四人上了万花楼，石长老神色凝重地道："游少侠，令尊的不幸，我们都不知道，这也是武林的不幸，现在已真相大白了。"

游云龙急道："真相是什么？"

石长老道："二十年前，你父亲喝了你娘为他煮的茶后，就染上了毒瘾，欲罢不能，但他最为顾忌的还是被黎魁囚禁的你娘，一直过着生不如死的日子。"

"最后一次，黎魁命你爹去害你两位师伯，那黎魁选中你爹下毒，主要是恨你爹当年放走了北网天罗，你爹死意已决，就将你从石洞里放出，让你去天山给你两位师伯送信，没想到让黎魁先到了一步。"

钗儿道："那害了二圣的人是谁？"

石长老道："慕容舒畅！"

两人听了惊讶不已，失声道："是他?!"

石长老点了点头，说道："慕容舒畅是慕容辉的儿子，这小子从小野心极大，那黎魁和他父亲的关系，他早就了解，他怪父亲太迂腐，暗地里早就投靠了他大师伯，他假扮你爹，偷了他父亲的九龙剑上了天山，害死二圣，你爹当然不知这一切。"

"他准备一死了之，但让王林给救了。"

游云龙惊道："我爹他还在人世？现在在哪里？"

石长老道："这桐乡镇的变故，就是关于你爹的。"

游云龙骇然大惊，忙问道："我爹他怎样了？"

石长老道："王林怎样救你爹，我也不大清楚，但帮主知道得一清二楚，帮主将游大侠藏在一处十分隐秘的地方，前几天被人劫去。"

游云龙得知父亲还在世上，一时之间心血沸腾，腾地站起身来，怒道："肯定是幽灵教的人，我去找他们。"

钗儿道："龙哥哥，你别急，石长老，你们现在可有眉目？"

游云龙坐了下来，石正道道："我们暂时还不知幽灵教将游大侠劫到何处，但我们已探得一个大宅之中极有问题。"

钗儿忽然问道："那幽灵教可是在雪山古堡之中？"

石正道惊道："肖姑娘怎么知道？"

钗儿道："我是从那幽灵教所使的冰晶推测到的，想那冰川晶母是千年坚冰晶结而成的，能发出强光，肯定是取于雪山之上。"

石正道点点头道："肖姑娘果真冰雪聪明，以上所见，那幽灵教总坛所在一直是武林的一大谜，我们丐帮穷全帮力量，明查暗访找了十几年，最近才找到，的确是在藏边的一处雪山古堡。"

游云龙道："石长老所说的那大宅子在何处？"

石正道道："就在桐乡城城南。"

游云龙道："我们这就去看看！"

石正道道："好！"钗儿吹灯掩窗，四人疾行，不多久，就到了一栋朱漆大门的巨宅。

石正道低声道："这个地方已被我们观察多日，就是当年黎魁为了让你娘接近你爹，费尽心思在这里开的一家酒楼，现在成了幽灵教秘密联络处，估计你爹还在这里，我们志在救人，能够不动手，就尽量不动手，万一动手，务必速战速决。"

四人略一打量形势，游云龙心急如焚，领先而入，而两大长老和钗儿成品字形掩护，先后越墙而入。

四人越墙进去，蹑足而行，缓缓绕过一座假山，钗儿忽然一拉游云龙，用传音入密道："龙哥哥，此时不可意气行事，要胆大心细，我们先看看动静再说。"

四人飞身上了另一处屋顶，这楼檐距离窗口尚有四五丈远，四个人都是有上乘武功的人，象四只夜鸟，院中虽层层岗哨，但却无一人发现，游云龙凝目而望，不由倒吸一口凉气。

原来楼中大摆筵席，两排柚木长桌上，坐着男女老少共十几人，坐在首座上的两人，一个就是白须白眉的黎魁，他旁边的一个女子媚笑嫣然，头戴凤冠，身穿着大红的衫裙，浑身透着一股妖冶之气，下首依次坐着阿扎密、巴音图、蓝姬和朱梦娇、慕容舒畅和吴父、吴母……

那阿扎密精神奕奕，不知他是怎样解了无形之毒。这么多人汇集在这大宅子中干什么？那头戴凤冠的妖冶女子是谁？

这时石正道用传音入密的功夫对游云龙讲道："坐在上首的那妖冶女子就是莲花教的教主'玉面银狐'田茹，看来'幽灵教'和'莲花教'已同流合污了，里面个个都是一流高手，大家千万别弄出声响，听他们在谈什么！"

遥遥望去，大宅中灯火通明，杯盏交错，谈笑甚欢。

数巡酒过，黎魁轻咳一声，举杯道："幽灵教和莲花教从今天开始合作，这是敝教多年的夙愿，百年前先师和秃鹰教的肖天宇以及田教主的先师华婉婷三人三分天下，后来那肖天宇老谋深算，先愚弄了先师，后又假意与华教主假意合作，助他一统江湖，可他过河拆桥，将华教主也给甩了，这事的确令人发指。"

"现在田教主认清形势，与我教携手合作，加上还有蓝姬和朱梦娇南方黑道加入，我想，我们精诚团结，一统天下武林那是指日可待的事情，下面请蓝姬为大家讲几句。"

掌声一起，蓝姬站起身来，说道："大师兄遵从师命，为和肖世平的秃鹰教争锋而不遗余力，谁知我那二师兄却反谋其道，居然将我的儿子小宝抓了起来，感谢大师兄从慕容辉手里将小宝救出来，我们南方所有黑道将会唯大师兄马首是瞻！"说完爱怜地看了吴母一眼。

游云龙心想：慕容前辈什么时候将你儿子抓起来了，显然这一切都是黎魁暗中操纵的。

这时突然响起一阵非常动听的笑声，田茹面纱拂动，用非常美妙的声音说道："今天下动乱，群雄并起，徐教主的话，可谓洞烛生机，跟咱们的心意不谋而合，但我田茹不想重蹈先师的覆辙，我有一个条件。"

黎魁微微一愣，笑道："田教主一家人说两家话，有什么话，你就尽管说吧。"

田茹媚笑道："我想，为求彼此的诚意，那慕容辉所种的'合阳伞'得由我们保管。"

黎魁诧然道："田教主教中无中毒之人，要那'合阳伞'干什么？"

田茹笑道："这叫有备无患，说不准我们教中的姐妹以后一时好奇，不小心服了'神阳丹'，我们也有个解救之法。"

黎魁阴阴一笑，沉吟了一会儿，说道："哈哈，田教主的条件，我们可以全部接受，只等取了合阳伞，就交给田教主保管。"

田茹媚笑道："徐教主爽快，我们准备什么时候开始夺取那'合阳伞'？"

黎魁笑道："田教主放心，不要动手，我们已将那游明宇抓在手里，现在那'合阳伞'在他儿子的手里，那游云龙必然会乖乖把'合阳伞'送来。"

阿扎密和巴音图两人似乎对此漠不关心，端坐不动，吴父和慕容舒畅都扯了扯嘴角，皮笑肉不笑，阴阴地冷哼一声。

游云龙在屋顶上听了这话，顿时打了个寒噤，忖道：原来所谓的变故，果真是爹爹被掳，但不知爹爹被关在哪里。

过了片刻，却听田茹动听的声音笑道："既然如此，我们合作之事等那游云龙将'合阳伞'送上再说吧。"

黎魁脸上一冷，阴阴地道："田教主这是不相信徐某的诚意了？"

田茹笑道："我们本是邪教中人，防人之心不可无，所谓一朝被蛇咬，十年怕草绳，我相信这点徐教主是可以理解的。"

话刚说完，阿扎密突然发出一声刺耳的大笑声，得意道："贫僧早料到今日之事不会顺利，我已在各位刚才所饮的酒液中，加了少许无形之毒。"

此话一出，满座皆惊，田茹听了这话，猛然心中一动，暗地一运气，不禁神色大变，大厅里顿时一阵大乱。

田茹大惊道："听说朱妹妹的无形之毒已被那肖丫头全搜出了，你……你是从哪里来的无形之毒？"

阿扎密笑道："不瞒田教主，贫僧在日前被巨力神魔言辞相激，吞服了整整一瓶无形之毒，事后迫得以体内三昧真火，将无形之毒逼入心脉之中，刚才冒毒性涣散的危险，已经强运真气，逼出一小杯毒液，渗在各位的酒液中了。"

游云龙及屋顶上的三人无不骇然，均暗道：在大厅里坐着的无一不是顶尖高手，这么多人，那番僧不知用了什么手法，将毒液渗入各人的酒杯之中。

田茹勃然大怒，喝道："好一个秃驴，竟用这种卑劣无耻的勾当，老娘向来吃软不吃硬！"

游云龙兴奋地道："这真是千载难逢的机会，趁他们狗咬狗，我们正好去打落水狗。"

石正道断然道："不可，现在我们应立即救人。"

这时夜空中忽然亮光一闪，"波"的一声，如烟花爆开，冉冉散开，熄灭！

石正道凝目上望，沉声道："这是邪教中夜里联络的烟花讯号，事不迟宜，快些动手救人！"

四人刚要起身，突然楼后侧一条黑影冲天而起，向墙外掠去。

石正道"咦"了一声，沉声道："快，截住他！"

游云龙身形疾起，迅若电闪，一闪身已跨登墙头，钗儿和二长老也紧跟而行，四人几乎同时出手，双剑和两条打狗棒，分四个方向疾向那人卷到。

四人除钗儿功力稍弱，其他三人的武功都可以傲视武林，四人合力一击，可想而知，可大出四人意料的是，那人反手一掌，一股排山倒海的劲力汹涌而出，钗儿和二长老身形未稳，一招硬接，竟被巨大的掌力逼得落下墙头。

游云龙脚下一滞，正要一剑刺出，突然看清那人身形魁梧，腰间插了一根碧绿的打狗棒，顿时大喜，脱口叫道："韩伯伯……"

来人正是丐帮帮主韩天乞，他闻声微微一怔，接着也跃身而下，惊喜地叫道："龙儿……"

石正道和任长老忙快步上前行礼，钗儿则撇嘴站在一边。

韩天乞走过去，用大手抚摸钗儿的头，说道："钗儿，上次你冤枉了我老叫化子，我老叫化子还没打你屁股，你怎么不叫我？"

钗儿笑道："我什么时候冤枉你，当时你是和龙哥哥合伙来欺侮我，不过，我大人不记小人过，算了，我不跟你计较了。"

韩天乞大笑，忽诧异地问道："咦，你们怎会遇到一块？又怎么到这地方？"

石正道道："我们刚到，是来救游大侠的。"

韩天乞说道："不用了，我已有消息，咱们先离开这儿再谈。"

五人正欲动身，楼上窗户忽然大开，一个声音阴阴传了出来，说道："朋友，说来就来，说走就走，未免太把我们幽灵教小看了！"

话音一落，人影纷乱，墙头上霎时涌出数百名黑衣大汉。

韩天乞仰天大笑道："原来牛鬼蛇神齐聚桐乡镇，当真是群魔乱舞，我老叫化子今天可没工夫！"说着回头沉声喝道："走！"

五人身形才动，突然墙头上数百道强光一齐射出，五人被迫退回。

游云龙叫道："韩伯伯，我来开路！"

说着一转身，已抢登墙头，双目紧闭，全靠两耳听风辨位，长剑刺出，无一不是敌人的要害，惨叫连声，黑衣大汉一声呐喊，纷纷退让。

突然游云龙听到风声，一条人影快如鬼魅，挡住了他的去路，那人五指交错，嘶嘶之声不绝，一股寒气漫空涌了过来。

仓促之间，游云龙一剑刺出，哪知"叮叮"脆响，长剑分明刺入那人五指之间，可丝毫未伤了他，寒风激荡，一只枯干惨白、白骨森森的鬼手，已闪电般伸到游云龙面门。

韩天乞突然急声叫道："小心鬼手爪！"

游云龙大惊之下，向后斜掠，只感到寒气贴面而过，定神一看，见正是那番僧阿扎密。

韩天乞叫道："龙儿，你和钗儿快走，这和尚交给我老叫化子，老叫化子和他是多年的好朋友，已打了几十年的交道。"

说着一招"棒打狗头"，将阿扎密截住，游云龙带着钗儿向东南方向掠去。

两人身形甫动，巴音图一抖禅杖，横身拦住，道："哪里走，先接佛爷三杖。"

游云龙肩动轻摇，人已抢过禅杖，长剑递出，直指巴音图的咽喉。

巴音图没想到对方后发先至，脸色微变，大喝一声，身子后仰，禅杖上撩。

游云龙等杖风已过头顶，突然上身向前一探，竟险而又险地避开禅杖，长剑横削，径削巴音图的双足。

巴音图身子粗壮，人又后仰，无法再腾身而起，大急之下，只得一声虎吼，一摔禅杖，头下脚上，身子翻去，将自己丢出墙外，虽然有些狼狈，但化解得却精绝。

游云龙手一送，将钗儿送出，叫道："钗儿，快走!"

钗儿掠登墙头，已有十几条黑衣蒙面人包抄过来，钗儿借游云龙之力，长剑在墙头一点，竟从十几名黑衣蒙面人头顶掠过。

游云龙见钗儿突围，心头一块大石头刚刚落下，突然"轰"的一声大响，砖石横飞，一个大光头从石屑中舞着禅杖冲出来，原来巴音图被游云龙逼出墙外，大怒之下，竟将围墙砸倒，冲了进来，虎吼连连，舞动禅杖，宛如狂风暴雨般卷向游云龙。

游云龙身形一掠，竟躲到正在与韩天乞激斗的阿扎密身后。

巴音图闭着眼睛猛冲猛打，加上灰尘迷漫，哪里理会得了，一禅杖如天雷千钧，向他师父阿扎密砸下。

阿扎密正与韩天乞舍命相拼，突见禅杖兜头下砸，大惊之下，身子一弓，向前滚去，"砰"的一声，尘土飞扬，巴音图一禅杖将地面击了一个大坑。

阿扎密往前一滚，正碰上韩天乞一招"棒打狗背"敲在背上，立感肋骨断了两根，痛得轻哼一声，身子一弹，在两丈外站直身子，见正是自己的徒弟傻乎乎地拿着禅杖站在土坑前，勃然大怒道："你疯了，竟然打我……"

巴音图搔搔光脑袋，道："不……不……不是……"

说了半天，没说出个子丑寅卯，阿扎密生气道："不你个头，快拦住他们。"

就这么一愣，游云龙四人已冲出了院子，三个黑衣人飞身而下，游云龙一怔，见是慕容舒畅和吴父、吴母成扇形将去路拦住了。

吴父冷声道："你就是游云龙？"

游云龙点点头，有一种说不出的感觉，这可是他同父异母的哥哥，现在却刀剑相见，叫道："大哥……"

吴父冷声道："谁是你大哥，但……"

话还没说完，只听慕容舒畅冷冷地道："吴父，还啰嗦什么，杀了他！"

吴父走中宫，踏洪门，五指箕张，劈面向游云龙抓去。

游云龙心里凄苦，不忍手足相残，闪身避开吴父的凌厉一抓，说道："哥哥，爹爹再怎么说也没做什么对不起你的事，你为什么对他老人家那么大的仇恨？"

吴父脸上肌肉抽搐了一下，冷冷地道："你知道什么？为了娶上你娘那狐狸精，他眼里哪有我这个累赘，这十几年我过的是什么日子，要不是教主收留我，我迟早会被他害死，哼！"

韩天乞在一旁冷笑道："认贼作父，我老叫化子就当二十年前没收你这个畜牲！"说着抡掌向吴父拍去。

吴父不敢与他硬接，闪身避开，吴母欺身而上，两个人力斗韩天乞，三人出手都快，人影乍合乍分，走马灯似的换了十几招，漫天掌影，犹如云涌，周围五丈方圆，劲风拂面，直吹得众人衣衫猎猎作声。

游云龙长剑一抖，向慕容舒畅扑去，突然，石长老扑至，打狗棒化作无数条棒影，向慕容舒畅罩落，急叫道："快救肖姑娘！"

游云龙一惊，一望，果见两个黑衣蒙面大汉正围着钗儿激斗，两人的武功合力已在钗儿的武功之上，钗儿已是左支右绌，但怕让游云龙分心，还是苦苦支撑，没有叫出来。

游云龙手下往下虚抓，四粒石子应声而起，手指运力，四颗石子呼啸而出，一颗击向左边大汉面门，一颗击向他手中的短刀，另两颗则直取右边黑衣大汉的肩井穴。

他内力奇厚，与那两名大汉有天壤之别，饶是手上未运花巧，所发的又是四颗平常不过的石子，却去势如电，呜呜作响，比之铁莲子、飞蝗石之类的暗器还要利害一筹。

两个黑衣大汉大骇之下，纵身闪避，却哪里避得开，"当当"数响，一个大汉肩头吃了一下，痛入骨髓，手中那把精钢短刀竟硬生生被从中打断，右边的黑衣大汉只觉得双肩同时一麻，手中大刀也落在地下。

黑衣大汉才待伸手去捡，只觉风声飒然，游云龙已纵至，长剑直取他的眉心。

他急忙后仰闪避，游云龙如影随形，剑尖不离他眉心一点。

大汉竭力闪避，可哪里躲避得了，到了两招之后，已被游云龙长剑刺中腿弯穴道，"扑通"一声，跪倒在地。

游云龙一拉钗儿手，道："走！"

突然，一阵怪笑从左边响起，道："哪里走！"一双鸡爪手一先一后，抓向游云龙的面门和左臂。

游云龙一看，见是蓝姬，大惊之下，剑尖一沉，自下而上挑去。

蓝姬一声怪啸，手中多了一柄钢拐，点向游云龙的双目，游云龙足尖发力，向外纵去，谁知钢拐陡长，拐尖在游云龙的左臂划了一道口子。

钗儿见游云龙受伤，心里发急，突见吴母被韩天乞一掌打翻在地，连忙欺步上前，五指一拂，点了吴母的穴道，提起吴母，娇叱道："蓝姬快退下，不然我杀了你的宝贝儿子！"

蓝姬一见钗儿掳了她的儿子，当下舍了游云龙，双足一弹，快如箭矢，向钗儿扑去，游云龙怕蓝姬伤了钗儿，也跟后追到。

钗儿忙将吴母往面前一挡，蓝姬翻身后飞，而游云龙长剑疾刺，"噗"的一声，吴母被当胸刺死。

两人一怔，蓝姬一下子呆了，大叫一声道："小宝！"形如鬼魅扑上，扶起吴母，大哭起来。

钗儿一拉游云龙，小声道："还不快走，等会儿，那蓝姬会疯的。"

韩天乞一声大喝，将吴父抓起，向数百名黑衣蒙面人掷去，这一掷之力甚大，稀里哗啦地倒了一大片，石长老和任长老急攻数招，将慕容舒畅迫住。

第十六章

　　五人先后出了院子，回到了万花楼，五人都血迹斑斑，游云龙一进屋就抓住韩天乞的双手，急问道："韩伯伯，我爹他还活在世上，这是怎么回事？现在他在哪里？"

　　韩天乞黯然道："这话说来话长，我们坐下来慢慢谈吧。"

　　五人坐下，大厅的气氛变得静谧压抑，韩天乞仿佛缅怀遥远的往事，缓缓道："你爹是还没死，那次在九龙堡之外，我碰到了王林，是他告诉我的。"

　　"原来你爹第九次前往雪山古堡取药，便准备以死相抗，但他的计划并没有实现，却被人救了。"

　　游云龙大感欢喜，忙问道："是谁救了爹爹，韩伯伯，是你吗？"

　　韩天乞摇摇头，道："老叫化子不敢居功，救你爹爹的另有其人。"

　　游云龙接着追问道："是谁？"

　　韩天乞神色凝重地道："那是你万万也料想不到的人，他就是王林。"

　　"什么，王林？"游云龙和钗儿都惊呼起来。

　　韩天乞道："王林对你爹的确忠心耿耿，你爹命他散发家产，他将你爹藏了起来，暗中前往雪山古堡，并编了一套天衣无缝的谎言，竟然将黎魁的'神阳丹'骗到手，使你爹延续生命。"

　　钗儿诧道："他是怎样骗取的？"

　　韩天乞道："他假称游明宇在世时，常以药丸化水饮用，每次提神，自己也常常偷喝一二口，十余年来，不想成瘾，主人去世，无药竟难活命。"

　　"黎魁听了，得知游明宇已死后，就赐了他解药，并叫他假设灵堂，诓骗龙儿，并要他假说游明宇死于遭人暗算，企图栽在老叫化子头上。"

　　"王林应允，赶回了九龙堡，果然依照黎魁的吩咐办，暗地里却将药丸给了你爹。"

游云龙道："现在我爹他被黎魁那老贼囚在哪里？"

韩天乞道："后来黎魁还是知道了，就洗劫了九龙堡，将王林杀死，劫走了你父亲，并押往莲花峰。"

游云龙咬牙道："我去将爹救出来！"

韩天乞道："莲花峰之行，那是一定要去的，只是我们得详为计议，必须先将'合阳伞'送往一个安全的地方。"

游云龙心中一动，说道："韩伯伯，我想到一处既安全又隐秘的地方，就将'合阳伞'送到那里。"

韩天乞道："什么地方？"

游云龙道："韩伯伯知不知道一个叫净云庵的地方？"

韩天乞一怔，说道："你怎知净云庵？那的确是一个非常隐秘的地方。"

游云龙道："我是因送'巨力神魔'谢老前辈才去的……"

韩天乞"哦"了一声道："这就难怪了！"

游云龙道："韩伯伯也认识谢老前辈？"

韩天乞哈哈大笑道："傻孩子，老叫化子在江湖上闯荡了一辈子，江湖上之人，哪几个拔尖的人物，韩伯伯岂有不认得的，那方师太和谢培焰之间还有一段情缘呢！"

钗儿大感兴趣，问道："我那谢叔叔一生玩世不恭，我可从没听说他有什么艳遇！"

韩天乞哈哈大笑道："你小孩家懂什么！"

钗儿一撇嘴道："那你告诉我们！"

韩天乞道："净云庵里的方绝师太姐妹在六十年前可是江湖上赫赫有名的'姐妹花'，大姐叫'辣手玫瑰'陈玫瑰，妹妹叫'芙蓉女'陈芙蓉，也就是龙儿在净云庵看到的方绝师太。"

"这两个姐妹花不但模样长得极为相似，人品和武功，也是顶尖一流，只是昙花一现，后来结局，唉……"

钗儿一惊道："她们出了什么变故？"

韩天乞叹息道："'辣手玫瑰'生性高傲，杀孽极重，死在她手上的黑道枭雄，盈千累万，最后竟被谢家堡的高手在秦岭围攻而死！"

"论武功，应是陈芙蓉高，得知姐姐遇害，他一人手提长剑到谢家堡寻仇，将谢家堡一家大小杀得一个不剩，回来的山路上，却意外碰到了一个如小山般的少年，立于山道。"

钗儿道："难怪叫方绝师太，她手段也太残忍了，不用说，那少年就是我谢叔叔，他家以前就是谢家堡的。"

韩天乞点点头道："嗯，谢培焰当时刚好十六七岁，生得虎背熊腰，对陈芙蓉没一丝畏怯之意。"

"陈芙蓉举剑叱问那少年是谁，谢培焰冷傲地答道：'小爷姓谢，是谢家堡的人。'"

"陈芙蓉大怒，一剑刺中了少年的左肩，谢培焰居然不知痛，厉声道：'你杀了我父亲，是为你姐姐报仇，可杀了全堡的人，这手段也太残忍了。'"

"陈芙蓉当时怒火中烧，哪理会得了他的话，厉叱道：'我连你小杂种一起杀了。'手起剑落，径向谢培焰当头劈下。"

"谢培焰左肩上鲜血未止，半边衣襟上，全被血水浸透，然而他竟无丝毫惧意，只是怒目瞪着陈芙蓉，对她迎头劈落的长剑看也没看一眼。"

"长剑将落之际，陈芙蓉说不出什么原因，竟收回长剑，弹指替谢培焰止了血，泪水竟然情不自禁地流下来。"

"谢培焰冷冷地道：'你为什么不杀我？'"

"陈芙蓉淡淡一笑道：'从今往后，我再也不杀人了。'"

"谢培焰道：'可是你杀了我父亲，今天你不杀我，将来总有一天我会杀你的！'"

"陈芙蓉道：'那是将来的事，血债血偿，你有权为你父亲报仇，正如我有权为我姐姐报仇，但报仇要凭本事，我就在玉女峰下，等你武功练成，你来找我吧。'"

"陈芙蓉回到玉女峰下，封剑归隐，终日闭门而坐，也在等谢培焰的到来，她相信谢培焰一定会来的……"

"朝朝暮暮，日出日落，陈芙蓉的脑中只有一个影子，一个左肩被鲜血染红高大的影子，她每天枯坐在案前，密密麻麻地写满谢字。"

"谢培焰是她杀姐仇人之子，而她又是谢培焰的杀父仇人，血仇不共戴天，今生今世，休想洗脱，她与谢培焰也只一面之缘，但谢培焰那高傲、倔强、英俊、洒脱的影子就像一粒种子，在她的心里生根，发芽，生长……随着时间的流逝，这印象却是愈来愈深……"

"少女的梦总是灿烂而又美丽的，哪怕世上最丑恶的东西，也会披上光辉绮丽的外衣，陈芙蓉总想着谢培焰来时的模样，她多么渴望他的到来，她宁愿死在他的剑下。"

"终于，七年之后，谢培焰来了，他孤身一人来到了玉女峰下……"

钗儿听得入神，"哦"了一声，说道："谢叔叔是去报仇的吗？"

韩天乞点点头道："不错，他去的目的，原是要报杀父之仇，但是七年之前，陈芙蓉不忍杀死一个少年，七年之后，他又怎忍心杀一个倾心痴候而且有恩于自己的女子？"

钗儿惊喜道："那么，他们……"

韩天乞颔首道："正如你心里所盼望的，谢培焰是一个将恩怨看得极为分明的汉子，他们一旦相见，杀意全消，百炼钢化作绕指柔，从此玉女峰下，丽影一双，彼此都沉迷在绮梦之中。"

钗儿满意地吐了一口气，韩天乞道："可这并不是他们的结局！"

钗儿道："是了，要不然我那谢叔叔和陈芙蓉应是比翼齐飞的，可陈芙蓉却到净云庵里作了尼姑，他俩之间后来又怎样了？"

韩天乞道："我说过，谢培焰是将恩怨看得极分明的人，为了报答陈芙蓉对他的不杀之恩，他和陈芙蓉在玉女峰下恩爱了五年，后来他还是走了，投奔了你爷爷。"

"他要让陈芙蓉尝尝失去亲人的痛苦，陈芙蓉等了十年，心灰意冷，就到净云庵里作了尼姑，就是现在的方绝师太。"

四人听了，唏嘘不已，韩天乞道："但方绝师太仍对谢培焰一往情深，她是个面冷心热的人，我们将'合阳伞'送到她那里最为妥当。"

事不宜迟，四人将花盆搬出，雇了一辆马车，径直往净云庵里去。

马车一到街上，钗儿忽然叫道："停下来，我有事……"

游云龙将马车停下，钗儿跃下马车，跑到对面酒店买了一大篮鸡腿、牛肉，还有一坛好酒。

游云龙诧道："钗儿，你买这些干什么？"

钗儿笑道："送到净云庵里去！"

游云龙惊道："庵里的尼姑可都是不食荤腥之人，你这……"

钗儿笑道："你这是操的哪门心思，待会儿你就知道了，快驾你的车吧！"

游云龙知道钗儿花招多，也不再问，一扬鞭，马车驶出了桐乡镇。

到了庵门前，韩天乞道："龙儿，你和钗儿先去探探口风，我们在这里等你。"

游云龙举掌拍门，好半天门才打开，开门的是秀儿，一见游云龙，微微一愣，诧道："你是……"

游云龙道："我就是十几天前送谢老前辈来的。"

秀儿抿嘴一笑道："谢前辈在这里好好的，你来干什么？"

游云龙道："我们来看看他。"

秀儿道："你俩稍后。"转身娉婷而去，不一会儿，猛然一声震耳霹雳道："野小子，谁叫你闯进庵来？"

游云龙一侧头，见方绝师太手持拂尘，怒气冲冲地立在庵前，钗儿笑吟吟地走上前一福，从怀里掏出一面"秃鹰玄铁牌"，在方绝师太面前晃了一晃。

方绝师太一怔，说道："你是……"

钗儿笑道："师太，你说天底下谢叔叔最听谁的话？"

方绝师太道："十大神魔对秃鹰教圣姑肖雪钗的话唯命是从，可这与我又有什么关系？"

钗儿歪着头道："关系可大呢，我要好好问一问谢培焰他为什么如此绝情，重重地处罚他。"

方绝师太神色一凛，说道："丫头，你从哪里知道的？"

钗儿道："天下武林秩事，我们秃鹰教有什么不知道的，以前经常听谢叔叔谈起你，说对你悔意与日俱增，只是怕你不肯原谅他……"

方绝师太欣喜道："他真是这么说的？"

钗儿笑道："这还有假？不信，我们今天可以对质。"

方绝师太神色扭捏，说道："你自己去看他，我还有事。"

钗儿一笑，提着篮子和游云龙并肩走到里面一间厢房。

谢培焰的房间收拾得极为干净，他正舒适地斜靠在床上，显见毒已解，照顾得极是惬意，陡见钗儿，忙下床行礼道："谢培焰叩见圣姑！"

钗儿咯咯一笑，道："谢叔叔，你看钗儿给你带什么来了。"说着打开篮盖子。

谢培焰耸耸鼻子，高兴地叫道："我闻到了，是我最爱吃的红烧牛肉，叫化子鸡，还有炒牛肉片，最爱喝的十里香，钗儿，你叔叔十几天净吃些青菜、豆腐，吃得我嘴里淡出鸟来了，还是钗儿最疼我，快，给我吃!"说着就急急上前接篮子。

钗儿一侧身道："哎，不行，你得答应钗儿一件事情。"

谢培焰道："钗儿，只要你吩咐，你谢叔叔赴汤蹈火，上刀山，下火海都在所不辞的。"

钗儿道："谁要你上刀山，下火海的，钗儿今天要你和方绝师太重归于好，向她赔礼道歉。"

谢培焰一怔道："这……钗儿，事情过去了这么多年，我……"

钗儿一笑，道："谢叔叔，大丈夫应该恩怨分明，但冤冤相报何时了，再说，你不会因为一个仇恨而失去两个人的幸福，快听话，去向她道个歉。"

谢培焰为难道："这……她不会原谅我的。"

钗儿道："你没做怎么知道，只要你拿出十二分的诚意，我想方绝师太会原谅你的。"

谢培焰道："那……那我该怎么说呢?"

钗儿正要答话，忽然，房门外传来方绝师太冷冷的声音："道歉的话还要人教吗?"

钗儿笑道："谢叔叔，该你出示诚意了。"

谢培焰大窘，像一个做错事的孩子，低头说道："芙蓉，我错了!"

方绝师太道："我要你说一百遍，要你记得，不然以后又扔下我跑了。"

谢培焰挠挠头，望了望钗儿，钗儿向他眨了眨眼睛，谢培焰只好低着头重复说道："芙蓉，我错了……"

游云龙和钗儿听到谢培焰像念经一样，一遍一遍地说，不由相视一笑。

正念着，突闻外面一阵哈哈大笑道："巨力神魔什么时候皈依佛门，在这里诵起忏悔经文来了。"

方绝师太一声大喝道："我道是谁，原来是你这个臭叫化子在中间捣的鬼。"说着手中的拂尘挥去。

拂尘被她贯注内力，竟然根根竖起，如钢针一般，韩天乞大骇，身子飞掠，躲到大柱后面，"滋"的一声，尘须拂在铁柱上，竟刷下千万道细痕。

韩天乞大叫道："老尼姑，你应该感谢我老叫化子才对，快将你的百花露拿出来谢我。"

方绝师太怒道："休想！"回头对兀自念念有词的谢培焰道："够了，还嫌不够丢人现眼！"

谢培焰赶快闭嘴不念，钗儿笑道："师太，今天我们还有一件事来求你。"

方绝师太脸色紧绷，冷冷地道："说吧！"

钗儿就将计划说了出来，方绝师太听了说道："老身早就跳出三界外，不在五行中了，江湖上的恩恩怨怨我再也不管了。"

韩天乞道："你这老婆子怎这么自私自利，只知独善其身，而置天下百万同道于不顾，这可不是你的性格！"

方绝师太冷哼道："我就这样子，你老叫化子又能怎样，这世上可还有人比我无情无义，你怎不说！"

韩天乞道："谢培焰已向你赔礼了。"

方绝师太看了看低头的谢培焰，说道："那你就叫他作主好了。"说着转身离去。

众人相视而笑，谢培焰端起钗儿带来的东西大喝大吃起来，不一会儿，秀儿和珠儿送来了斋饭。

韩天乞命石长老和任长老将四盆"合阳伞"搬了进来，"合阳伞"的果子已然金黄，快成熟了，满屋馨香。

韩天乞道："这'合阳伞'的果子还有三四天就成熟了，我们将它们摘下，派人送到雪山古堡里，给那些受制的武林同道服下，这样黎魁的内部就乱了，石长老和任长老速去传令丐帮弟子，迅速联络各派武林同道，一齐讨伐幽灵教。"

任长老和石长老领命而去，过了三五天，韩天乞将"合阳伞"的果子摘下，离庵而去。

目送韩天乞离去，游云龙的心里空落落的，他明白，再过几天，将会是与幽灵教的一场生死之战，是成是败，全靠正道武林人物的觉醒了，和钗儿回到庵中的厢房休息，游云龙又是兴奋，又是担扰，怎么也睡不着，突然，听到后院中有衣袂之风，游云龙霍然翻身而起，从窗户跃落院中。

月光下，见墙头上站着一个黑色人影，凝目一望，竟是吴父，吴父也看见了游云龙，却向他招了招手，然后转身跃下墙头。

游云龙一愣，也跟着跃出，吴父正在墙外等他，一见游云龙，如释重负地吐了一口气，嘴角泛起一抹苦涩的笑意，叹道："我一路南来，终于见到你了，好弟弟。"

"好弟弟"，这是多么遥远而又亲切的称呼，游云龙心中一震，说道："哥哥，你……"

吴父神色黯然，幽幽说道："弟弟，我幼年离家出走，当时年幼无知，只有仇恨和偏激，以后的日子，也不知造了多少罪恶，终日沉缅于砍杀血腥之中，几乎忘记了天下还有可贵的父爱兄弟之情，直到这几天，我才幡然醒悟，唉，哥哥对不起你和爹爹……"

游云龙心里一阵感动，欣喜道："哥哥，你真是这么想的?"

吴父道："我知道你不会原谅哥哥的，我自知作恶多端，负义叛父，即使你能原谅我，韩伯伯他们也不会原谅我的，哦，对了，韩伯伯今天出去，可是干什么来着?"

游云龙道："大哥，你千万别这么想，韩伯伯一生义薄云天，为了武林正义而奔走江湖，只要你有改过自新的诚意，我想他一定会原谅你的，只是现在他不在庵中，去安排人送'合阳伞'!"

吴父一愣，说道："那黎魁定于八月中秋召开开坛大会，我离幽灵教被他们发现，舍死才杀出重围的，你看，我胸口还中了一剑。"说完解开上衣，果然在那胸口红痣边有一道极深的剑痕，血肉外翻。

游云龙心酸意乱，说道："大哥，苦了你，那黎魁是害父亲的罪祸魁手，不单为这，就是为了天下武林，我们也该剿灭幽灵教……"

吴父道："这也算我一份，弟弟，那幽灵教实力雄厚，几乎一统天下武林，而我们力量薄弱，不知韩伯伯有什么计划?"

游云龙慨然道："哥哥，你放心，大义当前，我们不应该计较个人得失，我们要与幽灵教一决生死，当然，我们还得联络各派幸存之人，最主要的是幽灵教内部那些可以转化过来的力量，他们主要是受了'神阳丹'的毒瘾控制，才甘为黎魁所用，要是我们为他们解除毒瘾之苦，那幽灵教基本上已算得上是名存实亡了。"

吴父静静地听着，不由倒吸了一口凉气，游云龙道："哥哥，你说呢?"

吴父一惊，道："好计谋，好计谋。"忽然探手入怀，从怀中掏出一物，说道："弟弟，我从幽灵教逃出，给你带来爹的一封信。"

游云龙大喜，急道："你见到了爹爹？"说着伸手去接。

突然，吴父五指一翻，竟用迅雷不及掩耳的手法，一把紧紧扣住了游云龙的脉门，游云龙毫无防备，只觉半边手臂一麻，已被吴父制住了。

吴父脸色一变，双眼露凶光，狞声笑道："游云龙，你小子太自不量力了，老子稍稍设一个圈套，你就上当了。"

游云龙大骇，旋即幡然醒悟，沉声道："哥哥，你原来是用亲情骗我的！"

吴父"呸"了一声，沉声叱道："老子姓吴，叫没有父，与你有什么亲情，老子早想杀了你，可让你小子几次逃脱，我恨死你那婊子娘和你这小杂种，哼，你还在做什么清秋大梦！"

游云龙恨道："我游云龙死不足惜，只可惜将计划告之你这人面兽心的东西！"

突听松林中传出一阵嘿嘿冷笑："嘿嘿嘿，这也是我们来的目的，多谢游公子相告。"

游云龙扭头一望，见是慕容舒畅。慕容舒畅得意一笑，道："天下说大也大，说小也小，游公子，不想我们又见面了，在慕容府里你还不是听到了我告诉你的秘密，这次你将那韩老叫化子的计划说出，我替教主感谢你，吴兄，你说该怎样谢他？"

吴父冷冷地道："杀了他！"

慕容舒畅笑道："这可是佛门净地，要杀他，也得离远一点！"

吴父道："是！"说着一挟游云龙，腾身而起。

两人刚掠过小溪，突听一声厉叱道："忘恩负义的东西，想往哪里走？"

随着话声，几条人影从松林凌空拔起，一字排开，拦住去路，竟是肖亚昌带着八大神魔。

慕容舒畅一怔，吴父也倒退三步，长剑一转，锋刃架在游云龙的颈上，喝道："谁敢妄动，我就宰了他！"

"痴颠神魔"大喝道："你敢！"

吴父双眼充血道："你看我敢不敢！"

肖亚昌哈哈大笑道："像他那样头脑迟钝，容易轻言的人，你杀了他，跟我有什么关系！"说着举掌缓步走上去。

吴父一横心，道："那我杀了他！"说着长剑下落。

突然，两根银针疾射而出，吴父一声惨叫，长剑落地，游云龙跃身而起，已退到一边，回头见方绝师太和钗儿已站在墙头。

钗儿跃身而下，扶住游云龙，急道："龙哥哥，你没事吧？"

游云龙摇摇头道："没事，只是我将计划都告诉了吴父……"

钗儿笑道："不要紧，告诉他等于没告诉他一样。"转身对肖亚昌叫道："爹，你怎知钗儿在这里？"

肖亚昌道："鬼丫头，爹在你心中怕还不如这浑小子一半重要，是韩老叫化子告诉爹的。"

钗儿嘟着嘴，道："爹，我一直挂念着你，可你却从来不关心钗儿。"

肖亚昌道："为了这浑小子，你居然离家出走，还使你范叔爷身遭不幸……"

肖亚昌一直和钗儿说笑，慕容舒畅和吴父尴尬地立在原处，不知该是去是留，如困兽在笼，慕容舒畅再也压抑不住，大喝一声，手中剑光一长，犹如一道活蛇，曲曲弯弯，横空而出，直刺肖亚昌。

肖亚昌笑道："小毛贼，仗着你爹的道行，太嫩了。"

痴颠神魔嘻嘻一笑，跨步上前，说道："慕容舒畅，看在你父为救我教而死，今天我先让你三招。"说完不避不动，立在慕容舒畅面前，只听见"嗤嗤嗤"三声，痴颠神魔的肩上被划了三道极长的口子。

慕容舒畅没想到痴颠神魔真的让他刺三剑，他忌惮痴颠神魔武功了得，所以这三剑刺出，还留有后招，如果想到痴颠神魔真的不避，早就下了杀手，这叫他好不后悔。

痴颠神魔左肩上鲜血浸出，将衣服都浸红了，但他眉头都没皱一下，笑道："好吧，你们两个没心没肝的孽障一起上。"

两人再也顾不了那么多了，并肩而上，吴父长剑后掣，一剑四式，分刺痴颠神魔四肢关节，端的是其疾如风，旁人看来宛如一剑一般。

痴颠神魔后跃三尺，吴父四剑走空，慕容舒畅八剑连环，从左翼破空而出，剑上"哧哧"之声大作。

痴颠神魔身形一长，斜斜划出一剑，指向慕容舒畅的右腿，剑尖距慕容舒畅还有一尺多，慕容舒畅便觉一股真气逼至，自己腿上隐隐酸麻，连忙横剑挡开。

痴颠神魔长剑一转，向左踏了一步，作了一个提灯之势，剑尖指向吴父的小腹，这两招如行云流水，出手之际更是神气朗淡。

吴父见他来势奇妙，一下不知如何化解，百忙之中，只得长剑连颤数下，横着纵出两步，才躲开他这一剑。

痴颠神魔这两招一出手，更是锐意直进，一支长剑上下纷飞，所指之处都是慕容舒畅和吴父的要害，招数愈来愈凌厉，连出数十剑，两人竟是一味闪避，腾不出手来还击一下。

吴父突然急攻数剑，从怀里掏出一物。钗儿大叫道："小心！"

痴颠神魔一声大喝，右臂运上十二成功力，长剑挟着雷霆之威，呜呜作响，一剑两式，分取慕容舒畅和吴父的前胸。

两人大惊，忙挥剑挡格，可哪里挡得了，痴颠神魔的长剑如"天外金龙"，破空而来，两人瞪大眼睛，慢慢倒下，竟是气绝。

两人胸口各有一个大血洞，鲜血如热泉，汩汩外冒，而痴颠神魔的剑尖上一点血迹也没有，原来他是以无形剑气将两人杀死的。

游云龙喃喃道："哥哥……"

钗儿道："他已是迷途极深，如果稍有悔过之心，痴颠叔叔也不会杀了他，你看他手里，还拿着那装有千年冰母晶结的盒子。"

方绝师太道："老身最恨无情无义之人，他这叫自寻死路。"

游云龙心中难受，钗儿明白他的心思，说道："痴颠叔叔，将他们葬了吧。"

痴颠神魔一扬掌，地下被他劈了两个土坑，将吴父和慕容舒畅埋了。

就在这时，一阵急骤的蹄声传来，众人一惊，忙迎了出去，庵外马嘶人欢，竟齐齐聚了一千多人。

竟是华山派掌门人谭安岳、昆仑派掌门人善云大师和青城派掌门人潘伯益带领数百名弟子，还有太湖三十六寨寨主带来的数百名水寨弟兄及众多丐帮弟子。

钗儿一笑，道："这丐帮的消息传得太快了，不几天，就邀集了天下武林各门各派的高手。"

肖亚昌冷哼一声，带着八大神魔走进庵内，连招呼也懒得跟那些人打，谭安岳和任长老都是江湖上响当当的角色，见肖亚昌和八大神魔也是一怔，但又不敢说出。

突然，一声长啸掠空，啸声在几里之外，余音却已到庵门口，轻功之快令所有人一惊，韩天乞落在场中，众人欢呼，纷纷上前行礼，韩天乞哈哈大笑，道："肖教主，论武功，你可以睥睨天下武林，但论心胸，你可比你这女儿差远了。"

肖亚昌道："韩帮主这是在教训我？"

韩天乞道："老叫化子怎有这份熊心豹子胆，我们都老了，不能再动肝火了，不过今天我老叫化子有个提议，我们第一次化干戈为玉帛，一致对付幽灵教，我认为应该选一个人作为我们这次行动的领头人。"

肖亚昌一愣，道："我们秃鹰教只做实事，不讲形式，这由韩帮主安排，难道韩帮主已有人选？"

韩天乞道："这个人就是你未来的女婿游云龙！"

肖亚昌冷冷地道："韩帮主管事可真管得宽，什么时候替我肖亚昌召了个女婿。"

钗儿一听这话大急，游云龙一震，韩天乞哈哈大笑道："哈哈，肖教主纵横一世，连儿大不由娘，女生外向这道理可都不懂，我想这事是孩儿们自己的事，我们都做不得主。"

肖亚昌转向钗儿道："钗儿，是这样的吗！"

钗儿忙道："女儿的事全凭爹爹做主，但将在外，君令有所不受。"

肖亚昌哈哈一笑，道："嗯，说得好，不愧为我肖亚昌的女儿，我相信你的眼力，但要做我肖亚昌的女婿，必须要先答应我一个条件。"

钗儿一拉游云龙的手，游云龙忙上前道："请岳父大人吩咐。"

肖亚昌神色一肃，道："必须先入我秃鹰教！"

游云龙一震，秃鹰教几百年来一直被称作魔教，与武林正道水火不容，而父亲是正道武林的领袖，自己怎能加入魔教呢？颇为犹豫，钗儿焦急地望着他。

韩天乞道："秃鹰教现在已和我们同仇敌忾，就算是一家人了，龙儿，你答应吧。"

游云龙一点头，肖亚昌说道："慢，你可不能草率答应，既然入我秃鹰教，就必须遵守秃鹰教的教规，就要为秃鹰教而生死与共。"

游云龙道："这个自然，只要岳父大人心系天下武林，与三山五岳和睦相处，我会尽力的。"

肖亚昌道："这可是两码事，你是在与我谈条件？哼！"

游云龙忙道："不敢！"钗儿在一边急了，忙说道："龙哥哥，瞧你傻样子……"说完一跺脚，站在一边。

游云龙忙上前跪拜，说道："游云龙见过岳父大人！"

肖亚昌呵呵一笑，道："希望你记得你说的话，以后善待钗儿就行了。"

群豪一阵欢呼，天一放亮，一行人就浩浩荡荡往藏边而去，风餐露宿，日夜兼程，不几日就到了藏边，从雪山口望去，果见雪山深处耸立着一座古堡，上面写着斗大的幽灵教三个大字，远远望去，古堡内张灯结彩，到处洋溢着一种节日的喜庆。

钗儿皱了皱眉头，在韩天乞的耳边耳语了几句，韩天乞微笑着点了点头，十几名丐帮长老领命而去，韩天乞大叫道："大家先在这里休息一下，决战在即，我们先养精蓄锐！"

群豪心情又是兴奋，又是激动，轰然叫好，个个摩拳擦掌，准备一场血战。

不一会儿，突听锣鼓声大作，群豪一惊，纷纷起身，只见山坳处一面大旗迎风招展，上面写着"灭幽灵教"四个大字，敲锣打鼓的正是刚才被派去的丐帮长老，群豪欢声而呼，"灭幽灵教，为江湖除害！"千人齐喊，声震云霄。

幽灵堡的大铁门轰然打开，大厅前并排列着四张大椅，高坐着黎魁、田茹、阿扎密和蓝姬，两旁竖着两面大旗，分写着"一统江湖""唯我独尊"。

黎魁哈哈大笑，道："各位远道而来，贺我开坛大典，大家辛苦了，来的都是客，难得大家赏脸，今天我已安排了盛大筵席，等候你们同饮一醉，来人呀，快替客人们安席设座。"

黎魁内力深厚，说这话虽不响亮，但一千多群豪个个听得清清楚楚。

身后上百名教徒应声而出，搬桌子，拿椅子，群豪一掣兵刃，刀剑齐响，游云龙朗声道："黎魁，你为害江湖，用歹毒药物控制武林人物，我等今天就是来剿灭你这帮武林公敌的。"

黎魁却不生气，仰天大笑道："游少侠率众而来，年纪轻轻，前途无可限量，但做人方向选错，以卵击石，不顺天意，实在是可惜呀！"

游云龙怒道："你杀戮武林，为实现自己的野心，双手沾满血腥，这天理何在？"

黎魁笑道："游少侠好大的火气，徐某的话可能有点逆耳难听，但你父母的话总该听吧！"

说完回头挥挥手，人群闪处，三辆轮椅缓缓推了出来。

游云龙抬头一看，心神猛震，三辆轮椅上端坐着三个人，中间坐着一个瘦削、枯槁、苍老的老人，肌肉凹陷，两眼无神地凝神前方，一头斑白的头发随风飞舞，正是忍辱偷生的九天琴圣游明宇。

他左边坐着一个艳丽端庄少妇，脸色苍白，一脸忏悔之色，不用说，这就是游云龙从未谋面的母亲张芬吉。

右边的椅子上坐着的却是失踪的慕容夜月。

游云龙目眦尽裂，大喝道："黎魁，你这狗贼，快放了他们。"

黎魁脸色一沉，阴阴地道："既然大家都来了，正好吉时已到，来人啊，将三人的人头砍下，今天我要用三颗头祭旗！"

黎魁话音一落，忽然背后人群骚动，一个魁梧大汉越众而出，大声道："兄弟们，我们重见天日的时刻到了，杀了黎魁这狗贼！"

黎魁四人大惊，见后面教众纷纷抽出兵刃，对自己怒目而视，黎魁大喝道："你们全都反了，还想不想服'神阳丹'了？"

游云龙大声道："黎魁，你机关算尽太聪明，只可惜聪明反被聪明误，他们被你毒药所制，忍辱这么多年，屈服在你的淫威之下，如今他们毒性已被'合阳伞'所解，再不被你所制了。"

众人齐声欢呼道："我们听游少侠的！"

游云龙意气风发，朗声道："幽灵教恶贯满盈，各位深受毒丸迫害，冤有头，债有主，迫害你们的人就在这里，大家杀！"

说着拱一拱手，长啸一声，挥剑投入战团。

一呼百应，武林群豪一声呐喊，里外夹攻，千手齐挥，拔刀抽剑，疯狂般直向幽灵教数百名死党冲去。

乱刀之下，幽灵教教徒成批倒下去，愤怒的人潮向黎魁四人涌去，九大神魔将黎魁四人团团围在中心。

黎魁见大势已去，面如死灰，说道："肖教主，我输了，你们秃鹰教的教义不是一统江湖吗？只要你放我一马，我们可以再次携手合作的。"

肖亚昌嘿嘿一笑，道："黎魁，你这卑鄙的小人，我肖亚昌已上过你一次当，难道还会再次上当？我肖亚昌一统江湖自有手段，用不着你了！"

黎魁阴笑道："你有什么手段，你所有的武功秘笈都被我烧了，哈哈，烧了……"

肖亚昌笑道："和我肖亚昌斗，你不嫌太嫩了吗？你烧的是假书，我早就得知你有此意，假意从水路运了一船假书，而真正的秘笈从陆路运到了飞云峰上，我只想以此试探你的用心，没想到你果真对我下手了，如此背信弃义，我岂能容你！"

黎魁绝望一笑，道："肖亚昌，原来你早就知道了。"说着，一剑向肖亚昌刺去。

群豪听了也是惊诧不已，百年来，秃鹰教搜集了各门各派的武功秘笈，以图一统江湖，这些秘笈有的连本门的掌门人都没看见过，传闻被幽灵教一把火给烧了，武林大为惋惜，没想到肖亚昌棋高一着，居然留了下来。

众人一声惊呼，黎魁这一剑去势奇疾，当胸直刺。

肖亚昌冷笑一声，众人也看不出他用的是什么身法，侧身避过，反手一剑刺去，挟带风声，刺入了黎魁的左肋，而黎魁的长剑刚好抵在他的衣襟，肖亚昌后发先至，群豪轰然叫好。

谁知那黎魁浑然不似血肉之躯，一点也不顾自己的痛楚，长剑反撩，竟将肖亚昌一条右臂齐肩砍下。

肖亚昌狂吼一声，长剑一震，血雨横飞，黎魁的头滚出老远，双手在空中虚抓数下，似要抓住什么东西一般，却终于停了下来，一动也不动了。

这时夕阳已残，落日映照在雪山古堡，古堡中血流成河，遗尸遍地，众人唏嘘不已。

群豪正待离开雪山古堡，突然，肖亚昌说道："大家慢走，我肖亚昌有话和大家说。"

众人愕然止步，肖亚昌朗声道："我秃鹰教与各门派争斗已有数百年了，现在我肖亚昌已然想通，不想与武林为敌，与大家化干戈为玉帛，各门各派的武功秘笈被我藏在飞云峰的石洞里，这雪山古堡离我们很近，大家就让我肖亚昌尽一次地主之谊，随我上飞云峰，一起观研各派绝学，使天下武学发扬光大。"

众人愕然不已，简直不相信自己的耳朵，韩天乞道："肖教主这可不是设鸿门宴吧？"

肖亚昌一愣，冷笑道："韩帮主，你这是信不过肖某，天下武林本为一脉，我肖亚昌将武林绝学公诸于世，这可有什么不对的?"

学武的人，对高深武学痴迷，肖亚昌一说完，谭安岳忙道："肖教主，你那可有我华山派的绝学?"

肖亚昌道："华山紫霞剑法是采用华山云霞变化而来，端的是气象峥嵘，谭掌门可会紫霞电剑八式?"

谭安岳一愣，华山剑法中的紫霞电剑八式是华山派的绝学，失传已久，没想到被肖亚昌说出，不由怔住了。

肖亚昌又道："这紫霞电剑说的是出剑如电，取敌首于百步之外，这是百年前我教阳教主在华山前掌门电剑客安掌门那里一剑赌来的，现在就在飞云峰上，现在我想交给谭掌门!"

谭安岳大喜，说道："多谢肖教主成全。"其他各派也轰然答应。

游云龙无心窥视，淡然道："岳父大人，我想将父母送到蜀中老家，回头再来飞云峰拜见岳父岳母。"

肖亚昌沉吟了一下，说道："这也是应该的，你去吧。"

钗儿忙道："爹爹，我要随龙哥哥一起去!"

肖亚昌道："钗儿，你就和龙儿一齐住在蜀中吧，就不用回飞云峰来了，爹爹有时间再去看你们。"说这话时，肖亚昌的脸上浮上一丝黯然之色。

慕容夜月忽然道："龙哥哥，我也顺道回蜀中，我们一起走吧。"

钗儿高兴道："慕容姐姐，这太好了!"

五人拜别群豪，驾着马车前往蜀中，群豪则兴致勃勃地随着肖亚昌和九大神魔前往飞云峰。

飞云峰位于陕南，山峰如斧砍刀削，直插云霄，山路蜿蜒，仅容一人通过，各派掌门人施展绝顶轻功登峰而上。

在肖亚昌的带领下，绕过飞云大殿，猛抬头，只见一座山洞嵯峨而立，有如怪兽。

肖亚昌将各人领进石洞，石洞里一片漆黑，肖亚昌突然道："哦，我还忘了，九大神魔，快和我一起将大灯拿来。"说着，和九大神魔退出了石洞。

众人晃亮火折子，只见山洞蜿蜒，一眼望不到尽头，便似一座精心设制的迷宫一般，里面空无一物，哪里来的什么武功秘笈，韩天乞大吼一声，身子向外飞掠而出，只听前方"喀喀"数声，竟是翻板起落的动静，随着肖亚昌哈哈大笑之声，"轰"的一声巨响，似是一件极庞大的重物砸在地上。

众人恍然大悟，大惊，纷纷纵跃而出，五六十丈的距离，瞬息抢到洞口，晃亮火折子上下观看。

众人惊恐地看到，刚才众人进来的洞口已被一块巨石严严封住，看那接口的痕迹，这巨石乃是先吊在山洞上头，宛如一面巨大的水闸被人扳动机关后才轰然落下，将洞口堵得一丝风也不透，伸手一扳，那巨石直有数万斤重，哪里动得它分毫。

众掌门心中一凛，恐惧的事情终于变成现实，这样的机关，非数月不能备齐，下手的人如此处心积虑，存心是将武林各派掌门一网打尽，好毒辣的计谋，饶是石洞里的都是威震一方的各派掌门，经历过无数的江湖凶险，但也不由个个冷冷汗直流。

韩天乞道："我们中了肖亚昌的奸计了，肖亚昌螳螂扑蝉，黄雀在后，这一招好绝呀！我们全都着了他的道儿，他利用我们除了幽灵教和莲花教，两败俱伤，然后再将我们一网打尽，完成他的江湖霸业，如此用心，真是其心良苦。"

众人一听骇然不已，深悔自己太贪武功，才入陷阱，大家愁眉相对，一筹莫展，一百多人各有绝技，可身在石洞之中，霎时间连想了好几十条法子，都没一条管用。

这时，众人眼前一黑，那最后一根火折子也熄灭了，洞中顿时黑漆漆一团，大家的心也随之沉入无边大海。

众人眼见那火折子还剩两指来长，并未燃尽，如此熄灭，显是由于洞中空气不足的缘故，同时各觉呼吸不似先前那样顺畅，在黑暗中相互望了一眼，面上均有惊惧之色。

洞内一片死寂，众人均想，要不了多久，我们不被饿死，也先被憋死，这不等于活埋吗。

此际洞中空气愈来愈少，众掌门都是神情委顿，靠在石壁上大口喘气，力求尽力减少体力消耗，苟延残喘，可大家自上飞云峰，迄今一天一夜，水米未进，肚中又咕咕叫起来，这滋味比之呼吸艰难，也不相上下，两相交攻，更觉难忍。

各掌门一向是醇酒美人，锦衣玉食，想要什么，手下弟子便办得妥妥当当，日子过得那是一等一的丰裕，战阵流血虽必不可免，却几曾尝过这样的苦味？

谭安岳忽然微笑一下，说道："要不是我谭安岳起了私心，大家也不会上得飞云峰，中了那肖亚昌的毒计，这一切祸皆因我起，今天我就先走一步，以死谢罪。"说完，反手一掌猛击自己天灵盖上，倒地气绝。

韩天乞早已料到他必有非常之举，若要出手阻拦，原也来得及，只是这时人人在心气，终是一死，拦也无用，都早不存生还之想，看着他安祥平静的面容，悲伤之余，倒隐隐羡慕他的福气，如此一了百了，倒也干脆。

哪知一波未平，一波又起，紧跟着，许多功力较差的掌门人忽地呻吟一声，双眼翻白，晕了过去。

看到死亡已向自己一步一步逼来，众人忍不住齐声痛哭，潘伯益更是有如疯了一般，挥动长剑，将石壁削得石屑纷飞，"啪"的一声，长剑断成数截，潘伯益掷下剑柄，抱头嚎啕。

斧头帮的帮主唐牛双目通红，面如泼血，抢着大斧吼道："我偏不信什么鸟报应，我们什么风浪没见过，就算拼了一条性命，也要劈开一个出口，找肖亚昌那鸟人算账！"

他头发根根竖起，边吼边向山洞深处狂奔而去，择了一处平坦些的石壁，抢斧便砍。

他天生神力，那把天山大斧又是百炼精钢所铸，一斧下去，火星纷飞，石壁竟被他削下寸许的一块，他精神一振，"当当当"，猛砍百十来斧，只觉喘气越来越难，双臂酸麻难忍，再提什么重物都极是为难。

但他知这是唯一的求生之机，只坐下喘息了片刻，便又挥斧狂砍起来。

洞中黑漆漆的，伸手不见五指，唐牛这般，也不知过了多久，竟被他砍出一条四五丈深的通道，他倒转斧柄，敲击石壁，上面发出"笃笃"之声，显见这石壁不知多厚，自己怕连一半都没能砍开。

韩天乞倚靠石壁，静静地听着唐牛砍石壁的声音，慢慢地，声音越来越弱，终于，他听到"当"的一声，是板斧落地的声音，整个世界仿佛死了一般。

韩天乞静静地坐着，细数以前岁月的点点滴滴，蓦地觉得人生太乏味了，头脑中似有一个声音在说："你太累了，歇歇吧，歇歇吧，韩帮主……"

韩天乞闭上眼睛，歇了歇，这一歇，再也没有醒来！

......

游云龙经藏边到蜀中，为了替慕容辉收殓尸骨，特绕道三峡，在古道边收敛了慕容辉的尸骨，站在石阵前，游明宇感慨不已，说道："尊姓大名亦正亦邪，完全不睬江湖道义，全凭自己的情感做事，这样为人，也算得上是快意人生。"

船行三峡，溯江而上，突然，游云龙叫道："你们看，那是什么？"

顺着他手指一看，钗儿忙道："龙哥哥，那是一本书，快，快去捡来。"

游云龙身子一纵，将那本书捞了回来，书已湿透，还烧了一半，封面上只有三个字"紫霞电"。

钗儿浑身一颤，忙道："不好，韩伯伯他们都有危险，我们赶快回去。"

游云龙一惊，诧道："钗儿，这是怎么回事？"

钗儿神色紧张，道："你们看，这分明是华山派的紫霞电剑八式秘笈，明明是被黎魁烧了，可爹爹却说秘笈全在飞云峰，这是爹爹设计的一个天大的阴谋，这么多年，爹爹一直没有放弃他一统江湖的梦想……"

游明宇黯然一叹，道："欲望难平，江湖杀戮，永不止息，唉，钗儿，你们去吧！"

游云龙听到这里，不由出了一身冷汗，头脑一片混乱，急道："可你和娘……"

慕容夜月道："你们放心去吧，伯父和伯母就交给我吧！"

游云龙道："那就多谢夜月妹妹了。"说着，和钗儿飞身上岸，向北而去。

两人回到飞云峰，肖亚昌听了弟子传报，微微一怔，旋即大喜，说道："快迎姑爷和大小姐上来。"

游云龙劈头第一句话便问道："岳父大人，我们韩帮主和众掌门哪里去了？"

肖亚昌哈哈大笑道："韩老叫化子和各掌门得了各自的武功秘笈，都下山去了。"

钗儿道："爹，可我们在三峡分明看到被毁的《紫霞电剑八式》，这怎么解释？"

肖亚昌怒道："钗儿，你越来越不懂事，有你这样斥问爹爹的吗？"

巨力神魔忙上前道："大小姐，你和姑爷一路劳累，先歇息，有什么话，明天再说吧。"

游云龙心乱如麻，头脑一片空白，怒道："岳父大人，愚婿认为大丈夫应当顶天立地，光明磊落，可岳父所为的确令人齿寒！"

肖亚昌脸色一冷，道："游云龙，你在净云庵曾答应我入'秃鹰教'，作为我秃鹰教一员，就要以一统江湖为己任，这可是你答应的？"

游云龙道："当时我以为秃鹰教与天下武林融为一体，可没想到你却如此做法！"

肖亚昌道："我做得有什么不对？正派中人与我魔教相互攻战，正派中人不知使了多少卑鄙下流的手段，现在我以眼还眼，以牙还牙，这有什么不对！不错，韩老叫化和众掌门的确全部被我杀死了！"

游云龙一听，心胆俱寒，双目一翻，精光四射，道："岳父大人，此举和那黎魁又有什么分别？今天我游云龙要向岳父大人替天下武林讨一个公道。"

肖亚昌长声笑道："向来大丈夫为求权势不择手段，此乃天经地义，所谓屠城灭国，反成盖世功勋，我只伤害几条人命，这又算得什么？哈，你小子木头木脑，看也不是一个成大气候的料子，今天我肖亚昌就成全你，让你明白自己有多少分量，亮剑吧。"

钗儿没想到闹到这般田地，一边是自己深爱的情哥，一边是自己的父亲，她望了九位神魔一眼，九大神魔纷纷垂下了头，不敢与她的目光对视。

肖亚昌剑光一长，长剑有如灵蛇一般，破空而出，眨眼间向游云龙刺出六剑，势道之烈，劲力之巧，无一不是当世第一流高手的风范。

游云龙摆动长剑，长剑不挡不架，反手一剑，直刺肖亚昌前心，肖亚昌一惊，他这一剑虽可伤得游云龙，但自己却也是开膛破肚之祸。

肖亚昌口中清啸一声，剑势忽变，霎时间剑气弥空，满天都是剑影，游云龙但觉眼前剑光耀眼，冷冷的气息扑面而来，几乎看不清对方长剑的来路。

肖亚昌的长剑上劲风作响，五丈之内全是他剑上发出的风声，其中隐隐有哨音作响，九大神魔和钗儿渐觉劲风刮面生疼，不由得向后退了数步。

游云龙干脆闭上眼睛，完全听音出剑，长剑一出，数十道光芒立生，变幻无方，绕过肖亚昌的正锋，直向他后颈斩去。

肖亚昌见游云龙出招怪异，这一招来势之奇，角度之刁，力道之巧使他大吃一惊，眼见白光闪烁，不知他指向何方，不由心中一怵，危急之际，举剑向上一封，身子翻了过去，饶是他应变快捷，后颈仍是一凉，几丝短发被削了下来。

肖亚昌大喝一声，长剑使开，劲风呼啸，大厅里桌椅被震得晃动不已，五丈之内均构筑成一道力网，游云龙的"听音剑法"纵然精妙无双，内力亦是浑厚无比，却只能递入力网之中，刺不到肖亚昌身子。

游云龙突然长剑顿住不发，左手猛出一掌，直击在肖亚昌的胸膛之上。

"啪"的一声响，肖亚昌如一束稻草，直飞向后，人在半空中，一口鲜血已喷了出来。

肖亚昌脸色灰白，突然纵声长笑道："自古以来，正邪势不两立，水火不容，游云龙，这是天意，凭你一人之力，不能逆转老夫一统江湖的雄心，顺我者昌，逆我者亡！"笑声使人听来有如鸮鸣，不由悚然而惊。

他举起手臂，口中喝道："放！"

钗儿一惊，游目一看，见大厅四角早遍布一百多名弓箭手，只待爹爹手臂落下，箭如飞蝗，便是迫在眉睫之祸。

游云龙凝神以待。

钗儿花容失色，身子一掠，挡在游云龙身前，大声道："爹，你要杀龙哥哥，就先杀了我吧！"

肖亚昌心头大震，沉声喝道："钗儿，还不快回来，你胡闹什么?！"

钗儿道："爹，钗儿今生就算死，也要和龙哥哥死在一起。"

肖亚昌身为一世魔王，但拿自己这个顽皮女儿素来没有办法，当下提气喝道："钗儿，我是你爹，你却反去助别人，坏我大事，这岂是儿戏，你不识大体，爹爹纵然爱你，这时却也顾不得你了。"

说到这里，他又将手臂举起，喝道："放箭！"

霎时之间，钗儿只觉得世界全都倒了，眼前一片漆黑，再见不到一丝光明，爹爹的话凄凉异常，为了自己大计，连女儿的性命都可以不顾忌，反觉若被父亲的箭射死，和龙哥哥死在一起，倒也是幸福之归宿，不由对游云龙凄然一笑。

正在这千钧一发之际，一个弟子大惊失色地闯了进来，大声道："教主……不……好了，各大门派的人已齐集飞云峰下。"

肖亚昌一惊，手一挥，率九大神魔出了大厅。

大厅只剩下游云龙和钗儿，钗儿抱着游云龙大哭起来。

游云龙道："钗儿，你爹会将韩伯伯他们害在哪里呢?"

钗儿一拉游云龙的手，边走边寻，"飞云峰"的后山，松柏森然，钗儿忽然停下脚步，"咦"了一声。

游云龙问道："有什么不对么？"

钗儿道："这飞云峰的山洞是天然石洞，本是用作关押敌人的，小时候我常到石洞里玩，现在怎地封了一块大石？走，过去看看。"

两人站在洞口，钗儿上下端详了半天，在一块大石上拍了三下，向上一掀，"轰轰"之声大作，那块千钧巨石慢慢向上掀起。

洞口开启，一股秽气扑面而来，这山洞密封极好，气息难流通，虽只短短几十天时间，已经攒了不少秽气。

游云龙惊呆了，洞里横七竖八地倒了上百具尸体，洞内气温极高，尸体开始腐烂，面目模糊，但从衣饰兵器上看，这正是参加幽灵教生死之战的掌门。

钗儿忽地浑身一颤，手指前方道："韩伯伯。"

游云龙循着他手指望去，见韩天乞倚坐在石壁上，神色安详。

想自己出石洞以来，心中唯一尊敬的就是韩天乞，韩伯伯不仅武功惊人，而且义薄云天，想这些驰骋天下，生龙活虎的武林高手，现在都是腐尸，再过一段时间，更是只剩一把枯骨，游云龙呆立良久，心情极是复杂，只觉天意难测，芸芸众生在他眼中不过如蝼蚁一般，什么一统江湖，什么扬名立万，什么武功盖世，到头来只不过是一场春梦罢了。

钗儿见他心潮翻涌，不知他想些什么，也不敢打扰，半响才开口道："龙哥哥，你打算怎样做？要将他们收殓起来么？"

这些人中，钗儿只对韩天乞有感情，其他的都谈不上有好感，但他们都死于父亲之手，也不由心里恻然。

游云龙叹道："人死如灯灭，下不下葬有什么关系，这么大的山洞，作他们的墓地，不是很好么，再说，他们的子弟攻上山来，自然会收殓他们。"

说完一声叹息，心情黯然到了极处，出了山洞，飞云峰下杀声震天，惨叫连声，钗儿伸过手去轻轻握住游云龙的手，道："龙哥哥，我们走吧！"

游云龙点了点头，突然放声大笑，笑得泪流满面，笑声在静悄悄的官道上传扬开去，传到远处的林中，包含着无限的心酸。

……

一月后，四川九龙山。

深山溪涧之旁，茅屋萧疏，流水淙淙，游云龙高卷两条裤管，手持鱼叉，立在小溪中捕捉游来游去的鱼儿，慕容夜月和钗儿腆着大肚子端在岸边，嘻笑不绝。

　　眼见游云龙一叉下去，再抬起来，空空荡荡，钗儿拍掌笑道："龙哥哥，我们等吃你的鱼，怕要等到天黑了。"

　　游云龙笑道："你和月儿跟我游云龙，可苦了你们，说什么我今天也要抓上两条鱼儿，给你们补补身子。"说着闭上眼睛，听鱼儿游动的声音，钢叉下落，就叉上了一只活蹦乱跳的大鱼。

　　正在这时，两位老人相扶而出，就是九天琴圣游明宇和张芬吉，张芬吉喊道："月儿、钗儿，你们都怀了孩子，还在外面吹风，娘已为你们炖好了山鸡汤。"

　　钗儿一吐舌头，道："生孩子这么麻烦。"慕容夜月也嘻嘻一笑，三人踏着暮色回去了。

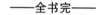

——全书完——